Las Perlas Peregrinas

Esta obra obtuvo por unanimidad el Premio Primavera de Novela 1998, convocado por Espasa Calpe y Ámbito Cultural y concedido por el siguiente jurado: Ana María Matute, Francisco Nieva, Luis Mateo Díez, Ángel Basanta, Ramón Pernas y Juan González Álvaro

Manuel de Lope

LAS PERLAS PEREGRINAS

ESPASA

ESPASA NARRATIVA

Director Editorial: Juan González Álvaro
Editora: Constanza Aguilera Carmona

Primera edición: mayo, 1998
Séptima edición: mayo, 1998

Diseño de la colección: Tasmanias
Cubierta: Tasmanias, basada en *Alto riesgo,* de Ernesto Bertani
Realización de cubierta: Ángel Sanz Martín
Foto del autor: Archivo de Espasa Calpe

Depósito legal: M. 20.713-1998
ISBN: 84-239-7938-5

Impreso en España/Printed in Spain
Impresión: MATEU CROMO ARTES GRÁFICAS, S. A.

Editorial Espasa Calpe, S. A.
Carretera de Irún, km 12,200. 28049 Madrid

You can always count on a murderer for a fancy prose style.

Lolita. Vladimir Nabokov.

ÍNDICE

UNA VISITA INESPERADA

El día 3 de agosto, poco antes de cerrar el bufete por vacaciones, aparecieron varias cucarachas en el despacho de Alfredo Kauffman, prestigioso abogado y uno de los más solicitados asesores jurídicos de la ciudad. Una cucaracha fue vista atajando hacia un rincón para encontrar refugio en una hendidura del entarimado. Dos cucarachas más fueron descubiertas fornicando en la papelera. Una cuarta cucaracha alzó desafiante las antenas en la caja fuerte sin que se supiera cómo había logrado introducirse allí. Aquella tarde Kauffman había acudido al despacho a recoger unos papeles y contratar a una empresa que actuara sin complejos para aplicar a las cucarachas la solución final.

—¿Ratas? ¿De dónde ha sacado usted que en mi oficina puede haber ratas? —exclamó el abogado.

Se aflojó el nudo de la corbata. Al teléfono la voz insistía y el abogado respondió.

—Cucarachas. Algo que acabe con las cucarachas.

Su interlocutor se dio por enterado y el abogado dictó su dirección y número de oficina. Era urgente. No necesitaba dar explicaciones. Simplemente necesitaba que acabaran con ellas. Del otro lado del teléfono la voz aseguró la mayor eficacia. Sólo entonces el abogado se dio por satisfecho. Colgó el teléfono y estiró las piernas. Nada se oponía a que dejara el despacho y comenzara sus vacaciones. Nada se oponía a ello, y en ello estaba pensando cuando una visita no anunciada le interrumpió.

—¿En qué puedo servirle? —dijo al desconocido que le observaba en silencio.

El visitante se aclaró la garganta. Inclinó el busto sin soltar la cartera que mantenía aferrada con ambas manos. Alargó el cuello buscando la mayor confidencialidad.

—¿Es usted el abogado Alfredo Kauffman? —indagó con cautela.

—Así lo dice en la placa de la entrada.

—En efecto. ¿Es usted Alfredo Kauffman?

—En persona.

—Esperaba que me recibiera alguno de sus socios —dijo el hombre con feroz ironía echando una ojeada a las cucarachas que circulaban a su alrededor.

—¿En qué puedo servirle? —repitió el abogado sintiéndose arrojado a las cucarachas del destino.

El hombre volvió a acomodarse juntando las rodillas. Era una persona menuda, estrecha de hombros, de larga nariz y bigotes afilados. Tenía los ojos redondos, con un amplio y frío destello blanco. Aparentaba pasar de los cincuenta años y nada en su persona, salvo el traje bien cortado y la alianza de oro que brillaba en su dedo, denunciaba su profesión. Aniceto Kauffman, Joyero, se leía en la tarjeta que había dejado sobre el cuero de la mesa antes de tomar asiento en el sillón reservado a los visitantes. El abogado le examinó con la perspicacia adquirida en el oficio después de muchos años evaluando minutas. El buen paño de príncipe de Gales convenía a un joyero, estimó el abogado, lo mismo que convenía el oro de la fidelidad matrimonial. Las manos finas, marfileñas en la penumbra, con nobles venas azules, podían jugar con diamantes sobre un rectángulo de fieltro. Pero lo que ya no concordaba era la dirección de la tarjeta. Aniceto Kauffman, joyero, plaza de los Desamparados, 2. Alfredo Kauffman conocía el barrio. Había alcanzado cierta gloria gastronómica con dos o tres excelentes restaurantes de carne. No se hallaba lejos de un antiguo matadero. Pero pensar en un joyero instalado en la plaza de los Desamparados era como suponer un negocio de alta costura en los alrededores de la cárcel de mujeres, o una invasión de cucarachas en un reputado bufete de Madrid. Pero allí estaban las cucarachas, en el despacho de Alfredo Kauffman, abogado y asesor jurídico, como rezaba la placa de cobre en el mullido portal orientalmente alfombrado. ¿Por qué no imaginar entonces una joyería en el barrio del antiguo matadero? ¿Por qué no aceptar un Kauffman joyero? Con la tarjeta del desconocido Kauffman entre los dedos, el abogado Kauffman repitió la inevitable pregunta por cuarta vez.

—¿En qué puedo servirle, señor Kauffman?

El joyero respondió con otra pregunta.

—¿Está usted casado, señor abogado?

Kauffman miró a Kauffman con sorpresa.

—¿Por qué desea saberlo?

El joyero juntó aún más las rodillas y avanzó la barbilla con avidez.

—El asunto que me trae lo comprenderá mejor un hombre casado —explicó—. Es un asunto de joyas. Perlas, para ser más exactos. Un hombre casado sabe de lo que se trata, sobre todo si sus medios económicos le han permitido regalar alguna vez un collar de perlas a su mujer. ¿Es ése su caso, señor Kauffman?

El abogado suspiró. Un loco. Plaga de cucarachas y un loco en la oficina. Lamentó encontrarse solo en el bufete. Las secretarias se habían ido de vacaciones y él mismo había despedido unos minutos antes al agente de seguridad.

El joyero Kauffman insistió.

—¿No es así, señor Kauffman?

—Pongamos que alguna vez he regalado perlas a mi mujer —admitió el abogado sabiendo a lo que hacía referencia el joyero. Toda la prensa había divulgado el regalo del abogado Alfredo Kauffman a su mujer, un collar de perlas por el que el famoso abogado había pagado una elevada suma de millones en subasta, la legendaria *Catarata del Mar Pérsico,* una triple cascada con broche de rubí que había sobrevivido a una revolución y dos guerras, que la emperatriz Zita había lucido en Lequeitio, que más tarde había pasado a manos de un poderoso banquero, y que finalmente, después de un largo período admirado en el secreto de las más restringidas reuniones, había salido al mercado de joyas con cierta expectación. Las revistas habían dado cuenta de la subasta y de la adquisición. El joyero Kauffman no podía ignorarlo. Kauffman hizo un gesto de hastío. También se había dicho que el abogado Kauffman no había adquirido la *Catarata del Mar Pérsico* para sí, ni para regalárselo a su mujer, sino que había actuado por cuenta de un acaudalado y misterioso cliente. Esto parecía concordar mejor con el poco frívolo carácter de un asesor jurídico, profesión que no se suponía inclinada al despilfarro. ¿Pero qué podían imaginar los cronistas de sociedad?

—¿Tiene usted algo que ver con la prensa? —preguntó el abogado.

Kauffman el joyero sonrió.

—En absoluto.

—En ese caso supongamos que yo he comprado recientemente un collar de perlas a mi mujer.

Aparentemente satisfecho con la ambigüedad de la respuesta, el joyero Kauffman prosiguió.

—Me alegro de que sea usted un hombre discreto, señor Kauffman. Es la primera virtud de un abogado —dijo dando por sentado que conocía la doble versión de la historia y que de todos modos era al abogado a quien buscaba como interlocutor.

—Gracias —dijo el abogado.

—Pero supongamos también que usted ha actuado por cuenta de un misterioso y acaudalado cliente, lo que le hará sospechar que conozco la verdadera identidad del comprador.

El abogado Kauffman no respondió. Miró al joyero con desconfianza. Su voz era fina, insinuante. Introducía una pequeña vibración eléctrica en la penumbra del despacho. ¿Por qué haberle recibido si no era por la curiosidad que había suscitado la coincidencia de los apellidos? Una barra de luz le cruzaba el pecho a la altura donde sus manos sujetaban la cartera. Su rostro aparecía como decapitado por una segunda barra de luz.

—Vamos, señor Kauffman, todo el mundo en la profesión sabe que cierto industrial del acero, del transporte, de la alimentación, y quién sabe cuántas cosas más, es el feliz propietario de la *Catarata del Mar Pérsico,* lo tenga o no lo tenga en su poder, lo luzca su mujer o duerma encerrado en una caja de caudales. La identidad de ese hombre, al que llamaremos Millonetis o Gran Duque, ha sido sugerida en los medios mejor informados. Pero no es eso lo que me trae aquí. ¿Temió usted que yo fuera un reportero?

—Lo temía —respondió Kauffman.

—Puede usted apartar esos temores —dijo el joyero—. Lo que me trae aquí es una oferta que ni usted ni, pongamos, Millonetis, podrán rechazar.

El abogado Kauffman se reclinó en su asiento. El joyero Kauffman sonrió. El afilado bigote se abrió en un acento circunflejo al pronunciar el apodo que sugería una fortuna personal de muchos ceros y transformaba en simpatía lo que era muestra de astucia.

—Necesitaría una copa —dijo lanzando una ojeada a su alrededor.

El abogado se volvió hacia un pequeño mueble de caoba a sus espaldas, y extrajo una botella de whisky y un solo vaso, que depositó sobre la mesa. Kauffman dejó su cartera en el suelo y se sirvió. Hablaba mejor después de haberse aclarado la garganta con un trago. Desaparecía la voz insinuante de lejanas raíces semitas para hablar con la franqueza del buen bebedor.

—¿Sabe usted cuántos Kauffman hay en la guía de teléfonos?

—No.

—Tres Kauffmanes. O Kauffmans. El primero es un fabricante de salchichas. El segundo Kauffman es abogado —dijo el joyero con una leve inclinación de cabeza—. El tercer Kauffman, señor Kauffman, soy yo. La casualidad ha hecho que usted y yo tengamos que estar relacionados con un collar de perlas, y no cabe duda de que el apellido Kauffman me ha facilitado la entrada en este despacho. Ahora quiero enseñarle una cosa. ¿Es usted nictálope?

—¿Perdón?

—¿Sus ojos ven en la oscuridad?

—Eh... No.

—Entonces debería usted encender esa lámpara para ver unas fotografías.

El abogado abrió la persiana y el sol implacable de la media tarde se precipitó en el despacho. Era una inundación. Volvió a cerrar la persiana y encendió una lámpara de brillos niquelados que dibujó un óvalo de luz satinada sobre el fino cuero de la mesa. Al solicitar desvergonzadamente una bebida y pedir la luz de la lámpara, el joyero Kauffman tomaba la iniciativa y se hacía dueño de las circunstancias, lo que sólo muy superficialmente irritaba al abogado Kauffman, menos susceptible que curioso por lo que el joyero le quería enseñar. El joyero Kauffman abrió la cartera. Sus manos entraron en el círculo de luz de la lámpara para dejar sobre el cuero de la mesa unas fotografías. En un breve intercambio de manos, como en la baza de un juego de naipes, el abogado las recibió.

Reconoció fácilmente la primera fotografía. Procedía del catálogo de la subasta y en ella se veía la *Catarata del Mar Pérsico,* desplegada sobre un tejido azul, emitiendo suaves destellos como iridiscentes tentaciones. La segunda fotografía, de más sólido papel, recogida probablemente en el archivo de algún fotógrafo particular, era el retrato de una mujer madura, desconocida, de rasgos anchos y carnosidades abundantes. Su rostro recordaba la copiosa exhibición de salchichas de una charcutería, en una arcimboldiana reconstrucción de facciones sobre la deslumbrante ostentación de la *Catarata* de perlas que desbordaba sobre su escote. A la doble papada de la mujer se añadían las tres vueltas del collar. Su expresión, radiante aunque lardosa, indicaba una situación moderadamente amena, quizá una boda, o cualquier otro acontecimiento social. El abogado levantó los ojos.

—¿Quién es?

El joyero acercó confidencialmente su rostro a la lámpara.

—¿Me lo podrá usted creer? Se trata de la señora Kauffman.

El abogado le miró desconcertado.

—Oh, no. No es la señora Kauffman que usted imagina —se apresuró a añadir el joyero con una sonrisa—. Yo soy el único de los tres Kauffman que no se hubiera podido permitir el lujo de regalar un collar semejante a su mujer. Se trata del primer Kauffman.

El abogado se sintió súbitamente sumergido en una pesadilla.

—¿Kauffman?

—El fabricante de salchichas —confirmó el joyero Kauffman.

El joyero carraspeó y en pocas palabras explicó la incalculable fortuna que un hombre de espíritu emprendedor puede amasar confeccionando embutidos, tan considerable al menos como la de aquel misterioso individuo, Millonetis o Gran Duque, cuyo verdadero nombre el abogado Kauffman se había comprometido a no pronunciar. En efecto, el primer Kauffman había sido uno de los poseedores de la *Catarata del Mar Pérsico* hasta quedarse viudo, y su mujer había exhibido el collar, como podía apreciarse en aquella instantánea.

El abogado volvió la mirada a la fotografía.

—¿No es asombroso? —dijo el joyero alborozado.

—Señor Kauffman... —comenzó el abogado.

—Puede usted llamarme Aniceto.

—Señor Kauffman, no sé adónde me quiere usted llevar.

El joyero Kauffman se retiró del círculo de luz y se recostó cruzando las manos sobre el pecho en actitud clerical.

—Eche usted un vistazo a la tercera fotografía —dijo haciendo caso omiso de la observación del abogado.

El abogado Kauffman obedeció. Aquella tercera fotografía era un huecograbado antiguo, en blanco y negro, procedente de algún periódico o revista ilustrada, cuidadosamente recortado a tijera y encolado sobre una cartulina para darle cierta rigidez. Tenía el grano grueso de las viejas instantáneas y en él se veía a una dama de porte distinguido, en actitud entre sugestiva y protocolaria, no desprovista de altivez. La imagen no permitía apreciar en toda su complejidad un peinado extraordinariamente elaborado. El abogado reconoció a la emperatriz Zita, sin duda en los tiempos de su palacio de Lequeitio, en el último esplendor de los Habsburgo, oropeles ya tardíos que guardaban la pátina de un pasado, aunque milenario, algo trasnochado y viejo, como si los siglos se transformaran en rictus y maquillaje de teatro para la cámara de algún periodista local. La emperatriz llevaba al cuello la *Catarata del Mar Pérsico.* La deficiente calidad de la fotografía impedía valorar el fantástico oriente de las perlas, pero se podían precisar con detalle las características del collar. La emperatriz Zita lo lucía con la dignidad de su casta. El abogado reunió las fotografías después de examinarlas con una última ojeada y levantó los ojos hacia su interlocutor.

—¿Y bien?

—La *Catarata del Mar Pérsico,* ¿no es cierto? —dijo el joyero.

—Así parece.

—En tres versiones y con medio siglo de intervalo —señaló el joyero—. ¿No advierte usted ninguna diferencia?

El abogado volvió a las fotografías y las verificó con aire escéptico.

—No, no la veo.

—¿No la ve?

—No la veo —repitió el abogado.

—Yo le diré la diferencia —dijo Aniceto Kauffman—. Pero primero le contaré la historia del collar.

LA CATARATA DEL MAR PÉRSICO

—¿Usted ha visto el collar? —preguntó el joyero.

—¿Qué quiere usted decir con eso?

—¿Ha tenido usted delante, en su presencia, expuesto a su admiración, exhibido a su pasmo, la *Catarata del Mar Pérsico?*

—Delante de mis propios ojos —respondió Kauffman.

—Entonces me comprenderá mejor —sentenció el joyero.

Y prosiguió.

—Porque éste no es un asunto de dinero, ni de prestigio, ni de ética en los negocios, porque donde entra en juego la fascinación desaparecen los valores universales, quiero decir, desaparecen los valores terrenales, ética, prestigio, dinero, para dejar paso a la codicia por el objeto deseado y sacrificar el propio orgullo por él. ¿Juega usted al tenis, señor Kauffman?

—Alguna vez.

El joyero Kauffman cerró los ojos buscando inspiración.

—Cuando el esforzado jugador alza la mirada al deslumbrante sol para iniciar, esbelto, el saque...

El joyero Kauffman alzó los brazos para forjar una metáfora que fue desarrollando con entonaciones líricas y redondas sentencias. Lo cierto es que el abogado Kauffman había podido examinar el collar antes de que su cliente entrara en contacto con él para que sirviera de intermediario en la subasta. Lo había admirado antes de que Millonetis, o el Gran Duque, puesto que así le había bautizado el joyero eludiendo el nombre impronunciable, tuviera la idea de arrojar unos cuantos millones a la puja, los necesarios para disuadir a sus más dispersos rivales y los suficientes para desalojar a su más terco competidor. No era la primera intervención del abogado en subastas de importancia pero sí era su primer acercamiento al mundo de las joyas. Otras alhajas compartían los honores de la alta almoneda con el collar. Y lo que vio le llenó de espanto. Había algo luciferino en aquellas piedras potencialmente inmortales. Observó rubíes y zafiros. En ellos se albergaban ciertas encarnaciones particularmente seductoras de Satanás. Bastaría con frotar la gema en un paño y... Pero no. Un abogado no se siente sobrecogido por ningún tipo de temor profesional más allá de unos breves minutos. Tuvo ocasión de contemplar por primera vez la *Catarata del Mar Pérsico* exhibida en las condiciones que exigía su rango y llegó a la conclusión de que un hermoso collar como aquél, valorado en difíciles condiciones de salida, alcanzaría las cotas más altas que su cliente, Millonetis o Gran Duque, no dudaría en superar. Conocía su ambición y su carácter. El abogado recordó las exclamaciones que suscitó el collar al ser presentado en el salón de subastas dentro de su gran estuche de cuero azul celeste en forma de ostra, ostentando las armas imperiales, portado por dos servidores en librea que mantenían entreabiertas las viejas y doradas valvas donde el collar descansaba sobre un lecho de raso escarlata. Ciertamente nunca había visto un collar como aquél.

—... irisado como la caída de la tarde en el cielo pomeránico, el ojo del reloj desgranando las horas en la terraza del club, el opalino cóctel entibiándose en la femenina mano, largas las sombras del jardín, cuando triunfa en la cancha el empeño, la constancia y la ambición del *sportman*.

El joyero Kauffman bajó los brazos al tiempo que concluía de forma harto laboriosa la metáfora del tenista. Tomó aliento unos segundos antes de hallarse en condiciones de proseguir. Alcanzó el vaso de whisky y se lo llevó a los labios con aire a la vez sediento e inspirado. Dejó el vaso de whisky y preguntó:

—¿Qué le ha parecido?

—Hermosa descripción —respondió Kauffman algo perplejo.

—¿Y el collar? ¿Qué le pareció la primera vez que lo vio?

—Hermosa pieza —contestó el abogado, mucho más corto de inspiración que su interlocutor.

El joyero suspiró decepcionado.

—¿Nada más? ¿Y Millonetis?

—Eh... Creo que Millonetis ya lo había admirado antes. Yo me limité a cumplir el encargo que se me encomendaba.

El joyero Kauffman suspiró profundamente. No estaba convencido de sus propias palabras, esto es, de las palabras con las que podría describir la enigmática fascinación, el tumultuoso poder de seducción que desprendía la *Catarata*, pero estaba convencido de que una personalidad del rango, poder y fortuna de Millonetis sabría comprenderlo, aunque su abogado se mostrara francamente tarugo a la hora de expresarlo, añadió sin compasión.

El collar había sido engarzado con perlas de la Casa de Austria en la primavera de 1815, año triunfal en Viena y aciago para Napoleón. Algunas de aquellas perlas procedían de la Casa de Hungría, era el llamado lote magiar. Otras fueron un regalo del zar de Rusia y eran llamadas las perlas tártaras. Otras, las más antiguas, venecianas, se decía que se remontaban al viaje de Marco Polo a las tierras de Catay. Otras habían sido un presente o un soborno de la Sublime Puerta, con motivo de una tregua, o de un intercambio de dálmatas cautivos por fusiles automáticos, o cualquier otro negocio marrullero del sultán. Todas las perlas tenían su origen, su número y su nombre, ciento veintisiete perlas en total, precisó Kauffman. Todas tenían una forma y peso, una calidad de brillo que las diferenciaba, un oriente que era su seña de identidad, lo mismo que se diferencian dos insectos en las mínimas irisaciones de su librea, lo mismo que se puede identificar a los individuos por su huella dactilar. Ciento veintisiete perlas, una cifra que al decir de algunos especialistas coincidía con el número de ventanas del palacio de Schönbrunn en Viena, y al decir de otros era el número de peldaños que conducían a la habitación más secreta de la emperatriz, y al decir de terceros era una alusión al cántico correspondiente en el libro de Salomón.

Pero el joyero Kauffman no era amigo de tales conjeturas, ni había frecuentado la Cábala ni había perdido el tiempo contando ventanas ni subiendo y bajando escalones del palacio imperial. Se trataba de describir la *Catarata* y seguir la pista de su destino desde que por primera vez estuvo engarzado el collar. En 1900 recibió el broche y cierre de rubí. En 1907 se desmontó el rubí del broche y se conservó el rubí del cierre. Dificultades económicas de la Corona hacen suponer que el rubí del broche se llevó a empeñar. La *Catarata* fue desengarzada en varias ocasiones, y vuelta a engarzar. Fue un collar oculto, sustituido, secuestrado, y al cabo llegó a España conservado en su estuche original, bajo el brazo de la emperatriz Zita. Eran tiempos revueltos para la Casa de Habsburgo. La fidelidad de las doscientas bayonetas de la guardia salvaron a la emperatriz. Ella, por su parte, salvó el collar, salvó a sus hijos menores, salvó un par de kilos de oro, la cubertería de plata, un cristo de marfil, dos varas de lienzo de brocado y toda la dignidad imperial. ¿Cabe decir que en la guerra civil española las perlas se ocultaron, desgranadas, en un saco de garbanzos? Eran excelentes garbanzos, de los gordos, nacarados, se dijo que garbanzos de Fuentesaúco. No fue la idea más feliz. Eran tiempos de hambre. Si algún regimiento o alguna partida hubiera dado con el saco, los garbanzos hubieran pasado a la cocina de campaña con perlas y todo, es decir, perlas y garbanzos se hubieran transformado en ventosidades de miliciano o de legionario según hubiera sido la facción. Afortunadamente no se produjo el caso. Superado el peligro de la guerra, el collar se engarzó una vez más.

—Pero dígame, señor abogado —concluyó Aniceto Kauffman—, ¿le aburro?

—En absoluto. Confieso mi ignorancia sobre algunos temas —dijo el abogado Kauffman arrojando su butaca hacia atrás y estirando las piernas por debajo de la mesa—. ¿En qué año estamos?

—En 1939 —respondió el joyero visiblemente halagado por el interés que demostraba Kauffman—. Le estoy hablando de 1939.

El joyero Kauffman sacó un pañuelo y se enjugó la frente antes de continuar.

—Llegó la guerra mundial. Hubo gestiones diplomáticas del Reich para recuperar la joya. Advierta, señor Kauffman, que le estoy resumiendo la historia de Europa.

—Vamos, señor Kauffman —dijo benevolente el abogado—. No quiero exigirle tanto.

—Entonces, si me lo permite, daré un salto en el tiempo. Pongámonos en 1964, cuando el collar llega a manos del industrial Kauffman, el hombre que edifica una fortuna sobre una montaña de salchichas. Puede que la industria del cerdo, aun procurando suculentas reservas bancarias, no sea el colmo del refinamiento social. En todo caso, Kauffman era un hombre perspicaz. Fue el primero que advirtió lo que usted no ha advertido en esas fotografías —dijo el joyero con cierto reproche.

—¿Qué advirtió el industrial Kauffman?

—Que al collar le faltaban perlas.

—¿Me permite?

El abogado solicitó de nuevo las fotografías. Las examinó comparándolas largo rato. Era imposible advertirlo. Se necesitaba un ojo experto.

—¿Cuántas perlas faltan?

—Dos.

—Lo siento —dijo el abogado devolviendo las fotografías—. No hubiera podido averiguarlo jamás.

—Faltan dos perlas —prosiguió el joyero—. Entre 1936 y 1964 se extraviaron dos perlas del collar. Digámoslo de ese modo. ¿En qué circunstancias? Lo ignoramos. ¿Por qué motivo? Es fácil suponerlo.

—¿Por qué motivo? —preguntó el abogado, incapaz de suponerlo.

—Es muy fácil. Con dos perlas menos, un collar de ese prestigio supone un gran poder para quien posee las dos perlas que faltan. Un gran poder sobre el dueño del collar.

—¿Por qué vendió Kauffman el collar? Seguramente no fue al quedarse viudo.

—Oh, no. Ni porque necesitara el dinero. A diferencia de la Casa de Austria, la industria de embutidos del señor Kauffman nunca se vio en apuros económicos.

—¿Por qué lo vendió?

—Kauffman era un hombre de altura, un verdadero coleccionista. Era mucho más apasionante desprenderse del collar y dedicar el resto de sus días a localizar las dos perlas. No sé si usted puede comprenderlo.

El abogado aceptó pertenecer a otra categoría.

—El señor Kauffman me localizó a mí —dijo el joyero—. Por razones que no vienen al caso y por la confianza que depositaba en nuestro nombre, yo fui uno de los sabuesos del señor Kauffman.

El abogado reflexionó unos instantes.

—Usted ha dicho que todas las perlas de la *Catarata* estaban identificadas. ¿Se sabe cuáles son las perlas que faltan?

—La número 15 y la número 42 —respondió el joyero sin dudarlo.

El abogado alcanzó un lapicero y tomó nota distraídamente en un pequeño bloc que tenía a su lado. Nada aún le impulsaba a inmiscuirse en aquel turbio asunto. Era un reflejo profesional. Encabezó la hoja con el epígrafe «Perlas-Kauffman». Luego tachó el apellido obedeciendo a un impulso supersticioso. Recordó que las perlas traen mala suerte. Subrayó la palabra «Perlas» y añadió la fecha de aquel caluroso 3 de agosto. Mientras el abogado escribía, el joyero prosiguió la descripción.

—La número 15 procedía del lote del sultán. Sabrá usted que todas las perlas de cierto rango tienen un nombre. Se las bautiza por capricho o por costumbre. En la lotería, al número 15 se le llama la *Niña Bonita* —añadió el joyero con aire festivo—, pero a la perla número 15 se la conoce con el nombre de la *Embaucadora*.

El abogado se detuvo y levantó la mirada del papel.

—¿Me está usted tomando el pelo?

—En absoluto. Esa perla se llama la *Embaucadora*. Estoy en condiciones de afirmarlo. Cualquiera que haya conocido el collar completo lo confirmaría.

Arropado en su dignidad, el joyero hizo una pausa buscando un efecto dramático.

—Además, la *Embaucadora* obra en mi poder.

El abogado interrumpió sus notas y levantó la mirada por segunda vez. No sabía muy bien cuál debía ser su reacción y optó por la prudencia.

—¿Y la segunda perla? ¿La... 42?

El señor Kauffman arrugó el entrecejo, algo ofendido por la cautela del abogado. Se preguntaba si era digno de su confianza. Se apartó de la mesa y su rostro quedó en sombra.

—¿Y la segunda perla? —insistió el abogado con el lápiz en la mano.

—La segunda perla es *Némesis*.

—*¿Némesis?*

—*Némesis*. Una perla del lote veneciano. Supongo que usted sabe lo que significa Némesis. Poco importa si esa perla la trajo Marco Polo, o si pertenecía a la colección de algún mercader de Venecia. El caso es que se trata de una de las perlas más antiguas del collar.

—Némesis o el Destino. La Fatalidad.

—En efecto, conoce usted los clásicos.

El abogado repasó su bloc de notas. En pocos minutos se había formado una idea de la situación, aunque no sabía a ciencia cierta lo que la circunstancia exigía. De nuevo optó por la prudencia y decidió seguir el procedimiento habitual de cualquier abogado. Intentó imaginar la reacción de Millonetis cuando le hablara de aquel descubrimiento. Dos perlas menos en un collar del precio de su *jet* privado no era un asunto baladí. Por otro lado, había advertido el ceño del ofendido Kauffman y se propuso cerrar la herida y adularle.

—Todo lo que usted dice, señor Kauffman, me interesa prodigiosamente.

El susceptible Kauffman sonrió halagado. El abogado prosiguió la operación.

—Ha trazado usted la historia del collar con gran capacidad de síntesis. El collar está incompleto. Ha puesto usted de manifiesto un pequeño detalle que yo desconocía y que sin duda, digamos, Millonetis también desconoce.

—Pequeño detalle...

—Ese pequeño detalle tiene su valor.

—En efecto.

—Déjeme seguir... Ha identificado usted las dos perlas que faltan y según mis notas es usted el feliz poseedor de la perla que llaman... eh... la *Embaucadora.*

El abogado verificó sus apuntes.

—¿No es así?

—Así es.

—En ese caso...

El abogado trazó una raya sobre el papel.

—Se preguntará usted qué ha sido de *Némesis.*

El abogado fingió consultar de nuevo sus notas.

—*Némesis,* en efecto. ¿Qué sabe usted de *Némesis?* —requirió, dejando caer provisionalmente el lápiz.

El joyero abrió los ojos con gesto escéptico. En su expresión se leía la impotencia y los muchos años de haber perseguido un objetivo inalcanzable.

—Desgraciadamente, no se lo puedo decir. Mejor dicho, hasta la semana pasada no se lo hubiera podido decir y me temo que ahora sea demasiado tarde.

—Explíquese.

A la impaciencia del abogado siguió un profundo silencio. Nada hubiera sido más inoportuno que interrumpirlo. El joyero quería hacer valer que sus ojos habían visto lo que para otros no era visible, o que su entendimiento había comprendido lo que para otros resultaría difícil de alcanzar. Kauffman oscilaba frente a la mesa cuarteado por las barras de luz de la persiana. El abogado volvió a su bloc de notas. La interminable pausa hubiera sido estéril sin las cuatro rápidas anotaciones que le sugería aquel silencio. Primera: el joyero K. se estaba quedando dormido; segunda: el joyero K. sabía mucho más de lo que quería decir; tercera y cuarta: aquel hombre se preguntaba si había hecho bien en acudir a aquel despacho, y en caso afirmativo aún dudaba de cuál debía ser su papel allí. Finalmente, el joyero pareció salir de dudas, o de la visión de la perla *Némesis* suspendida en algún lugar de su memoria en admirada levitación. La luz declinaba suavemente. La persiana proyectaba una piel de cebra en la pared. Se escuchaba el lejano zumbido del aire acondicionado, pero el abogado hubiera podido jurar que en la frente de aquel hombre brillaban unas gotas de sudor.

—En cierto modo creo que no estoy capacitado para hablar de *Némesis*. No es éste el momento. La perla 42 se halla en condiciones muy particulares que podrían poner en peligro su propia localización. Como comprenderá, no estoy dispuesto a ello.

—En ese caso, señor Kauffman, dígame en qué puedo servirle —respondió el abogado por enésima vez aquella tarde.

—Puede usted seguir tomando notas —respondió Kauffman con ironía—, pero estoy seguro de que en estos momentos hay algo que le interesa mucho más. No se le escapa lo que Millonetis, digamos, el Gran Duque, opinará de este asunto una vez que se haya comprobado que digo la verdad. Tampoco se le escapa lo que estará dispuesto a pagar para obtener las dos perlas.

—No estoy capacitado...

—Entiéndame, señor Kauffman, yo soy joyero, usted es abogado, el Gran Duque es hombre de cuyo prestigio financiero y ambición personal no se puede dudar. Yo he dedicado lo más jugoso de mi vida a perseguir las dos perlas y ahora creo haber rozado mi objetivo. El industrial Kauffman murió. Créame que no es cuestión de dinero. Podría obtener mucho más de la cifra que usted está imaginando y lo cierto es que mi interlocutor debe ser el dueño del collar.

—Puedo concertarle una cita.

—No es el momento —respondió Kauffman rotundamente—. Le aseguro que no es el momento.

—Entonces...

El señor Kauffman se incorporó en la butaca sin llegar a levantarse. Alzó los ojos y se palpó los bolsillos de la chaqueta como si buscara un paquete de tabaco. Hubo unos instantes de silencio religioso. Lleva la perla consigo, pensó Kauffman, y en efecto, el joyero extrajo de su bolsillo un estuche no más grande que una nuez. Lo exhibió en la palma de la mano, lo acercó a la mesa y el estuche se abrió con una especie de resorte automático.

—La *Embaucadora* —dijo Kauffman.

—La *Embaucadora* —repitió el segundo Kauffman respetuosamente.

Diez minutos antes hubiera tenido a aquel hombre por loco. Ahora Kauffman volvía a considerar su opinión para ampliarla sin reparos. Los dos estaban locos. Apartó a un lado el bloc de notas y el lápiz y se inclinó sobre la mesa, juntando casi su cabeza con la cabeza de Kauffman. Sentía su respiración y Kauffman sentía la suya. Adelantó la mano. Sus dedos alcanzaron el estuche y se rozaron con los dedos de él. Kauffman temió que Kauffman hiciera un falso movimiento y dejó el estuche encima de la mesa. Ambos se apartaron, cruzados de brazos, como delante de algún objeto prodigioso. Al joyero Kauffman se le humedecieron los ojos. Como si la perla compartiera esa virtud con la cebolla, al abogado Kauffman se le humedecieron los suyos también. Hubo una pausa mágica. Al cabo, el joyero habló.

La perla era una pieza de buen tamaño, sin ser exageradamente grande. La comparación con un garbanzo de calidad no era desacertada. Exhibía un oriente levemente azulado, que podía transformarse en una deslumbrante irisación de acero a plena luz del día sin perder un ápice de su exquisita fragilidad. No alcanzaba a ser una esfera perfecta. Poseía aquel moldeado esferoide, con sospechas de alguna depresión en sombras, tan característico de las perlas del lote del sultán. Su calibre y su peso exacto eran de.... El joyero Kauffman se detuvo a tiempo. Por afinadas que fueran, no era su intención rebajarse a las apreciaciones groseramente numéricas cuando se hallaba delante de un prodigio orgánico de la naturaleza, concebido al vaivén de las mareas en el seno de un laborioso animal, sin acudir a los inmundos procedimientos de inseminación de las perlas cultivadas. Separada de sus hermanas del collar, aislada en su solitario estuche, la *Embaucadora* adquiría el lustre de las joyas más prestigiosas. Tanto más valiosa era la perla por tratarse de un tesoro perdido. Tanto más su precio cuanto que faltaba en el collar. Sin embargo, su incalculable valor se hallaba en aquel irrepetible acontecimiento marino que hace de cada perla un objeto único arrancado a la custodia del océano por el azar de un pescador, y entregado al tiempo y a la historia de los hombres para engarzarse con la codicia y la ambición en las vueltas de un collar.

Kauffman tosió. Kauffman se interrumpió para enjugarse los ojos. Kauffman le imitó.

—Ciertamente es prodigiosa.

—¿No es cierto?

—La *Niña Bonita.*

—La *Embaucadora.* No alcanzo a creer que se hubiera podido hallar mejor nombre.

El abogado tomó el pequeño estuche en la palma de la mano con la avidez de un ladrón. Luego corrigió su actitud y contempló la perla con la avidez de un abogado de negocios. El señor Kauffman le animó.

—Examínela, señor Kauffman. Tiene usted delante de los ojos, no diré el eslabón perdido, pero sí una de las piezas fundamentales del collar. Comprenderá usted el incalculable valor de la *Embaucadora* potencialmente sumada al collar, lo que a su vez multiplica el valor de *Némesis,* sin la cual la *Catarata* no estaría completa.

Kauffman no respondió. Advirtió en la *Embaucadora* el brillo sedoso, la misteriosa refulgencia satánica sin la cual no hay joya legendaria.

—Admírela, señor Kauffman, porque aún le queda por oír lo más sorprendente —añadió el joyero.

Kauffman devolvió el estuche y el joyero lo cerró con la leve precisión de un resorte automático. La perla desapareció de la vista y parecía que su brillo aún flotara un instante delante de los ojos con cierta luminiscencia radiactiva. Por aquel simple procedimiento mecánico el joyero Kauffman hurtaba la perla a cualquier contemplación, y aún así, una vez revelada, la perla proseguía más que nunca presente, no físicamente exhibida, pero virtualmente expuesta, como las milagrosas o diabólicas apariciones que ninguna clase de exorcismo logra disipar.

—Si he acudido a su bufete, señor Kauffman, si he venido a verle en esta africana tarde de agosto, si le he contado lo que usted ignoraba y podía haber seguido ignorando dichoso el resto de sus días, entregado a su familia y sus papeles, jugando al golf en su ocio, cultivando quizá algún jardín, avanzando hacia la apacible vejez, si he acudido a usted, señor Kauffman, es porque he decidido poner la perla en sus manos y confiarla a su custodia. Con todas las garantías, naturalmente. Y quiero afirmar que pronto estaré en condiciones de hacer lo propio con *Némesis,* la perla 42. Se necesita un depositario y nadie más señalado que usted.

El joyero Kauffman se apartó cruzando las manos y dejando el estuche sobre la mesa. El abogado le miró atónito. Si en algún momento había pensado que aquel hombre estaba loco, si más tarde había compartido cierto grado de enajenación con él, si ambos se habían sentido, cómo negarlo, transitoriamente privados de capacidad discursiva, ahora el abogado Kauffman parecía incapaz de comprender el habla humana.

—¿Cómo dice usted?

—Es un momento histórico. Si Millonetis está dispuesto a poseer la *Catarata* completa, con las dos perlas que le fueron mañosamente arrebatadas, el intermediario más indicado, repito, es usted, señor Kauffman.

—¿Cuál es mi garantía?

—La primera garantía es su palabra —manifestó con énfasis el señor Kauffman—. La palabra del abogado del Gran Duque.

Kauffman calló unos instantes. Nada le obligaba a confesar las sucias relaciones que a menudo empañan la reputación del bufete más prestigioso.

—¿Tengo que entender que debo transmitir al Gran Duque algún mensaje?

—Puede transmitir el mensaje que juzgue oportuno. Millonetis debe saber lo que desea. Él es el dueño del collar.

—Naturalmente será una transacción difícil —avanzó el abogado con prudencia.

—Lo comprendo. No es el momento de establecer una cifra que puede estar muy por debajo de mis esperanzas y ridículamente al margen de la reputación del collar. Me consta que no corro ningún peligro haciendo esta entrega, señor Kauffman, mientras *Némesis* siga sin localizar. Yo soy el único que puede localizarla. Si Millonetis es, como espero, gran jugador y audaz coleccionista, no arriesgará hacerse con la *Embaucadora* a cuenta de perder *Némesis*. Digamos que ésa es mi segunda garantía. Sin dudar de su palabra, señor Kauffman. Sin poner en tela de juicio el confort y la honradez que emanan de este lugar.

Kauffman agradeció el cumplido con una inclinación de cabeza. El joyero Kauffman era un viejo zorro. Por primera vez el abogado se atrevió a alcanzar el minúsculo estuche de la perla y atraerlo hacia sí.

—¿Hay alguien más al corriente de este asunto?

—Precisamente. Un sujeto llamado Julián el Gordo, alias *Su Eminencia,* orfebre y fabricante de objetos litúrgicos. Julián pasa por ser un individuo de carácter taciturno, algo opaco de inteligencia, hábil con las manos, sólido amigo en las situaciones angustiosas de la vida. Y créame que en mi vida no han faltado situaciones angustiosas. Por más de una razón he creído conveniente poner a Julián el Gordo al corriente de esta iniciativa, con la convicción de que llegado el caso sabría tomar cartas en el asunto.

—Ya.

—Disculpe que exhiba un naipe que puede parecerle una amenaza.

—Yo puedo no aceptar el compromiso.

—Por favor —insistió Kauffman con voz extrañamente dolorida.

El abogado bajó la frente y se llevó la mano a la barbilla.

—Y recuerde que en dos días *Némesis* puede estar en sus manos.

El abogado había olvidado sus apuntes, pero recuperó el lapicero para tomar nota de aquellas informaciones. Juan Gordo, Némesis, Dos Días. Tuvo el convencimiento de que arrojaba oscuramente el balance final de tan desatinada conversación. Sin embargo, y por seguir las más fiables instrucciones del trato, puso el estuche que contenía la *Embaucadora* a su izquierda. El gesto no pasó inadvertido al joyero, que sonrió con agrado. Minutos después, y sin que la perla fuera ya mencionada en un exquisito pacto entre caballeros, el abogado guardó el minúsculo estuche en un cajón. Era el segundo cajón de su derecha, donde se hallaba su agenda particular, la pipa de raíz de brezo que nunca utilizaba y una pequeña pistola legalmente registrada, más como un capricho que como una necesidad profesional. Cerró el cajón con llave y volvió a apoyarse sobre la mesa con la impresión de haber realizado con éxito un decisivo juego de manos. La luz declinante había reptado hacia el techo, donde proyectaba un curioso enrejado óptico. El abogado dio por concluida la conversación.

—Sería una delicia pasar la velada con usted, señor Kauffman, pero la hora del lobo se nos está echando encima —se excusó consultando el reloj.

El joyero lanzó una mirada incierta a su alrededor, como si quedara algo por decir. Luego se puso en pie. Kauffman se levantó a su vez, rodeó la mesa y se dispuso a acompañarle hasta la puerta.

—¿Olvida usted algo? —dijo advirtiendo el último titubeo de su visitante.

—Creo que no olvido nada. Imagino el júbilo de Millonetis cuando sepa que las dos perlas errantes se encuentran al alcance de su mano. Pienso en su sana alegría cuando comprenda que puede completar el collar.

—Lo mismo imagino yo.

—Estoy seguro de que lograremos entendernos. Millonetis debe de ser un gran hombre.

—Sabrá estar a su altura, estoy seguro.

Kauffman mantenía la puerta abierta. El joyero se despidió con un caluroso apretón de manos. Luego se ajustó la chaqueta y dio media vuelta. Kauffman le vio alejarse por los amplios pasillos del edificio vacío hacia el ciego resplandor de la puerta de cristales, donde su silueta se disolvió con arcangélica levedad. El pasillo quedó desierto. Entonces Kauffman no podía saberlo, pero aquélla era la última vez que veía con vida a aquel hombre. Solo en su despacho, al fin solo en su despacho, Kauffman levantó la persiana para admirar los destellos de acero y cristal que arrancaba el crepúsculo en los arrogantes rascacielos de Madrid.

ESA MISMA NOCHE

Lo primero en que pensó el abogado Kauffman fue en consultar con su abogado. Para evacuar consulta en casos complicados, los abogados suelen acudir a un abogado, normalmente un colega de confianza o un antiguo compañero de facultad. En sus agendas suele figurar en la letra X. El primer impulso de Alfredo Kauffman fue consultar con X, con quien había compartido bufete en sus comienzos, además de pertenecer al círculo cerrado de cierta antigua fraternidad estudiantil basada en los campeonatos de mus universitarios. Más tarde, tanto X como Kauffman habían ampliado sus respectivos horizontes sin perder aquel valioso contacto que tantos trofeos había merecido sobre el tapete. Kauffman tuvo el teléfono de X en la mano. Luego cambió de opinión y decidió reflexionar solo. El crepúsculo de Madrid exhibía sus más lujosas galas en un despilfarro de sangre y oro que anegaba la ciudad. Por un instante el abogado tuvo delante de los ojos como un presagio de futura grandeza. Luego se apartó de la ventana y se dirigió al escritorio para examinar el bloc de notas. Tenía conciencia de que todo lo ocurrido aquella tarde se hallaba consignado allí.

Bajo el epígrafe y la fecha, su escritura apenas cubría dos de aquellas hojas. En tres frases sinópticas se resumía la historia de la *Catarata del Mar Pérsico,* tal como el joyero Kauffman la había contado. Algunas anotaciones recogían los detalles de las perlas errabundas. Todo concluía con la mención de Julián el Gordo, así era, efectivamente, el abogado verificó el apunte intuyendo no se sabe qué tipo de desdichas en caso de que Julián el Gordo se enfadara y, como muy claramente había dejado sentado el joyero, pusiera en funcionamiento su espesa mollera y tomara cartas en el asunto. El abogado se tranquilizó sabiendo que de momento no había condiciones que complicaran el asunto, al menos en el sentido en que Julián el Gordo pudiera enfadarse. De momento era un asunto entre el joyero Kauffman y él.

A través de la ventana imaginó al joyero disolviéndose en el hispánico crepúsculo rojo y gualda. Un instante después, cuando acabó de consultar el bloc de notas, le tuvo frente a él. Levantó la vista del papel y le vio sentado del otro lado de la mesa, con las manos cruzadas, con seráfica expresión, repitiendo: «Le va a asombrar lo que va a oír, señor Kauffman». Le vio de nuevo y advirtió en su sonrisa algo como una tentación mefistofélica: «Si me obedeces, serás rico», proclamaba su expresión. Y aunque los recursos del abogado Kauffman fueran considerables y no necesitara en modo alguno aumentar su confort o su más que envidiable tren de vida, aquella invitación hacia inverosímiles latitudes de la cuenta bancaria surtía algún efecto. Abrió el cajón. La perla se encontraba en buena compañía, entre la pipa de raíz de brezo y aquella pistola, casi coqueta por sus dimensiones, que el abogado se había decidido a comprar, en circunstancias pasadas y solicitando los correspondientes permisos, por indicación de su mujer. El estuche ovalado que contenía la perla, sólido como una nuez, parecía ocultar no se sabe qué potencia concentrada. Pulsó el resorte automático para abrir el estuche y admirarla unos instantes. La *Embaucadora* emitía su brillo característico, constante y sedoso. Se diría que hacía gala de ocultas propiedades radiactivas. Cerró el estuche y lo volvió a dejar entre la pipa y «la pipa», rió para sus adentros, es decir, entre la pipa y aquel amigo de modesto calibre y sangre fría que nunca había tenido ni la más remota ocasión de utilizar. Era un lugar seguro. O quizá no era el lugar más seguro. O no era el lugar que la perla merecía. Allí mismo, en el bufete, detrás de un lienzo que en un alarde simbólico representaba el despellejamiento de san Bartolomé, se encontraba la caja fuerte del despacho, pero aquello era carnaza para eventuales tiburones. Además, tras un inocente diploma del club de golf, temporada 94-95, trofeo Día del Club, categoría senior, mención honorable, se hallaba una segunda caja fuerte, más reducida de tamaño, más discreta y más secreta de combinación. Sin embargo, ninguno de los dos reductos le pareció adecuado a Kauffman. Depositó el estuche con la perla donde estaba. Cerró el cajón con llave dejando para más tarde lo que se había convertido, no ya en un injustificado y confuso sentimiento de apropiación indebida, sino en una cuestión personal.

El abogado dejó volar entonces su fantasía hacia la hipótesis más favorable a sus intereses, es decir, aquella que se cifraba en el generoso reconocimiento del Gran Duque cuando Kauffman le informara, primero, de que la *Catarata del Mar Pérsico,* su más prestigiosa adquisición, más cotizada que *Lord Duddy IV,* el semental irlandés de su cuadra de caballos, más admirada que sus dos zurbaranes (confidencialmente tenidos por falsos), más codiciada que su espléndida mujer, informarle, pues, de que la *Catarata del Mar Pérsico* estaba incompleta y le faltaban dos perlas.

Y segundo, que él, Kauffman, se hallaba en condiciones de restituir a la joya su histórica integridad perdida. El abogado se hallaba tentado por considerar un tercer motivo de reconocimiento, por el cual el Gran Duque, cuyo feroz sarcasmo era bien conocido en los círculos financieros, cumplimentaría con humilde admiración, en pocas frases bien sentidas pero oídas por todos y divulgadas en las Cámaras y en la Bolsa, el respeto que le merecía la sagacidad de Kauffman. A fin de cuentas, Kauffman era su abogado. O para hablar con más irritante propiedad, Kauffman era sólo uno de sus abogados, y no el más encumbrado ciertamente, una especie de chico de los recados encargado de resolver costosísimos caprichos y de representarle en las subastas. Y quizá fuera aquella la ocasión que el destino había fraguado, cruzando sus tortuosos hilos, para que en una estratosférica ascensión Kauffman se convirtiera, no ya en El Abogado, sino en el consejero y mentor a cuyo escritorio el Gran Duque acudiría, en el fragor de sus más arriesgadas inversiones, en busca de dictamen. La fantasía de Kauffman proyectaba el acontecimiento con auténtica euforia. Su reputación profesional alcanzaría las más elevadas cotizaciones. Faltaría abrillantador para pulir el cobre de su bufete. Vería su nombre en la noche, un lacónico Kauffman de neón en lo alto de la torre, junto al anuncio de Danone, compañía propietaria del edificio y ocupante de cinco plantas. Kauffman saboreó las mieles de su cercano triunfo. Se reclinó en la butaca con las manos en la nuca pivotando lentamente. Su reflejo levitó en el amplio cristal de la ventana, sutil y tenebroso sobre el anochecer de la ciudad. Permaneció así unos minutos. Aquello le dio fuerzas para enfrentarse a una situación mucho más anodina y más temible. El humano Kauffman, el hogareño Kauffman, estaba solo. Su sangre más cercana y su cariño se habían ido de vacaciones y aquella misma noche había quedado en telefonear a su mujer.

Alcanzó el aparato con un suspiro dejando atrás sus sueños. Marcó el número y esperó la voz de aquella que compartiría sus laureles. Su mujer no se hallaba lejos del teléfono y no tardó en contestar.

—¿Margarita? Estoy en el despacho.

Ella se había ido de vacaciones con las niñas unos días antes. Los Kauffman-Solís alquilaban una casa cerca de Alicante, no lejos de la playa. El atavismo teutónico de Kauffman le hacía añorar los veranos inciertos del Norte, pero Margarita era de Valencia y el abogado cedía a cierta inexplicable prioridad de las hembras a la hora de organizar el veraneo. No se telefoneaban todos los días. Era un pacto de mutua independencia. Los años de matrimonio no habían desgastado el cariño, pero habían colmado de algún modo la proporción de aburrimiento que las mejores parejas están dispuestas a soportar. Así pues, Kauffman se sentía libre de frecuentar los antros de Madrid en busca de alguna más que hipotética aventura, y a cambio Margarita podría disfrutar en la costa de la misma libertad. Kauffman había imaginado a su mujer entregada a desaforados idilios con jóvenes libidinosos, abandonada al sexo sáfico o practicando el coito interracial. El mismo Kauffman podría correr turbios romances bajo el ojo suspicaz de los proxenetas, o seducir a cualquier paloma blanca para corromperla con el libertinaje de la capital. Sin embargo, lo más probable es que nada de eso sucediera. Margarita acompañaba a las niñas a la playa, a mediodía comían paella y al anochecer las llevaba al Luna Park. Semejante organización del tiempo no impedía hacer el amor por las noches con un negro, pero resultaba altamente improbable. Y en lo referente a Kauffman, a los pocos días había comenzado a sentir el peso de la soledad. Echaba de menos a las niñas. Margarita, la mayor, se parecía a Margarita la madre. Tenía doce años, y su pelo ya era lustroso, y sus ojos castaños se turbaban con la misteriosa timidez de los primeros deseos. La segunda de las niñas, Andrea, tenía diez años. Era un pajarraco silvestre, de fulgurante mirada violeta, un animal cuyas células se multiplicaban vertiginosamente, y que parecía dispuesto a comerse la vida a manotazos. Lo mismo se abrazaba a la cintura de su padre que desatornillaba la cabeza a una muñeca. Al abogado se le entibió el corazón cuando escuchó la voz de la madre. La conversación fue breve.

—¿Qué tal las niñas?

—Se acaban de acostar. Yo estoy en la terraza con un Martini esperando a unos amigos.

—¿Unos amigos?

—Ya sabes. Cosas de vacaciones. ¿Y tú?

—Yo estoy en el despacho, trabajando —dijo secamente Kauffman.

—Vaya, vaya.

Hubo unos instantes de silencio. Margarita hizo tintinear deliberadamente los cubitos de hielo en el vaso de Martini. Se aburría. Pero no iba a ser ella la primera en admitirlo. No esperaba a nadie. Las noches de sexo mediterráneo no eran para ella. Se había preparado un Martini y se había instalado en la terraza con el teléfono al alcance de la mano y un sentimiento de tediosa libertad. Pero no estaba dispuesta a confesarlo. Las niñas dormían; Margarita, la mayor, con el cabello derramado sobre la almohada; Andrea, la pequeña, con los párpados vibrátiles y los puños apretados. Una palmera inmóvil, casi mineral, se recortaba en la oscuridad sobre el mar de brillos metálicos. De nuevo hizo sonar lánguidamente el hielo junto al auricular, despertando celos y deseos de venganza en el atribulado corazón de su marido, pero tampoco el abogado tenía intención de reconocerlo. ¿Sería capaz Margarita de dar una fiesta en la casa? No llegaba a creerlo. Fingió serenidad y acalló las voces en su pecho que pedían el exterminio de aquellos supuestos amigos de su mujer capaces de profanar el chalet con horribles escenas de orgía a escasos metros de donde dormían sus hijas. Los dedos de Kauffman se crisparon en el brazo de la butaca como si de un momento a otro fuera a ser lanzado por los aires. Del otro lado de la línea ella se recostó en el sillón de mimbre y estiró lánguidamente las piernas. La noche era tibia y a lo lejos tremolaban las luces del Luna Park. Humedeció sus labios en el vermut y castigó con desdén el silencio de su marido.

—¿Has matado las cucarachas?

—¿Qué cucarachas?

—Tus cucarachas.

Kauffman recordó la plaga del despacho. La compañía encargada de exterminarlas no se había presentado aquella tarde.

—Oh, no. Creo que han emigrado todas cuando han oído hablar de la solución final. Oye, Margarita, esos amigos tuyos...

—Recuerda el pacto, Kauffman. Nada de preguntas indiscretas.

—Pero tengo que saber...

—Recuerda el pacto. Nos lo contaremos todo cuando estemos en Madrid.

El abogado no pudo retener la voz de sus entrañas.

—¡Piensa en tus hijas! —gritó desgarradoramente.

Le llegó la voz pausada y felina de su esposa.

—¿Por quién me tomas, Kauffman?

En sus horas de gris distanciamiento le llamaba por el apellido, muy lejos del cariñoso Fredi que sabía emplear en sus momentos de aterciopelada seducción.

—¿Por quién me tomas? Tus hijas se han pasado hora y media en la Gran Noria y cerca de una hora en los intestinos de Moby Dick y ahora están durmiendo. Yo tengo derecho a un poco de vida privada —añadió pérfidamente, mojando de nuevo los labios en el vermut.

—Vida privada... —casi sollozó Kauffman.

—Vamos, Kauffman, no te pongas así. Además, tú también estás teniendo vida privada, supongo...

Kauffman adivinó el levísimo estremecimiento de los celos en la voz de su mujer y se sintió más seguro. Cruzó las piernas y se volvió hacia la ventana. Allí estaba su triunfante reflejo en la oscuridad. Alcanzó la copa de whisky que había dejado Kauffman y bebió un sorbo.

—No tengo tiempo para enredos. Me han surgido unas obligaciones —añadió más sereno—. Te hablaré de ello.

—¿Qué clase de obligaciones?

—No puedo decírtelo ahora —respondió Kauffman con algún misterio—. Ahora tengo que dejarte, Margarita. Creo que están llegando tus amigos —añadió con insidia al oír la voz de una de las niñas que llamaba a su madre desde el dormitorio.

—Eres un cerdo, Kauffman. Un asqueroso cerdo, y tus hijas van a saber la clase de padre que tienen.

—Margarita.

—No me hables. Vete a cumplir tus obligaciones con alguna de esas furcias para ejecutivo que os esperan en los semáforos. Pero en mi cama no vuelves a entrar, Kauffman, en mi cama no vuelves a entrar.

Kauffman se sintió victorioso navegando en la cresta de la tormenta. Respiró muy ufano. Intentó apaciguar a su mujer. Era muy capaz de no dejarle entrar en su cama.

—Margarita, cariño...

—No me toques —gritó ella a cuatrocientos kilómetros de distancia.

—Sabes que no me espera ninguna puta en ningún semáforo... —comentó dulcemente.

—No quiero saber nada.

—Te volveré a llamar. Pasa un buen verano. Ponte morena.

Kauffman se despidió enviando besos para las niñas. Su mujer colgó el teléfono y Kauffman la imaginó bellísima, hecha una furia, tierna como una madre y peligrosa como una mujer fatal. Suspiró satisfecho. Nunca había querido a una mujer como quería a la suya, eso era patente hasta en el delicioso sufrimiento que los celos le causaban. El hogar sin ella era una casa vacía. El temor a saberla en otros brazos aguijoneaba su deseo. Estaba profundamente enamorado de aquella mujer que le había dado dos hijas, la *Embaucadora* y *Némesis*, es decir (se corrigió al instante), Margarita y Andrea, dos perlas sin las cuales la existencia carecía de belleza. De nuevo Kauffman suspiró frente a la noche, pivotando lentamente en su butaca, imaginando elevadas estrellas, invisibles constelaciones urbanas. Y lentamente también, como alejándose de la escena del jardín nocturno que la llamada por teléfono evocaba, su espíritu se fue deslizando hacia los inmediatos acontecimientos de aquella tarde. En algún lugar de su sistema nervioso Kauffman poseía un doble sentido del misterio, el que le empujaba a la osadía y el que le incitaba a la prudencia. El cauteloso Kauffman permaneció reflexionando largo rato y al cabo respiró profundamente, cediendo el paso a la parcela audaz de su espíritu. El atrevido Kauffman se dijo que había llegado el momento de tomar alguna decisión.

El abogado se levantó de la butaca y permaneció unos instantes de pie, con la mano izquierda en la mesa, como si buscara apoyo, acariciándose el mentón con la mano derecha, reflexionando unos segundos más. Luego se apartó unos pasos y aún se detuvo con los brazos cruzados y la mano en la barbilla, inmóvil, una silueta negra que la lámpara del escritorio proyectaba contra el mobiliario y las paredes como un fantasma de propiedades adhesivas, largas piernas y escaso volumen de cráneo. Era un hombre alto, a medio camino de alcanzar los cincuenta años, delgado de cuerpo y con una tendencia incipiente a cargarse de hombros, como si en todo momento iniciara una profunda meditación. Según constaba en su signo zodiacal, era obstinado, secreto y taciturno, algo que no debía ser tenido en consideración cuando el abogado se mostraba perezoso y hablador, lo que sucedía con la misma frecuencia. Tenía una hermosa mirada que su mujer, en los momentos tiernos, decía profunda como un tazón de chocolate. En los momentos aburridos aquella misma mirada la exasperaba, y sorprendentemente no había dudado en compararla con el obstinado trasero de una mula, incapaz de sugerir la menor fantasía a una mujer que necesitaba algo distinto a la espesa felicidad conyugal, sin reconocer los senderos de la aventura más allá de alguna efímera relación sin apasionamiento ni arabescos sexuales. El abogado no era hombre de grandes refinamientos y le gustaba considerarse un pragmático. Su amigo X, en quien el abogado confiaba como debe confiarse en un abogado, decía de él con cariñosos consejos profesionales y corrosiva franqueza que su sólida reputación descansaba en la poca ambición de sus negocios, como un monumento de impericia sobre un zócalo de prudentes dimensiones. Pero el abogado sabía que su amigo X envidiaba la clientela de su bufete tanto como él envidiaba el enciclopédico conocimiento de las argucias de la vida que poseía X. El abogado había llegado a comprender que su situación valía y mejoraba la de X y en aquellos momentos necesitaba una cerveza. Por segunda vez estuvo a punto de descolgar el teléfono y evacuar consulta con su amigo y confidente, pero renunció a ello. Casi podía sentir el escalofrío de codicia y el súbito ataque de fiebre de X si tuviera noticia de un asunto como aquél. Además, su cuerpo se arruinaba sin una cerveza. La meditación conducía a conclusiones tan sencillas como aquélla. Se moría de sed.

La oficina de Kauffman disponía de un pequeño apartamento en el último piso de aquella misma torre. El abogado lo utilizaba en ocasiones especiales o cuando se quedaba solo en Madrid. En el mueble-bar del despacho, disimulado detrás de un panel de nogal, no había cerveza. En el apartamento, sin embargo, había cerveza. Por lo tanto, la primera decisión de Kauffman fue trasladarse allí. Bajó la persiana sobre la noche suntuosa y azulada que caía sobre Madrid y volvió al cajón del escritorio donde había dejado bajo llave el estuche que contenía la *Embaucadora*. Abrió el cajón y se metió en el bolsillo el estuche en forma de nuez. De una ojeada comprobó que a su alrededor todo estaba en orden. Aniceto Kauffman, el joyero, había dejado sobre la mesa la copa de whisky a medio acabar. La recogería la mujer de la limpieza. Kauffman apagó la lámpara del escritorio y se alejó a tientas hacia la puerta. Cerró el despacho con precaución, temiendo alborotar con el mínimo chasquido de la cerradura el edificio vacío.

Los pasillos estaban desiertos, pálidos y sobrenaturales bajo la luz cenital. El ascensor llegó con un largo suspiro neumático, como si la máquina hubiera sido arrancada de los profundos sótanos del sueño. Kauffman se encerró con tres Kauffman suplementarios en el cubículo forrado de espejos y pulsó el botón del último piso. Al pasar por la quinta planta pudo ver al guardia de seguridad de Danone dormitando en una silla del corredor. En la sexta planta había otro guardia de seguridad, en idéntica situación que el primero. Danone poseía un servicio de seguridad en cada una de sus plantas, hasta la planta diez. ¿Qué era lo que temía Danone? ¿Qué materia estratégica figuraba en los archivos secretos del yogur? El ascensor llegó a la planta decimotercera y abrió sus puertas después de un breve titubeo para liberar a Kauffman y desprenderse de los tres espúreos Kauffman que en el intervalo habían habitado sus espejos en idéntica paciente postura. El abogado se registró los bolsillos buscando la llave del apartamento. El techo del pasillo era más bajo que en las plantas inferiores. La moqueta era de un tibio color dorado, más acogedor y más coqueto que en las plantas dedicadas únicamente a oficinas. El abogado desfiló ante una serie de puertas idénticas hasta llegar a la puerta marcada con el número diez.

Kauffman encendió la luz del pequeño *hall*. Lo primero que hubiera hecho, de haber obedecido a sus instintos, hubiera sido precipitarse al refrigerador a por una buena botella de cerveza, y trasegar ávidamente a su estómago el líquido necesario para restablecer el equilibrio térmico del cuerpo, aferrándose a la botella helada, sintiendo la espuma desbordar del gollete sobre sus dedos, pero pudo más su conciencia profesional que el impulso de supervivencia de un hombre sediento. No había olvidado que llevaba en su bolsillo el estuche con la perla y que en aquel apartamento se hallaban las mejores condiciones de seguridad. No solamente estaba protegido por aquellas cinco plantas intermedias que vigilaban, cierto que algo descuidadamente, los hombres de Danone. Allí era también donde Kauffman había instalado su verdadera caja fuerte. El apartamento se componía de un salón, un pequeño dormitorio discretamente amueblado, una diminuta cocina y un cuarto de aseo con todo lo necesario para cualquier emergencia. Kauffman cerró la puerta con el pie y se dirigió al salón. Un intenso resplandor azul se precipitaba por la ventana. Era el gigantesco panel luminoso de Danone, que coronaba el edificio sólo unos metros por encima de él. El abogado halló a tientas el interruptor de una lámpara y el resplandor celeste fue expulsado a la terraza. Luego arrojó la chaqueta sobre el sofá y se dirigió a la cocina. Por segunda vez venció la tentación de precipitarse directamente al refrigerador. En lugar de ello, se inclinó sobre el horno microondas como un relojero sobre un reloj bien conocido y manipuló brevemente los mandos. La puerta hizo clic. El aparato se abrió accionado por un invisible resorte. Una lámpara triste como la de un sagrario iluminó el interior. Una manipulación suplementaria permitió, en un segundo movimiento, descorrer el fondo del artefacto y descubrir la caja fuerte. Kauffman extrajo de su bolsillo el ya familiar estuche en forma de nuez. La caja fuerte no estaba vacía. En la penumbra, donde alcanzaba el brazo, se hallaban unos fajos de billetes. Ciertos emolumentos no declarados, sujetos con elásticos de mercería, daban testimonio de aquellas actividades del abogado que terminaban por generar un dinero tanto más tentador cuanto que era negro. Un revientapisos o un inspector de Hacienda (en la mentalidad de Kauffman al cabo venían a ser lo mismo) podría descerrajar su despacho o investigar sus libros de cuentas, pero nadie conocía la existencia de aquella minúscula cueva de riqueza en la decimotercera planta del edificio, al abrigo del microondas y por encima del escudo protector de las cinco plantas de Danone y su cuerpo de guardia. No había lugar más seguro para la *Embaucadora.* Volvió a contemplar la perla antes de depositarla en lo profundo de la caja. La admiración de tenerla entre sus manos despertó deseos confusos. Dudó unos momentos antes de volver a activar el mecanismo para cerrar la puerta. Consideró, sin estar muy seguro de los motivos, que podía necesitar dinero y después de pensarlo unos instantes echó mano de uno de los fajos de billetes. En su espíritu no habría cuentas claras en un asunto como aquél. Luego volvió a depositar el estuche con la perla y accionó delicadamente el aparato para cerrar la puerta del horno.

Entonces, sólo entonces, el sediento Kauffman se dirigió al refrigerador en busca de una cerveza. Con la botella en la mano (fría la botella, desbordante la espuma sobre la garra de los dedos) salió a la terraza. Las cortinas de la puerta corredera ondularon levemente detrás de él. La generosa inundación eléctrica de Danone caía sobre sus hombros. La noche se estremecía con el zumbido de muchos miles de vatios. De un solo trago ávido Kauffman dejó terciada la botella de cerveza. Le invadía un grato sentimiento de libertad solitaria. Lejos de sentirse oprimido por las tres poderosas sílabas del tamaño de un vagón de ferrocarril que reinaban sobre su cabeza, Kauffman admiró el paisaje de rascacielos, muy por encima de la ominosa sombra de las torres en el suelo. De un segundo trago redujo la cerveza a su tercio inferior. Alto en el cielo brillaban constelaciones de logotipos bancarios. A sus pies se abrían desfiladeros urbanos, cañones y gargantas del laberinto de la ciudad. De un último trago con retornos pépticos Kauffman apuró la cerveza y apaciguó con breves palmaditas en los labios a las divinidades gaseosas que se manifestaban por su boca. La noche era espléndida y desde allí se dominaba Madrid.

El abogado se humilló para dejar la botella de cerveza junto al parapeto del balcón, en compañía de otra media docena de botellas vacías, resto de anteriores desagravios nocturnos a la sed, y volvió al apartamento. Se aflojó el nudo de la corbata, se descalzó un pie con otro y arrojó lejos de sí un par de finos zapatos de cocodrilo. La atmósfera del salón había acumulado el calor del día y agradeció la brisa que hinchaba levemente las cortinas con sugestivas ondulaciones orientales. El abogado se dejó caer en una butaca y alcanzó el teléfono. Ahora que sentía satisfechas las necesidades del cuerpo, acometía la tarea de cumplir con su deber, y el primero de todos era poner al Gran Duque en antecedentes de lo ocurrido aquella tarde.

Había varias maneras de entrar en contacto con el Gran Duque. No podía acostumbrarse a llamarle de otro modo. Nadie podía. Recordó al joyero Kauffman introduciendo con grandes precauciones y viperina insinuación su apodo particular, Millonetis, un nombre que valía lo que su nombre decía, y al mismo tiempo dejaba abierta la posibilidad de participar en la estela de millones que la sola mención de ese nombre sugería, del mismo modo que se invoca a los cometas o a los astros favorables de la fortuna. Había varias maneras de entrar en contacto con Millonetis, repitió Kauffman, optando por el apodo que creyó más propicio a la buena suerte. Una de ellas era llamándole al despacho del Banco. Otra era llamándole a la presidencia de la Compañía, o a la presidencia de media docena de Compañías que dependían de él. Otra era en el círculo más amplio, casi inagotable, de los hombres de negocios en los que Millonetis influía. Pero Kauffman sabía que la mejor manera de entrar en contacto con el Duque era llamándole a «La Perdiguera», la finca que Fernando Garras, el lugarteniente del Gran Duque, poseía no lejos de Madrid. Muy poca gente disponía de aquel número de teléfono, salvo los íntimos y los suministradores habituales, algunos sastres, un armero, y también Kauffman, representante en las subastas del Gran Duque, ocupando un lugar jerárquico que no era el de los íntimos, pero que podía situarse definitivamente por encima del nivel de los sastres, aunque ligeramente por debajo del armero que preparaba para Millonetis las escopetas Purdley y los rifles en la temporada de caza. El abogado marcó el teléfono de la finca y estiró los pies. Un tardío eructo le llenó la boca con el pasado esplendor de la cerveza. Quizá merecía una segunda botella. Dejó para más tarde ese grato pensamiento y esperó.

Aquino, el criado filipino de la finca, descolgó el teléfono. Era un oriental silencioso que perseveraba en llevar flotantes camisas de mangas anchas, como si en cada una de ellas ocultara un puñal. Se había aclimatado con asombrosa facilidad a la finca y pasaba por fabricar delicados afrodisíacos con algarrobas fermentadas. El filipino había insistido en ocuparse personalmente de la jauría de caza, despidiendo con intrigas al montero, y había conseguido que los perros le recibieran con un respetuoso silencio cuando él se acercaba a las perreras, bajas las colas e inmóvil la mirada, con perruna resignación, como reconociendo a un ser superior, alguien más fuerte que ellos. Unos decían que el filipino, nostálgico de su país, de vez en cuando se comía alguno. Otros decían que los perros le respetaban porque les alimentaba bien, lo cual no estaba reñido con lo primero. El filipino reconoció la voz de Kauffman. Sabía, como él decía, que era el hombre de los collares.

—Duque está de vacaciones —dijo con la voz neutra de quien anuncia un eclipse de sol—. Aquino no sabe si vuelve —añadió con pasiva resignación, como si comunicara que había desaparecido otro de los canes.

—¿Hay alguien más en la finca?

—Señorita Toribia y señor Garras.

El filipino eliminaba los artículos. Toribia, a quien llamaban *la Perdices*, era la cocinera y ama de llaves de la finca, viuda de un jardinero. Era una manchega de Tomelloso, mujer brava y algo entrada en años, a quien el filipino únicamente llamaba señorita Toribia porque tenía los ojos puestos en ella y aspiraba a poder invitarla algún día a cenar perro. El abogado pidió al mayordomo que le pasara al señor Garras.

—Dígale a Fernando Garras que se ponga.

—Garras se baña en gran piscina —dijo el mayordomo ponderando a su amo.

—Es igual. Garras estará encantado de poder hablar con Kauffman.

—Kau Man puede esperar —informó el impasible filipino.

Kauffman esperó a que el filipino transmitiera su mensaje. Siguió auditivamente el clac, clac de sus sandalias de suela de madera mientras el mayordomo cruzaba el vestíbulo con el teléfono móvil en la mano. Al pasar frente a la cocina y la lavandería el clac, clac se hizo más discreto. El filipino había descubierto la luz encendida. Alzó el pecho y su paso se hizo varonil y apuesto, como en las danzas amorosas de su tierra, con intención de agradar a la viuda. Luego salió al porche, iluminado por dos faroles de hierro forjado que arrojaban sombras de geranios sobre las baldosas de barro cocido. Bajó las escaleras con un clac, clac reconfortado por la formidable impresión que pensaba haber causado en Toribia. Luego se adentró en el silencioso y mullido espacio de césped. Kau Man seguía balanceándose en su mano. La piscina se hallaba en un área distante, en parte protegida por un seto de laureles y entre las sombras de las cabinas de baño. Un ramillete de palmeras se reflejaba sobre la ondulante lámina de agua iluminada de azul. El silencioso recorrido se hacía interminable. El abogado se impacientaba.

—¿Garras? ¿Garras?

La noche era tibia. El filipino llegó por fin al borde de la piscina. Fernando Garras cruzaba la piscina con lentas brazadas de cachalote atrapado en una red de reflejos fluorescentes. Su silueta reptaba en el fondo azulado. El filipino alargó el teléfono manteniéndole en el extremo de su brazo como si escondiera en su interior un Kau Man adecuadamente miniaturizado.

—¿Garras? —repitió la voz eléctrica y diminuta del abogado un metro por encima de la superficie del agua.

Fernando Garras salió por la escalerilla vestido con un traje de baño amplio como un calzón de boxeo. Se pasó ambas manos por su brillante pelo negro arrojando hacia atrás los rizos y se acercó al filipino dejando un rastro de agua. Cogió el teléfono y despidió al mayordomo con un gesto. Clac, clac, clac, se alejaron las suelas de madera por el borde de cemento hacia el mullido silencio del césped, y hacia el porche, y hacia el amoroso ballet del vestíbulo, frente a la cocina donde Toribia, ajena al delicado ritual de seducción de que era objeto, arremangaba sus robustos brazos para amasar un pastel.

Fernando Garras se dirigió con el teléfono en la mano hacia el lugar donde estaban las toallas. Cinco o seis tumbonas rayadas se hallaban dispuestas en torno a un par de mesas formando un círculo desierto, como en una escenografía abandonada donde los fantasmas de la hora del cóctel, al mediodía, aún conversaban. Era un hombre de mediana estatura, ancho de hombros, musculoso, velludo, con el andar firme y el sólido balanceo de los grandes monos que se entregan a ejercicios físicos. Se acercaba a los cuarenta y cinco años pero conservaba un hermoso y tupido cabello negro, con esa calidad brillante y bien peinada que se observa en algunos proxenetas y apostadores de carreras. Con todo, Fernando Garras era economista, o al menos sus servicios incluían los de asesor financiero. Había llegado a ser el hombre de confianza del Gran Duque en las turbias maquinaciones que necesitaban más conocimiento de las debilidades ajenas que de las cifras propias. Se recordaban operaciones de Bolsa que le habían valido la misma clase de temeroso respeto que le tenían los perros al mayordomo filipino. Se decía que su fortuna era considerable. Participaba con Millonetis en cuantas sociedades era necesario o necesitaban de un testaferro. Pero esos eran asuntos en los que por naturaleza el abogado Kauffman no entraba. En los círculos del Duque se le llamaba *el ayudante,* otros le llamaban *el lugarteniente.* Muchos sabían que para cierto tipo de relaciones con Millonetis era necesario contar con él.

El ayudante se acercó con el teléfono en la mano al círculo desierto de tumbonas, patilargos insectos de librea rayada relegados a una especie de misterio nocturno bajo el hechizo negro del bosquecillo de palmeras. Fernando Garras se sacudió el agua. Sus hombros peludos retenían minúsculas gotas de cristal. Se ajustó el calzón de boxeo que le servía de bañador y lanzó un atlético resoplido, y a través de aquella viril manifestación pulmonar el abogado tuvo noticias de su presencia.

—¿Fernando? —titubeó la diminuta voz de Kauffman desde el teléfono, atrapado en la garra de Garras.

—Kauffman, qué buenas noticias te traes —dijo Fernando Garras llevándose el teléfono al oído mientras buscaba con la mirada el albornoz.

—Quería hablar con el Duque —dijo el abogado—. Pero vuestro chino me ha dicho que sólo estabas tú.

—¿Es importante?

El diminuto Kauffman carraspeó. Su pensamiento voló hacia el tesoro que tenía encerrado en su caja fuerte detrás del microondas y pensó que sí que era importante. Pero no lo dijo. La experiencia le había enseñado a hablar cautelosamente.

—Es algo relacionado con el collar.

—¿Con el collar?

—La *Catarata del Mar Pérsico* —dijo el abogado pronunciando pomposamente en una rápida cascada fonológica.

—Oh, la *Catarata* —replicó sencillamente Garras.

Había descubierto las toallas en el respaldo de una de las tumbonas y se dirigió hacia aquel lado. El abogado no se dejó engañar por su aparente falta de interés. Empezó a explicar la situación con largas y diluidas palabras. Se había propuesto evitar cualquier referencia precisa, reservando para el Gran Duque lo más suculento de la información. Era la técnica Olendorf. Hablar mucho de todo ello aislando cuidadosamente en la cabeza aquello que no se debía decir. Fernando Garras apartó la primera tumbona. Su cuerpo velludo se estremeció con un escalofrío. Dejó el teléfono móvil sobre la mesa de jardín y empezó a darse vigorosas friegas en el pecho. Realizó algunas flexiones comprobando satisfecho que alcanzaba a tocar con los nudillos la punta de los pies. Lo mismo podía decirse después de unos ejercicios de torsión de riñones. Su cintura funcionaba. Luego, estirando los brazos como un robusto simio, empezó a ponerse el albornoz. El teléfono seguía derramando su interminable cascada de palabras con monótona insistencia. El abogado pensó que Garras había olfateado la importancia del asunto. De ahí su silencio. Prosiguió sinuosamente su relato mientras Garras, echando una ojeada al impertinente y minúsculo aparato, se anudaba con calma el albornoz. Ahuecó el pecho en una higiénica y honda respiración, aspirando oxígeno de los pinos y espirando dos litros de anhídrido carbónico. Luego se estiró en una de las tumbonas, que le recibió con un largo gemido de resortes y ballestas, como una vagoneta de carga recibiendo el peso del carbón. La noche se cruzaba de insectos luminosos. Fernando Garras sentía sus músculos saludablemente tensos después del baño nocturno. Sus grandes ojos de porcelana, desconfiados y astutos, brillaban en la oscuridad. Debería pedir un cóctel al filipino antes de regresar a la casa y vestirse para la cena. Y luego intentar ganarse sus favores invitándole a tomar una copa en el porche con él. Delicias de la noche. Difíciles, los filipinos, con todo lo que digan. Pero graciosos de cuerpo. Y había esa historia de un delicado afrodisíaco a base de algarrobas podridas. Quizá hiciera algo más de gimnasia antes de cenar. La finca se cerraba en la espesura de encinas. En el horizonte negro de los montes de Toledo empezaba a levantarse la luna. Fernando Garras se palpó los bíceps y suspiró. A su lado, sobre la mesa de mimbre, el teléfono proseguía su letanía de explicaciones con el arenoso crujido de un antiguo disco de gramófono. Al fin se decidió a coger de nuevo el aparato.

—... y eso es todo —concluyó el abogado, satisfecho de haber podido explicar a Fernando Garras todos los detalles del asunto sin darle una pista seria sobre la verdadera cuestión.

—La *Catarata* ¿eh? —dijo Fernando Garras.

—En efecto —replicó el abogado levemente sorprendido. Sin duda, Garras disimulaba. Intentaba con ello sonsacarle mayor información.

—El Duque está en Marbella —dijo Garras—. Voy a hablar con el Duque y te llamaré con lo que haya. ¿Estás en el despacho?

—No, no estoy en el despacho. Te voy a dar un número de teléfono.

Kauffman dictó el número del apartamento y Garras tomó nota mentalmente con la prodigiosa memoria para las cifras que todos le alababan y que los baños nocturnos reverdecían. La luna llena se alzó sobre los montes. El abogado añadió algunos flecos verbales con el temor de que Garras hubiera desconfiado de él. El ayudante del Duque le interrumpió.

—Escucha, Kauffman, yo voy a hablar con el Duque y te diré si el Duque quiere hablar contigo —expresó crudamente—. Este asunto del collar es un capricho suyo. ¿Entiendes? Yo le aconsejé invertir en una ganadería de toros bravos. No es lo mismo, me dijo, no es lo mismo. Y yo ya sé que no es lo mismo, pero los collares sólo traen problemas, como las mujeres. Hubiera resultado más barato criar toros negros con los ojos verdes que gastarse una fortuna en ese collar.

—Entiendo —dijo lacónico Kauffman.

—Pero el Duque es el Duque y hace lo que quiere con sus inversiones. Otra cosa es lo que yo haría con esas joyas —añadió virilmente contemplando el filo bien limado de sus uñas, dirigiendo un pensamiento complaciente hacia el filipino.

—Entiendo —repitió Kauffman.

—Yo te llamaré.

No le tenía ninguna simpatía a Kauffman. No apreciaba su aridez profesional, ni su escaso interés por la gimnasia, ni su mediocre altura en los negocios. Fernando Garras se alzó el cuello del albornoz para abrigarse la testuz y hundió las manos en los bolsillos. Tendido en la tumbona, bajo el lujoso centelleo de la bóveda celeste, como en la cubierta de un transatlántico, el ayudante del Gran Duque abandonó sus músculos a un confortable sentimiento de felicidad nocturna. Respiró con delicia el fresco de la noche. El agua de la piscina se remansaba en un rectángulo de reflejos opalinos. Las luces de la casa proyectaban filigranas de enredadera y hierro forjado sobre la negra laguna de césped. En algún lugar en sombras siseaba el aspersor de riego. Quizá pidiera un cóctel al filipino por el placer de verle andar con la bandeja en la mano. Alguien le había hablado de su cuerpo tatuado. ¿Lo exhibiría para él? Con todo, había que avisar a Millonetis. No tenía necesidad de saber lo que Kauffman quería con su incomprensible y fastidioso parloteo. Sin duda nada relacionado con la buena salud y el culturismo. Pero el Duque había dejado instrucciones muy precisas en todo lo referente al collar.

El abogado Kauffman vio alzarse el globo brillante de la luna sobre los rascacielos y pensó que había llegado el momento de refrescar su garganta y recompensar su elocuencia con otra merecida cerveza. Se sentía orgulloso de su habilidad verbal tanto como de su prudencia, algo que podría ser de suma utilidad si algún día dejaba de ser abogado de negocios y volvía a frecuentar el foro. Nada podía haber adivinado Garras sobre las verdaderas implicaciones del asunto. Se dirigió a la cocina y abrió una segunda botella. Luego volvió al salón a disfrutarla. La luna llena se alzaba como una perla gigante e ingrávida en el azul intenso de la noche, sobre la línea quebrada de las torres. Su espectro nacarado fulguraba como un solitario presagio de fortuna y peligro. Kauffman se instaló frente a la terraza. La ondulante cortina filtraba el hechizo eléctrico de Danone. Tampoco él sentía ninguna simpatía por Fernando Garras. Le repugnaba oscuramente su riqueza, y lo que adivinaba de incomprensibles placeres. No le gustaba su aspecto de gorila bien peinado, ni sus largos silencios al teléfono, aunque evidentemente esto se explicara por su propia elocuencia. Era una excrecencia del Gran Duque, como una verruga musculosa y bien formada. Un homúnculo atlético de largos poderes y había que contar con su influencia. El abogado pensaba guardar una relación exquisita con él.

Al cabo de media hora sonó el teléfono. Algo había cambiado en la actitud de Garras, pero no en la voz, sino en el mensaje.

—He hablado con el Duque. Dice que cojas mañana el primer avión para Marbella.

—De acuerdo.

Kauffman desconectó el teléfono y apuró la cerveza. El destino era grande y estaba de su lado. Se levantó de la butaca y salió a la terraza para admirar la luna. Madrid gozaba o dormía. Luego volvió al apartamento, y dejando el rastro de los calcetines, de los pantalones, de la camisa y de los calzoncillos se metió en la ducha. Luego se fue a acostar en el discreto dormitorio con cama de soltero, porque aquel apartamento, contrariamente a lo que pudiera pensar Margarita en su pacto de libertad conyugal y concesiones mutuas, no era un antro de fornicación.

LA CONVERSACIÓN CON MILLONETIS

—¿El golf? Nadie sabe lo que es el golf. Los golfistas no saben lo que es el golf —dijo el Gran Duque con vehemencia, todo él vestido de blanco, pantalones de lino, camisa de lino, zapatos de campo en fina piel de ternera con suela de tacos, exhibiendo blancos calcetines de manufactura escocesa y con el borde del pantalón en golfístico pliegue por encima del tobillo para poder andar confortablemente por la hierba. Una gorra de béisbol con visera oscura le proyectaba media luna de sombra en la línea de los ojos mientras se detenía un instante, a contemplar los campos de golf de Andalucía—. Nadie sabe de golf. Para muchos puede ser un juego que consiste en meter bolas blancas en agujeritos. Para muchos más puede que sea un deporte. Pero pocos alcanzan a saber que el golf es una metafísica. ¿Usted juega al golf, señor Kauffman?

—Lo practico, únicamente lo practico.

—Sólo hay dos reglas, Kauffman. No perder de vista la

bola y siempre dominar el horizonte. Ahí les tiene —dijo con un gesto de pastor apacentando a sus corderos—. Ahí les tiene, subiendo y bajando laderas, salvando bosques y vaguadas, siguiendo mansos el recorrido, hundiendo las narices en el pasto, desesperándose y rompiendo los palos, o manifestando su alegría con gritos de piel roja. Pero ignoran lo que es el golf.

Kauffman no había pensado que el golf era una metafísica, pero aún tenía que mejorar considerablemente su juego. Siguió al Duque por la suave pendiente del terreno, resbalando con sus lisos zapatos de ciudad en la hierba costosamente mantenida del Marbella Club de Golf, equilibrándose con el maletín para evitar la caída, recién llegado del aeropuerto con una indumentaria que ya le sobraba, invitado a compartir los últimos hoyos de un recorrido matutino que tocaba a su fin. El muchacho que transportaba los palos se mantenía a una distancia respetuosa. Bajo una boina blanca, amplia como un paracaídas, con las siglas del club, el muchacho seguía atentamente las explicaciones del Gran Duque, pensando aplicarlas algún día y llegar a ser rico y campeón de golf. Llevaba una camisa estampada con la cara de Jesucristo, algo que no parecía importarle ni al Duque ni al club. Mansos jugadores de otras partidas cruzaban el campo formando pequeñas comitivas. A lo lejos lanzaba destellos la sede social del club.

—Muchacho.

El portador de Jesucristo se acercó con el carrito de los palos. El Gran Duque cambió de palo sopesándolo y acariciándolo en toda su longitud como si fuera un refinado instrumento de tortura. Luego afirmó los pies en la hierba y puso los ojos en la bola, desafiante y minúscula esfera que parecía dotada de una astuta voluntad propia. Luego escudriñó con la mirada el sector de recorrido que le correspondía. El sol recortaba cada brizna de césped con monstruosa precisión. Antes de exhibir su *driver*, el Gran Duque se volvió de nuevo hacia el abogado.

—No crea lo que le dicen sobre el juego y la hipertensión, o sobre el juego y el mejor o peor funcionamiento de las válvulas cardíacas, o sobre el juego y la posibilidad de reunirse con hombres de negocios, eso son inventos de los manuales de juego. Crea, sin embargo, en algo que yo puedo decirle. Mediante el golf usted descubrirá su conciencia y se conocerá a sí mismo. Juegue solo, juegue siempre solo, juegue con su conciencia.

—Yo siempre juego solo —mintió el abogado con la más rastrera adulación.

—Y no olvide que cada hoyo es el ojo de Dios.

El Duque hizo pivotar con elegante gesto su cintura y asestó un golpe bien medido a la bola. El impacto se produjo en el mismo instante en que el Duque dejaba escapar una breve exhalación. La bola describió una parábola de poca altura dejando el efecto óptico de su rastro en la hierba, y fue a caer veinte metros más allá, no lejos de uno de los ojos de Dios, señalado por un banderín encarnado. Aparentemente la jugada había sido satisfactoria. El franciscano rostro del Duque se iluminó con una sonrisa y Kauffman sonrió a su vez.

—Excelente golpe, Duque —aduló en pequeñas dosis.

El Duque resopló.

—En cuanto a las extraordinarias noticias que usted tiene que darme sobre el collar de perlas, se quedará a almorzar conmigo y me contará lo que tenga que decirme a la hora de la siesta. Es el mejor momento. No soporto las interrupciones mientras hago la digestión. Además, nunca atiendo mejor que cuando estoy a punto de quedarme dormido.

—Lo haré con mucho gusto —respondió Kauffman con menos adulación y un tanto sorprendido.

—Muchacho.

Millonetis volvió a cambiar de palo y el muchacho que se había cortado una camiseta con el paño de la Verónica permaneció junto a ellos.

—A las dos —dijo el Duque.

—A las dos.

El Duque deseaba continuar el recorrido a solas. El abogado Kauffman comprendió la insinuación. El Duque y el muchacho prosiguieron su camino de perfeccionamiento espiritual mientras el abogado regresaba al club cruzando hectáreas de refulgente hierba, echando los pulmones por la boca en las laderas, contemplando con envidia a los bienaventurados que cruzaban aquel mismo paraíso andaluz de pastos celestiales en diminutos vehículos eléctricos. Hacia el norte se alzaba el esqueleto de una sierra pelada. El implacable sol de Marbella anunciaba un día caluroso y ciego. Eran las doce y media cuando el abogado alcanzó el refugio de cristales y aire acondicionado del club.

Se instaló en una butaca desde la cual podía disfrutar de un punto de vista sinfónico sobre el paisaje. Una barra de azul mediterráneo se disolvía entre las verdes lomas del campo de golf, salpicadas de floridos bosques de adelfas, donde afanosos y andariegos grupos de enanos proseguían la búsqueda de su propia identidad entre los hoyos de Dios o cualquier otra malsana interpretación del juego, mientras a su espalda quedaban los gigantes petrificados de una sierra con topografía sarracena y aldeas que aún conservaban el africano nombre de algún clan. ¿Cuánto costaba al día mantener intensamente verde aquel extenso *green?*, se preguntó el abogado en un hábil juego de lenguas admirando el esplendor matinal del campo. Sin duda no era tal la pregunta necesaria en aquellas condiciones, y a partir de cierto punto el deporte y el bienestar se convertían probablemente en un asunto metafísico, etílico, ético, odontológico, cualquiera que fuera la ciencia que se ocupara en cada caso del ser y del buen vivir, desde la angustia vital al dolor de muelas. Un camarero cetrino, en uniforme de oficial de marina, le trajo una cerveza. Kauffman saboreó su primer placer del día, despejando el humillante sentimiento de haberse convertido en lombriz de tierra o en coleóptero de las heces fecales exagerando ante el Duque sus miserables tentativas de adulación.

Había llegado a Marbella aquella misma mañana, en el primer avión que salía de Madrid. El Duque había enviado un coche a recogerle al aeropuerto. El Duque pasaba la mañana entregado a sus saludables compromisos en el campo de golf y el chófer había conducido al abogado directamente al terreno de juego, informándole de que el Duque le esperaba, y ello quería decir que, llegado a Marbella, el Duque entendía que se mantuviera a su disposición.

Era John Huston. Alguien se lo había dicho, o se lo había hecho notar con el mismo y universal propósito de adularle y al Duque le había gustado la comparación. Se parecía a John Huston; alto de estatura, canoso, franciscano mentón de barba corta y blanca, ojos astutos y orientales, algo cargados de párpados, y sobre todo era John Huston en su jupiterina voluntad de dominar cuanto se hallara en el radio que abarcaba su mirada, y en el caso del Duque podía añadirse de cuanto dominara su cartera, con esa emanación de poder físico que se multiplicaba con los años hasta convertirse en una característica más de su talante, como su tentación por las bebidas fuertes, la voluminosa santidad de su aspecto, o el sentimiento de que aquel envoltorio de humanidad, tan medido y, simultáneamente, arrollador en sus movimientos, lo mismo podía albergar a un multimillonario que al jefe de una banda criminal. Se tenía por cierto que su vida no había sido fácil, pero a nadie le interesaba averiguar demasiado de su vida. El abogado había visto en su cuerpo señales que lo mismo podían haber sido lesiones de alguna competición deportiva que marcas de una reyerta, pero en la intemporal apreciación de John Huston, Millonetis o el Gran Duque, poco importaban las señales del cuerpo, siempre que el anciano y musculoso cuerpo respondiera a las exigencias de la vida, y por ello mismo el abogado sometía su opinión a la más estricta reserva, aquella que combinaba el apetito financiero con el temor. Pero lo cierto es que se parecía a John Huston, y nadie que no estuviera en su sano juicio hubiera dudado en firmar un contrato con el Dios de los hoyos del campo de golf para alcanzar la edad del Duque en sus envidiables condiciones físicas. Podía morir partido por el rayo, alguna guerra podría arruinarle, pero nadie podía imaginar su decadencia, y menos sus opulentos vecinos de Marbella, y menos aún los pastores de cabras de aquellos riscos africanos desde cuyas lejanías se adivinaban los inalcanzables y verdes pastos del Marbella Club de Golf.

Bajo la cortés vigilancia del oficial de la marina mauritana que se ocupaba del bar, Kauffman saboreó la primera cerveza de la mañana y se limpió la boca del regusto a café sintético y a derivados del petróleo del desayuno que le habían servido en el avión. El aire acondicionado le refrigeraba agradablemente los hombros. Ante sus ojos se extendía uno de los paisajes más costosos del universo y mientras disfrutaba de aquella evaluación panzudamente instalado en la butaca (demasiado panzudamente quizá, pensó acariciando la prominencia que avanzaba por debajo de su camisa de verano inexorablemente propulsada por el gas y los fermentos de cerveza), mientras tanto fueron desfilando por su mente los antecedentes de su conversación con Kauffman la tarde anterior. ¿La tarde anterior? Se sorprendió de que no hubiera pasado un siglo desde que la *Embaucadora* se hallaba en su poder. ¿Kauffman? Aniceto Kauffman, joyero, subrayó para sí el abogado, separando su identidad pensante de la identidad del visitante que le había iniciado en los misterios del collar. Kauffman fue ordenando las circunstancias con la intención de trazar un itinerario para informar al Duque, llegando al punto en que él ocupaba respecto al Duque la posición que el joyero Kauffman había ocupado en su lugar. Y en resumidas cuentas, dijo, volviendo los ojos al mauritano buscando un testigo neutral, Kauffman trazaba los caminos de su fortuna, los inescrutables caminos de la fortuna del abogado Kauffman, siguiendo a lo lejos una diminuta figura blanca acompañada del inseparable muchacho, efectuando el recorrido de los nueve hoyos del Señor.

John Huston estuvo jugando al golf hasta pasada la una. Sobre las once y media, sin pasar por el club, hizo saber a Kauffman por medio del chófer que le estaría esperando en casa a partir de esa hora. El abogado se palpó los bolsillos para pagar una cerveza que de cualquier modo no se le permitiría que fuera abonada. Rescató del suelo el portafolios que llevaba consigo y que casi había olvidado y siguió al chófer hacia el abrasador mediodía exterior, cruzando la ajardinada recepción del club hasta el automóvil que el Duque enviaba.

El chófer le condujo a través de un área residencial por una avenida bordeada de palmeras pequeñas y tripudas como alcachofas. Luego escaló un rápido declive hacia la izquierda, ganando una vista más amplia sobre el mar. El sol centelleaba sobre un horizonte con vapores de plomo fundido. El automóvil fue ganando altura. Una avenida bordeada de alcachofas, similar a la primera, les condujo hacia una rotonda desbordante de abundancia tropical. Allí, el automóvil se detuvo ante una finca amurallada de piedra. El ojo de halcón del chófer o cualquier instrumento equivalente hizo deslizar la puerta corredera. El automóvil avanzó lentamente y el jardín se mostró en todo su esplendor. No sólo era la selva tropical domesticada, tan abundante en especies botánicas que el abogado Kauffman sintió un mareo viendo desfilar ante sus ojos, a ambos lados del camino empedrado, la exuberante y desconocida flora que convertía un jardín de Marbella en una reducida muestra de la jungla amazónica. Aquel laberinto vegetal hubiera podido albergar una guerrilla, y sin duda proporcionaba trabajo a un ejército de jardineros. La casa se hallaba en un espacio abierto como un claro en la selva. El Duque le esperaba en un porche de baldosas recién regadas. La mesa del almuerzo estaba puesta; platos amarillos sobre dos largas tablas de teca como traviesas de ferrocarril. Se oían surtidores. También se oyó graznar con insistencia algún pájaro exótico y en el lujoso interior de la casa el abogado vio desaparecer un perro, animal perezoso del tamaño de un ternero, indiferente al visitante, incontinente de babas, lamentando desdichas con sus grandes ojos encarnados, que se fue a tumbar estirado de patas en la penumbra de algún salón.

Millonetis había dejado de ser un tiburón de los negocios para convertirse en un patriarca financiero. Había engendrado una red de sociedades cuyos intereses nadie hubiera podido deslindar, y menos que nadie aquellos que atraídos por el movimiento del dinero se veían atrapados en sus redes como en el corazón de una materia recluida pero palpitante, irrigada por el poderoso flujo de la voluntad del Duque, capaz de deshacer imperios y transformar en miserables chabolas los deslumbrantes palacetes de las más prestigiosas empresas con un solo golpe de su varita mágica de especulador. Nada de eso era desconocido en el mundo que Millonetis frecuentaba y sin duda contribuía a su prestigio. Pero el viejo patriarca, sabio y malvado como el jefe de un clan, aún sabía discernir de una ojeada el cariz de sus enemigos, lo mismo que la empalagosa adulación de sus amigos, y por encima de todo, como alzándose sobre una fortuna encerrada en sacos llenos de oro, sabía comprometer a los directores de los bancos más solventes para convertirlos en los más fieles guardaespaldas de su capital. No se podía decir que el abogado Kauffman veneraba al Duque. Se podía decir, sin embargo, que le contemplaba con religioso temor. Y al encontrarse en el corazón de aquella selva marbellí, donde nunca había puesto los pies y donde llegó a imaginar que no había llegado el hombre blanco (el económicamente normal hombre blanco), supo con certeza que los mayores misterios se hallan rodeados de esplendorosas manifestaciones, en aquel caso, un milagroso despilfarro de variedades botánicas, y se hubiera dicho que en medio de aquella muy lograda imitación del paraíso, salvo por la mala catadura del chófer y las babas del perro, Millonetis era el Creador.

El Duque se había cambiado de atuendo y vestía una camisa estampada con un motivo de frutas tropicales, ligera y flotante sobre unos shorts. Calzaba sandalias holgadas, donde sus grandes pies se movían con libertad. Con hustoniano talante alzó los brazos ofreciendo su hospitalidad a Kauffman. El almuerzo consistía en un lomo de buey de considerables dimensiones y fruta variada. Alguien cantaba en el fondo de las cocinas. No hubo intercambio de cortesías ni el Gran Duque predicó su metafísica como en el terreno de golf. John Huston despachó la carne haciendo exhibición de su magnífica dentadura. El abogado acometió su porción con mayor dificultad. Sólo se sintió aliviado cuando el Duque se levantó de la mesa dando órdenes a un invisible camarero de que alzara los platos, y aquel espectro que surgió de las profundidades de la casa recogió efectivamente la mesa y tres cuartas partes de buey argentino que habían quedado en el plato del abogado. El Gran Duque se sentó en una de las mecedoras del porche, dejó caer las sandalias y cruzó los pies desnudos. Desconcertado y algo ridículo, con una chirimoya en la mano, el abogado le siguió. No le gustaban las chirimoyas. No sabía por qué tenía aquella fruta en la mano. Su atención se hallaba dispersada y sólo fue automáticamente detenida por un objetivo concreto cuando el camarero surgió de nuevo de las profundidades de la casa con una botella de whisky y dos copas. El abogado necesitaba un trago. El Duque le invitó a servirse. Alcanzó una copa y sus músculos se relajaron. Evitó la mecedora y acomodó el trasero con firmeza en una de las butacas de enea. Sentía la camisa pegada al cuerpo aunque en lo alto del porche giraban lentamente las palas de un ventilador.

—Estamos solos —dijo el Duque—. Mi hija Ricky ha salido a navegar, mi mujer se encuentra en Córcega, el camarero dejará el servicio dentro de un cuarto de hora y la persona que canta en la cocina lo hace para que yo sepa que está en la cocina y no en otra parte. En cuanto a *Hércules* —se refería al perro—, tiene diez años y está casi sordo. Le sorprenderá que haya despejado el terreno.

—¿Nadie se esconde en la selva?

—Nadie —sonrió el Duque.

John Huston cruzó las manos sobre la camisa. El abogado se removió inquieto.

—Supongo que Fernando Garras ya le habrá contado todo lo que yo le he contado.

—Garras no presta mucha atención a demasiadas cosas —dijo el Duque, cerrando plácidamente la rendija azul de sus ojos—. Cuéntemelo todo otra vez.

Transcurrió media hora durante la cual el abogado contó lo que sabía del collar. En aquel entorno de plantación colonial el relato de su conversación con Aniceto Kauffman en el bufete tomaba tintes irreales. Sólo la copa de whisky en la mano proporcionaba alguna clase de coherencia. Kauffman describió la inesperada visita del joyero, por quien había empezado a sentir una secreta simpatía. El Duque no ignoraba nada de la historia de la *Catarata del Mar Pérsico*, más aún, probablemente sus fuentes de información y la erudición que Kauffman suponía hacían obvia cualquier referencia demasiado minuciosa. Sin embargo, escuchó atentamente la descripción que el abogado hacía de su conversación con Aniceto Kauffman. Kauffman habló de las perlas venecianas, del lote magiar, de las perlas rusas y de las que habían sido regalo del sultán. Mencionó brevemente la anécdota del saco de garbanzos durante la guerra civil. Repasó la lista de propietarios de la *Catarata*, desde la emperatriz al Gran Duque, pasando por el industrial Kauffman. Millonetis abrió los ojos al oír su nombre como propietario final en la lista, sin duda halagado. Finalmente Kauffman cerró su exposición con el recuento de las perlas que formaban la *Catarata*. Dejó para el último momento la mención de las dos perlas históricamente extraviadas que faltaban al collar. En el último instante, cediendo a un poderoso instinto de cautela, como quien se demora antes de lanzarse al vacío, el abogado detuvo la conversación antes de confesar que por depósito especial del joyero Kauffman una de las perlas perdidas obraba en su poder. Tuvo el extravagante sentimiento de que firmaba un seguro de vida.

Transcurrieron unos interminables minutos de silencio. El Duque meditaba. Sin duda, el asunto lo merecía. Al cabo, abrió los ojos. Lanzó un bostezo hustoniano que descubrió el cavernoso interior escarlata de su boca y se aclaró la garganta con un largo trabajo de limpieza de tuberías.

—Le juro por mi dentadura postiza que es la cosa más absurda que he oído en mucho tiempo —declaró rotundamente cerrando las mandíbulas con un sólido chasquido de caimán—. ¿Cómo dice usted que se llaman las dos perlas que faltan?

Kauffman titubeó, estupefacto.

—Una se llama *Némesis*, otra la *Embaucadora*.

—La *Embaucadora*, ¿eh?

El Duque emitió un gruñido.

—Señor Kauffman, ahora soy yo el que tengo que contarle una cosa —dijo con una generosa exhibición de paciencia—. En primer lugar, señor Kauffman, ese collar no perteneció jamás a un industrial llamado Kauffman. En segundo lugar, dudo que su joyero se llame Kauffman, aunque no dudo que esté loco. Y en tercer lugar, señor Kauffman, hay algo en ustedes los Kauffman que no logro comprender y que puede convertirse en una pesadilla. Usted es un buen abogado y un eficaz agente en las subastas, pero no entiendo de qué modo se multiplican los Kauffman a su alrededor y si eso tiene algo que ver con cualquier intento de estafa.

—Le juro, Duque...

En el interior de la casa la sombra de *Hércules,* el perro, cambió de lugar.

—Le comprendo, Kauffman, pero lo más importante es lo que voy a decirle ahora —prosiguió el Duque haciendo caso omiso de las tímidas protestas de lealtad de Kauffman—. Lo más importante es que usted sepa, Kauffman, que a la *Catarata del Mar Pérsico* no le faltan dos perlas. Es un collar completo.

—Le juro, Duque... —insistió Kauffman con debilitada voz de agonizante.

—Lo sé, lo sé —prosiguió el Duque en tono bondadoso—. Usted ha venido a advertirme que al collar le faltan dos perlas y que los Kauffman están de mi lado. Y yo agradezco que los Kauffman estén de mi lado. Nunca dudaré de la fidelidad del clan Kauffman, cualquiera que sean sus oscuros intereses. Pero créame, Kauffman, esa *Némesis* y esa *Embaucadora* son producto de la falta de vacaciones de los Kauffman. Usted necesita descanso. Todos sabemos lo que son los problemas de identidad. A mí unos me llaman el Gran Duque, otros me llaman Millonetis... Otros dicen que me parezco a John Huston —añadió con anciana coquetería.

—Yo nunca me atrevería a llamarle Millonetis —protestó Kauffman.

—Es igual, Kauffman, hágame caso. Reúna a todos sus Kauffman, y retírese a un hotel de montaña.

—No sé si me he explicado correctamente, señor Kauffman, quiero decir, señor Duque —subrayó confusamente Kauffman en un último alarde de sinceridad—. En la *Catarata del Mar Pérsico* faltan dos perlas. *Némesis* y la *Embaucadora*. ¿Quiere usted alguna prueba de ello?

El Duque abrió un ojo certero. El fulgor azul de la pupila traspasó el espacio entre Kauffman y él. A sus espaldas, la sombra de *Hércules* cambiaba por segunda vez de lugar.

—¿Pruebas? ¿Qué clase de pruebas?

—Aniceto Kauffman trajo pruebas a mi despacho. Fotografías antiguas del collar —dijo Kauffman.

Se detuvo a tiempo. Su voz se suavizó como si hubiera dado un paso en falso. Estuvo a punto de declarar cuál era el secreto encerrado en un estuche en forma de nuez en la caja fuerte de su apartamento, detrás del microondas, pero su instinto detuvo sus palabras.

—Fotografías —exclamó el Duque.

El fulgor azul alzó la mirada al techo.

—Escúcheme, Kauffman —prosiguió—. Lo que acabo de decirle es sólo la mitad de lo que pensaba haberle dicho. Quizá ahora tenga que decirle la otra mitad.

—Le escucho.

—Hace tiempo oí hablar del caso de las perlas peregrinas, una historia similar a la que me expone usted. Dicen que hay perlas peregrinas, vagabundas, llámelas como usted quiera, y dicen también que hay gente dispuesta a pagar una fortuna por hacerse con una de esas perlas que nadie ha visto, salvo algunos coleccionistas lunáticos y joyeros locos. Hablan de perlas procedentes del ajuar de Carlomagno, o que formaron parte del aderezo de tal o cual reina que dejó la cabeza en un cesto, o que adornaron el turbante de cualquier pirata convertido en sultán. Le confieso que a mí también me seducen esas historias, y me hubiera extrañado que a la *Catarata del Mar Pérsico* no le faltara alguna perla. Al fin y al cabo todos los collares tienen sus perlas perdidas. ¿Me sigue?

—Le sigo.

—Y por lo tanto cuando adquirí el collar mandé abrir una investigación. Usted sabe lo que son esas encuestas discretas. Un collar formado por lotes dispares. Un collar que estuvo a punto de acabar en cocido de campaña. Un collar con la historia de Europa en sus perlas.

—En efecto.

—Pues bien. También se me dijo que faltaban dos perlas, las perlas peregrinas, y créame que no escatimé recursos, pero la investigación reveló lo contrario.

—¿Lo contrario?

—Alguien había añadido dos perlas al collar. Ignoro las circunstancias.

El abogado Kauffman dejó escapar una exclamación.

—¿Le sorprende?

—Le confieso que no me esperaba eso.

—Ya le dije que le faltaba por conocer la otra mitad de la verdad. De modo —prosiguió el Duque —que con lo que usted me cuenta el collar tendría cuatro perlas añadidas, y lo cierto es que por ese camino pronto tendríamos pares de perlas multiplicándose como perras parideras, discúlpeme la comparación, y al cabo la *Catarata del Mar Pérsico* sería un collar de tres vueltas pasando por los tobillos de su dueña si su dueño fuera lo suficientemente ingenuo como para ir ofreciendo fortunas por todas las perlas que dicen que formaban parte del collar. ¿Usted cree, abogado, que yo soy un ingenuo? —lanzó el Duque con ceño feroz de tratante de ganado.

Kauffman palideció.

—En absoluto.

—Lo celebro. Y ahora le voy a decir algo más que también salió a la luz con la investigación.

—¿Algo más?

—No tema. Hasta ahora nadie ha conseguido engañarme que pueda decir que sigue inscrito en un registro comercial. O en la parte conveniente del Registro Civil, por decirlo todo. El caso, señor Kauffman, es que la investigación también reveló que dos de las perlas del collar eran falsas.

—¿Falsas?

—Oh, falsas no. Australianas. Sin duda, las mejores perlas del mundo. Perlas de los mares del Coral. Yo no tengo nada contra Australia, señor Kauffman, un país de rudos presidiarios y antiguas prostitutas. Alguna de mis compañías compra lana de Australia, o carne de cordero, no estoy muy seguro. Yo mismo iría a Australia si tuviera que rehacer mi vida con alguna mujer desengañada. Pero lo cierto es que las dos perlas australianas del collar no son las perlas históricas. Y si alguien agregó esas dos perlas de un maldito país de canguros es porque faltaban dos perlas históricas —añadió el Duque, conteniendo apenas la rabia, momentáneamente escarlata—. ¿Comprende ahora, señor Kauffman por qué me interesa su historia?

—Lo comprendo. Yo mismo estaba pensando que Australia es un gran país, con toda esa lana y con todos esos convictos que usted dice, pero un collar del imperio austro-húngaro...

—En efecto —dijo el Duque en un lento proceso de descongestión facial. El enojo le había hecho parecerse a John Huston con un súbito ataque de erisipela.

—Y si he entendido bien, las dos auténticas perlas australianas son falsas perlas de la *Catarata*.

—Lo ha entendido usted bien —gruñó el Duque.

—En ese caso yo soy su hombre —insinuó el abogado prudentemente adulador—. En fin, quiero decir que puedo ser su hombre en la medida en que la suerte y otros factores financieros permitan resolver la situación. El arte y la historia nos lo agradecerán algún día. Se celebrará el nombre de Millonetis.

—Repítame la identidad de las perlas que usted ha localizado.

—A una la llaman *Némesis* —se atrevió a tartamudear Kauffman—. Otra, en fin —sonrió Kauffman—, a la otra la llaman la *Embaucadora*. ¿Curioso nombre, no?

—Curioso —dijo el Duque.

El abogado alcanzó la copa de whisky y echó un trago vigoroso.

—El caso es que Aniceto Kauffman, el joyero... —balbuceó.

—Le juro por mi marca de crecepelo que se tiene que olvidar de esas tonterías. Olvídese hasta de su nombre.

—Pero...

—¿Tiene algo que decirme?

El abogado echó un segundo trago de whisky con redoblado vigor.

—Sí.

—¿Y tiene que beber para decírmelo?

—Sí.

—Le escucho —sonrió el Duque ofreciendo ampliamente su indulgencia.

—El caso es que Aniceto Kauffman, o como se llame Aniceto Kauffman, tiene una de las perlas —respiró el abogado con alivio, como si acabara de rendirse a una trabajosa confesión—. No me cabe la menor duda de ello, aunque no sé cómo ha llegado a sus manos. Tampoco me explico quién puso las dos perlas australianas al collar. Y le aseguro —añadió Kauffman envalentonado por el whisky—, le aseguro que no se trata de ningún intento de estafa.

—Bien, Kauffman, bien.

—¿Me cree?

—Le juro por la salud de mi sastre que no sé si creerle. ¿Cuál es la perla que tiene su Kauffman?

—La número 15. La *Embaucadora.*

—Bien, Kauffman, bien —repitió el Duque con un brillo viperino en los ojos—. Había empezado a pensar que era usted un abogado fullero y ahora estoy empezando a pensar que es usted un abogado como los demás.

—Déjese de cumplidos —se atrevió a sonreír el abogado con etílica camaradería.

El fulgor viperino del Duque se hizo más intenso.

—No sé por qué piensa usted que es un cumplido —respondió sin piedad—. ¿Y qué sabe de *Némesis?*

—La segunda perla puede estar en manos de Aniceto Cualquiera-que-sea-su-apellido en un plazo breve.

El Gran Duque cerró los ojos y meditó largamente dejando escapar un gruñido de animal rumiante. Luego cambió de longitud de onda y dejó escapar un gruñido de animal depredador. Kauffman se aferró a la copa de whisky para confirmar su coraje. Finalmente el Duque abrió los ojos y cruzó las manos con gesto definitivo, como si hubiera tomado alguna decisión.

—Va usted a volver a Madrid, Kauffman, y se va usted a olvidar que ha estado aquí conmigo. O mejor todavía, hágame caso y váyase de vacaciones a un establecimiento de reposo. Lo necesita. Hay clínicas especializadas en su caso. En cuanto al asunto de las perlas, déjelo en mis manos y olvídese que lo ha dejado en mis manos. Si a pesar de todo prefiere no ingresar en uno de esos balnearios para enfermedades de los nervios y persiste en pregonar su buena salud mental, póngase en contacto con Fernando Garras para lo que necesite. Pero no vuelva a poner los pies en Marbella y quítese de la cabeza que me ha visto —añadió el Duque jupiterino—. ¿Me entiende?

—Le entiendo.

—Y por las ratas del panteón de los Kauffman, deje usted de ver parientes por todas las esquinas.

—Dejaré de verlos, señor Duque.

—¿Está usted casado, Kauffman?

—Eh... Sí.

—Cuando todo haya pasado, mi esposa estará encantada de conocer a su esposa y organizaremos una pequeña cena de matrimonios y algún día usted será mi abogado particular.

—Gracias, Duque.

—Ahora váyase, porque la persona que canta en la cocina va a dejar de cantar y va a venir a echarse una siesta conmigo. Traía usted una cartera.

Kauffman había olvidado el portafolios.

—En efecto. Una cartera con apuntes y un bloc de notas.

—Recójala. Mi chófer le llevará al aeropuerto. Si no le importa, *Hércules* les acompañará y eso le servirá de paseo. Es un perro muy fiel pero muy celoso. No le gusta que me eche la siesta con la cocinera —sonrió John Huston.

—Lo comprendo —sonrió estúpidamente Kauffman.

El Duque se despidió sin levantarse.

—Adiós, Kauffman. Es usted un buen muchacho. La próxima vez, además de su esposa, traiga también sus palos de golf.

En ruta hacia el aeropuerto, *Hércules* ocupó el asiento delantero, junto al chófer, vuelta la cabeza hacia el abogado, en la pasiva y doliente actitud de los animales faltos de cariño. Kauffman se arriesgó a rascarle la cabeza y el animal chasqueó los dientes con un poderoso movimiento, como un cuerpo de guardia presentando armas. El perro apoyaba la barbilla en el respaldo del asiento ocupando un volumen mayor que el del chófer, que a su lado parecía un insignificante sujeto rencorosamente cubierto con gorra de plato. Sus sonrosados y carnosos belfos destilaban lentos litros de baba con ritual solemnidad mientras sus ojos transmitían toda la nostalgia de los animales carniceros que habiendo alcanzado cierta edad sin lograr satisfacer enteramente sus instintos reconocen en cada desconocido quizá la última oportunidad. Kauffman se refugió silencioso en su asiento. *Hércules* cerró los ojos chasqueando los dientes en breves intervalos de sueño, dormitando en el pacífico recorrido de avenidas bordeadas de palmeras, de la finca de Millonetis al aeropuerto, mecido por el lujoso ronquido de un motor bien aceitado, a sabiendas de quedar una vez más insatisfecho, porque nadie, frente a la fácil presa de aquel desconocido arrinconado en el asiento trasero del automóvil, le daría órdenes de atacar.

El abogado se acomodó como pudo a la decepción de *Hércules*. Había en el dormitorio de sus hijas una foto de un perro como aquél transformado en monstruo protector de menores, recordó Kauffman con súbita nostalgia familiar. Viendo desfilar las palmeras pensó en el verano desperdiciado y destruido por estúpidas fantasías de libertad y eróticas ampliaciones de territorio que acabarían consumiéndose en amargura. La repentina nostalgia de la familia dio paso con igual rapidez a un sentimiento de angustia. Tuvo la certidumbre de que entre Margarita y él todo acabaría en sufrimiento. El acicate de los celos no era suficiente desafío sexual para colmar la sospecha de impotencia latente en la aguda inestabilidad de carácter de los varones de más de equis años (Kauffman no cerraba la incógnita de la edad por dejar abierto el camino de su propia situación), y al cabo surgía el instinto paternal evocado por un monstruo como aquél, fuerte hocico, dientes como peñas, mutiladas orejas redondas y cabezota de mastín, para recomponer la viril idea de sí mismo como padre, ya que no como ardoroso amante. Y nada podía ser de mayor auxilio en aquella vaga atmósfera de amenaza y protección que el recuerdo de sus hijas, las dos deliciosas niñas ensimismadas en sus juguetes, o intercambiando imágenes de violentas historias de ficción con extraña inocencia, o durmiendo con los puños apretados en plácidos y minúsculos lechos gemelos bajo una luna diferente a la suya, porque la suya era luna solitaria en absolutos y relativos términos de amor.

Eran pasadas las ocho de la tarde cuando Kauffman llegó a Madrid. Tomó un taxi en el aeropuerto y se dirigió directamente al bufete. El edificio parecía vacío. Abrió con sus llaves las faraónicas puertas de cristal blindado y sus pasos resonaron en el mármol del vestíbulo. En el momento de tomar el ascensor tuvo una duda, pero pasó de largo el teclado de pisos sin pulsar el de su despacho. En lo alto de la torre, en su apartamento privado, le aguardaban dos o tres botellines de cerveza helada, y le esperaba una ducha tibia, y luego un derrumbado descanso en el sofá frente al cielo ensangrentado del crepúsculo. Envuelto en una bata y con las piernas estiradas, perfumado de colonia, húmedo el cabello, saboreó toda la desdicha de sentirse solo. Se le ocurrió llamar a su esposa, pero dejó para más tarde la ocasión. Nada justificaba que interrumpiera la libertad que mutuamente se habían prometido. Ella administraría su libertad como él administraba su aburrimiento. Paladeó también la fantasía de un negro poseyéndola, bestialmente ataviado, enorme frente de gorila, nariz chata, exagerados bíceps aceitosos como un forzudo de feria, y él, Kauffman, todo ira y temblor, aceptando el testimonio y el envite con un cetro real entre las piernas, y luego rechazó la imagen, o la fantasía se disolvió por sí sola con la misma cruda impertinencia con que se había presentado. De nuevo se anegó en la nostalgia. Tímidos guiños poblaron el cielo. Al cabo, con las primeras estrellas de la noche, cándidamente suspendidas sobre los rascacielos, se encendió sobre su propia azotea el eléctrico azul de Danone. Todo el apartamento se impregnó de la atmósfera cianótica que destilaba el enorme letrero de neón. Algún día cenarían en la finca de Millonetis, él y Margarita, invitados de honor, reconciliados, sin que se hiciera mención de ningún negro o de ningún amante, cualquiera que fuera el color de su piel, confiando en la solidez del matrimonio por la recíproca tensión suscitada por los celos.

De repente Kauffman volvió a los asuntos pendientes, esto es, apartó de su corazón los sentimientos y apagó el erotismo de su imaginación. Su vida había entrado en un misterio más profundo que la simple agitación de los negocios. El extravagante asunto de las perlas colmaba su instinto de abogado y desafiaba sus recursos para valerse de ello en beneficio de su reputación. Recapituló sobre la confianza que Millonetis había depositado en él. Luego puso en tela de juicio aquella misma confianza. ¿Qué había quedado claro? Nada había quedado claro. Pero si algo debía quedar claro era que él, Kauffman, no se dejaría embaucar ni renunciaría a ser el abogado de la *Embaucadora*, por decirlo de algún modo, ni a descontar los beneficios derivados de cualquier hipotética transacción. Se le ocurrió ir a la cocina para verificar la posesión de la joya. Brillos opacos de cristal y porcelana le recibieron cuando acercó su rostro a la ciega ventana del microondas. Manipuló con facilidad el mecanismo y la caja fuerte quedó al descubierto. Introdujo el brazo hasta el codo con sinuosa codicia de reptil y se hizo con la cáscara de nuez del estuche.

Allí estaba la *Embaucadora*. Hizo bailar la perla sobre la palma de la mano y acercó la pupila para examinarla cerrando un ojo con guiño experto de joyero, hasta casi rozar el nácar con las pestañas. Y el examen reveló el esférico encanto de la perla y la ya familiar textura satinada salpicada de imperceptibles hoyuelos, porque toda la fascinación de la *Embaucadora* se había interiorizado en él.

¿Sería superada por *Némesis?* Separando luego el ojo a la distancia que más convenía para prolongar su admiración, hizo bailar de nuevo la perla en la palma de la mano. Fugaces destellos sexuales volvieron a su mente. Margarita entre los brazos del negrazo. Sin duda, la codicia activaba un mecanismo erótico de complicadas relaciones libidinosas. En parte sentía que las perlas no sólo cautivan a las mujeres por la exhibición del nácar en contacto con su piel, sino que pueden provocar en el hombre, quién sabe por qué caminos, la más turbadora erección. Percibía una leve sensación de calor, como si el nácar encerrara algún tipo de energía y aumentara de temperatura. El sexo álgido alcanzaba particulares cotas de visión, derrame seminal en sábanas de seda, un gigante bantú derribando con su miembro la lámpara de la mesilla de noche. Inexplicablemente, Kauffman sentía progresar en pocos segundos las fantasías que en condiciones normales tardan y se demoran variables lapsos de deseo antes de elaborarse. Finalmente la llamada de la carne se disolvió con la misma misteriosa rapidez con que se había presentado y el ojo de la ley, casi científico, volvió a contemplar la perla ateniéndose únicamente a lo que Kauffman había dado en calificar su negocio. La *Embaucadora* cumpliría sus promesas. *Némesis* vendría después. Allí estaba la primera, bien asegurada en su poder. Cerró el estuche con un clic que valía una fortuna y de nuevo lo introdujo en la serpenteante profundidad de la caja de caudales astutamente excavada en un ángulo de la obra muerta. El ingenioso mecanismo de precisión hizo el resto, colocando de nuevo la banalidad del horno microondas sobre la pieza de aquel tesoro que en otros tiempos había fascinado a una emperatriz.

Todavía era pronto para juzgar en qué medida la posesión de la perla le había transformado, haciendo caso omiso del compromiso adquirido con Aniceto Kauffman. El abogado reflexionó unos momentos. Eran pasadas las nueve, casi las nueve y media de la noche en el reloj del horno, y tenía el estómago vacío. Sin duda era más sensato cumplir primero con aquella necesidad. Alcanzó una bandeja de la alacena y se preparó un sándwich de queso en la diminuta cocina. El frigorífico mantenía fielmente una reserva de cerveza en su paraíso helado. Con aquello bastaba. El abogado fue a sentarse al salón con la bandeja en las rodillas y reflexionó mientras masticaba aquella cena frugal. Era necesario hacer una visita a Aniceto Kauffman. Era imprescindible entrevistarse con el joyero, porque el abogado no era hombre que echara por la borda sus compromisos, cualquiera que fuera la ambigüedad de su cliente, aunque nada quedaba más oscuro que saber quién era realmente su cliente, si lo era Millonetis o lo era el joyero aquel.

Conocía algo el barrio de los Desamparados y la plaza del mismo nombre, donde, según la tarjeta que había dejado el joyero en su despacho, Aniceto Kauffman tenía su joyería. En los alrededores de los Desamparados había dos o tres restaurantes de buena referencia que Kauffman había frecuentado. Uno se llamaba Gargantúa, especialista en chuletas de cebón y carnes rojas, famosa capilla donde se celebraban todas las ceremonias previas al cántico agudo de la hipertensión. Otro se llamaba Casa Garrafones. Se le atribuía gran generosidad en su bodega y una proporcional avidez en las tarifas, por lo que en su local se entonaban a menudo las elegías sordas del infarto. Pero el abogado no recordaba ninguna joyería por los alrededores. Se equivocaba por lo tanto si creía saberlo todo sobre la plaza de los Desamparados, porque el taxi que tomó sobre las once de la noche le dejó delante de un establecimiento con un rótulo de cristal lustrado donde en barrocas letras de oro se anunciaba: Joyería. Y aunque el escaparate aparecía cerrado con planchas de madera y un cortinón metálico, en el interior podía distinguirse una luz.

Algo le hizo pensar que las condiciones de misterio del lugar no eran, sin embargo, las esperadas en el ya misterioso comercio de las piedras preciosas. Empujó la puerta con precaución y la hoja cedió suavemente. La mitad del local la ocupaba un mostrador, a ambos lados del cual centelleaban un par de vitrinas, exhibiendo en la penumbra una colección de bisutería. Dos candelabros y una serie de lustrosas bandejas de plata daban al ámbito cierta fúnebre solemnidad desde lo alto de una estantería. Detrás del mostrador se distinguía una puerta entreabierta, a medias oculta por un lienzo, de donde arrancaba una escalera tortuosa de las que hubiera podido imaginar que conducían a las cuevas de ladrones. De allí bajaba la luz. Kauffman rodeó el mostrador y se detuvo apoyándose en la sobada esfera del pasamanos. Oyó un rumor de pasos.

—¿Hay alguien?

Los pasos se detuvieron. El abogado era un hombre curioso, aunque no fuera un hombre valiente, y acometió cautelosamente los peldaños arrancando un concierto de crujidos. Cuando sus ojos llegaron al ras del piso superior descubrió sucesivamente un perchero con una gabardina y un juego de bastones, una escupidera de porcelana desagradablemente situada a la altura de sus narices, un platillo de comida para gatos y un maletín de viajante, un caprichoso bosque de patas de butaca, un par de zapatos con calcetines colorados y un par de piernas humanas que utilizaban aquellos zapatos al parecer de forma habitual. El abogado Kauffman levantó la vista. Apuró los peldaños que faltaban y se halló frente a frente con el dueño de los zapatos. Kauffman se sobresaltó. El individuo estaba sentado en una de las butacas. Era un hombre abultado, grueso de rostro, sudoroso, de facciones apopléticas pero satisfechas, como si acabara de cenar en alguno de los restaurantes del barrio. Había acomodado su opulencia en el débil contraluz nocturno que subía de la calle y se filtraba por los visillos de la ventana, a medias recortado en la sombra por la única lámpara del apartamento. A su lado humeaba un cigarro cuya función era envolver en vapores azulados al fumador. El desconocido se llevó el cigarro a los golosos labios abundantes y exhaló una bocanada de humo.

—¿Quién es usted? —lanzó Kauffman.

—Soy Papá Noel —dijo el desconocido de los calcetines colorados secándose la frente con un pañuelo—. Me he equivocado de temporada y no estoy acostumbrado al calor.

El hombre arrugó el pañuelo en el bolsillo superior de la chaqueta.

—¿Y usted? —preguntó.

—Soy Alfredo Kauffman, abogado —replicó velozmente Kauffman con el rápido instinto de la profesión.

—Abogado ¿eh? Bien, hombre, bien —gruñó el desconocido—. He oído hablar de sabuesos con muy buen olfato y de enterradores con presentimientos de defunción. Pero nunca había visto a un abogado que acudiera tan veloz a un caso. Me presento. Soy el comisario Potes, de la comisaría de la calle de los Azotados. Desamparados queda en mi distrito. Puede usted ahorrarse el ingenio y evitar una broma.

—¿Sucede algo?

—Nada que no pueda explicarse entre un abogado y un policía. Siéntese, señor Kauffman.

El abogado oyó ruido a sus espaldas y se volvió.

—Es mi ayudante, el inspector Cangrejo.

De la cocina surgió un individuo joven, de rostro demacrado y ojos de hurón detrás de unos lentes de armadura metálica. Llevaba en la mano una cinta métrica y lo que parecía ser una especie de minúsculo plumero. Saludó con un breve movimiento de cabeza y desapareció de inmediato para dedicarse a alguna minuciosa investigación.

El apartamento venía a cubrir toda la superficie ocupada por la joyería y la trastienda en la planta baja. Sin duda era la vivienda del joyero. Kauffman se volvió de nuevo hacia el comisario.

—Estoy buscando a Aniceto Kauffman —balbuceó.

—Lo tiene usted a sus pies —dijo el policía llevándose el cigarro a los labios.

—¿Disculpe?

—Quiero decir que tiene usted a sus pies lo que ha quedado de su persona en esta casa. Tenga cuidado de no borrar las marcas con sus zapatos.

Kauffman advirtió entonces lo que el comisario quería decir. En la tarima se hallaba trazada una blanca silueta de tiza. Correspondía a un hombre de mediana estatura, con los brazos separados del cuerpo y los pies torcidos esbozando un torpe paso de ballet. El dibujo marcaba los hombros alzados y la corta humillación del cuello. El perfil correspondiente a la cabeza reposaba en parte sobre la alfombra. El trazo de cal se hacía allí más imperfecto y delimitaba la oscura y húmeda sospecha de un rastro de sangre mal coagulado. Kauffman retrocedió espantado. Sus hombros tocaron con el perchero y sintió el abrazo de la gabardina detrás de él. Saltó entonces de lado tropezando con la lámpara. Las sombras bailaron en la pared.

—¿Quién es? —preguntó Kauffman como si la víctima todavía ocupara la frágil silueta de tiza.

El comisario Potes sacó un bloc de notas del bolsillo y empezó a leer.

—Aniceto Correa, joyero, cincuenta y dos años, soltero, perista. Tres condenas por ocultación de objetos robados, experto en piedras preciosas, expulsado del gremio en 1963. No se le conocen enemigos, amigos tampoco. La hora de la muerte puede situarse... pongamos que cerca de las seis. No hace una hora que se han llevado el cuerpo y hasta mañana no podremos saber los resultados de la autopsia. Ocupaba este comercio desde 1975. Muerte sin indicios de resistencia. A primera vista, no se echan en falta objetos de valor. El inspector Cangrejo está tomando las huellas y dentro de unos minutos podrá añadir algún detalle.

—Este hombre se presentó en mi despacho con una tarjeta a nombre de Aniceto Kauffman —exclamó el incrédulo Kauffman señalando el fantasma de tiza con el dedo.

—Puede ser. Hemos encontrado noventa y nueve tarjetas a nombre de Aniceto Kauffman. La caja debía tener cien. Esta y otras cuestiones deberán aclararse en su momento. Siéntese, señor Kauffman. Voy a contarle un cuento de Navidad.

Kauffman rodeó la silueta de tiza sin apartar los ojos del invisible cadáver del joyero y fue a sentarse al otro lado de la habitación. La lámpara se tambaleó de nuevo. Las sombras oscilaron en el techo. Por la puerta de la cocina asomó la cabeza del inspector Cangrejo.

—Jefe...

—Déjanos tranquilos un momento, Cangrejo. Enseguida estoy contigo. ¿Está usted casado, Kauffman?

—Estoy casado y juego al golf —respondió maquinalmente Kauffman.

—Bien. Yo también estoy casado, señor Kauffman, y esta noche había prometido llevar a mi mujer a la zarzuela, esa especie de bronca de patio de vecinos con acompañamiento de orquesta que tiene lugar al aire libre en la Plaza Mayor y que comienza a las diez. Pero a estas horas mi mujer debe de estar hablando con algún colega suyo, señor Kauffman, algún abogado especialista en divorcios, porque son las once de la noche y yo tengo las entradas en mi bolsillo, y en la Plaza Mayor deben llevar ya una hora dándose voces y abrazándose en coro al son de la orquesta municipal. Puede usted decir que el responsable de la comisaría de Azotados es un hombre al que le aguardan graves problemas domésticos. Pero no podrá decir que sea un hombre que no cumple con su deber. ¿Hace mucho que conocía usted a Aniceto Kauffman-Correa?

—Dos días.

—Dos días —repitió el comisario—. Pongamos que yo le conocía desde hacía seis años, desde que me destinaron a este distrito. Nada importante, pequeñas vigilancias, pequeños robos. El caso es que en el mes de diciembre alguien vino a ver a Correa en un Mercedes. Nada tiene de raro ver un Mercedes en este barrio, muchos gitanos tienen un Mercedes, pero el hombre que vino a ver al joyero en un Mercedes azul era un hombre especial. Tenía chófer y le acompañaba un guardaespaldas. Todo esto son datos confirmados por un vecino. En este barrio los vecinos son de mucha importancia. ¿Su coche es un Mercedes, señor Kauffman?

—No.

—El mío tampoco. Poco importa. Pensé que hubiera podido acertar. Aquella visita se repitió dos veces, según las desinteresadas confidencias del vecino. Pues bien, el mismo día de Nochebuena, la misma jodida noche que precede a la Navidad, Aniceto Correa llamó a la comisaría para avisar que estaba amenazado de muerte, aquí, en aquel mismo instante, en la misma jodida noche en que toda la cristiandad se reúne con la mujer y con los hijos para cenarse un pavo. Yo no estaba de servicio. Yo estaba haciendo lo que esa noche hace toda la cristiandad, pero tuve que tirar la servilleta a un lado y venir a ver qué se cenaba en casa de Aniceto Correa.

—¿Llamó desde la joyería?

—Llamó desde ese jodido teléfono que usted ve ahí.

—¿Qué pasó?

—¿Qué pasó? No me haga usted reír. Todavía estoy preguntándome qué pasó aquella jodida noche en casa del joyero. Cuando llegué, Correa estaba sentado ahí, en la misma butaca en la que usted está sentado. Estaba celebrando la Navidad. Tenía un vaso de whisky en la mano. La botella vacía había rodado por el suelo.

«Comisario —me dijo alzando el vaso—, feliz Navidad.»

«Vamos Correa —dije yo—, no he venido a felicitarte las Pascuas.»

Agachó la cabeza y dio una patada a la botella que fue a parar al otro extremo de la habitación. Fue el único gesto de violencia incontrolada. Estaba borracho, plácidamente borracho, de la manera como puede emborracharse un virtuoso del violín o un filatelista. El joyero era un hombre tranquilo, discreto. Le conocía desde hacía seis años, lo mismo que le conocían los golfos del barrio. No sé lo que podía vender en esta cochina tienda, pero no le faltaba negocio. Pongamos que vendía joyas robadas. Pongamos que también vendía bisutería de Taiwan. El caso es que Correa estaba vigilado. Él lo sabía y no me tenía rencor, al contrario, sabía que tenía el ojo encima y eso aumentaba la confianza.

«Alguien quiere matarme, comisario —dijo tragándose el hipo del whisky.»

«Habrás engañado a algún chorizo —dije yo.»

Se echó a reír con su risa de conejo.

«Algo más que un chorizo, comisario.»

«Vamos Correa, he dejado a medias la cena de Nochebuena y no es para que me vengas a decir que te quiere matar el director del Banco de España.»

Volvió a reírse.

«Tengo en mis manos algo que me va a costar la vida, comisario.»

Era una conversación de circo. Yo le hablaba como se habla a los payasos.

«¿Qué es lo que tienes en tus manos, Correa?»

«No se lo puedo decir.»

«Vamos, Correa, díselo al comisario.»

«¿Comisario?—balbuceó.»

«Vamos, Correa, dímelo.»

Estaba empezando a enfadarme. El joyero echó un trago de whisky y se calló. ¿Y la amenaza? No me dio explicaciones. Había habido un error y nuestro hombre había visto sombras por el muro. ¡Sombras por el muro! ¡La noche de Nochebuena! Volví a casa. El pavo se había enfriado, los niños se habían peleado por el turrón y mi mujer se había ido a la cama después de repartir un par de bofetadas y sin recoger los platos.

El comisario aspiró una bocanada del cigarro y lanzó un furibundo chorro de humo por las narices.

—¿Me entiende?

—Le entiendo.

El comisario contempló escéptico la ceniza del cigarro y pareció calmarse un poco.

—Y ahora, siete meses más tarde, este desdichado se hace asesinar precisamente en la jodida Noche de la Zarzuela —exclamó señalando la blanca silueta de Aniceto Correa con conmiseración—. Y yo con dos entradas en el bolsillo.

—Se las devolverán.

—¡Me las devolverán! —rió sarcástico el comisario—. Déjeme ir a explicarle a mi mujer que nos devolverán las entradas y que mañana la invito a chocolate con churros. No sabe usted lo que es una mujer que se ha pasado la tarde en la peluquería para ir a la Noche de la Zarzuela y que le dice usted que no tiene importancia, que nos devolverán las entradas —añadió con dolorosa ironía—. Y después de lo que pasó en Nochebuena.

—Lo supongo —se atrevió a insinuar Kauffman.

—Lo supone —aulló el comisario.

El comisario lanzó de nuevo un resoplido escéptico. Era evidente que aquel hombre no podía suponer lo que era su mujer. El ayudante del comisario volvió a asomar la cabeza por la puerta de la cocina.

—Jefe...

—Un segundo, Cangrejo, enseguida estoy contigo.

El comisario permaneció unos momentos reflexionando. La ceniza de su cigarro se derramó sobre el brazo de la butaca. Mientras tanto Kauffman observó con más detalle la habitación. Era la vivienda de un maniático. Los muebles podían proceder de cualquier vertedero, de no ser por la patina decimonónica que les daba cierto lustre de anticuario. Advirtió el patilludo busto del último emperador de Austria sobre la repisa de una chimenea condenada. La luz de la lámpara cortaba en escuadra el empapelado del muro donde se exhibía un diploma polvoriento. Cada cosa parecía permanecer en su sitio desde siglos atrás. El aire picaba la nariz. Olía a barniz viejo y a líquidos volátiles de los que el joyero debía emplear para probar los metales preciosos. Sin duda, en aquellos muebles se escondían cajones secretos, diminutas balanzas, pinzas, lentes, toda la panoplia del oficio que Kauffman imaginaba como el laboratorio de alguna especialidad relacionada con la prestidigitación. Si aquel era el escenario de un crimen, nada hacía pensar que hubiera sido violentado. Después de recorrer el siniestro decorado los ojos de Kauffman volvieron al invisible cadáver del joyero tendido en su perímetro de tiza, ágil silueta en un ballet improvisado sobre la tarima oscura. No pudo evitar el sentimiento de hallarse en un velatorio con el cuerpo del difunto reducido a su etéreo perfil. Como sucede en semejantes ocasiones, su pensamiento evocó la memoria del muerto. Recordó su voz aflautada, su presencia cortés pero taimada, su silueta cercenada por las barras de luz de la persiana, en la penumbra del despacho, la tarde anterior. Un misterio se abría en su camino, o al menos el futuro de las cosas se hallaba gravemente trastornado. Sin embargo, pudo más su capacidad profesional de disimulo cuando el comisario mordió impaciente el cigarro en el mutuo silencio. Se sintió encomendado a la última voluntad del difunto, o a lo que él interpretaba que hubiera sido su última voluntad, con la misma lealtad de que hubiera sido capaz con cualquier otro cliente, esto es, mantener el asunto de las perlas al margen de intereses oscuros, sin duda poderosos, sin duda temibles, como suelen ser las amenazas del destino cuando el terrorífico rostro de *Némesis* y la risueña faz de la *Embaucadora* forman parte de él. Tenía obligación más que nunca de guardar el secreto porque empezaba a comprender que en ello le iba la vida. En plena noche de verano sintió un escalofrío y sus manos se humedecieron de sudor.

—Feo. Muy feo —murmuró el comisario moviendo lentamente la cabeza.

—¿Cómo fue asesinado? —preguntó Kauffman.

—Le golpearon con un bolo.

—¿Disculpe?

—Le abrieron los sesos con una porra. Ésa es la mancha de sangre que ha dejado en la alfombra.

El comisario se llevó el cigarro a los labios. Sus ojos se cerraron en oriental y desconfiada rendija evitando el humo. Su panza búdica se hinchó con fuerza.

—Es curioso. En el cuello presentaba heridas como de garras.

—¿Garras?

—O de uñas, si prefiere. En fin, serán cosas largas de aclarar. ¿Usted ha leído *Los asesinatos de la calle Morgue?*

—En mis tiempos. Lo leí en mis tiempos —afirmó un desconcertado Kauffman.

—Siempre había soñado encontrarme con un caso como el de la calle Morgue y creo que lo he logrado —respiró el comisario satisfecho, evaluando su conflicto doméstico con su carrera profesional—. Como me llamo Potes. Quizá esto vale los billetes de la zarzuela.

—Me alegro de que llegue a esa conclusión.

El comisario volvió a sumergirse en su detectivesco silencio. Kauffman le interrumpió.

—¿Por qué cree usted que el joyero se presentó en mi despacho bajo el nombre de Aniceto Kauffman?

—Para que usted le recibiera y le escuchara con mayor atención. Tendría algo importante que decirle. ¿De qué habló con el joyero, señor Kauffman?

—De asuntos generales. Quiero decir, estaba interesado en entrar en contacto con el propietario de un collar al que yo representaba.

—Asuntos de joyería, ¿no es cierto?

—Exactamente.

—Pues bien, señor Kauffman. Yo también tendría que hablar con usted de esos asuntos.

—Le dejaré mi dirección.

—Su dirección la encontré sobre el cadáver. Pongamos que me gustaría que usted me dijera por qué un joyero marrón del sucio distrito de los Azotados acude a un abogado de negocios del mejor distrito de Madrid.

—Se lo explicaría con gusto —empezó a mentir Kauffman.

—No se preocupe, ya tendrá tiempo de explicármelo todo.

El ayudante del comisario apareció en la puerta de la cocina con la cinta métrica y el maletín de instrumentos policiales en la mano.

—Jefe...

—Díme, Cangrejo.

—En la cocina no hay huellas —anunció el joven detrás del espejuelo de sus lentes—. El asesino sólo pudo haber entrado por la chimenea.

—No digas tonterías, Cangrejo. El asesino pudo haber entrado por la puerta, por donde va a salir el señor Kauffman.

Kauffman se levantó. El comisario se volvió hacia él.

—¿Nos deja usted, abogado?

—Creo que mi presencia no es necesaria. Estaré en Madrid, no salgo de vacaciones.

—Así me gusta, abogado, nos seguiremos viendo en las noches de este ardoroso verano —dijo el comisario sonriente—. Somos pocos los que quedamos en Madrid —añadió con filosófica tristeza contemplando la silueta de la víctima en el suelo—. Cangrejo, acompaña al señor Kauffman.

El muchacho dejó los instrumentos y bajó las empinadas escaleras delante del abogado. El local de la planta baja brillaba con los destellos de la bisutería. Lúgubres resplandores de plata navegaban por el techo. Kauffman salió de la tienda y respiró con alivio. Tenía sed. La noche era tibia, prometedora de una refrescante madrugada. Cruzó la plaza y caminó un par de calles antes de coger un taxi para volver a casa. El único establecimiento abierto por los alrededores era un bar hawaiano donde Kauffman pidió un cóctel marinero que le fue servido en una gran piña vaciada. Se lo bebió alzando el recipiente con ambas manos, apartando cáscaras de limón y de naranja y otros desperdicios de cocina de barco mercante que formaban parte de la combinación. Se sintió reconfortado. Pidió un segundo cóctel, esta vez el cóctel del caníbal, que le fue servido en una calavera de baquelita con un fuego de bengalas y una excitante mixtura de pimienta y canela sobre coagulante líquido seminal en fermentación. Apagó las bengalas y se lo bebió y resultó aún más reconfortante que el cóctel anterior. Kauffman abonó la consumición con mano temblorosa. Después subió al apartamento con ácida euforia tropical en las tripas y una viril disposición de ánimo. Demasiadas cosas pasaban por su cabeza y al fin y al cabo todas eran de algún modo peligrosas. Necesitaba ayuda. El Gran Duque había dicho: «Si necesitas ayuda llama a Fernando Garras». Pero no estaba seguro de que aquella fuera la clase de ayuda que necesitaba. Todas las sospechas concentradas en su cerebro se reducían al núcleo duro de una sospecha mayor que le impedía desatar la lengua. Ardientes blasfemias de fogonero le quemaban la garganta. El alcohol reducía los pensamientos de destrucción a la condición lamentable del borracho con lengua de trapo. Era la una de la madrugada cuando se decidió a llamar a la finca. Sorprendentemente, contestó el mismo Garras.

—¿Garras?

—Soy yo —dijo Garras.

—Soy Aniceto Kauffman, es decir, soy Alfredo Kauffman, Kauffman me ha dicho que te llame, quiero decir, el Gran Duque me ha dicho que te llame.

—Kauffman, estás loco —respondió sencillamente Garras.

Hacía una hora que había terminado sus ejercicios gimnásticos y se disponía a recibir un tratamiento muscular antes de dormir. Pasó el teléfono al mayordomo filipino que estaba a su lado.

—¿Señor Kau Man? El señor Garras recibe masaje filipino.

—Dígale que he hablado con el Gran Duque.

—¿Señor Kau Man? El Gran Duque también ha hablado con el señor Garras.

—Kauffman, ¿me oyes, chino de mierda? ¡Kauffman! —exclamó Kauffman perdiendo los nervios—. Y ahora dile al solomillo que tienes encima de la mesa que se ponga al teléfono.

Los licores bravos del bar hawaiano hacían su efecto. Interiormente Kauffman sonrió con luciferina satisfacción. Su objetivo era sembrar la discordia, promover la desconfianza, avanzar los peones del odio y alzarse con la diabólica virtud del mal cumplido en homenaje al cadáver de tiza de Aniceto Kauffman, esto es, de Aniceto Correa, cualquiera que fuera la clase de obligaciones que aún mantenía con el personaje. El indómito Kauffman esperó con el teléfono en la mano. Ráfagas de lucidez le advertían del peligroso estado de sus tripas. El precio de la osadía nocturna lo pagaría con elevados intereses por la mañana. Otros temores más oscuros fueron velozmente rechazados. Al cabo de unos minutos volvió la comunicación al teléfono.

—¿Señor Kau Man? El señor Garras le manda a usted al infierno —dijo imparcialmente el filipino.

Y colgó.

KAUFFMAN REFLEXIONA

—No, eso no —decía Millonetis llevándose las manos a la cabeza y calculando con la misma conspicua cabeza cuánto tiempo le costaría convencer a Kauffman de lo que estaba diciendo—. No, eso no —repitió al teléfono—, eso no debería hacerse de ese modo, ni de cualquier otro modo, y por supuesto matar a una persona no sólo es contrario al quinto mandamiento y a mis propias convicciones, sino que está perseguido por la ley. Y no discuto si la ley y el quinto mandamiento tienen razón con cierta clase de sujetos, usted lo sabe Kauffman, lo sabe. ¿O no lo sabe? —añadió agotando su respiración en la sintaxis, y luego tomando aliento remató—: Entonces, ¿por qué iba yo a ordenarlo? Reflexione, Kauffman.

—Eso estoy haciendo.

—¿Por qué iba a hacerlo?

—No lo sé.

—No. ¿Por qué iba yo a decirle a Garras que lo hiciera, Garras, deshazte de ese tipo, y que dejara sus garras marcadas en el pescuezo de ese desdichado, al que ni siquiera he conocido y con el que podía haberme entendido? Aunque por lo que usted me dice, cifras aparte, dudo mucho de que él me hubiera podido entender. No tiene sentido.

—No, no lo tiene.

—Descontando que un coleccionista habla, discute, con otro coleccionista, y no le manda estrangular ni que le abran la cabeza con una pata de banco, o con un, dice usted, con un bolo —proseguía Millonetis persuasivo con la mano en la cabezota de *Hércules*, rascando el entrecejo del enorme perro, casi convenciendo al perro de sus razones más que a su lejano interlocutor. Volvió al teléfono para argumentar sus sentimientos y Kauffman oyó la reiterada melodía de inocencia sobre el insondable y tenebroso pozo de hipocresía, resonante cavidad de las sospechas más culpables, impensables excusas del Gran Duque, en absoluto ofendido, y a quien nadie de momento había pedido ninguna explicación.

—Por las barbas de *Hércules*, reflexione, Kauffman, se lo puedo jurar sobre los huevos fritos del almuerzo. Me sobra dinero para haberle comprado las perlas a ese joyero imprudente si ese joyero las hubiera tenido, pero no las tenía, Kauffman, eso se lo aseguro, lo mismo que un Aniceto Correa no es un Aniceto Kauffman, y eso también se lo hubiera podido asegurar.

—Eso seguro —dijo Kauffman convencido.

—Al collar le faltan dos perlas, de acuerdo. Le faltan dos perlas. Y le sobran dos perlas australianas. Y yo, como otros antes que yo, estoy dispuesto a dar mucho, y no la vida, por ellas, las auténticas, pero no tanto como para mandar que le pongan las uñas encima a un joyero que se hace pasar por pariente suyo, Kauffman, y que Garras le marque las garras dejando una tarjeta de visita, y que le revienten el cráneo con un rodillo de amasar o con un... ¿cómo dijo usted?

—Bolo.

—Bolo. No soy capaz.

Millonetis respiró y empujó el perro a un lado para cruzar las piernas en el sillón de mimbre. *Hércules* se apartó perezoso. La mañana marbellí olía a pan tostado y a baldosas recién regadas. Millonetis giró sobre su asiento y se volvió con el teléfono en la mano hacia el balcón abierto y a la lujosa invitación del jardín tropical. Eran las nueve de la mañana. Kauffman le había telefoneado antes de que se fuera a jugar al golf.

—Y aquel industrial de los chorizos, prosiguió, Camporrón, o Camporreal, cualquiera que fuera su apellido o como quiera que se llamara su marca, pero de ningún modo Kauffman, fue el primero en advertir que al collar le faltaban dos perlas, pero tampoco hubiera matado a nadie por ello. Supongo. ¿Eh? Digo supongo. Yo también conozco la historia de mi collar.

—Supongo —dijo Kauffman.

—¿Supone? ¿Sólo supone? —apostilló Millonetis—. Pues bien, Camporrón, o Camporreal...

—Camporrón —precisó Kauffman, que ya había hecho ciertas averiguaciones.

—Camporrón fue un coleccionista apasionado y sobrado de recursos. A propósito, ¿por qué el joyero se presentó a usted bajo el nombre de Kauffman y a Camporrón, que ha muerto hace quince años, le llamó Kauffman también?

—Dice el comisario que para que yo pusiera más interés en su historia —explicó Kauffman desapasionado.

—¿Lo ve? Ese hombre no tenía nada que ofrecer.

Kauffman bajó la voz ensombrecido. Mintió en tono lúgubre.

—Quizá.

—Además, ¿para qué iba yo a mentirle? —clamó redundante Millonetis—. Yo sólo soy un humilde multimillonario. Camporrón vendió el collar y dedicó su vida y su fortuna a buscar las dos perlas peregrinas. Hay filatelistas que venden entera su colección de sellos para poder hacerse con uno o dos sellos raros. Otros codiciaron el collar y fueron capaces de todas las ignominias. Otros terminaron en la cárcel o en una casa de salud. ¿Por qué iba a ser yo más que ellos?

—¿Por qué iba a ser menos?

Silencio. En el fondo de su corazón el Gran Duque se sintió halagado. Como a todos los hombres poderosos, le agradaba secretamente su reputación de maldad. Paladeó la pregunta y se la hizo repetir:

—¿Lo cree?

—Pienso que quizá no podía ser menos —repitió Kauffman.

Millonetis estiró las piernas.

—Tienes razón, muchacho, por las pulgas de mi perro. Celebro que esta circunstancia me permita tutearte. Quizá yo no podía ser menos y también me he vuelto loco. Pero esto es un secreto que debe quedar entre nosotros.

Lanzó una carcajada que fue respondida por un invisible alboroto de cacatúas en la pajarera del jardín. El perro volvió a recostarse a su lado. Millonetis puso la mano sobre la enorme cabezota con un gesto heráldico de gran cazador. Adoptó de nuevo el tono de las confidencias.

—Sinceramente, Kauffman, no sé de lo que me está hablando. Le agradezco su llamada. Le agradezco que me tenga al corriente de la crónica de sucesos de Madrid y del parte de defunciones. Pero por todas las tostadas del desayuno, reflexione, Kauffman. Si yo supiera algo de la muerte del joyero también se lo habría dicho a usted.

Silencio. En la espesura del jardín el alboroto de los pájaros se fue calmando.

—¿Me oye?

—Le oigo —respondió Kauffman lacónico.

—Y hágame caso, Kauffman, deje el asunto del collar. Deje las perlas a su destino.

—¿Corro algún peligro?

—Le protege mi afecto, Kauffman, por todos los muertos del Colegio de Abogados.

—Le haré caso, Duque.

—Hacerme caso es lo mejor que puede hacer en su caso, Kauffman. Así me gusta.

—Le haré caso —repitió Kauffman, que no había tardado en aprender argucias elementales—. A fin de cuentas, yo no soy el propietario de ese collar.

Kauffman creyó que nada podía averiguar a través de Millonetis y se despidió brevemente. El Gran Duque dejó el teléfono. *Hércules* se alzó sobre sus cuatro patas y agitó la cola con fuertes movimientos de impaciencia. El Gran Duque miró el reloj. Le quedaba tiempo para resolver algunos asuntos antes de ir a jugar al golf.

Del otro lado de la línea, Kauffman recapituló. Las cosas no habían empezado bien aquel día. Al despertar, sentado en bata en el borde de la cama de aquel apartamento de soltero, había intentado hablar por teléfono con su mujer, sin conseguirlo. Alguien había dejado descolgado el aparato, quizá ella, quizá una de las niñas, la diferencia era algo más que un detalle, lo mismo que hay algo más que un detalle entre los actos que son producto del azar y los que han sido calculados con premeditación. Las niñas podían haber dejado el teléfono descolgado por juego o por inadvertencia. Pero su mujer, ay, su propia mujer, todavía el amor de su vida, incluso en aquellas condiciones de vacaciones separadas, podía haberlo desconectado deliberadamente para entregarse con mayor libertad a los demonios de la concupiscencia, un pacto que Kauffman se arrepentía de haber consentido, olvidando que había sido él su principal promotor, descontando satánicos placeres de cama para sí mismo y sutiles sufrimientos para su mujer. Recordó con ternura los deliciosos calabacines rellenos que ella había preparado con sus propias manos y con riesgo de sus uñas para su último cumpleaños, sabiendo lo mucho que a él le gustaban los calabacines rellenos. Entonces el amor no eran los desafíos del sexo, sino la doméstica comunión familiar de un plato de calabacines. Por la noche, él la había llevado a cenar a un restaurante oceánico dejando a las niñas dormidas. Ostras y champán francés. Luego habían hecho el amor con la poderosa lentitud de las mareas, cubriendo de esperma a la madre de sus hijas como un cachalote cubre a su hembra, como un protocolo biológico de dominación. ¿Por qué había sido necesario navegar hacia el fuerte temporal de la aventura consentida un año después? El abogado apartó los celos. Otros sufrimientos y otros temores asaltaban su ánimo. De hecho, se había instalado en el apartamento de la oficina y no había vuelto a casa desde que ella y las niñas se habían ido de vacaciones. En la veloz incandescencia de la mañana sintió dolorosamente una punzada de angustia. El verano era la estación de los delirios. Volvió a marcar el número para comprobar que seguía descolgado. Se vistió y abandonó cualquier idea de hallar por aquella vía consuelo y perdón.

En segundo lugar había querido hablar con su abogado. Quiso hablar con X. Sabía que no iba a poder consultar con precisión ninguna de las dudas que le acongojaban, por razones obvias, y sabía también que X, su abogado, pediría explicaciones que Kauffman, como abogado, de ningún modo estaba dispuesto a dar. Ése era el enigma del carácter de los hombres de leyes. Gente recia, pensaba Kauffman con orgullo, pero tortuosa, admitía con orgullo también. Por alguna misteriosa razón que él mismo no lograba entender, el asunto de las perlas se había convertido en asunto propio, y no entraba en ello la codicia, superada la primera fascinación por el valor mercantil de las perlas, ni entraba en ello la envergadura de la provocación, ni siquiera consentía en imaginar los agradecimientos y honores que otorgaría Millonetis a quien le presentara en la palma de la mano las dos perlas históricas que faltaban al collar. Se había cometido un crimen y ése era el pensamiento que torturaba a Kauffman. El abogado quería hablar con X, su abogado, para escuchar la voz de un amigo, para charlar con el antiguo compañero de facultad. Marcó el número del teléfono. Era un bufete de Barcelona.

—¿Federico?

X se llamaba Federico.

—No hay nadie. Don Federico se ha ido de vacaciones —respondió una fresca voz de mujer con la imperial y tranquila autoridad de las empleadas de la limpieza en los despachos vacíos.

Kauffman colgó el teléfono sin dejar recado. No había alivio para la indecisión o la duda si antes no lograba hallar la solución en sí mismo. Lo había aprendido en un gimnasio donde meses atrás había seguido unos cursos de meditación zen.

En tercer lugar, el abogado había querido hablar con Millonetis. Todos los duendes del destino telefónico se habían conjurado para que al menos aquella llamada tuviera éxito. Y después de haber hablado con Millonetis, decidido a seguir el sucinto consejo que Millonetis le había dado, «reflexione, Kauffman». Kauffman reflexionó. La conversación había evaporado las últimas presunciones de encontrar algún tipo de soporte emocional, como se habían evaporado con los termómetros rápidamente en alza las esperanzas indulgentes de frescor suscitadas por la noche. Pero algo había quedado claro oyendo la campanuda voz y la resonante carcajada de Millonetis entre orquídeas, palmeras, hibiscos, cacatúas y dogos gigantescos. Kauffman debía reflexionar velozmente. Estaba en juego su propia estima, y quién sabe si su vida. Como los antiguos filósofos, empezó a pasearse en bata por el salón del apartamento, puño en barbilla y cejijunto, en desafío a Júpiter y a su perro, todo él un hombre entero cargado de astucia y entregado a la reflexión.

Y su primera reflexión fue una sospecha, pero no cualquier clase de sospecha, gris y sin forma, sino una sospecha que cambiaba de volumen y color conforme iba evolucionando en su pensamiento. En el amazónico jardín de Marbella se escondía una duda que paradójicamente Kauffman no dudaba en despejar. La sospecha se transformaba en luminosa evidencia de que el Gran Duque estaba al corriente de lo sucedido, por conductos y razones de significación polimórfica y recorrido variable, por motivos oscuros que Kauffman no pretendía desentrañar, y nada podía abandonarse en privilegio de esa certeza, el Gran Duque lo sabía, y sospechaba que lo sabía él.

«... probablemente lo sabe tanto como lo sospecho yo, reflexionaba Kauffman contemplando el tornasol de la evidencia en su pensamiento, sabe que yo lo sospecho y eso acarrea consecuencias sobre las que debo reflexionar».

Siguió reflexionando. El comisario había hablado de un Mercedes azul en los alrededores de la casa del joyero. Poco importaba cuál fuera la afición de Millonetis por los automóviles, lo mismo que importaba poco su afición por los caballos. Lo cierto es que Kauffman sabía que entre los lujosos automóviles, que se alineaban en las cocheras de la finca del Gran Duque figuraba un Mercedes azul. El joyero había muerto golpeado por un bolo, o una porra, y todo el mundo conocía la afición de los filipinos al juego de bolos y al manejo de la porra (la versión asiática y perfeccionada de la porra, una rígida funda de cuero con tres gruesas bolas de acero en su interior, un arma letal, conjeturaba Kauffman súbitamente especializado en las más mortíferas variaciones del mercado de la porra por un telefilme de serie que había visto meses atrás). Y en fin, Kauffman paladeaba la coincidencia semántica casualmente establecida entre las garras que habían aparecido marcadas en el cuello del joyero y las garras del apellido Garras, y a pesar de lo inadmisible de aquella hipótesis judicial, no necesitaba indicio más concluyente que aquél.

«... veamos, Kauffman, un doctorado en Derecho, muchos años de profesión y ninguna experiencia criminalista no te autorizan a dejarte llevar por semejantes especulaciones, se dijo el reflexivo Kauffman, pero aún así hallaba cierta base lógica en lo que era un íntimo convencimiento, porque siempre la metáfora ha precedido al simple raciocinio, y porque Fernando Garras era hombre de cumplir órdenes siniestras si lo exigía su papel... Veamos, Kauffman, reflexionaba Kauffman, un doctorado en Derecho y una montaña de suposiciones frente a un grano de arena de certeza no permiten ponderar la certeza frente a la montaña de suposiciones a medida que avanza el reloj, y aún así...».

El abogado deshilvanó el hilo de sus conclusiones dando prioridad a la certeza. A continuación su pensamiento se volvió hacia Aniceto Correa, a quien el abogado seguía llamando *in pectore* Aniceto Kauffman con una fidelidad que no reclamaba nada a la fingida coincidencia de apellidos, y debía mucho a la simpatía y confianza que aquel hombre había depositado en él. Imaginó el despojo mortal de Aniceto Kauffman tendido sobre algún carricoche niquelado en la sala de disección del depósito municipal, esperando la autopsia. Desnudo, blanco, ligeramente barrigón, sexo flácido, pies separados en ángulo esdrújulo, sus labios una carnosa flor violeta bajo el tubo fluorescente, la cabeza aplastada por una suerte de bonete coagulado y las manos yertas recogidas en el gesto de alcanzar algo inconcebiblemente sutil que habían dejado escapar. Le imaginaba en las bajas temperaturas del refrigerador, entre aromas de amoníaco y benzol, el poderoso narcótico de aquel antiséptico territorio de la muerte. Su fantasma había levitado desde el perfil de tiza marcado en la tarima de su apartamento para trasladarse bajo apariencia corpórea hasta aquel ámbito forense de acero inoxidable y baldosines, donde sólo esperaba ya la entrada en acción del escalpelo y el bisturí. El abogado sintió compasión por el cadáver. Una simpatía sincera le unía con el muerto. Antiguos retazos de conversación volvieron al oído de Kauffman, como si el despojo emitiera ondas hertzianas.

«Al collar le faltan dos perlas, señor Kauffman, la número 15 y la número 42.»

«Oh.»

«*Némesis* y la *Embaucadora*.»

«¿Dos perlas?»

«La *Embaucadora* obra en mi poder, señor Kauffman, y me hallo en condiciones de decir dónde está *Némesis*.»

El abogado se detuvo en medio de la habitación, flotante el vuelo de su batín, alzada la pestaña en la insensible audición del mensaje. Aquella había sido la causa de la muerte de Kauffman, de Aniceto, de eso no le cabía la menor duda, cualquiera que fueran las complicaciones que habían concurrido para que fuera así. Terribles ambiciones se esconden detrás del ánimo de los coleccionistas. Ahora la *Embaucadora* se hallaba en lugar seguro, en la caja fuerte detrás del microondas, y Kauffman se consideraba depositario no sólo de la perla, sino también del secreto. La amenaza se cernía sobre él. ¿Y *Némesis?* El eco de la conversación con el joyero volvió a sus oídos en suave sintonía.

«El industrial Kauffman fue el primero en advertir que al collar le faltaban dos perlas. Usted, Kauffman, es el abogado a través de cuyas manos el collar ha llegado a Millonetis. Y yo, Aniceto Kauffman, he encontrado las perlas que faltan al collar.»

Kauffman sonrió. Recordó la imaginaria serie de Kauffmans y le pareció que aquello le obligaba a alguna clase de fidelidad. ¿Kauffman? Se sintió fuerte. Se sintió uno y trino. Sentía la energía vital de la trinidad de los Kauffmans dentro de él. Probablemente sólo era un débil síntoma de que estaba empezando a volverse loco. Poco le importaba al abogado haber averiguado que el industrial Kauffman se apellidaba Camporrón y que el joyero Kauffman era Aniceto Correa. La falsa coincidencia iba mucho más lejos. El joyero había introducido una especie de parentesco espiritual y eso satisfacía a Kauffman. En aquel momento el bisturí rasgaba el vientre de Aniceto para extraer las vísceras. En pocos minutos el salvaje chirrido de la sierra y secos golpes de escalpelo pondrían al descubierto el blando laberinto de la masa cerebral. Una cosa era obvia. El joyero había sido asesinado por aquellos que buscaban la *Embaucadora,* ignorando que la perla ya no estaba en poder del joyero. Kauffman hizo una pausa. Al fondo del corto pasillo de su apartamento, bajo la luz cenital de la cocina, brillaba el corazón negro del horno microondas. No, la *Embaucadora* no estaba donde los asesinos esperaban haberla encontrado. Se hallaba en lugar seguro, entre las manos de quien mejor había merecido la confianza de Aniceto ex-Kauffman. Y entonces el abogado recordó las últimas confidencias del joyero, en el momento en que depositaba su confianza en él.

«Mi primera garantía es su palabra, señor Kauffman.»

«¿Hay alguien más al corriente de este asunto?»

«Precisamente. Un sujeto llamado Julián el Gordo, alias *Su Eminencia,* orfebre y fabricante de objetos litúrgicos. Disculpe que exhiba un naipe que puede parecerle una amenaza.»

«Ya.»

El abogado había tomado nota de aquellas palabras. Buscó el bloc con los apuntes. Le invadió un sentimiento de euforia. Pasó las páginas con dedos ágiles, evitando todo aquello que no tenía relación con el asunto. De una rápida ojeada verificó los términos de la conversación. Los mágicos nombres y las palabras precisas se encontraban bajo sus ojos. Julián el Gordo, *Némesis*, la *Embaucadora...*

«Y recuerde que en dos días Némesis puede estar en sus manos, había dicho el joyero. Y además...»

«¿Además?»

«Mire Kauffman, quiero decir...»

«¿Qué quiere decir?»

«Es decir, mire usted, señor Kauffman...»

«Aniceto.»

En algún punto se embrollaban los términos, poseído por lo que hubiera esperado escuchar del joyero y lo que suponía él.

«También Julián el Gordo puede ser una ayuda.»

El abogado cerró el bloc de notas. Débiles percepciones le indicaban que pronto las vísceras del joyero estarían dispuestas sobre bandejas de aluminio, junto a la mesa de autopsia, en una delicadísima exhibición de sus despojos. Verde tornasol de petróleo de la glándula pituitaria, granate rugoso del bazo, lechosas muestras de cerebelo engalanado con la rosada arborescencia de los vasos capilares, sólida sangre del hígado, suaves irisaciones musgosas del tejido intestinal manifestando la florida y abundante fermentación de la última cena del joyero. No más que un escabeche, no más que una fétida exhibición de vísceras es el humillante destino judicial de nuestro cuerpo, mientras el espíritu se alza y el alma solloza en la etérea debilidad de su nuevo estado, torpe, desorientada, lenta... Aquélla era la muestra final de la íntima esencia del cazador de perlas, una infusión ectoplásmica en la receptiva imaginación del abogado Kauffman, que concluyó dedicando al joyero sus recuerdos de bachillerato en latín. *Animula, vagula, blandula...*

—No voy a pensar más en ello —murmuró pensativo Kauffman—. No al menos de forma que me impida pensar.

El abogado alzó la vista hacia el luminoso horizonte de la ciudad donde la bestia del calor empezaba a desperezar sus brazos. Kauffman se ató el cinturón de la bata y dejó de reflexionar. En pocos segundos había intuido cuáles iban a ser sus próximos movimientos en aquel negocio. Decidió ir a visitar a Julián el Gordo. El área sentimental dejaba paso a las más eficaces actuaciones de su profesión de abogado, movido por la justa necesidad de aclarar las cosas cualquiera que fuera su turbio estado y el riesgo incurrido, admitiendo también sin vergonzosos reproches la legítima ambición de reunir en sus manos las dos perlas perdidas y evitar así que cayeran en las garras de Garras, o en las garras de cualquiera lo suficientemente osado como para avanzar sus garras hacia ellas, o lo suficientemente informado como para interponerse en su camino, con o sin la avenencia de Millonetis, pero en todo caso sin reparar en medios. Y mientras tanto, ¿qué hacía él en bata? El termómetro subía en Madrid. *Némesis* se ocultaba. Un asesino andaba suelto. Dos forenses juntaban sus cabezas sobre las vísceras de un cadáver murmurando detrás de las mascarillas antisépticas cercanos planes de veraneo. Eran cerca de las once de la mañana. El abogado se fue a tomar una ducha antes de actuar.

Margarita, su mujer, se había ido de vacaciones llevándose el coche grande, el deslumbrante BMW que era el orgullo automovilístico de los Kauffman, y Kauffman se había quedado con el otro vehículo, el de ella, un Ford de modelo medio que Margarita utilizaba para llevar a las niñas al colegio. Kauffman se había enternecido descubriendo una calcomanía de Drácula en el parabrisas del coche, y chicle mascado en el retrovisor, y dinosaurios de colores en la guantera, y había sonreído ante los generosos pringues de dedos infantiles marcados en la tapicería, y había sido indulgente ante las feroces huellas de dientes en el respaldo del conductor. Aquel era el coche de su mujer y de sus hijas, lo que más quería en este mundo. Después de vaciar los ceniceros donde se atascaban los papeles de caramelo y arrojar al asiento trasero ejemplares desparejados de calzado deportivo y lápices a medio devorar, Kauffman había conducido aquel vehículo con un profundo sentimiento de cariño. Era el núcleo más íntimo de su vida familiar en aquellos días de soledad. De nuevo los fantasmas libidinosos invadieron su imaginación. Quizá su mujer utilizara aquellas vacaciones el interior del BMW como habitáculo de orgías nocturnas en cualquier apeadero de la playa, pero Kauffman jamás profanaría la santidad escolar del otro vehículo llevando a una mujer consigo, a pesar de la mutua libertad.

Después de ducharse y vestirse, el abogado bajó al aparcamiento. Había dejado el coche, en el aparcamiento subterráneo de la torre, donde normalmente dejaba el BMW. Eran las doce del mediodía y alguien, aquel día, se había puesto en movimiento antes que él. El coche estaba en su lugar, pero ya no era su coche, porque estaba destrozado. Tampoco era el coche de su mujer y de sus hijas, porque había sufrido una transformación radical. Alguien había descuartizado los neumáticos a cuchilladas y el viejo automóvil se había desplomado sobre sus llantas entregando el último aliento de las ruedas en una definitiva posición de fatiga. Sanchopancescamente molido a palos, los parabrisas habían saltado en añicos a golpe de bolo, o de porra, esparciendo a su alrededor una crujiente lluvia de diamantes en la lóbrega iluminación del subterráneo. Gigantescos golpes de maza habían hundido la carrocería. El portamaletas había reventado y se abría en un cavernoso bostezo. La puerta trasera colgaba de un perno y Kauffman descubrió sobre el asiento pares desparejados de calzado deportivo, cuadernos colegiales, lápices devorados, los restos de una vida escolar amenazada. La tapicería se abría en anchas heridas. Brotaban muelles sarcásticos vomitando el relleno. Kauffman miró a su alrededor. En el laberinto de columnas del aparcamiento desierto le pareció que aún resonaban los pang, y crack, y bong, de un energúmeno golpeando la carrocería con un instrumento de salvaje, dando saltos alrededor del vehículo como un chimpancé loco. La vida del motor se había escurrido dulcemente formando una negra balsa de aceite. El vidrio pulverizado crujía bajo los pies. Alguien amenazaba a la familia Kauffman y comenzaba por destruir su coche. En algún lugar del aparcamiento el engranaje de un montacargas se puso en marcha.

—Mi coche —gritó el abogado alzando el puño—. El coche de mi mujer y de mis hijas —repitió.

Su voz se multiplicó en el sórdido laberinto de hormigón. La atmósfera era opresiva. Kauffman se sintió atrapado y a punto de perder el conocimiento. Llevándose la mano a la garganta se precipitó hacia la puerta metálica, que se cerró detrás de él con un estruendo. Alcanzó los ascensores. Aporreó las puertas cerradas. Golpeó los botones con el puño. El juego de luces se volvió loco. Al fin llegó un ascensor vacío con silencio de fantasma. Minutos después la suave aspiración neumática le devolvía a las alturas de su apartamento. Allí, dominando el cielo de Madrid, derrumbado en el sofá, Kauffman recuperó el aliento. Sin duda aquello resumía los consejos del Gran Duque. Quizá el abogado no había reflexionado bastante. Quizá necesitaba reflexionar más.

EL PUNTO FILIPINO

—Bien, Aquino, bien, buena labor —dijo Fernando Garras como si hablara con un chimpancé amaestrado.

El filipino impasible no alteró un músculo de su rostro oriental y pasó por detrás de su patrón recogiendo una bata y unos calzoncillos de flores. Desnudo, tendido sobre una mesa de operaciones, cubiertos los riñones y el trasero con una toalla, Fernando Garras esperaba el masaje. El filipino salió del cuarto apartando un aparato de gimnasia y regresó frotándose las manos con aceite de coco. Llevaba la camisa anudada en el ombligo, al estilo flamenco, porque favorecía las caderas. Al filipino no le gustaba el aceite de coco, pero el aceite de coco le gustaba a su patrón. En su isla se utilizaba en los masajes sebo de mono. El sebo de mono en los músculos proporciona agilidad. Mucha más agilidad que el aceite de coco. El aceite de coco aparta a las mujeres. A su patrón no le importaba apartar a las mujeres. El filipino se inclinó sobre su patrón con las manos brillantes y empezó a impregnarle los músculos de aceite. El cuerpo espeso de Fernando Garras se relajó.

—Fuerte, Aquino, duro —resopló de bruces con los labios contra un cojín de cuero—. Búscame las cosquillas. Haz una buena labor.

Los españoles están locos, pensó Aquino Tuán. El mayordomo había nacido en el sur de la isla de Mindanao y desde hacía varias generaciones allí todos pensaban que los españoles estaban locos. Nadie recordaba quiénes eran los españoles, pero todos sabían que estaban locos y que consumían carne de mujer. Su patrón se untaba con aceite de coco y no consumía carne de mujer. En su isla, en otros tiempos, los españoles habían consumido mucha carne de mujer. Ahora, en España, Aquino Tuán había visto que los españoles consumían muchas cosas y muchas inmundicias. Y estaban locos.

España era un país peligroso y por eso Aquino Tuán se había traído de su tierra la porra sagrada y la navaja suiza multiusos de sus antepasados. La porra era un arma corta, labrada en madera de *bataklán,* tan dura como la madera de *taklán,* pero en la aldea de Aquino las porras rituales se hacían de *bataklán,* aunque en la aldea vecina se hicieran de *taklán,* porque así lo habían hecho siempre sus antepasados. La navaja suiza multiusos se la había regalado a su abuelo un misionero español por haberle suministrado una noche carne de mujer. La navaja suiza y la porra habían llegado a poder de Aquino y se las había traído a España porque los españoles estaban locos. No tan locos como los malayos o los chinos de Hong-Kong, pero locos de otro modo. Aquino Tuán había pensado en irse a trabajar a Singapur o a Hong-Kong, donde se pagaban buenos dólares. Luego había decidido venirse a España, donde pagaban buenas pesetas que se llamaban «pasta». Luego la pasta se cambiaba en dólares. En cinco o seis años Aquino Tuán podía ahorrar pasta para volver a su tierra y comprar buena carne de mujer. Aquino Tuán pensaba volver a su aldea y quizá exportar carne para que tuvieran buena carne de mujer en España. En España gustaba la carne filipina. Los hombres decían: vaya pedazo de mujer. Muchos filipinos venían a España sin sus armas ancestrales y no ganaban tanto dinero como ganaba Aquino. Y nunca podrían montar un negocio de exportación de carne de mujer.

Su patrón tenía enemigos. Aquella misma mañana Aquino había tenido que destruir el coche de uno de los poderosos enemigos de su patrón. Además, su patrón tenía un gran patrón que también tenía enemigos. Aquino había tenido que abrir la cabeza de un golpe de *bataklán* a otro poderoso enemigo de su patrón. En su aldea Aquino Tuán era de la casta de los guerreros, aunque en España estuviera en el servicio doméstico para juntar pesetas en pasta y cambiarla por dólares. Ahora, mientras amasaba el cuerpo de Fernando Garras con aceite de coco, el filipino pensaba en Toribia, la cocinera, y sintió bajo los pantalones ajustados una rápida erección. Toribia, el ama de llaves, la viuda del jardinero, era una mujer corpulenta, arisca como una gallina salvaje, poderosa como el búfalo en los arrozales. Aquino había pensado robarle a los españoles aquel pedazo de carne de mujer.

Aquino era de la casta de los guerreros y tenía las nalgas tatuadas con las figuras de los dioses. En la nalga izquierda estaba el rostro de Nuhr y en la derecha el rostro de Tuhr, con todos los detalles y todos los atavíos de los dioses. Aquellos tatuajes habían costado muchos dólares, que se había llevado un buen tatuador japonés. Las piernas de Nuhr y Tuhr estaban tatuadas a lo largo de las piernas de Aquino. Los dioses bailaban cuando bailaba Aquino. De la cintura para abajo los dioses cubrían gesticulando cada centímetro cuadrado de su piel. El rostro de los dioses cubría los glúteos. Con su divino puño izquierdo esbozaban un gesto de amenaza, mientras introducían el puño derecho en el orificio de los vientos nauseabundos donde se suponía que se hallaban enfundadas sus porras sagradas. Si Aquino encogía las nalgas, el rostro ceñudo de los dioses era terrible. Pero si Aquino aflojaba las nalgas, se expandía la sonrisa tatuada de los dioses, y del orificio escapaban vientos jocosos. Era un pasatiempo alegre. Caminando de cierto modo, alternando los pasos, los dioses Nuhr y Tuhr conversaban en lenguaje ventoso. Al agacharse en una figura de baile, Nuhr emitía pequeñas explosiones. Al agacharse en la figura contraria, la voz de Tuhr respondía con una crepitación similar. Era un alegre baile ritual de guerrero enamorado. Un antropólogo americano, con una mirada juvenil detrás de sus lentes de aro, había visitado su aldea, y había tomado notas en un bloc de notas, y lo había llamado la danza de los *Wind Men*. Aquino le mostraría todo aquello a Toribia, sus dioses tatuados en las nalgas, sus pasos de baile, sus ventosidades, y estaba seguro de que lograría enamorar a la gallina salvaje. Luego se la robaría a los españoles. Se llevaría a la cocinera a su isla para que cocinara para él.

También el patrón quería ver las nalgas de Aquino, pero entonces Aquino sentía que se le encogía el ano y los dioses enojados apretaban los puños y aferraban sus porras en el orificio de los vientos. El cuerpo de su patrón, robusto y cuadrado, velludo en los hombros y espalda, se esponjaba de bruces sobre la mesa bajo los dedos aceitosos de Aquino. El filipino manipulaba los músculos con habilidad. Amasaba las estrías dorsales y buscaba el recorrido de los tendones. El cuerpo de Fernando Garras era carne reluciente. El filipino se concentró en su trabajo. Paulatinamente, la erección provocada por el recuerdo de Toribia fue menguando. Garras resoplaba. El mayordomo cargó su peso sobre los riñones y provocó un lento masaje ascendente por la columna vertebral. Su patrón no consumía carne de mujer. Se suponía que consumía carne de muchacho. Pero si alguna vez su patrón intentaba aprovecharse del tatuaje de las nalgas de Aquino, o pretendía introducir su miembro en el orificio donde sólo los dioses nauseabundos guardan la porra, entonces la porra de *bataklán* de Aquino destrozaría el cráneo de su patrón.

—Buen muchacho —resopló Garras volviendo la cara sobre la mesa para descansar sobre la otra mejilla, ignorando la amenaza. Había desayunado zumo de naranja y el instinto básico, estomacal, le produjo un eructo agrio. Tampoco el filipino apreció el eructo de su patrón. En Asia los ricos eran más crueles, pero más corteses, más finos, más educados. Nunca eructaban como los groseros millonarios árabes, o como los groseros millonarios españoles cuando se creían a salvo. Los eructos liberaban ponzoña y contaminaban el espíritu de paz del aire. El filipino había consagrado al tema de los eructos muchas horas de meditación.

Aquino dejó un momento el masaje y se alejó por el corredor, tlac-tlac, consciente de que la mirada de su patrón, de bruces sobre la mesa, seguía clavada en sus nalgas, prietas y pequeñas bajo el pantalón de algodón. Subió los tres escalones que le separaban de la zona de servicio y redujo el eco de las chancletas al pasar delante de la cocina, pluf-pluf, para no llamar la atención de Toribia. La manchega seguía allí. Aquino la divisó de reojo, remangada hasta los codos, con las manos hundidas en el fregadero bajo el chorro de agua. Sin duda aquellas manos deseadas, que Aquino besaría mil veces, ignoraban los misteriosos placeres que el filipino estaba dispuesto a compartir. Suaves y pulidas por la lejía, eran manos finas como cartílago de tiburón. Succionar sus dedos uno a uno sería degustar los más exquisitos caracoles del mar de China. Mordisquear su palma sería deleitarse con un delicioso plato de callos, plato de españoles, pero buen plato. La robusta manchega vio pasar la sombra del filipino. Aquino se alejó elaborando otros placeres. Tlac-tlac, resonaron de nuevo las suelas de madera de sus chancletas mientras la mujer, cerrando el grifo, se limpiaba las manos en el delantal.

Al fondo del pasillo, Aquino abrió el armario niquelado donde se guardaban los instrumentos de masaje y regresó con las ventosas vibratorias que mejoraban la circulación de la sangre. Tlac-tlac, al pasar de nuevo delante de la cocina olvidó amortiguar sus pasos y la manchega volvió la cabeza. Tenía el pelo suelto y se secaba las manos. Su mirada era como el volcán Pinatubo para el corazón del hombre, pensó Aquino sintiendo otra nueva erección. Toribia frunció el ceño salvaje. Le molestaban las idas y venidas del filipino delante de su cocina. Aquino apreció el gesto rudo de la mujer, porque él sabía domar mujeres salvajes con las técnicas de sus antepasados. Tlac-tlac-tlac, volvió a bajar los tres escalones que conducían al gimnasio. Fernando Garras comenzaba a impacientarse, olvidado en la mesa de masaje. El filipino se acercó, enchufó el aparato que traía y le aplicó en los costados las ventosas vibratorias en la potencia cinco. Fernando Garras apretó los riñones. Hizo acopio de virilidad y aguantó como un hombre.

Al cabo de diez minutos, Garras dio por terminada la sesión y despidió al filipino. Sentía el cuerpo algo dolorido, pero tenía la sensación de que la sangre, más que circular por sus venas, participaba en una competición en circuito cerrado. Aquino se secó las manos con un paño y arrojó las toallas sucias a un cesto de mimbre. Luego recogió los trastos y salió de la sala de masaje. Sus pasos se fueron perdiendo en los laberintos de la casa, tlac-tlac-tlac, con breves pausas, tlac-tlac, con cautelosas inflexiones, pluf-pluf, hasta desaparecer en las cavernosas dependencias donde tenía su misterioso cubil. El filipino no se retiraba del campo de batalla. La situación de su cubil era estratégica. Tenía un altar dedicado al santo Aquino, que era un dios español, porque Aquino Tuán pensaba que los dioses españoles eran casi tan poderosos como los dioses de su tierra. En otro altar tenía al santo Cavite, que era un dios que odiaba a los españoles y protegía a los naturales de la isla de Mindanao. Delante de cada altar ardía perezosamente una varita de incienso. Entre ambos altarcitos estaba la porra de *bataklán,* bien limpia de sangre de perro español y de restos de pintura de carrocería de coche. Ninguna nueva magulladura se había sumado a las antiguas magulladuras de la madera. Era sólida madera. Era madera de *bataklán*. Aquino Tuán se descalzó haciendo una reverencia delante de ambos altares. Luego se dirigió a un ventanuco. Desde allí se podía contemplar discretamente la terraza trasera donde estaban las cuerdas de tender la ropa. El ama de llaves, cocinera y planchadora no tardaría en salir a tender la ropa. En aquella operación Toribia alzaba los brazos descubriendo los sobacos velludos, sugiriendo la promesa de otras vellosidades profundas, más deseadas y escondidas. Ante aquella graciosa maravilla, apostado detrás de la ventana, Aquino Tuán podría practicar una masturbación ritual. Toribia salió efectivamente a tender la ropa. No ignoraba que en alguna parte estaría escondido el filipino entregado a sus frenéticos manejos. Dejó el cesto de ropa limpia en el suelo y comenzó a tender la ropa alzando los brazos con gracia manchega, como le habían contado que lo hacían las putas de un burdel, alcanzando las botellas del bar, en la encrucijada de la carretera nacional hacia Tomelloso. Era corpulenta y estaba orgullosa de su mata de pelo y de sus sobacos. Su difunto marido se los había alabado siendo aún novios, y en general estaba orgullosa de la velluda exhibición de su poder. Cuando acabó su labor, se fue dejando la ropa tendida en la cuerda como un código de señales de marina que el filipino debía descifrar.

Mientras tanto, Fernando Garras se había quedado dormido sobre la mesa de masaje, sumergido en un sopor provocado por la misma relajación muscular. Cuando se espabiló, se bajó de la mesa y se puso la bata. Corto de patas, cuadrado y sólido como un dado de póquer, salió a la terraza principal anudándose el cinturón. La bata de deporte llevaba un círculo rojo estampado en la espalda, como el as de un dado. Era de seda de color marfil. Los faldones le llegaban a las pantorrillas, anchas y peludas como pantorrillas de boxeador. La seda se estremeció ligeramente en el aire de la mañana cuando Garras paseó la mirada por el paisaje, aún ligeramente velado por el relente que salía de los chaparrales de la finca, hasta donde el horizonte azul descubría una lejanísima línea de montañas donde se suponía que empezaba Andalucía. El bosque de pinos aún seguía en un lago de sombra. La mañana era tibia, impregnada con el aroma de un jazmín cercano. En un impecable rectángulo de césped, a sus pies, la piscina lanzaba destellos vivos, como si estuviera llena de mercurio. Garras se palpó el bolsillo de la bata y sintió el bulto del teléfono móvil. Se había calzado unas chancletas bordadas con sus iniciales y bajó la escalinata del porche hacia la piscina con pasos blandos, sobre suela de espuma, como la Venus del boxeo, pausado y seguro de sí, frotando sus pulidas uñas en la seda de la bata. Se movía con el aplomo de los luchadores saliendo del vestuario, hombres con ideas fijas de una admirable sencillez: destrozar al adversario. Aquel instinto le había sido de gran ayuda en algunas operaciones financieras. También le había servido para cubrirse las espaldas, porque no hay mejor luchador que aquel que no ofrece puntos débiles, y a juzgar por las espaldas de Garras según iba bajando las escaleras hacia el césped y la piscina, las espaldas de Garras, aquel frontón en miniatura con el as de póquer estampado, eran cualquier cosa menos débiles. También había destrozado la vida de dos o tres muchachos que se habían dejado amar por él y habían pretendido aprovecharse. Ser millonario es muy tentador para todo el mundo, especialmente para aquella clase de muchachos. Ahora bien, el lugarteniente del Gran Duque era menos millonario que el Gran Duque. En primer lugar, era millonario de otro modo. En segundo lugar, la fortuna de Millonetis había generado la fortuna satélite de Garras y eso Garras no lo ignoraba. En tiempos en que ser millonario era sólo una aspiración, Garras ya se había percatado de que su fortuna se hallaba ligada a la evolución de la fortuna de Millonetis. No entraba en su espíritu de combate ser siempre el segundo, pero la vida ofrecía otros factores de perfección individual. La belleza era uno de esos factores, pensó Garras caminando con la mirada baja, contemplando las primorosas iniciales bordadas en sus zapatillas. Fernando Garras no pretendía pasar por un esteta, y de haberlo pretendido, muchos de sus conocidos en el selecto gimnasio que frecuentaba en Madrid estallarían en feroces carcajadas sujetándose las costillas de bronce. No era eso. Pero la avidez era una estética a su modo, lo mismo que el resentimiento o la venganza, y no había nada en el mundo que despertara tanta avidez, y que tanto colmara los ardientes fuegos de resentimiento y venganza, como la existencia de aquellas dos perlas peregrinas que faltaban en el collar del Gran Duque. Poco importaba cómo había llegado la historia a oídos de Garras. Muchas habían sido las humillaciones sufridas por Garras y mucho su resentimiento. Lo cierto es que Garras conocía la historia y no estaba dispuesto a que nadie le arrebatara el minúsculo botín. Una vez en su poder, con las dos perlas en un puño, su alma se sumergiría en un bálsamo de paz. Obraba por cuenta del Gran Duque, pero ni siquiera Millonetis sospechaba lo que se obraba a sus espaldas. Ser el segundo millonario en la estela del Gran Duque era una cosa. Otra cosa era hacerse con las dos perlas que faltaban si el Gran Duque tenía el collar. El propio Millonetis le había encargado que verificara el asunto. Que hiciera lo posible por obtener las perlas. Que aquel muchacho, Kauffman, que tan mañosamente parecía desenvolverse en los ambientes de peristas y joyeros, no, no era un peligro, ni siquiera un rival. Tan sólo era un buen muchacho. Pero todos los financieros saben lo inoportunos que resultan los buenos muchachos. El propio Garras, un nudoso conglomerado de músculos y astucia, comprendía la complejidad del alma humana. Mejor aún, comprendía la complejidad del alma de los millonarios. Si esas dos perlas existían, y si dos perlas de su collar eran falsas, decía Millonetis, él, Millonetis, estaba dispuesto a recompensar espléndidamente a quien subsanara el error. Multiplicando el precio de las perlas, naturalmente. Pero no todo en el alma compleja de los millonarios se puede comprar y pagar. Y ahí era donde comenzaban los tortuosos caminos del millonario Garras. Todo estaba en saber cuál era el juego del abogado Kauffman, y cuál era la honda venganza, la profunda insatisfacción de un resentimiento nunca confesado que él, Fernando Garras, podía amortizar haciéndose secretamente con las dos perlas, dejando para el Gran Duque el inútil trofeo de un incompleto collar.

En cualquier caso, tenía que hablar con Millonetis. Había llegado al área de la piscina y se acercó al lugar donde estaban las tumbonas. El sol se había ido bebiendo el rocío del césped y a través de la suela de las zapatillas sentía las hierbas ásperas y robustas. Era césped de secano, importado de Suráfrica en alfombras enteras. Era hierba indigesta para las vacas. Aguantaba la canícula manchega y su espeso color verde, casi azul, crujía bajo el sol de mediodía. Garras se quitó la bata y la dejó en el respaldo de una silla de mimbre antes de instalarse en una de las tumbonas. Eran unos artilugios pesados, con aspecto de carromato, impecablemente laqueados de blanco y cubiertos con una lona rayada. Garras ensanchó el pecho. Alzó un bíceps, fuerte y abultado como un tumor. Se sentía sano y fuerte, y capaz de muchas hazañas. Aquella misma mañana, después de resolver los asuntos pendientes, se haría ciento veinte largos en la piscina. Ello representaba cerca de dos kilómetros, todo un récord en aquel cortijo, porque el filipino odiaba el agua, Toribia no se bañaba nunca y los peones de la finca no sabían nadar.

Tumbado en la tumbona marcó el número de Millonetis en el teléfono móvil. Piiirrr-piiirrrr. Millonetis respondió al momento. Le habían sorprendido con el teléfono conectado en el bolsillo trasero de su pantalón.

—¿Duque? Habla Fernando Garras.

El Duque no parecía de buen humor.

—Por el rabo de *Hércules,* Fernando, quiero decir, por la cola de mi perro. Estoy jugando al golf con el presidente de Sopicrem y me lleva cinco golpes de ventaja. ¿Qué demonios quieres?

Garras anotó el detalle. De ciertas partidas de golf dependían algunas cotizaciones en Bolsa.

—No quiero estropearte tu partida de golf, pero hay novedades.

—¿Novedades? ¿Qué novedades son ésas?

Millonetis entregó su palo al *caddy* y se alejó unos pasos. El presidente de Sopicrem, un viejo rozagante, luciendo camiseta y pantalones con los colores de la firma, alzó un palo triunfal en la distancia. Hoyo.

—Nuestro abogado ha tenido un accidente de coche al salir de su aparcamiento. A él no le ha pasado nada, pero el coche ha quedado destrozado.

—¿Y qué más? —preguntó el Duque impaciente.

Sopicrem agitaba el palo confirmando el punto. Aquel ridículo anciano se disponía a sacarle el cuarto hoyo. El Duque rabió. Iba a ser el hazmerreír del dueño de las

Grúas Amusátegui y del hombre de la Salsa Terrins en España cuando se vieran en el club.

—Ese perista amigo de Kauffman también ha sufrido un accidente —prosiguió informando Garras—. Se golpeó la cabeza contra una viga al levantarse en su casa. La gente modesta vive en casas de techos bajos, Duque —añadió Garras intentando ser ingenioso.

—Eso no son noticias frescas, Garras —le interrumpió secamente Millonetis.

Garras guardó silencio, desconcertado.

—Alguien me ha avisado esta mañana de esas cosas. Y te juro por la integridad de mi cogote que no me interesa. ¿Hay algo que te interese a ti?

—Nada, Duque —dijo Garras cauteloso.

—¿Entonces por qué me lo cuentas?

—Se supone que me estoy ocupando de un capricho tuyo —arriesgó prudentemente Garras.

—Basta, Garras. Yo no tengo caprichos, y cuando los tengo, los compro.

—De acuerdo, Duque. Pongamos que pensaba que te interesaba estar al corriente de ciertas cosas.

—Lo estoy, Garras. ¿Me llamas desde la finca?

—Sí.

—Pues te juro por la próxima cosecha de espárragos que yo sólo quiero resultados, y no cosas. Y no me vengas con que no cultivas espárragos en esa finca —dijo el Duque con una risa espesa.

—No cultivo espárragos —precisó sombríamente Garras.

—Si existen esas dos perlas, tráemelas, y yo te cubriré de bonos del Tesoro —dijo el Duque—. Y si no existen, averigua lo que persiguen haciéndome creer que existen. Eso es todo.

—¿Por qué quieres que las busque?

—¿Por qué quiero que las busques? ¿Por qué quiero que busques esas perlas?

—Eso pregunto.

—Eso preguntas. Pero no te voy a responder por qué quiero que las busques. Resultados, Garras —insistió el Duque volviéndose hacia el sol en la esplendorosa ondulación de la hierba del campo—. Y si no me llamas para anunciarme resultados, déjame jugar al golf.

Millonetis cortó la comunicación. Guardó su teléfono en el bolsillo y oteó el campo de golf. Le pareció que su rival, el presidente de Sopicrem, desaparecía súbitamente en el paisaje. En efecto, Sopicrem se había caído en un hoyo. No en un hoyo de golf, sino en un hoyo que formaba terraplén en las suaves laderas del campo. Millonetis se frotó las manos y reclamó su palo al *caddy*. Con un poco de suerte, Sopicrem se había roto una pierna. Era el momento de recuperar los cinco golpes perdidos. Había que darse prisa. Sopicrem era capaz de conservar la ventaja con una pierna rota. Quizá también se había fracturado un codo. Los viejos tienen los huesos de cristal. Con el codo y la pierna rotos, Sopicrem estaba perdido. El Duque se sintió eufórico. Calándose la gorra se acercó con avidez al lugar donde había dejado su bola. Calculó las distancias y envió la pelota a una buena posición respecto al tercer hoyo en un perfecto *swing*.

Garras por su parte guardó el teléfono y sintió que había cumplido con su obligación. Había cubierto las apariencias. Nada adormece mejor el alma de un tirano que la rutinaria demostración de pleitesía. Quizá algún día Millonetis lamentaría las humillaciones que iba sembrando a su alrededor como flores amargas. En cualquier manual de buenas costumbres se desaconseja hincar el tenedor en las nalgas del vecino de mesa. Garras tendría buen cuidado de no sentarse en la mesa al lado de Millonetis. Cerrando los ojos al sol de la mañana deseó más que nunca hallarse en posesión de las dos perlas. Y no para entregárselas a Millonetis. Oh, no. Ni por cien kilos de bonos del

Tesoro. Ni por un metro cúbico en paquetes de acciones y obligaciones, que en cualquier caso, con las artimañas del Duque, se acabarían cotizando al peso del papel. No era eso. En la posesión de las dos perlas había algo más que el deseo de venganza y la sensación de poder. Algo le faltaría siempre al Gran Duque que Garras tendría. Y ésa sería la íntima satisfacción de su juego, porque la afrentosa carencia de dos perlas en el collar del Gran Duque siempre ensalzaría, en la secreta contemplación de las dos perlas, su orgullo de poseer.

Abrió los ojos y descubrió a su lado al filipino que se había acercado silenciosamente a la piscina, sin su habitual tlac-tlac. Estaba descalzo y llevaba el otro teléfono en una bandeja como si fuera un croissant del desayuno. Su ritual matutino había terminado. Se había acicalado y se había cambiado de pantalones después de una abundante eyaculación. Presentó el teléfono a su patrón y dejó caer dos palabras.

—Kau Man.

—¿Quién?

El filipino no respondió. Garras asió el croissant con ambas garras y se lo llevó al oído.

—¿Diga?

No hubo respuesta del otro lado de la línea.

—Aléjate cinco pasos, Aquino —dijo entonces Garras pensando que el filipino creaba interferencias.

Aquino se alejó.

—¿Diga?

La línea siguió en silencio. La comunicación se había cortado y Garras devolvió el teléfono.

—Ese abogado está loco —musitó volviendo a cerrar los ojos.

Ahora el sol caía de lleno sobre la piscina, y los mosaicos del fondo ondulaban como una piel de tigre. La lámina de agua lanzaba destellos breves y redondos del tamaño de monedas de veinte duros. A medida que el sol se iba acercando a la vertical absoluta, la temperatura alcanzaba el grado de fusión de la materia muscular y entonces Garras se daría un largo baño. Solo en la piscina estriada y cambiante iba cubriendo largos incesantemente, resoplando cada dos o tres brazadas. Su sombra se proyectaba ligera a través del agua. Era como un juguete demasiado desarrollado. Cuando asomaba la cabeza alargando el brazo entre dos surcos de agua su expresión era feroz.

KAUFFMAN COMPRUEBA

Kauffman colgó sigilosamente el teléfono como si no estuviera solo en su apartamento. Estaba solo, pero a su alrededor rondaban nuevas obsesiones.

Media hora antes, después de hablar con Millonetis, se había precipitado vertiginosamente escaleras abajo sin esperar al ascensor, bloqueado en algún lugar de la zona Danone del edificio. Había bajado en cascada las veintitrés plantas del rascacielos como en una pesadilla tumultuosa, obedeciendo a una súbita inspiración. El edificio disponía de un servicio de vigilancia. A su vez el servicio de vigilancia disponía de un sistema de vídeo que controlaba el portal y los aparcamientos. Con suerte, aquel sistema había grabado la operación de demolición de su automóvil. Con algo más de suerte, el vigilante habría guardado la grabación.

Perdiendo el aliento y a trompicones bajó por las escaleras de emergencia hasta el local desde donde se controlaban las pantallas. El vigilante resultó ser un muchacho de diecinueve años que hacía prácticas. Le habían contratado para sustituir al vigilante-vigilante durante el mes de agosto. Al principio no comprendió lo que Kauffman pretendía. Parecía sordo. Kauffman se expresaba mal, porque después de haber bajado veintitrés pisos a la carrera el efecto de descompresión le había subido los pulmones a la garganta. Pero el muchacho no era sordo. Estaba escuchando su *walkman* y cuando se quitó el *walkman* resultó ser un muchacho cordial que entendió perfectamente lo que Kauffman, masticando sus pulmones, decía. Manipuló las pantallas, que en aquel momento, mediante una astucia técnica, estaban conectadas simultáneamente a un programa de protección de la naturaleza, a un sorteo y a la retransmisión de un concierto de verano en la Casa de Campo. Finalmente obtuvo la imagen estática, solemne, de los subterráneos del edificio captados desde tres ángulos. En una de las pantallas se veía el coche destruido de Kauffman. Pulsando un botón la imagen empezó a remontar el tiempo. Al cabo de un minuto apareció un energúmeno dando saltos al revés alrededor del automóvil de Kauffman con una porra en la mano. El abogado no tardó en reconocer al mayordomo filipino de Garras. Ésa era la certeza que andaba buscando. No quiso quedarse hasta ver su automóvil totalmente reconstruido en la pantalla, a pesar de la insistencia del muchacho, que parecía haber hallado una inesperada diversión.

El abogado apretó los puños.

—Canallas.

Dejó un billete sobre la consola y dijo que quizá la policía iba a necesitar ver aquello. Salió del local de vigilancia y se dirigió al vestíbulo principal, donde esperó pacientemente uno de los ascensores mientras meditaba su intención de llamar de nuevo a Garras. Luego no había querido hablar con Garras. Le bastaba con haber dejado constancia de su llamada. Garras comprobaría que Kauffman estaba alerta y eso era lo principal.

«Bueno, Kauffman, se dijo a sí mismo Kauffman con silenciosa voz sentimental. La guerra está declarada. Te pueden abrir la cabeza de un porrazo en cualquier momento, y tus hijas vendrán a llorar sobre tu cadáver, huérfanas de padre a tan tierna edad, y tu mujer, olvidando excitantes aventuras, llorará manteniendo en el regazo tu cráneo destrozado, porque fuiste un buen marido, y un buen padre, y quizá no tan buen abogado. Pero si triunfas, Kauffman, qué gloria para ti y para los tuyos. Coche nuevo y vacaciones familiares, y quizá, dejando a las niñas en un internado, una nueva luna de miel. Ánimo, Kauffman, demuestra lo que vales. Fuiste el número diecisiete de tu promoción.»

Se levantó del sofá y se dirigió a la cocina. Abrió el horno microondas y extrajo la tapa del fondo para poner al descubierto la caja fuerte. Hizo girar la combinación hundiendo el brazo hasta el codo y sacó el estuche con la joya. Contemplar la perla le procuraba una sensación de alivio. Recordaba que en otros tiempos se atribuía a las perlas poderes medicinales sobre la histeria y los dolores de parto, y aunque él no necesitaba combatir los dolores de parto quizá sí necesitaba combatir la histeria, y para ello era bueno tener a la perla con él. La *Embaucadora* emitía un constante brillo nacarado, suave y terso, levemente violeta, del color de los espárragos de punta morada. Una vez más comprobó su misterioso poder radiactivo. Al brillar, la perla parecía consumir su propia energía y entibiaba ligeramente el cuenco de la mano. Quién sabe qué tipo de ignominia encerraba la *Embaucadora* en su nombre. Kauffman lo ignoraba. Pero sentía en la palma de la mano la irradiación de su poder. Volvió a dejar la perla en el estuche y la contempló todavía unos momentos antes de cerrar la caja fuerte. En aquella penumbra la perla resultaba aún más misteriosa. Se hubiera dicho que resplandecía. Parecía emitir una débil luz. Luego volvió a colocar la tapa del fondo del microondas y cerró toda la instalación. Se frotó las manos y las sienes y regresó al saloncito de su apartamento. Ahora le tocaba jugar a él.

Decidió ir a visitar aquella misma tarde a Julián el Gordo. Probablemente el Gordo ya estaba al corriente de lo sucedido a su amigo Aniceto, suponiendo que el Gordo leyera los periódicos. Sin duda había sido publicado en la sección de sucesos de la mañana. En cualquier caso, la visita de Kauffman se imponía. Era preferible, sin embargo, tomar precauciones, y el abogado creyó necesario esperar en el apartamento hasta que empezara a anochecer. La tarde fue larga. Además de tomar precauciones, Kauffman no vio ninguna objeción a tomarse un par de *whiskies* antes de salir de casa. Cuando al fin dejó el apartamento se sentía ufano y valeroso y caminó con euforia por el vestíbulo hacia la puerta del edificio. Más allá Madrid encendía sus luces. Dos empleadas de la limpieza que recorrían trayectos cruzados con sus fregonas comentaron el paso alegre que llevaba el abogado hasta toparse de bruces con la puerta de cristal.

El golpe contra el vidrio resonó como una campanada. Kauffman vio llover minúsculas estrellas y recuperó un ánimo más sereno. Salió del edificio sin detenerse y tomó un taxi. Media hora más tarde se hallaba delante de la dirección que Aniceto ex-Kauffman le había indicado. Era una casa de dos plantas, en la vecindad de una antigua fábrica de muebles de cocina, no lejos del lugar donde el abogado había recorrido en otros tiempos curiosas almonedas y tiendas de antigüedades buscando un extraño mueble llamado entredós que se le había antojado a Margarita. Kauffman había encontrado finalmente un entredós y de paso había conocido el barrio. Todo el barrio olía a rancio. Allí prosperaban, ignoradas de todos, multimillonarias colonias de hongos microscópicos, civilizaciones de liquen y moho. En la inclemencia del anochecer, después de una tarde polvorienta, el calor se extendía sobre la ciudad como una agobiante colcha de terciopelo. Kauffman pulsó el timbre. Sintió ruidos y desplazamientos detrás de la puerta y al cabo de unos minutos le vinieron a abrir. No se podía negar que el ojo que apareció en la puerta perteneciera a un hombre obeso. El párpado podía pesar doscientos cincuenta gramos. El brazo que mantenía la mano que abría el picaporte podía pesar quince kilos, lo cual, multiplicado por el resto de la anatomía, arrojaba un individuo de ciento veinte a ciento treinta kilos de peso, oculto detrás. Por la puerta entreabierta sólo se adivinaba la tercera parte de esa cifra. Kauffman se presentó y ofreció su tarjeta a una mano de kilo y medio, que la recogió.

—¿Julián el Gordo, supongo? —dijo Kauffman obviamente.

—Julián Gordo Capilla —dijo el otro sin inmutarse—. Gordo es mi apellido, pero mucha gente me llama el Gordo.

El Gordo abrió la puerta y descubrió toda su envergadura. Leyó la tarjeta y levantó los párpados al visitante.

—Otros me llaman *Su Eminencia.* ¿Es usted el abogado Kauffman?

—El mismo.

—Aniceto me habló de que iba a ver a un abogado.

Su Eminencia se detuvo un instante y acercó su rostro esférico a la frente de Kauffman.

—¿Le ha sucedido algo?

—Me he golpeado contra una puerta de cristal.

—Pase usted.

El Gordo volvió la espalda dejando que Kauffman cerrase la puerta. Aquella pequeña nave rectangular era su negocio. Aniceto ex-Kauffman se lo había descrito a Kauffman. Había imágenes de santos de primera y segunda mano, cajas abarrotadas de crucifijos y vitrinas polvorientas con objetos de culto. Al fondo del local *Su Eminencia* tenía la vivienda. Kauffman agachó la cabeza para pasar debajo del brazo de un arcángel. A un lado, en la penumbra, brillaba el cuerpo adolescente, perforado de saetas, de un san Sebastián. Clavado con chinchetas en la pared aparecía un calendario erótico con la hoja del mes anterior. El Gordo apartó una cortina de cordoncillo y entraron en una especie de salón donde el número de imágenes y objetos disminuía notablemente. Era un interior sin ventanas, con una pequeña puerta que daba a una cocina. El televisor estaba en marcha y la habitación vibraba y se movía con el resplandor de la pantalla. El Gordo apagó el televisor. Sólo había una lámpara encendida y encendió una lámpara suplementaria. Se instaló en un ancho diván que conservaba la forma de un depósito de cereales y ofreció a Kauffman una butaca.

—Siéntese.

Kauffman obedeció. No sabía cómo poner al Gordo en antecedentes de lo ocurrido, pero no tuvo necesidad de hacerlo. El Gordo estaba al corriente. Únicamente ignoraba lo ocurrido al automóvil de Kauffman, pero no pareció darle importancia. Preguntó por la marca del automóvil. Algún amigo suyo se interesaría por la chatarra, comentó. A otro amigo suyo le interesaban las piezas para recambios de taller. Él sólo comerciaba con piezas religiosas. Pero seguramente no era eso lo que Kauffman había venido a discutir.

—Aniceto me dijo que si a él le pasaba algo, yo debía entrar en acción. Ahora las cosas se deben haber complicado mucho para que usted venga a verme.

Kauffman asintió. No se podía saber qué tipo de acción pensaba emprender aquel hombre, como no fuera una drástica dieta de adelgazamiento. El abogado no se atrevió a indagarlo. Por otro lado, el Gordo parecía un hombre de recursos. Su mirada era firme. Probablemente guardaba en algún cajón una pistola minúscula, minúscula a escala de su propietario se entiende, y con un gatillo especial para poder pasar el dedo.

—Si quiere usted beber algo puede servirse —dijo el Gordo señalando un mueble donde probablemente se hallaba también la pistola.

El abogado rechazó el ofrecimiento.

—He tomado algo antes de salir de casa —respondió llevándose la mano inconscientemente a la magulladura de la frente.

—En ese caso puede decirme a lo que ha venido aquí. En principio, soy yo quien debía haberle enviado a alguien para recuperar la perla que le dejó Aniceto, y para que eventualmente le rompiera las piernas, o cualquier otra lección a su capricho —dijo el Gordo confirmando sus recursos—. Ésas eran mis instrucciones si le pasaba algo a Aniceto. Aniceto y yo éramos buenos amigos. Eramos como primos.

—Le agradezco que no haya tomado una decisión apresurada —dijo Kauffman.

—Supe que le apreciaba. Supongo que no le importa que le diga que le aconsejé no meterse en este negocio. Esas perlas, antiguas o no, sólo podían causarle desgracias. Mi madre al casarse llevó un collar de perlas y a pesar de todo tuvo un mal parto.

Se daba por entendido que el Gordo era el resultado de aquel parto monstruoso.

—Digan lo que digan, no hay que jugar con perlas —concluyó el Gordo—. ¿Ha venido usted a traerla?

—No.

Kauffman tuvo un reflejo sereno. Lo negó con la misma franqueza con que el Gordo lo preguntaba. *Su Eminencia* rumió unos instantes la respuesta. Luego dio por adquirido que aquel no era su negocio. Admitió la existencia de un pacto secreto entre Aniceto y Kauffman en el que no debía intervenir. Si por orden suya le hubieran roto las piernas a aquel muchacho, quizá hubiera contrariado los deseos de Aniceto, a quien quería como a un primo, y quizá hubiera hecho un favor a quienes le habían abierto la cabeza y habían reducido el automóvil de aquel muchacho a chatarra y piezas de desguace. La mente sagaz del Gordo trabajó un momento con aquel silogismo. En ello no entraba el valor de la perla. El negocio de las perlas no era suyo. El Gordo se limitaba a asegurar protección. Kauffman aprovechó aquella pausa y arriesgó otra pregunta.

—En realidad, he venido a preguntarle a usted la forma de conseguir la otra perla. Aniceto me dio a entender que usted lo sabía.

—¿Lo sabía?

—Aniceto lo sabía y me dio a entender que usted lo sabía —repitió Kauffman.

La mente de *Su Eminencia* seguía trabajando. Bajó la cabeza y cruzó las manos bajo la barbilla con gesto eclesiástico. Alzó la mirada y por un momento otra idea fulguró en su mente. Quizá no fuera bueno dejar salir de allí a aquel muchacho con las piernas sanas. Luego desechó aquel pensamiento. Prefirió atenerse a su primera decisión. Por encima de la cabeza de Kauffman podía ver la cortina de cordoncillo que había quedado apartada, y más allá, en la penumbra, el local donde se amontonaban sus riquezas.

—Supongamos que sé dónde está la otra perla. Supongamos que lo sé y que voy a contárselo. ¿Qué obtengo yo a cambio?

—Nada —dijo Kauffman con frescura.

—¿Nada?

—Las perlas no son su negocio —dijo Kauffman que había entendido la situación del Gordo—. Además, nadie sabe que lo sabe salvo yo. Nadie va a venir a preguntárselo.

—Hay cosas que no deben responderse aunque se pregunten —dijo el Gordo escolástico.

—De acuerdo.

—¿Ha oído usted hablar de Kiki Calonge?

—Es la primera vez que oigo ese nombre.

—Kiki Calonge es lo que ustedes llaman un invertido, un homosexual, lo que nosotros en este barrio llamamos un maricón.

—Entiendo.

—¿Le conoce?

—Conozco a algunas personas respetables de los que ustedes llaman maricones —dijo el políticamente correcto Kauffman.

—No le estoy buscando las pulgas a Kiki Calonge —dijo el Gordo—. Sólo pregunto si le conoce usted. Si usted no le conoce yo no voy a contarle si tiene o no el culo ensanchado. Lo que usted quiere saber es dónde está esa perla, *Demetria...*

—*Némesis*.

—Eso es. Un nombre parecido al de mi suegra. Pues debe usted saber que Kiki Calonge, alias Calonge *Patas Blancas*, es el hombre que usted anda buscando. Él tiene la otra perla. Y no me pregunte si hago bien o hago mal en decírselo, porque eso mismo me lo estoy preguntando yo.

—Es una prueba de confianza que usted le debe a la memoria de Aniceto.

—Dígame, ¿qué le contó exactamente Aniceto?

Kauffman resumió brevemente la historia. A esas alturas las peripecias del collar y de las dos perlas extraviadas formaban parte de los datos adquiridos y supo abreviarlo del mejor modo, como si formulara una ecuación cuya segunda incógnita quedaba por despejar. El Gordo escuchó la escueta versión de los hechos. Luego dejó caer una mano para rascarse la rodilla. Algo se movía a sus pies. Al cabo de unos segundos una gata saltó a su regazo. El animal miró a Kauffman desconfiado.

—Bien —dijo el Gordo acomodando a la gata entre sus brazos como si fuera un adorno del chaleco—. Usted sabe una buena porción de cosas. Eso no se puede negar. Pero tiene usted también que saber lo mío. En mi opinión, esas perlas son falsas y la primera dice bien su nombre, la *Embaucadora*. En cuanto a la segunda, *Demetria*, no puedo pronunciarme, pero si resulta ser como mi suegra, no garantizo perla más hipócrita.

—*Némesis* —corrigió suavemente Kauffman.

—Es igual. No quiero demostrar nada. ¿Hay alguien más que esté detrás de esas dos perlas?

—Por lo ocurrido a Aniceto y a mi coche, creo que sí.

A la mención de lo ocurrido a su primo Aniceto, la frente del Gordo se ensombreció con nuevos pensamientos de piernas fracturadas.

—¿Tiene idea de quién puede haber sido?

—No lo sé —mintió Kauffman—. Supongo que siguen otros canales.

—Puede que si lo averiguo envíe a alguien a que les rompa las piernas —decidió el Gordo.

El abogado no respondió. La gata se movió en el regazo de su dueño y saltó al suelo.

—Ha parido y tiene crías —dijo el Gordo señalando una caja de cartón bajo el televisor donde bullían cuatro gatitos ciegos y sin forma—. Si averiguo quién le abrió la cabeza a Aniceto mandaré que le rompan las piernas y que le corten los dedos para que jueguen con ellos esos gatitos.

—Sin contar con lo que hicieron a mi coche —añadió el rencoroso Kauffman.

—Sin contarlo —concedió el Gordo con gesto episcopal—. Y ahora escuche lo que voy a decirle sobre Calonge *Patas Blancas*. Ello le puede ilustrar sobre esa perla. Pero le aseguro que no es mi negocio. Lo siento por Aniceto. Y créame que lo sentiré por usted si le sale mal.

EL GORDO ESCLARECE ALGUNAS COSAS

—Recuerde mi nombre —dijo el Gordo—. Recuérdelo bien, Julián Gordo Capilla, porque en caso de necesidad le puede ser útil. Mandaré romper las piernas de sus enemigos si es necesario, y estoy seguro de que usted haría lo mismo por mí, y mandaré cortar los dedos a los enemigos de Aniceto, o cualquier otro capricho, y estoy seguro de que usted también se los mandaría cortar. Todo lo que le voy a decir tiene que ver con la historia de *Demetria,* o como quiera que se llame esa perla, pero recuerde mi nombre. Julián Gordo Capilla, objetos litúrgicos, aperos religiosos, *Su Eminencia,* como me llaman los que me respetan, y le aseguro que me respetan, empezando por Kiki Calonge, que vino a pedirme un aval. ¿Qué es un aval para Kiki Calonge? Lo mismo que lo era para Aniceto. Asegurarse de que yo mandaría romper las piernas a alguien si a él le pasaba algo. O cualquier otro capricho. Ése es mi negocio. Esto es una empresa de seguridad.

El abogado escuchó la introducción tomando nota de los servicios que el Gordo proponía. A fin de cuentas, lo podía necesitar. El Gordo miró con arrobo a la gata que amamantaba a sus crías en la caja de cartón. Luego se rascó el sobaco.

—¿Entiende?

—Lo he comprendido. Son servicios a los que puede recurrir un abogado.

—Exactamente. Se paga cuando las piernas del enemigo están rotas. O se deja una fianza, depende de la solvencia de cada cual. Calonge *Patas Blancas* vino a dejarme una fianza. Pero yo confío mucho en los maricones. Son gente que sufre. Cuando me compran algo en la tienda siempre me compran un san Sebastián. San Sebastián es ese joven acribillado de flechas, lo mismo que *Patas Blancas* ha estado toda su vida acribillado de deudas. Vuélvase. Vuelva la cabeza. Podrá ver un san Sebastián en mi tienda.

El abogado obedeció la sugerencia del Gordo y volvió la cabeza. En la penumbra del almacén divisó la imagen que ya había percibido al entrar. Desnudo y amarrado por los codos a un árbol, el cuerpo de san Sebastián tenía un brillo sedoso y patinado, como si fuera de viejo marfil. El mártir, vivo aún, se retorcía y alzaba la cabeza mostrando la nuez del cuello y los músculos del pecho adolescente, y protegía con el muslo izquierdo la parte más vulnerable del bajo vientre, cubierto con un púdico lienzo que colgaba descuidadamente de unas caderas casi femeninas. Levantaba los ojos enrojecidos y dolorosos a una lámpara que colgaba del techo. Media docena de saetas le cruzaban las nalgas y el cuerpo. En otros lugares se había perdido la flecha y aparecía sólo la llaga. El abogado sintió cierto desasosiego. ¿Qué clase de sugerencia era aquélla? ¿Se trataba acaso de una premonición? ¿Quién caería acribillado de flechas en aquel asunto? Hacía mucho tiempo que el abogado Kauffman no frecuentaba la iglesia, aunque había celebrado con fausto y esmero la primera comunión de sus hijas. Conservaba, sin embargo, un respeto casi supersticioso hacia las imágenes de los santos, especialmente hacia aquellos que exhibían las peores torturas, santos despellejados, santos asaeteados, santos tostados al grill. Sentía una especie de temor primitivo ante la violencia trascendente, investida de algún oscuro significado. Era el resultado de muchas horas de infancia pasadas en rezos delante de imágenes parecidas, que al cabo del tedio y del aburrimiento parecían moverse y cambiar de postura en su tormento. Y alguna enseñanza había obtenido el adulto Kauffman de aquella educación. Porque su generación, conociendo cuáles eran los suplicios que se pueden infligir a un hombre, eran personas perfectamente preparadas para hacer frente a ello, y se habían integrado en la vida profesional dispuestos a hallarse a cada paso con los mismos suplicios en versiones apenas alegóricas. Y el mundo de los negocios y el mundo social desplegaban sin misericordia sus propios despellejamientos, sus crucifixiones cabeza abajo, sus llagas nunca cerradas y sus lentos tostaderos en el grill. Había conocido más de un san Bartolomé despellejado decorando la antesala de un banquero, como si el financiero exhibiera ante el cliente una de sus aficiones. Y había visto más de un san Lorenzo asándose en la parrilla en el despacho de un sudoroso director general a punto de dimitir. Pero todo aquello le alejaba mucho de lo que en aquel momento le ocupaba. Además, la tendencia actual era ocultar aquellos alardes, desterrando las antigüedades y los lienzos religiosos de los despachos para decorarlos con arte inocuo. El abogado no podía mostrar su debilidad, ni las amargas enseñanzas que la corta experiencia en su bufete le había proporcionado. De entre todos los santos, san Sebastián era sin duda alguna el patrón de los homosexuales y de los morosos acribillados de deudas. ¿Y qué le importaba a él?

El Gordo hizo una pausa.

—Así es —dijo el Gordo cuando el abogado volvió a prestar atención—. Kiki Calonge siempre estuvo acribillado de deudas, pero su suerte empezó a cambiar cuando el azar le puso sobre la pista de esas dos perlas. Y perdone que le diga que yo sé más de lo que usted sabe, o más de lo que Aniceto le contó, que Dios guarde su alma.

—Yo he venido a buscar información.

—¿Ha oído usted hablar de los Ballets Rusos?

—He oído hablar de ellos.

—Pues bien, usted habrá oído hablar de los Ballets Rusos, y de los coros del Ejército Ruso, y quién sabe de cuántas cosas más que proceden de Rusia además de la ensaladilla, pero no tiene por qué saber que Kiki Calonge tuvo un amigo ruso que quizá haya sido su perdición, pero al mismo tiempo quizá haya sido su fortuna. Eso es algo que no le puedo precisar. Fue ese amigo ruso el que trajo a España dos perlas siberianas y se las propuso a *Patas Blancas*, y una de esas perlas es *Demetria*, o *Dimitri*, que es su nombre en ruso y es como la llama usted.

—*Némesis* —corrigió por enésima vez el resignado Kauffman.

—*Dimitri* y la *Embaucadora* —prosiguió sordo el Gordo—. Una pareja que llega del frío. Usted sabrá si encajan con la historia del collar.

El abogado guardó silencio. Estaba preocupado. Por primera vez se le había antojado que las perlas podían ser falsas. O mejor dicho, quizá no eran falsas, o no falsas del todo, pero en todo caso podían no ser aquellas que los cazadores de perlas históricas parecían haber estado buscando durante los últimos cincuenta años. Fue un pensamiento fugaz. A esas alturas estaba lo suficientemente informado como para saber que también en Siberia había perlas. Unas eran perlas de agua dulce, criadas en las frías aguas del lago Baikal. Aún podía extraer Kauffman de sus recuerdos escolares la fascinación que suscitaba el nombre de aquel lago. Superficie: decenas de miles de kilómetros cuadrados. Profundidad: cerca de dos mil metros. Fauna: acuática hiperbórea en la superficie y extrañamente abisal en la profundidad. Dios mío, estaba desvariando. Se decía que el lago era tan profundo que producía en las perlas un brillo misterioso, que los expertos llamaban el destello del Baikal, como una variación helada del oriente perlífero. Pero se trataba de perlas de baja cotización, como todas las que procedían de agua dulce. Por otro lado existían las auténticas perlas siberianas, aquellas que se hallaban en escasísimas colonias de una rara especie de ostras que prosperaba en los brazos del mar ártico libres de hielos un par de meses al año. Eran perlas barrocas, de curvas caprichosas, que tardaban decenas de años en formarse. Tampoco figuraban entre las más cotizadas salvo por el antojo de su procedencia. Quizá habían llegado al collar de la Casa de Austria a través de algún regalo del zar. Pero todo aquello no eran más que elucubraciones. Pensar que aquella clase de perlas podía haber originado los movimientos de codicia que se registraban en torno a *Némesis* y la *Embaucadora* era una insensatez. Si el Gordo tenía razón y las perlas procedían de Rusia, la razón de su origen podía ser muy distinta. El collar había sido desengarzado durante la guerra civil española. Las perlas habían sido ocultadas en un saco de garbanzos (según la versión de Aniceto garbanzos de excelente calidad, gordos, nacarados, de Fuentesaúco). Era posible que las dos perlas extraviadas hubieran quedado en manos de algún combatiente extranjero que por vía de repatriación, al final de la guerra, las hubiera hecho llegar a la Unión Soviética. Si esas perlas reaparecían ahora, ¿no era una de las consecuencias tardías de la caída del muro de Berlín? ¿Acaso no habían reaparecido cuadros de Rembrandt, de Tiziano, de Tintoretto, que se daban por perdidos? ¿Por qué no un par de perlas robadas de un saco de garbanzos procedentes de un collar imperial? Y alguien quería que esas perlas llegaran a España, puesto que allí se encontraba el actual dueño del collar. El abogado repasó de nuevo lo que a sus ojos era una segunda insensatez. Luego decidió archivar el asunto. Trazar el recorrido de la perla número 15 y de la perla número 42 a lo largo de todos aquellos años, con una guerra civil y una guerra mundial por medio, y con los datos de que él disponía, era una tarea inútil. Lo ignoraba todo sobre el contrabando de joyas. Su único desliz en ese campo había sido comprar de estraperlo un reloj de oro a su mujer que había resultado ser falso. La vía rusa de reaparición de las perlas era tan plausible como cualquier otra. Sin embargo, faltaba un detalle.

—¿Cómo llegó la *Embaucadora* a manos de Aniceto?

—*Patas Blancas* entregó una de las dos perlas a Aniceto para empezar a negociarla. Aniceto sabía que el propietario del collar era ese hombre que compra collares por muchos millones, pero que nunca ha venido aquí a comprar un santo. Creo que se apellida Millonetis, como yo me apellido Gordo. Y le llaman el Gran Duque como a mí me llaman el Gordo. Y también sabía Aniceto que el abogado que había intervenido en la compra del collar era usted. En cuanto a la segunda perla, *Dimitri*, Calonge se la ha quedado para negociarla él. Dicen que es una perla con más clase, con un oriente más duro, más varonil, si me entiende usted.

—Por lo tanto, Aniceto era el intermediario entre Kiki Calonge y yo, es decir entre Kiki Calonge y Millonetis —recapituló Kauffman.

—Exacto.

—Creo que me voy a marear.

—Descanse usted.

—¿Cómo se llamaba el amigo ruso de Kiki Calonge?

—Dimitri —respondió el Gordo con sencillez.

Kauffman agachó la cabeza y hundió la frente entre las manos. Permaneció ausente unos segundos intentando poner la mente en blanco.

—¿Se siente usted mal? —preguntó el Gordo.

El abogado no respondió. Levantó los ojos y contempló en silencio al hombre que tenía delante. La gata se había vuelto a subir a su regazo dejando a los cachorros y jugaba con un botón de la camisa. Al Gordo le disgustó la manera como Kauffman le miraba. Quizá le mandaría romper las piernas. Luego comprendió que el abogado necesitaba recuperar el sentido. Tanta información le había anonadado. El Gordo era un hombre poderoso en su barrio, pero no le gustaba alardear de su posición. Le pareció conveniente cambiar el giro de la conversación por si el abogado se derrumbaba. Aquella perla, *Dimitri,* le tenía obsesionado. Recordaba la obsesión que otra gente sentía por las reliquias, personas de todo tipo, que lo mismo acudían a su tienda buscando un retazo del hábito de santa Teresa que venían a proponerle clandestinamente un fragmento del verdadero cráneo de Adán. Locos todos ellos. Locos como lo estaba Aniceto, y como lo estaba aquel Kauffman, y como sin duda alguna lo estaba Kiki Calonge, alias Calonge *Patas Blancas.* ¿Una perla? Perlas hay muchas. Tantas como reliquias. Reliquias hay muchas. ¿Y quién tiene la reliquia verdadera? Era mejor apaciguar a los locos y seguir su estado de ánimo. Muchas cosas olían a turbio en el tráfico de reliquias, pero mucho más turbio olía aquel tráfico de perlas. De un manotazo podía reducir al abogado al estado de reliquia, pero lo más sencillo era despedirse brevemente de él.

—Yo le voy a dar la dirección de *Patas Blancas* y podrá negociar con él y con Dimitri la compra de *Demetria.*

El abogado perdió el control.

—*Némesis,* ¿me entiende? El nombre de la perla es *Némesis.*

El Gordo le miró extrañado.

—¿He dicho yo lo contrario? Ha asustado usted a mi gata.

—Al diablo con la gata.

El Gordo apretó sus gruesos labios. La gata saltó de sus brazos y el Gordo se levantó. No le gustaba cómo le miraba aquel chico. Y si no le daba un manotazo, no tenía nadie a mano para mandar que le rompieran las piernas. Salió de la habitación y dejó caer la cortina de cordoncillo detrás de él. Kauffman se quedó contemplando a la gata. Al verse a solas con el abogado el animal gateó hasta la caja de cartón a proteger a sus michitos. Kauffman oyó los pasos del Gordo por el almacén, estremeciendo la tarima y haciendo temblar las imágenes. Regresó al cabo de unos minutos con una enorme Biblia entre las manos, que a escala de su envergadura no llegaba a ser un misal. Sopló sobre el libro y pasó la manga de la chaqueta sobre la encuadernación para limpiar el polvo. Allí guardaba el Gordo las direcciones confidenciales, o aquellas que necesitaban un tratamiento especial. Entre las páginas del Libro de los Jueces estaban las direcciones de los morosos. En el libro del Éxodo, las de los que necesitaban un escarmiento. Kiki Calonge estaba en el Libro de los Jueces. Quizá pasaría entre las páginas del Éxodo si merecía un escarmiento.

—Aquí está la dirección de Kiki Calonge. Puede usted tomar nota —dijo alargando un papel al abogado.

El abogado tomó nota.

—Ya no se puede tener confianza en nadie, señor Kauffman, créame —dijo el Gordo—. Lo siento por Aniceto. A usted no le conozco, pero también lo sentiría por usted. En cuanto a Kiki Calonge, en algún sitio están anotadas sus deudas, y espero que los negocios le vayan de perlas, quiero decir que las cosas le salgan bien y pague lo que debe a esta casa. Puede usted transmitirle ese mensaje de mi parte.

El abogado devolvió el papel.

—Así lo haré. ¿Ha venido por aquí a verle un hombre bajo, fuerte, ancho, acompañado de un criado filipino preguntando lo mismo que yo?

El Gordo miró a Kauffman con ojos desconfiados.

—¿Y qué si ha venido?

—¿Ha venido?

—No, no ha venido nadie como usted me dice. Y si alguien sabe que Kiki *Patas Blancas* tiene la otra perla lo habrá sabido sin que lo sepa yo.

El Gordo cerró la Biblia de un golpe seco, como quien cierra el libro de balances.

—Las perlas no son mi negocio —insistió el Gordo—. Usted no me debe nada, pero le debe disculpas a mi gata.

El abogado guardó la dirección de Kiki Calonge en el bolsillo de la chaqueta y se puso en pie. Sintió que le faltaba aire en aquel antro. Aún quedaba por cruzar el almacén de hombres torturados y de ángeles oscuros antes de alcanzar la salida. A pesar de todo tuvo fuerzas para dirigir una mirada a la caja de cartón. La gata había vuelto a amamantar a sus crías. La noche aún podía ser feliz. El abogado dejó a un lado el sentido del ridículo con vistas a salir de allí lo antes posible. Hizo una flauta con los labios y exclamó:

—Mirrrr, mirrrr...

La gata se erizó.

—Ella no se lo agradece, pero así está mejor —dijo el Gordo con el Gran Libro bajo el brazo.

El abogado aprovechó la ocasión para sortear la butaca y despedirse. Luego se dirigió a la galería de mártires y crucifijos, y copones de oro falso con falsas piedras engastadas, y cálices y custodias, y hasta los Cristos eran falsos, pero más allá estaba el aire libre y quién sabe si la noche no ofrecía, como un recurso a la tenacidad de los hombres verdaderos, una segunda oportunidad.

KAUFFMAN, DE COPAS

Cuando Kauffman regresó a su despacho era más tarde de lo que pensaba. Nunca se había sentido tan solo en la vida. Qué extraña se había vuelto la ciudad. Primero había estado tentado de dirigirse a su casa, es decir, a la casa de la felicidad familiar, al hogar dulce hogar anterior a aquellas vacaciones que presuntamente iban a resultar más excitantes que estúpidas, y eso el abogado lo comprendía ahora, cuando la noche de agosto le hacía sudar un cáliz de angustia y soledad que se tenía bien merecido. Su mujer, Margarita, probablemente estaría celebrando la mutuamente concedida libertad con un cáliz muy distinto, lleno de cualquier cóctel afrodisíaco mediterráneo, y ése era el sufrimiento de Kauffman. Sus hijas, Margarita Dos y Andrea, probablemente empapaban de lágrimas los almohadones, psíquicamente destruidas para siempre por aquel doble abandono. Y él, Kauffman, no hallaba virtudes o pecados que no fueran necios en el túnel de la noche que se avecinaba. Había pedido al taxi que lo dejara en una terraza no lejos del edificio de la oficina. Por encima de los rascacielos brillaba el inmortal letrero azul de Danone descargando flujos de alimentación higiénica sobre toda la ciudad. El lienzo de hormigón del estadio de fútbol se levantaba inmenso en la oscuridad como la mole de un anfiteatro romano. La noche parecía cargada de presagios ominosos. Y al mismo tiempo, una brisa ligera, un frescor íntimo procedente de quién sabe dónde, encendía el deseo y los pulmones con un hálito de vida, mientras los jardineros de la plaza, calzados con botas de marinería, lanzaban su potente chorro de agua municipal sobre la avenida. Ecos de soledad resonaban en las gradas del estadio vacío. «¡Margarita, te quiero!» El romántico Kauffman exaltaba la megalomanía de sus sentimientos. Quizá su vida corría peligro. Quizá la aventura de un verano se deslizaba por la insospechada pendiente de todas las amenazas. Y mientras tanto, ¿qué hacían sus hijas? Las hijas de su alma empapaban almohadones con sus lágrimas mientras su madre recorría chiringuitos de playa y su padre se anegaba en tónica con ginebra en una terraza de Madrid.

El abogado había pedido una tónica con ginebra para apagar la sed. Luego pidió otra tónica con mucha ginebra. El camarero era una muchacha con patines que iba y venía desde la cabaña donde estaba el bar hasta las cuatro esquinas de la terraza. No tendría más de dieciocho años. Llevaba puestos unos pantalones cortos, unos vaqueros recortados de un tijeretazo a la altura imposible de la curva inguinal, descubriendo suaves y lozanas piernas alimentadas desde la infancia con Danone. Se deslizaba sobre sus patines con una gracia ligera. Probablemente era una estudiante universitaria en un trabajo de vacaciones, pero lo mismo podía ser una prostituta iniciada a aquel oficio con la inocencia de las patinadoras artísticas, para obtener dinero de bolsillo, o para disfrutar del sexo y de la vida reuniendo de paso unos ahorros. Durante unos instantes el abogado evaluó ambas posibilidades. Había acabado por perder contacto con los signos externos del sexo. En unos pocos años la edad y el cambio de costumbres le habían llevado a no saber discernir en muchos casos entre la oferta de sexo gratis y el sexo remunerado. Había perdido el instinto de percibir las señales de identificación. Los códigos habían cambiado. Un erotismo inconfesable hallaba satisfacción en esa frontera, en el mismo hecho de imaginar una prostituta en un cuerpo de ninfa, mientras la muchacha le volvía indiferente y graciosa el trasero y se alejaba como una sirena patinadora hacia la barra, donde le esperaba un maromo de veinte años, que lo mismo podía ser su chulo que un compañero de facultad.

La cabaña de Chim, rezaba el letrero de neón sobre el quiosco. El amigo de la camarera podía ser Chim, o un amigo de Chim. El quiosco era una choza de alta tecnología, con techo de cañas, barra de metacrilato y barrocas exhibiciones de neón sobre la botillería. Los postes eran de bambú pero el conjunto podía haber sido una nave espacial. Salvo el taburete que ocupaba Chim, los otros cuatro o cinco taburetes niquelados estaban vacíos. La terraza estaba casi desierta. Un grupo de jóvenes reía a carcajadas, con las motos aparcadas no lejos de allí. Una pareja de ejecutivos, que, como Kauffman, se habían quedado en Madrid a trabajar, tomaban una copa conversando en las altas horas. Del otro lado del jardincito el estadio de fútbol se alzaba con todos sus pesados muros, bóvedas, vomitorios y arquitrabes, con todos los atributos arquitectónicos que lo mismo se hubieran podido hallar en las más siniestras cárceles de Piranese. Bajo la lluvia incandescente de una farola, una pareja de novios contemplaba sus exhaustos vasos de naranjada. Nada más. El resto de las butacas de bambú con cojines de molesquina azul ofrecía un desierto de posaderas ausentes, y entre ellas se deslizaba la ninfa patinadora recogiendo ceniceros y vasos olvidados. Sus desplazamientos con la bandeja en la mano tenían algo etéreo, dulce en la noche, bajo la mirada nostálgica del abogado y bajo la mirada rapaz de Chim.

Volvió a pensar en sus hijas. Y al mismo tiempo volvió a pensar en su mujer. Cuando Margarita hija tuviera la edad de la patinadora nunca la dejaría trabajar de camarera. En cuanto a Andrea, la pequeña, todavía estaba en la edad de la inocencia y le quedaban por delante los más felices años para patinar. El pensamiento dedicado a su mujer fue más amargo. En la memoria de Kauffman surgían viejos rencores, celos injustificados, y sobre todo ello se cernía, como una suntuosa y nocturna ave de presa, el sentimiento de los celos precisamente justificados por la situación de aquel verano. ¿Y si ella no estuviera celosa de él? ¿Y si él se jactara de aventuras inexistentes a partir del mero atisbo de una erección a la vista de las ingrávidas evoluciones de la camarera patinadora? Necias elucubraciones, cuando al cabo de la noche quizá se estaba jugando la vida en una aventura infinitamente más potente que cualquier aventura sentimental. Y llegaría el momento en que Margarita lo sabría, porque él se lo daría a conocer presentándole dos heroicas perlas en la palma de la mano, como el rescate de un amor arrepentido a la esposa fugitiva. Porque ése era su plan. Y a esas alturas ninguna otra consideración le importaba. Y mientras tanto, ella podría recorrer chiringuitos nocturnos, y excitar las glándulas de los vigilantes de playa, y seducir equipos internacionales de atletas del sexo en olimpiada de verano, y abandonar a sus hijas entregadas al consuelo lacrimoso de los almohadones. Quién sabe hasta dónde podía llegar la irresponsabilidad de una madre decidida a gozar furiosamente de su libertad. Por ello, y por una responsabilidad muy paterna, Kauffman decidió verificar sus aprensiones por teléfono. Echó un trago cargando tónica en su tercera ginebra y se dirigió hacia la barra de *La cabaña de Chim*. Chim le vio llegar con ojos interesados. Chim sabía lo que buscaban los solteros de circunstancias a la una de la madrugada en la primera quincena de agosto en Madrid.

—¿El teléfono?

—Lo tienes delante, colega.

En efecto. Allí había un artilugio fosforescente con los circuitos sumergidos en plástico translúcido de tres colores. Kauffman descolgó el auricular. Tenía forma de piruleta. Se acercó la piruleta al oído y marcó el número. El número se marcaba en lo que podía ser un posa-piruletas. Al cabo de tres señales, Margarita descolgó el teléfono.

—¿Margarita?

—¿Diga?

Kauffman se emocionó. La voz de Margarita era tierna, temerosa y delicada, extrañamente infantil.

—Margarita, te quiero. A pesar de todo te quiero y nada podrá separarnos nunca —exclamó Kauffman sin más preámbulo.

Hubo un silencio del otro lado de la línea. Al cabo de unos segundos respondió la misma voz entusiasmada.

—¡Papá!

Era la niña. Era Margarita hija. Kauffman carraspeó y recuperó acentos paternales.

—Margarita, hija, ¿está tu madre en casa?

—Ha salido. Dijo que salía a tomar el fresco con unos amigos.

—¿Y cómo no estáis acostadas?

—Estábamos jugando...

—¿Qué es ese ruido que oigo?

—Estábamos jugando a la guerra de las galaxias.

Kauffman se inquietó. Era evidente que las niñas no estaban empapando almohadones con sus lágrimas, pero en el fondo se oían terroríficas vibraciones. Angelitos abandonados. Llenaban su soledad con juegos infantiles. El ruido le recordó a Kauffman cierta visita que hizo a un aserradero por cuestiones laborales.

—¿No estaréis destrozando la casa, verdad?

—Noooo...

Detrás se oyó la voz chillona de Andrea.

—¡Margarita me quiere rizar el pelo con el molinillo de café!

—Margarita, deja en paz a tu hermana.

—¡Lo ha enchufado con la alargadera del garaje!

—¡Margarita! —dijo de nuevo Kauffman intentando poner orden a cuatrocientos kilómetros de distancia—. Recoge las armas siderales y llévalas a la cocina. ¿Me oyes?

—¡Y ella me quiere desintegrar con la batidora!

—¡Aaaah!

—¡Calma! —vociferó Kauffman en la piruleta del auricular.

Apoyado en la barra de *La cabaña de Chim,* Chim sonrió irónico. El abogado le volvió la espalda y cubrió el auricular con la palma de la mano. Chim acercó el taburete. Kauffman se volvió por encima del hombro.

—Si me permite, esto es una conversación privada —dijo Kauffman.

—Sí, colega, sí, a estas horas todo son conversaciones privadas.

El abogado volvió al teléfono bajando la voz.

—Escucha, Margarita, tenéis que ir a la cama. Cuando vuelva tu madre le dices que he llamado, ¿me entiendes? Y si vuelve acompañada no le digas nada. Es un primo suyo.

—¿El primo que vino ayer?

Kauffman tragó saliva.

—El primo que vino ayer o bien otro primo suyo. Pero vosotras iros a la cama.

—Andrea quiere desintegrar bombillas en la batidora. Quiere que saque las bombillas del comedor.

—¡Margarita!

A lo lejos se oían chasquidos de un aparato no identificado.

—Margarita, tú ya tienes edad de cuidar de tu hermana y de llevarla a la cama.

—Andrea quiere desintegrar un plátano con el secador.

—¡A la cama! —gritó Kauffman a través de media península.

Chim retrocedió ligeramente con su taburete.

—Tranqui, colega, tranqui...

—¡A la cama! ¿Me oyes? Y no quiero oír un electrodoméstico en toda la noche. ¿Entendido? Ya hablaré yo con tu madre. Y hablaré con los primos de tu madre —añadió belicoso Kauffman.

Del otro lado del teléfono llegó el silencio. Las niñas eran obedientes. Al cabo de unos instantes Kauffman recibió un «buenas noches, papá» de Margarita seguido de un «buenas noches, papá» de Andrea que le entibiaron el corazón. Kauffman se despidió y esperó a que la niña colgara el teléfono. Luego le pareció oír los pies desnudos de las dos niñas por el corredor, hacia el dormitorio, donde las acostó con su imaginación. Angelitos galácticos en la libertad de una noche de verano. Con la piruleta en el oído tuvo un pensamiento para la mujer ausente. Había algo vertiginoso en el amor, y en el hecho también de que el amor hubiera de pasar por aquellas pruebas de fuego, por aquellas Horcas Caudinas, por aquellas Termópilas, por aquel lecho de Procusto o de quienquiera que fuera el lecho donde su mujer levantaría esa noche las piernas y le sería infiel, si acaso no le era infiel en su propio lecho veraniego mientras las niñas fingían dormir si no habían muerto electrocutadas. Pero no. Nada de aquello debía ser sospechado por las niñas, nada de aquello debía ser revelado a las pupilas de sus ojos. Ése era el pacto. ¿Y si ocurría algo? Oh, si ocurría algo... El sufrimiento de Kauffman se hizo insostenible. Antes de soltar el auricular, Kauffman volvió a marcar el número de teléfono compulsivamente. Chim volvió a acercar su taburete a espaldas del abogado. Tardaron cinco señales en contestar.

—¿Margarita?

—Diga.

Era la voz de su mujer.

—¿Margarita? —repitió Kauffman estupefacto. Chim lanzó un silbido, interesado por la conversación.

—Acabo de abrir la puerta —dijo Margarita—. Había bajado a por cigarrillos al chiringuito de la playa.

Kauffman titubeó unos instantes. Se volvió por encima del hombro hacia Chim. Chim le animó con la mirada.

—¿Estás sola?

—Supongo que sí.

—¿Y las niñas?

—Están acostadas. Parece que han estado jugando en la cocina.

—¿De verdad estás sola, cariño? —insistió Kauffman.

—Mira, Kauffman —dijo escuetamente la señora de Kauffman, que en ocasiones respondía a su marido como si leyera por primera vez su apellido en la ficha del registro civil—. Estas vacaciones son mías. Y esta noche estoy sola. Y me voy a acostar.

—¿Y tu primo? —insistió Kauffman ávido de informaciones.

—¿Qué primo?

—Tu primo, el que estuvo anoche.

—Ah, es eso... Pues, bien, Kauffman, fue una velada interesante...

—¡Te quiero, cariño!

—Vamos a ahorrarnos explicaciones, Kauffman. Éste no es el verano del cariño.

—¡Pero yo te quiero, cariño! —insistió Kauffman.

—Si me quieres tanto, ¿por qué me has mandado de vacaciones con las niñas?

—¿Cómo?

—Ya sabes a lo que me refiero.

—Habíamos dicho que nuestro amor necesitaba nuevas experiencias, Margarita.

—Tu amor necesitaba nuevas experiencias, Kauffman.

—No me llames Kauffman —suplicó Kauffman.

—¿Cómo quieres que te llame? ¿Mi ruiseñor de Cercedilla? Ya no somos novios, ni veraneamos en Cercedilla.

—¡Margarita!

—Dime, Kauffman.

—Margarita, no te puedes imaginar lo que está pasando. Es un asunto de trabajo. Un grave asunto relacionado con dos perlas. Tengo una conmigo. Quizá mañana mismo le ponga las manos encima a *Demetria.*

—¿Demetria?

—Quiero decir *Némesis.*

—Me estás embaucando, Kauffman. Ni siquiera sé de lo que me estás hablando.

—Ya tengo a la *Embaucadora.* Te estoy hablando desde una terraza cerca del Bernabéu y ahora no te lo puedo explicar —dijo Kauffman lanzando una mirada de reojo al interesadísimo Chim.

—Te estás volviendo loco, Kauffman.

—¡Margarita!

—Déjame en paz, Kauffman, y vete a hacer un dúplex con tus amigas.

—No se trata de amigas, Margarita.

—De acuerdo, no se trata de amigas. Pero yo creo que voy a bajar a por otro paquete de tabaco al chiringuito de la playa que está muy concurrido.

—¡No lo hagas!

—Buenas noches, Kauffman —se despidió implacable la señora de Kauffman.

La comunicación se cortó. Kauffman permaneció unos instantes con la piruleta en la mano, como si la voz de su mujer pudiera regresar devolviendo el cariño deseado, pero la voz no volvía, y Kauffman colgó el auricular en el posa-piruletas con el sufrimiento en el alma. Chim apartó su taburete niquelado con discreción. Chim era comprensivo. Problemas había muchos. La gente tenía problemas. Todas las noches venían tíos con muchos problemas a *La cabaña de Chim*. El abogado apartó el teléfono fosforescente con gesto cansado, como el héroe de una ficción cuando el destino anuncia sufrimientos mayores de los que acaba de padecer. La soledad era dolorosa y el destino oscuro. Resplandores engañosos en la noche aumentaban su desdicha. La vida se agotaba en complicidades fingidas, lágrimas con ginebra por toda bebida hasta apurar el cupo y secar los manantiales del dolor. El lírico Kauffman gozó un instante de su propio sufrimiento recordando los tiempos escolares en que había soñado ser poeta. Luego recuperó su entereza, el íntimo orgullo del héroe que se sabe destinado a mayores empresas, aquellas de las que saldría ensalzado a ojos de su propia mujer. Colgó el teléfono y dejó un billete sobre el mostrador de metacrilato para que Chim cobrara la comunicación.

—¿Problemas, tío?

Kauffman se volvió hacia el muchacho. No tendría veinticinco años. Tenía la barbilla afilada, largas patillas, dos anillos en la oreja derecha y el pelo recogido en un pañuelo de seda que colgaba por detrás. Llevaba una camisa fina, negra con calaveras estampadas, un diseño de alta costura en el mundo de los piratas. Su aspecto era indefinidamente peligroso, pero al mismo tiempo cálido y humano, con una generosidad infantil en la mirada, porque *La cabaña de Chim* era sin duda un negocio que marchaba bien. El abogado examinó un instante su rostro de joven proxeneta o de estudiante de sociología haciendo trabajo de campo sobre la prostitución. Por entre las mesas vacías de la terraza la camarera patinadora recogía los últimos vasos de la noche. Los dos hombres siguieron su vuelo ingrávido en un silencio compartido. Una radiación invisible había aniquilado al resto de los habitantes de la ciudad, y Madrid en la noche se reducía a aquel ángel que se deslizaba entre el bambú y el neón de la terraza con una bandeja en la mano. Chim suspiró. El abogado se aflojó el botón del cuello de la camisa.

—La nena libra a las tres —dijo Chim—. Entonces se quita los patines y te la puedes llevar a un hotel. O si quieres te la puedes tirar con los patines.

Kauffman consideró la oferta con la mente brumosa. Chim le ofrecía a la nena con patines. O Chim le estaba contando lo que cualquier otro Chim en su lugar haría si pudiera con la nena de los patines. El propio Chim despejó la duda.

—Han sido mil *pelas* de teléfono, y cuatro mil por las consumiciones. Por dos talegos más te llevas a la pitufa.

El abogado se pasó la mano por la frente sudorosa.

—Vamos, tío, tienes que decidirte. Son diez mil *pelas*. ¿Dónde vas a encontrar *un polvo* como ése a estas horas?

—Esta noche no puedo —dijo Kauffman sintiéndose algo pirata también.

—¿De verdad?

—De verdad, esta noche no puedo.

Sacó del bolsillo los cuatro billetes de las consumiciones de ginebra y los dejó sobre el mostrador junto al otro billete. Chim avanzó una mano pálida para recogerlos. Su gesto era indolente, quizá defraudado. El abogado era el último cliente de la noche y a Chim no le gustaba quedarse solo, porque la vida para los piratas como Chim era corta y las noches eran largas, y no todo era pagar por tomarse una copa en *La cabaña de Chim*. Faltaban amigos y faltaba conversación. El joven pirata renegó del dinero. Guardó, sin embargo, los billetes pasando el brazo por encima del metacrilato para alcanzar la caja de la recaudación.

—Será otra noche, tío.

—Sí, será otra noche —prometió el abogado despidiéndose.

La camarera acudió a la barra con un vuelo suave. Dejó la bandeja y antes de volar de nuevo a la última esquina de la terraza, con sus breves pantalones rajados y sus tetas de ninfa, les sonrió a los dos.

Cinco minutos más tarde Kauffman cruzaba del área más oscura del estadio de fútbol a la plaza interior donde destacaba el edificio de Danone. Los grandes arcos del estadio proyectaban a sus espaldas la gigantesca amenaza de un cataclismo imaginario, como si aquel hormigón fueran ya ruinas contemporáneas, el esplendor de unos pretéritos tiempos imperiales de fútbol y juegos ante muchedumbres plebeyas. La noche agrandaba todas las sombras y cernía sobre el estadio los mismos presagios de destrucción que sobre el Coliseo de Roma. El abogado llegó a la torre de oficinas. Entró en el edificio por la puerta de servicio y se dirigió a su despacho. Los corredores estaban vacíos, iluminados por una débil senda de luz azul. En algún lugar muy lejano resonaba el zumbido neumático de un generador y sordos golpes de ferralla. El abogado entró en su despacho y verificó que todo estaba en orden. Dos cucarachas siguieron trayectorias divergentes para buscar refugio bajo los muebles y una mosca de verano, sorprendida en el sueño, dejó la lámpara de pergamino y fue a posarse en el destello de un bronce con el vuelo pesado de un hidroavión. Ésa era la fauna nocturna de la oficina. El calor del día había dejado un poso acre, una especie de lenta sedimentación del aire en estratos sucesivos que sólo parecían alterarse con el vuelo del moscón. Kauffman volvió a cerrar la puerta con doble llave después de echar una última ojeada a sus carpetas y comprobar que cada cosa estaba en su sitio. Luego tomó el ascensor más cercano para subir a su apartamento. Todo allí parecía estar también en orden. Lo único desordenado en los últimos tiempos parecía ser su propia vida, pensó Kauffman. Con ese amargo pensamiento se metió en la cama y era más tarde de lo que pensaba cuando se durmió.

LA CENA EN CASA DEL GRAN DUQUE

La noche llegaba a Marbella con dulces relentes de perfume, *Allure* de Chanel en los sobacos lampiños de las señoras y *Excess* de Paco Rabanne en los puños de las camisas de los caballeros que salían a cenar, mientras los sistemas de ventilación de los restaurantes evacuaban hacia patios traseros y callejuelas mal iluminadas fuertes olores de cocina y moléculas de aquellos aromas de calidad. En ese ámbito, entre la náusea del perfume y la tiranía de los fogones, se hallaba comprendida buena parte de la descripción del verano marbellí. El campo de golf, verdadero pulmón de Marbella, estaba desierto. Tres o cuatro parejas cenaban en el club. Las verdes ondulaciones del campo recibían el resplandor de la luna con emanaciones cianóticas. La hierba era azul. Una batería de aspersores iba humedeciendo el terreno de juego con ráfagas leves, como de ametralladora para fiestas de moros y cristianos. El sistema de riego era complejo. El mismo programa de ordenador que había servido para ganar una partida en el duelo de ajedrez «La Máquina contra Gari Kasparov» servía para controlar los distintos niveles de humedad del recorrido. Cada parcela recibía el riego correspondiente después de un exquisito cálculo donde entraban variantes de evaporación, temperatura diurna, salinidad del aire, frecuentación del terreno y gradiente de proliferación del *green*. Desde la cristalera del club nada de aquello era perceptible. La inteligencia hidráulica del golf era oscura. Sólo destacaban, bajo el baño de luna, las irreales perspectivas del mundo como en un cuento de hadas, plateadas praderas de ensueño, curvas sombrías, bosquecillos sin lobo. La cocina del club de golf era mediocre. Los precios eran tan irreales como el paisaje que se divisaba desde el club.

Millonetis había invitado a cenar a unos amigos, y aunque primero había pensado reservar mesa en el club de golf, luego cambió de opinión y reservó mesa en un restaurante de moda. Luego cambió de nuevo de opinión, imaginando la pestilencia de Chanel y XS de Paco Rabanne sobre el arroz con bogavante, y prefirió invitar a sus amigos a cenar en su casa. Así era el gusto del Gran Duque, sutil y desdeñoso con los encantos demasiado obvios que proporciona la fortuna. Los aromas del jardín del Gran Duque eran otros. La mesa había sido instalada en el porche. El jardín amazónico del Duque se iba espesando con verdaderos rumores de selva del otro lado de la balaustrada. Olía a vainilla y a hibisco. Narices más sutiles hubieran percibido emanaciones de palosanto y de maderas raras, pero las narices de los invitados estaban sumergidas en los cócteles de bienvenida. El Duque paladeaba un *dry* Martini preparado evidentemente con vermut francés de Noilly Prat.

—El comercio siempre ha sido una cuestión de contrabando y de piratería —exclamó dejando la copa, respondiendo a un argumento sin concluir—. Por el rabo de mi perro, las grandes fortunas comerciales siempre han sido cosa de contrabandistas y de piratas. Otra cosa muy distinta es invertir.

Hércules, el perro de Millonetis, sacudió el rabo sin entusiasmo. Se había tumbado no lejos de su dueño y aparentaba no seguir la conversación.

—Invertir en suministros para piratas —intervino Amusátegui, el dueño de las Grúas Amusátegui, que nunca había pensado invertir en algo que no fuera metalurgia pesada.

—O en nuevos productos de contrabando y piratería —dijo el Duque—. Todo lo prohibido es caro. El pirata y el contrabandista se guían por el código de las prohibiciones como si fuera su código civil.

Amusátegui sonrió, ignorando todo lo que no fueran grúas, un dominio en el que se sentía particularmente seguro. En ocasiones había importado material sin licencia, pero nunca se le hubiera ocurrido pensar que aquello fuera contrabando, sino cuestión de conocer a las personas adecuadas en el puerto de Bilbao. Además, un contrabando continuado de grúas de gran tonelaje no podría ser considerado como contrabando. Nadie esconde grúas indefinidamente. Demasiado voluminosas cuando salen a la luz. Otra cosa era hablar de contrabando de grúas de bolsillo, por debajo de las cien toneladas. En cuanto a piratear grúas...

Al sumergir la nariz en su cóctel, un *Marbella Guiri,* el razonamiento de Amusátegui se tambaleó. Había pedido un *Marbella Guiri* porque era un hombre curioso. La composición de aquel cóctel era secreta, pero el camarero del Duque había sonreído enigmáticamente para sus adentros cuando se lo sirvió. Nadie más había pedido un *Marbella Guiri*. El hombre de la Salsa Terrins en España había pedido un *Tía Terrins,* un cóctel a base de tequila, el único allí conocido que exigía unas gotas de Salsa Terrins en la combinación. En cuanto al tercer invitado, un hombre desconocido para los otros dos, había pedido simplemente una copa de vino blanco que recogía los oscuros destellos de los árboles. El hombre examinó la copa largo rato antes de llevársela a los labios, como si apreciara al trasluz aquellos reflejos o como si temiera que le fueran a envenenar.

El segundo invitado, pues, era el hombre de la Salsa Terrins en España. Todo el mundo le llamaba cariñosamente Terrins. Terrins era hijo de británico y de española, y representaba en realidad los intereses de una multinacional de la alimentación. Excelente jugador de golf, el Duque apreciaba sus consejos. Era un hombre alto, de facciones secas, algo equinas, que jugaba con unos palos especialmente diseñados para él, algo más largos que los palos normales. No prodigaba sus opiniones, pero su silueta resultaba imponente cuando recorría el campo a grandes zancadas, o cuando medía la precisión de su golpe llevándose la mano a la frente a modo de visera, abierto de compás. Su juego era elegante, muy distinto al juego recio de Amusátegui, que persistía en llevar al terreno una bota de vino terciada al hombro. Ambos eran adversarios con nobleza, todo lo contrario de Sopicrem. Por eso el Duque les había invitado a cenar.

El Gran Duque no había invitado a cenar al presidente de Sopicrem. Sopicrem le había ganado la partida de golf de aquella mañana. Al enemigo, ni agua. A pesar de una contusión en la rodilla y una magulladura en el codo después de haber resbalado por un terraplén, el viejo se había arrastrado por el campo para mantener tres o cuatro golpes de ventaja hasta el hoyo final. Al Gran Duque le irritaba tanta tenacidad. Los viejos no están para ser tenaces. Por otro lado, a Millonetis le gustaba evaluar la fortuna de las personas y Sopicrem no pasaba de ser un caldo de ave frente al indudable poder industrial de Grúas Amusátegui. Incluso frente a Terrins, Sopicrem no daba la talla. Nadie compararía el volumen internacional de negocio de una salsa de tanto prestigio como la Salsa Terrins con el humilde empleo doméstico de las pastillas de Sopicrem.

—Que le corten el rabo a *Hércules* si miento —dijo el Duque.

Hércules había alzado alegre el rabo al oír de nuevo su nombre y lo inmovilizó al momento.

—La verdadera grandeza del comercio está en el contrabando y en la piratería —prosiguió el Duque—. Ésa es la épica del libre mercado, no la ética. Nadie está en los negocios para dar lecciones. Estoy seguro de que nadie me lo va a negar.

Amusátegui había depositado una parte de su fortuna en una sociedad de la Isla del Gran Caimán y no lo negó. Terrins recordó el espectro de una filial gibraltareña de la multinacional para la que trabajaba y no lo negó tampoco. El tercer hombre, el desconocido que el Duque había presentado con un apellido impronunciable, admiró los matices herbáceos de su copa de vino y esbozó una sonrisa.

—¿Estás de acuerdo conmigo, Prwzulski?

Ramsés Prwz asintió con la cabeza.

—Prwz está de acuerdo conmigo —dijo el Duque—. Que le corten una oreja a mi perro si no tengo razón.

Todos asintieron. *Hércules* se levantó con precaución y desapareció prudentemente en el interior de la casa.

—Estos caballeros no lo dudan —dijo Prwz con suave acento argentino.

—De todas formas —predicó Terrins— hay límites éticos para la épica.

—Protesta, Prwz...

Prwz protestó.

—Creo que el Duque se refiere al comercio en otras dimensiones.

—¡A eso me refiero, al comercio en otras dimensiones!

—Nadie habla aquí de narcotráfico, ni de contrabando de armas —añadió suavemente el argentino.

—Prwzulski tiene razón. El narcotráfico es cosa de colombianos con trajes de mal gusto, y el armamento es un negocio de apátridas —insistió el Duque—. El contrabando y la piratería se abren a campos mucho más ambiciosos.

—Ambiciosos y arriesgados —presagió Prwz.

—Manipulaciones genéticas de alto rendimiento aún sin legalizar, virus para sistemas informáticos de la competencia, materiales raros y prohibidos —recitó el Duque enumerando un programa de delitos con los dedos—. Ésas son las nuevas mercancías del contrabando y la piratería. Para eso se forma una *joint venture*. Y no hace falta explicar lo que es una *joint venture*. También los contrabandistas juntan sus ahorros para fletar un barco, y los piratas se reúnen para formar una tripulación.

—En propio provecho —previno Prwz.

—¿Estás en ello, Duque? —indagó Terrins.

—¿Tengo yo cara de chorizo?

—Vamos, Duque.

—Supongamos que estoy en ello —concedió el Duque halagado—. Pero esto son cosas que sólo se comentan con los compañeros de golf.

Terrins sonrió y se llevó su *Tía Terrins* a los labios. Hacía rato que Amusátegui había desistido de probar un segundo sorbo de *Marbella Guiri*. Era un cóctel espeso. Le recordaba, por el color y el gusto, a líquido de frenos con mezcla de pacharán. El Gran Duque le miró compasivo. Tampoco el Duque sabía lo que su camarero le ponía al *Marbella Guiri*. Probablemente barnices y hierbas amargas. Se le ocurrió una idea. Probablemente invitaría a Sopicrem alguna tarde a tomarse un *Marbella Guiri*. Se lo tenía merecido. El hallazgo le puso eufórico. Le arrasaría el estómago. Con problemas intestinales Sopicrem sería incapaz de ganar.

Ramsés Prwzulski dejó su vaso de vino blanco en la mesa después de haber paladeado el oro pálido y verdoso de su contenido. Sus gestos eran pausados. Como todos los polacos, era descendiente de una vieja familia aristocrática. Como todos los argentinos, era cauto y sentimental. En ocasiones el polaco-argentino empleaba cualquier otra identidad a su alcance, Ramsés Pérez, Ramsés Perdito, lo mismo que Ramsés Prwzulski, pero no era un farsante, ni un estafador, y cada una de sus identidades encerraba una parcela de verdad.

Su presencia en aquella cena no había sido claramente explicada por Millonetis. A la primera ojeada, Terrins había calculado que no era un experto jugador de golf y su interés por el desconocido había disminuido de inmediato. Los argentinos son expertos jugadores de polo. Quizá Prwz fuera jugador de polo (mentalmente Terrins abreviaba mal su nombre y pronunciaba Prsch, como la marca de una bebida refrescante de su empresa). Quizá Prsch fuera experto tirador al plato. Los polacos son excelentes escopetas. Lo decía un tío británico de Terrins que había ido a Polonia a cazar el faisán. En cualquier caso, Prwzulski no entraba en el ámbito de los intereses deportivos de Terrins, ni por el polo, ni por el tiro, y no lograba averiguar qué intereses distintos habían llevado al argentino allí. En cuanto a las Grúas Amusátegui, su propietario no entendía bien las alusiones financieras del polaco (Amusátegui no había retenido el apellido; creyó que los repetidos *prwzs* del Duque eran un problema de dispepsia). Sin embargo, apreció que Prwz sonriera cuando Amusátegui aseguró estar encantado con el negocio de las grúas, y comprendiera que su única ampliación posible eran los Transportes Excepcionales. No estaba interesado por las oscuras divagaciones de Millonetis, pero era evidente que el polaco tampoco había venido a palparle la cartera. Amusátegui desconfiaba de los desconocidos que acudían a palparle la cartera antes de proponerle una inversión.

—Vamos, Prwz —dijo el Duque—. Creo que ya hemos escandalizado bastante a estos señores. Ya va siendo hora de que nos sentemos a cenar.

El camarero había dispuesto la mesa al otro lado del porche. Allí el jardín se abría en una rotonda de grava, y se vislumbraban las altas bóvedas de una pajarera. Los pájaros dormían. Dos cacatúas se alborotaron un instante cuando los invitados cambiaron de mesa, pero al momento volvieron a esconder la cabeza debajo del ala y a mecerse en sus columpios como lujosos caprichos desdeñados por el amo del lugar. Por encima del follaje la noche de Marbella era de un azul incandescente, salpicada por las iluminaciones del puerto deportivo. Más allá, entre las profundas tinieblas, se oía el rumor de un surtidor. A sus espaldas, la casa, aparentemente deshabitada, resonaba con un rumor de cocinas. Los invitados se sentaron.

—Vamos, Prwz —dijo el Duque—. Siéntate a mi derecha.

Terrins se sentó junto a Amusátegui, de espaldas a la pajarera, con vistas a la casa y al resonante interior. Ese verano se habían puesto de moda en Marbella las cenas de manjares prohibidos. La costumbre venía de los ambientes más refinados y excéntricos de América y consistía en servir platos con raras especies protegidas o animales en vías de extinción. Naturalmente sólo se practicaba en círculos poderosos y restringidos. Millonetis había querido asombrar a sus invitados con un menú especial. Había salmón ahumado del Parque Nacional del río Colorado, donde pescar un salmón podía conducir a la silla eléctrica. Había cangrejos de la variedad hispana, autóctonos, cuyos últimos ejemplares llevaban una existencia precaria en remotos manantiales de las sierras del río Urbel. Había un *carpaccio* de carne de una extraña gacela de los desiertos de Arabia, proporcionados por un jeque amigo de Millonetis. Era una comida de transgresión, que se disfrutaba con un punto de sadismo gastronómico. Había perdices escabechadas, y aunque no eran animales estrictamente prohibidos, el Duque explicó que se trataba de perdices exclusivamente abatidas en período de veda y al primer cartucho. Las perdices abatidas al segundo cartucho se defecaban en pleno vuelo al oír la detonación del primer tiro, de miedo por supuesto, y al no guardar los excrementos en los intestinos no se afaisanaban adecuadamente y menguaba su sabor. Los invitados aceptaron la explicación y consideraron que aquellas perdices estaban a la altura de los manjares prohibidos. Amusátegui aseguró haber comido en cierta ocasión una lubina al horno procedente del acuario de un museo. Tampoco era un animal prohibido, pero la procedencia salvaba cualquier objeción.

Hércules salió de la casa atraído por el olor a comida y se colocó junto a su dueño, sentado sobre las patas traseras. Su hermosa cabezota llegaba a la altura del mantel y Millonetis le rascó entre las orejas con gesto augusto. El perro cerró los ojos. El Duque se reclinó en el asiento de mimbre cuyo respaldo emitió un largo gemido.

—¿Satisfecho, Terrins?

—Satisfecho, Duque.

—Bieeen... Prwz tendría que explicar que no es fácil preparar una cena como ésta, o lo podría explicar yo mismo. Se necesitan cazadores furtivos, pescadores furtivos, cocineros furtivos, etc., etc., etc. Y todo eso cuesta mucho dinero.

Amusátegui sintió que quizá ahora sí que le estaban palpando la cartera y retrocedió en su asiento, algo nervioso. Se tranquilizó cuando el Duque lanzó un poderoso bostezo de satisfacción. El perro dejó caer una larga baba elástica que llegó hasta el suelo.

—Se corren muchos riesgos —prosiguió el Duque cerrando de golpe las mandíbulas—. Y lo mismo sucede con los mejores negocios. También se necesita mucho personal furtivo. En cierto modo Prwz forma parte de mi personal furtivo.

—¿Es usted pescador?

—Prwz es mi asesor en negocios de otras dimensiones. Vamos, Prwz, explícanos algunos de esos negocios.

Prwz se llevó delicadamente a la boca la cola de un cangrejo en vías de extinción.

—Vamos, Prwz, por las perdices escabechadas, explícanos algún negocio corrupto.

—Plutonio —propuso Prwz.

—¿Mande?

—Plutonio —repitió Prwz—. Plutonio radiactivo.

El Duque exhibió una amplia sonrisa, orgulloso de su asesor.

—¿Qué os decía yo? Prwz os podría explicar toda la noche lo que es el plutonio, pero yo os voy a decir lo esencial. Pesa diez o quince veces más que el oro y vale cinco mil veces más.

—¿Estás en el negocio del plutonio, Duque? —preguntó Terrins sin vislumbrar qué provecho podría obtener de ello su multinacional.

—Ahhhh... —respondió el Duque.

—No es mucho decir —dijo Amusátegui computando el precio del plutonio.

—No se puede decir más. Se compran unos gramos de plutonio al encargado de la limpieza de cualquier central atómica del Este y se vende a quien lo pueda necesitar. No hay prisa. El plutonio permanece activo algo más de veinticuatro mil años.

—¿Quién necesita plutonio?

El Duque se encogió de hombros. Amusátegui no sabía si el plutonio servía para levantar grandes pesos. Terrins no descartó que se pudiera usar como conservante.

—¿Quién necesita plutonio, Prwz? —preguntó a su vez el Duque.

El asesor respondió con desgana.

—No lo sé. Pero la gente que lo necesita lo necesita mucho.

—Ya lo habéis oído.

—El isótopo más radiactivo del plutonio funde las paredes de granito. Cualquiera que necesite energía necesita plutonio. Sin contar los usos militares. El plutonio es la pólvora de la munición nuclear.

—Con eso está dicho todo —exclamó el Gran Duque entusiasmado.

—¿Para qué se necesita munición? —preguntó Amusátegui, que estaba distraído.

—¿Para qué diablos queremos saber para qué necesitan munición los que la necesitan? Nosotros compramos el plutonio a precio de residuo y lo vendemos a precio de plutonio. Ése es el negocio. Estoy en ello.

—¿Estás solo?

—No, no estoy solo. Alguien más está en ello.

—¿Prsch?

—Prwz.

El Duque se cruzó de brazos malhumorado. Los dos invitados volvieron a sus platos. El asesor bajó la mirada y cerró los dientes sobre un bocado de gacela arábica. En las viejas familias polacas no se mira a los ojos ni se enseñan los dientes. En la vieja aristocracia polaca mirar a los ojos y enseñar los dientes es un gesto de desafío. Prwzulski conservaba costumbres aristocráticas, pero en los muchos años pasados en Argentina había aprendido a ser cauto como un gaucho. No estaba seguro de que fuera a salir una inversión de aquella cena. Necesitaba doscientos cincuenta millones de pesetas para obtener veinticinco gramos de plutonio *free on port*. Si la operación resultaba satisfactoria, se necesitarían otros quinientos o seiscientos millones para obtener algo más que una muestra. Amusátegui, el gallego bajito y sólido que poseía un negocio de grúas, no parecía estar interesado por un producto cuyo valor no entendía. Pensaba que los isótopos eran un nuevo sistema de amortiguadores de grúas. Prwz explicó que los isótopos eran variaciones del mismo producto, y que en aquel caso se trataba del isótopo de plutonio más valioso. En cuanto al otro individuo, aquel irritante británico que pronunciaba su apellido con desprecio, Prsch, como si abriera una lata de cerveza, Prwz ni siquiera estaba seguro de que fuera a conservar la confidencialidad. El Duque se hacía responsable de las indagaciones previas. En cualquier caso, el Duque podría asumir el negocio en su totalidad.

Los pensamientos del Duque divagaban por otros ámbitos. Estaba pensando en regalar a Sopicrem un alfiler de corbata de plutonio. Tenía entendido que el plutonio provocaba leucemias galopantes. Con un alfiler de corbata de plutonio y un aperitivo de *Marbella Guiri* era imposible que Sopicrem pudiera ganar al golf. Calló para sí aquellas reflexiones. No era descabellado pensar que Sopicrem, con leucemia y diarrea, aún pudiera sacar unos golpes de ventaja. Lo había demostrado con medio cuerpo tullido aquella misma mañana. El Duque volvió a la realidad cuando Amusátegui se limpiaba los labios con la servilleta. Había dado cuenta de la última loncha de salmón.

—¿Y ese plutonio se encuentra ya en España?

Prwz fue el encargado de responder.

—Pongamos que está en camino.

—No vamos a pasear un contador Geiger por toda la Península —intervino el Duque—. No quieras saber demasiado, Amusátegui; si quieres poner la pasta en este negocio, la pones, y si no la pondré yo.

El Duque se volvió hacia Salsa Terrins.

—¿Terrins?

—Yo pienso como Amusátegui. No puedo decidirme sin tener más datos.

—Datos, datos... —exclamó furioso el Duque—. ¿Te interesan más datos de la perdiz que te has comido? ¿Acaso pido yo más datos?

—Tu tienes a Prsch...

—Prwz no puede decir más de lo que ha dicho. ¿No es así, Prwz?

Prwz asintió con la cabeza.

—Y el que quiera más datos que ponga primero el dinero. ¿Qué pirata pide datos antes de embarcarse? Falta épica en los negocios, por las patillas de Barbarroja —exclamó el Duque en su más puro estilo john-hustoniano, alzando la voz sonora y abriendo la bocaza hasta enseñar las irritadas estrías escarlatas del paladar—. Que me encierren en la cámara acorazada del Banco de España si me equivoco. En este negocio hay mucho dinero.

—Seguro que sí...

—Seguro que sí, Duque, pero no es lo nuestro.

Los dos invitados habían recogido sus servilletas y apuraban el último sorbo del vino que regaba la cena. A diferencia del menú, lo único prohibitivo de aquel vino era el precio. Millonetis chasqueó las mandíbulas y retuvo su enojo. Prwzulski bajó la mirada muy mansamente y se abstuvo de opinar. Se confirmaban sus pronósticos. No todo el mundo era capaz de asumir negocios parecidos. Volvió la cabeza hacia el jardín y vio los pájaros enjaulados, las cacatúas suntuosas, las aves del paraíso, las bolas de plumas y largos penachos etéreos de otros pájaros sin identificar. Dormían en la sombra, ignorando quizá el hecho mismo de que vivían enjaulados. El Duque chasqueó de nuevo las mandíbulas y llamó al camarero para pedir los automóviles de los dos invitados. No había café. Ni cigarros. El que quisiera un digestivo de destilación clandestina que lo tomara en su casa. Naturalmente no expresó su enfado. Se limitó a apoyar los brazos en el sillón de mimbre y dar por terminada la reunión.

Amusátegui y Terrins habían venido en un solo automóvil, que entró en la rotonda de grava con un suave y lujoso crujido de neumáticos, barriendo con los faros amarillos un segmento giratorio de jardín. El Duque se incorporó dominando con toda su estatura los restos de la cena. Prwz permaneció sentado. Amusátegui y Terrins se despidieron.

—Nos veremos mañana en el golf —dijo Amusátegui.

—Señor Prsch...

Prwzulski se puso en pie. Saludó mirando a los dos hombres a los ojos y enseñando la dentadura, a la manera polaca, para que entendieran la amenaza que pesaba sobre ellos si divulgaban lo hablado en aquella cena.

—En cuanto a los isótopos... —dijo Amusátegui algo achispado.

—Olvídelo.

Los dos invitados bajaron los peldaños del porche y desaparecieron detrás de los cristales negros del coche. *Hércules* ladró y el Duque le hizo callar. Una estatua de Diana cazadora iluminaba la rotonda con una farola en la mano. Al cabo de unos instantes las luces traseras del automóvil se desvanecieron entre el follaje, por el camino de grava, hacia la salida de la propiedad. El camarero había recogido la mesa donde habían tomado primero el aperitivo y el Duque indicó a Prwzulski que se instalaran allí.

La mesa estaba en un ángulo de sombra. Por aquel lado del porche corría un aire suave y se oía el bullicio lejano de Marbella en la noche, aventado por la brisa. El cielo se iluminó unos segundos, como si se produjera una explosión de fuegos artificiales, y se apagó después, sin que supieran la causa. El perro siguió al Duque con su mansa cabezota oscilante y se tumbó a sus pies. El Duque se sentó en el lugar que había ocupado al principio. La extraña cena le había removido las tripas y renegaba para sus adentros de las excéntricas modas de Marbella, que le obligaban a abandonar su habitual cena de huevos fritos por razones de prestigio social. Era un hombre frugal y sano. Pensaba que la auténtica voluntad financiera sólo se conserva en un cuerpo frugal y sano, como el de un atleta acumulando récords de beneficios. Tenía el convencimiento de ser algo más que un hombre de negocios, y como si el cielo quisiera darle la razón, la noche se iluminó otra vez con un surtidor de bengalas, y su rostro apareció brevemente en la penumbra con un resplandor jupiterino, lívido y multicolor, con dos centellas ávidas en los ojos, como en los tiempos de sus más atrevidas especulaciones, antes de sumergirse de nuevo en la oscuridad.

—Ahora, Prwzulski, soy yo el que quiere los datos. ¿Está la mercancía en España?

Prwz se había sentado en la silla sin brazos que antes había ocupado Terrins.

—La mercancía está en España —dijo el polaco después de una pausa—, pero aún hay datos que están sin confirmar.

—Me interesan los datos confirmados —dijo el Duque.

—Hay datos confirmados que aseguran que la mercancía está en España.

—Bien —dijo el Duque satisfecho.

Un levísimo eructo le impidió continuar. Prwz apoyó los codos sobre la mesa y un pálido mechón de pelo le cayó sobre la frente. El problema con el plutonio, explicó pausadamente, no era introducirlo en el país. El problema tampoco era conseguirlo, por encima de las redes que rigen ese tipo de suministros. El problema, dijo Prwz, era la forma de transportarlo. Si los hombres de negocios comprendían eso, lo habían comprendido todo. Un gramo de plutonio en la palma de la mano perforaría la carne y los huesos en pocos minutos. Un gramo de plutonio en una caja fuerte generaría calor suficiente para prender fuego a los billetes de banco de su imprudente propietario en quince segundos. Eso no eran leyendas ni brujerías, sino leyes de la física. El problema por lo tanto era el transporte y la protección. Había muchos sistemas y diversos blindajes, unos más engorrosos que otros para una mercancía de contrabando. Prwz estaba en condiciones de garantizar que habían entrado en España veinticinco gramos de plutonio, lo que venía a ser un volumen de algo más de un centímetro cúbico. Estaba convenientemente protegido por una aleación de cerámica vitrificada para evitar la radiación. Dos perlas de regular tamaño, dijo Prwz calibrando una pequeña esfera entre el índice y el pulgar, con el color y la textura nacarada de las perlas. El plutonio inyectado en las perlas se encontraba en relativas condiciones de seguridad. Las dos esferas contenían en su interior los veinticinco gramos de plutonio aproximadamente repartidos. No eran exactamente iguales, pero se hubiera dicho que eran perlas de un mismo collar. Si se cerraba el negocio, el suministro seguiría la misma vía de introducir perlas de plutonio. De algún modo se intentaba que las dos perlas llegaran a manos del Gran Duque, pero eso Prwz todavía no lo podía asegurar.

—¿Perlas, Prwz? —inquirió suspicaz el Duque.

—Exacto —respondió Prwz.

—Que se me caigan los dientes si entiendo gran cosa —insistió el Duque—. ¿Dos perlas cargadas de plutonio?

—Eso he dicho —confirmó Prwz.

El Duque se frotó las manos.

—Creo que ya he tenido noticias de esas perlas antes de este momento.

—Es posible —respondió escuetamente el polaco.

—Otras historias me han contado —añadió el Duque.

—Es posible también.

Prwz explicó que, según ciertos rumores, las perlas habían embarcado a bordo del *Revolución proletaria*, un buque de carga soviético rebautizado *Perestroika* en 1981, y rebautizado *Libre Comercio* en 1992. El viejo cascarón, matriculado en Odessa, había sido repintado tres veces y seguía navegando bajo bandera ucraniana. Haciendo honor a su nombre, el *Libre Comercio* rendía importantes servicios de contrabando. El barco había fondeado en el puerto de Barcelona con el plutonio en sus bodegas dos o tres semanas antes. Se podía pensar que un diminuto alijo de veinticinco gramos de plutonio en un carguero de doscientas cincuenta mil toneladas iba a pasar totalmente desapercibidos, y ese había sido el caso, pero a partir de Barcelona las cosas habían empezado a torcerse. Un marinero llamado Demetrio, o Dimitri, había desembarcado tranquilamente las dos perlas de plutonio en sus bolsillos y se las había llevado a Madrid. A partir de ese momento se perdía su pista. Al parecer se las había confiado a una especie de trapero, o a un golfo de poca categoría, homosexual, de los que suelen gustar a los marineros. Quizá sólo se esperaban las iniciativas del Gran Duque. Ése era el negocio que le quería proponer.

—¿Quiere decir que hay dos perlas circulando por Madrid con veinticinco gramos de plutonio cada una?

—Veinticinco gramos de plutonio entre las dos —precisó Prwz.

—¿Qué país es éste, Prwz, donde el plutonio acaba entre las manos de los traperos?

—Es el apéndice occidental de Europa —comentó tranquilamente Prwz.

El Duque guardó silencio y respiró a fondo. Prwz retiró los codos del mantel y se apartó de la mesa. Los fuegos artificiales habían concluido y el cielo era más oscuro que antes de empezar la conversación. El Duque suspiró de nuevo. La noche le hacía sentirse poderoso y al mismo tiempo le invadía una especie de euforia cósmica ante el negocio que le estaban proponiendo. ¿Perlas? ¿Quién hablaba de perlas? Inescrutables son los caminos del Señor, recitó el Duque para sus adentros, y más inescrutables son aún los caminos que siguen las mercancías prohibidas.

—¿Sabes, Prwz? —exclamó al fin—. Tú has viajado mucho y conoces ambos mundos. Tú eres un hombre bien informado en mercancías tan peligrosas como el plutonio y tan especulativas como el café. Pero hay algo que ignoras, y es lo que yo siento en estos momentos...

—¿Qué, Duque?

—Cómo expresarlo, Prwz...

—¿Dudas?

—No, no son dudas. Las dudas son para los débiles.

—¿Desconfianza?

—No, no es desconfianza. La desconfianza es para los cobardes.

El Duque extendió la mano hacia la oscuridad del jardín, escuchando el rumor de un surtidor, como si saludara a las tinieblas. Sus ojos brillaban con reflejos esmaltados, y su corazón palpitaba con el pausado ritmo de sístole y diástole de los grandes momentos de serenidad. Porque el Duque sentía que por alguna parte, en los indefinidos límites de su entorno, le estaban engañando, o alguien se estaba engañando y no lo sabía, y ese sentimiento calmaba su ánimo, como los grandes paquidermos que nunca se sienten amenazados y aplastan con indiferencia el polvo del camino. Invertir media fortuna en un negocio arriesgado no era nada comparado con el propio sentimiento de poder. ¿Quién hablaba de perlas, sí? ¿Quién había hablado de perlas? Por un instante soñó con tener en su bodega un tesoro de plutonio para toda la eternidad. Veinticuatro mil años de plutonio encerrados en dos perlas, ése era el tiempo que el plutonio permanecía radiactivo. El Duque se volvió hacia Prwz, que esperaba en silencio sus palabras.

—¿Sabes lo que siento, Prwz? Siento envidia de mí mismo —exclamó el Gran Duque melancólico.

—¿Envidia, Duque?

—Envidia, Prwz. He amasado una fortuna. Pero siento envidia de todo lo que me queda por ganar.

LA MUERTE EN CAMISETA

Kauffman se despertó a las diez de la mañana con resaca, y en los primeros minutos de lucha contra su propio cuerpo creyó haberse quedado ciego, como después de una guerra, o como después de una batalla contra el sol. Había olvidado cerrar las cortinas y el sol se precipitaba por la gran cristalera de su apartamento con un resplandor insoportable. Un cortocircuito había hecho saltar el interruptor del aire acondicionado y el pequeño salón se había convertido en el foco de un suplicio donde un Kauffman agotado, pálido, con la boca amarga y las sienes atormentadas, imaginaba haber alcanzado la temperatura de delicuescencia de la carne en la inundación solar. Se hallaba tumbado en el sofá, en calzoncillos. Se levantó sujetándose la cabeza con ambas manos, como si fuera de plomo. Alcanzó a tientas el conmutador del aire acondicionado como quien palpa el rostro de un amigo y lo puso en marcha. Después se dirigió a las cortinas y las cerró. Una suave penumbra acaramelada inundó el cuarto. Un susurro de aire fresco fue llenando el ambiente con un hálito benefactor y en ese limbo automático Kauffman sintió que resucitaba y que su memoria entraba en funcionamiento.

Recordaba vagamente el neón azul de *La cabaña de Chim* en una constelación de sensaciones olvidadas. Recordó haber abusado de la ginebra de Chim en su cabaña. Nada bueno podía deducirse de la calidad de la ginebra de Chim. Entró en la ducha y dejó correr sobre su cuerpo el chorro de agua fría sin quitarse los calzoncillos. Luego regresó al salón envuelto en una toalla, depositando la efímera huella de sus pies en la moqueta. Entonces recordó nuevas sensaciones, el amargo desdén de su mujer, el lejano cariño de sus hijas, la ominosa soledad de una noche mal encarrilada. Por encima de todo, sin embargo, recordó el estado de sus negocios. Había dejado encima de la mesa sus llaves y sus papeles y entre aquellos papeles vio anotada de su propia mano la dirección y el teléfono de Kiki Calonge, el protegido de Julián el Gordo. Entonces Kauffman recordó lo que el verano le tenía reservado y entre todos los pronósticos sólo uno cobró importancia a sus ojos. Conseguir la segunda perla. No quería pensar que fuera una obsesión.

En pocos minutos el salón había alcanzado una temperatura benevolente, mientras por el cielo de Madrid cabalgaban jinetes de fuego. El abogado se sentó en el sofá con el teléfono al alcance de la mano y marcó el número que tenía anotado. Respondió la voz ronca y poco madrugadora del Gordo, cargada con un buen cuarto de litro de mucosidades espesas. El abogado examinó el papel y comprobó que se había equivocado de número. Colgó sin pronunciar palabra. Hay juegos del azar que conducen hacia destinos equivocados, como si la providencia quisiera alertar sobre un posible cambio de situación. El abogado no tuvo en cuenta el presagio. Marcó el segundo número anotado en el mismo papel, bajo el teléfono que había resultado ser el de Julián el Gordo, y una voz lenta, cautivadora, tardó en responder.

—¿Kiki Calonge?

—Un momento.

Volvió la misma voz. Al parecer había cambiado el teléfono de mano como quien presenta el perfil más favorecedor.

—¿Calonge *Patas Blancas?* —preguntó el abogado leyendo el nombre completo que tenía delante de los ojos.

—Su puta madre —respondió llanamente la cautivadora voz.

—Disculpe. No sabía que era un insulto. Le llamo de parte de Julián el Gordo.

—¿Un insulto? Y qué pensaba usted, ¿que era un piropo? ¿Le han dicho a usted que al Gordo le llaman *Pito Pálido?*

—Le ruego otra vez que me disculpe, señor Calonge.

—¿Puedo saber con quién estoy hablando?

—Usted no me conoce. Me llamo Kauffman y soy abogado. Julián el Gordo me ha dado su número de teléfono. Quería hablar con usted de un asunto delicado.

—¿Un asunto delicado? —dijo Kiki Calonge echándose a reír—. Entonces puede usted llamarme Kiki si lo desea.

—Como usted quiera, Kiki —dijo el abogado algo desconcertado.

El otro se echó a reír de nuevo.

—Lo dice usted con mucha gracia.

—Gracias, Kiki.

¡Cuántas cosas había aprendido Kauffman en unos pocos días de verano! No había mejor olfato que el suyo para rectificar convenientemente un desliz, o corregir una imprudencia, o simplemente mantenerse sobre aviso para detectar el desliz o la imprudencia del interlocutor. En aquel caso tuvo la certeza de que Kiki Calonge esperaba su llamada. Quizá el Gordo le había avisado. Quizá otros intereses más oscuros habían llegado hasta Kiki Calonge advirtiéndole que alguien se interesaba por él. ¡Cuántas cosas había aprendido Kauffman! Se reclinó en el respaldo del sofá y extendió los pies sobre la mesa de cristal que tenía delante. Todavía estaba en calzoncillos. El aire acondicionado proyectaba un rumor continuo. El agua se iba evaporando dejando pálidos escalofríos en la piel.

—Estoy interesado por las perlas antiguas —dijo Kauffman—. Tengo entendido que usted tiene una perla que desea negociar.

—Já, já, já, já —rió juvenil *Patas Blancas.*

—¿He dicho algo inconveniente?

—No, no ha dicho nada inconveniente —dijo la plácida voz burlona—. El Gordo me ha dicho que usted iba a decirme eso mismo que me acaba de decir.

—¿Eso le ha dicho el Gordo?

—Eso mismo.

—Bien —dijo Kauffman—. Pongámoslo de otro modo. Hace días recibí la visita de alguien que usted conoce, Aniceto Kauffman, o Aniceto Correa, usted sabrá cómo le quiere llamar. Aniceto tenía una perla que quería hacer llegar al Gran Duque. Usted conoce sin duda al Gran Duque.

—Duques, marquesas...

—Bien —prosiguió Kauffman impertérrito—. Kauffman tenía una perla, quiero decir, Correa, Kauffman soy yo, Correa tenía una perla, y después yo he sabido que la perla gemela, o la perla hermana de esa perla, la tenía usted.

—Yo tenía las dos perlas. Aniceto fue a negociar la primera perla por cuenta mía.

—Eso me ha dicho el Gran Gordo.

—Gordo. Únicamente Gordo —corrigió Kiki Calonge.

—Gordo —rectificó Kauffman.

La voz guardó silencio unos segundos.

—Hábleme del Gran Duque.

—Dejemos al Gran Duque fuera de este asunto. El Gordo me ha dicho que yo podía negociar la segunda perla con usted.

—¿Qué recibió Aniceto por la primera perla? —preguntó la voz marcando una pausa.

—Usted sabe lo que recibió Aniceto por la primera perla —respondió Kauffman después de un titubeo—. Le puedo asegurar que yo no tuve nada que ver con ello. Otras personas estuvieron interesadas por la perla. Pero yo no se lo puedo explicar.

La voz se echó a reír nerviosamente.

—Creo que las perlas empiezan a ser peligrosas, ¿no lo cree usted?

—Vamos, Kiki. No se trata de ponerse nervioso —dijo el abogado intentando ser ameno.

—¿Nervioso?

—Nadie pretende hacerle nada, señor Calonge. Si la segunda perla está en sus manos, me gustaría llegar a un acuerdo con usted.

—¿Dónde fue a parar la perla que tenía Aniceto?

—Lo ignoro —mintió Kauffman.

La voz rió de nuevo. Tenía un fondo ronco y desabrido que sorprendió a Kauffman. Era el modo de reír de un hombre asustado. Había desaparecido su encanto inicial, como si hubiera visto una silueta sospechosa rondar por la ventana.

—Al pobre Aniceto le abrieron la cabeza de un hachazo —susurró.

—No fue de un hachazo —precisó Kauffman.

—¿Cómo lo sabe usted?

—Lo sé. Eso es todo. Pero yo no tuve nada que ver con ello —dijo Kauffman.

Luego quiso reforzar su declaración de inocencia con un juramento al estilo del Gran Duque.

—Le juro por mis vísceras que yo no tuve nada que ver con ello. Todo lo que me interesa ahora es ver la segunda perla y si es posible llegar a un acuerdo con usted. Vamos, señor Calonge. Esa perla en sus manos es dinamita —dijo Kauffman sin saber lo que decía—. Lo mejor que puede hacer es desprenderse de ella cuanto antes. Esto no es una amenaza.

—¿No?

—No —replicó Kauffman sintiéndose extrañamente envalentonado. Estiró las piernas y se rascó el escaso vello que le crecía en el pecho. Se sentía cada vez más seguro de sí mismo a medida que detectaba el miedo de su interlocutor—. Esta tarde voy a ir a verle, señor Calonge —prosiguió—. Tengo intención de ofrecerle un buen precio por esa perla. En cualquier caso, esa perla estará mucho más segura en mis manos que en las suyas.

—¿Y si me niego a recibirle?

—Vamos, Kiki. No irá a recibir a los que le abrieron la cabeza a Aniceto.

El otro guardó silencio.

—Pongamos que estaré en su casa sobre las ocho de la tarde. Para esa hora habrá bajado la temperatura. El calor nos pone nerviosos a todos. El Gordo me ha dado su dirección. No hace falta que me reciba como a un invitado.

—Váyase al diablo.

—A las ocho de la tarde —replicó Kauffman.

El otro no respondió, pero el abogado colgó el teléfono con la certeza de que su interlocutor le estaría esperando aquella tarde. El Gordo era una buena recomendación. Además, las intenciones de Kauffman eran claras y Kiki *Patas Blancas* podría estar temiendo otras amenazas. Mucho había aprendido el abogado Kauffman en aquellos pocos días de verano. Había estimado que la vida de un soltero temporal sólo merece la pena ser vivida si se corren algunas aventuras, y no forzosamente aquellas aventuras que se pueden esperar precisamente de un soltero, sino otras aventuras muy diferentes, donde la astucia se combinaba con la avidez y el deseo de posesión. Poco le importaban a Kauffman cuáles habían de ser los temores de *Patas Blancas,* empezando por el temor a que le abrieran la cabeza con un hacha, o con una cimitarra, o con una porra, o con cualquiera que fuera el instrumento empleado, como había sido asesinado el depositario de la *Embaucadora.* El destino estaba ya anunciado en el nombre de la perla, *Némesis,* según recordaba el abogado del poco griego que había estudiado en el bachillerato.

Poco le importaban a Kauffman esas violentas elucubraciones. Pero en fin, ¿se estaba volviendo loco? ¿Era aquello efecto de la soledad y del calor? Madrid en el mes de agosto era una ciudad temible. Se supone que ciertas emanaciones se desprenden del alquitrán de las calles enturbiando el entendimiento de los que permanecen en ella, y se había hablado de una adicción a las emanaciones del alquitrán, como existe una adicción al aroma de la gasolina, y una adicción a las emanaciones de los tubos de escape, cuando los veraneantes habían regresado, y la ciudad pasaba del trance veraniego a la rutina otoñal. Se le ocurrió a Kauffman que bastaba muy poco para que una aventura cambiara la vida de un hombre, sin que fuera necesario acudir a buscarla a territorios más exóticos que aquellas calles recalentadas. En la penumbra de ámbar que le procuraban las cortinas, protegido del calor por el incesante susurro del aire acondicionado, Kauffman sintió que se estaba acercando a su objetivo. Y el objetivo que nunca hubiera sospechado era la posesión de la segunda perla, como quien se aferra con el puño cerrado a una segunda fuente de energía espiritual. Quizá fuera un efecto de la historia. Quizá fuera una consecuencia de las leyendas relacionadas con las perlas que le habían contado, pero lo cierto es que su vida ya no sería como había sido hasta entonces, porque la posesión de la segunda perla era un objetivo tan ineludible como lo era la sensación de plenitud que le procuraba la posesión de la primera. Mucho más allá de ese instante, una vez que *Némesis* y la *Embaucadora* se hallaran en sus manos, o en sus puños cerrados, el abogado hallaría la energía necesaria para aplacar los pecados capitales de avidez y codicia, y con ello quizá hallaría la paz.

Sobre las dos y media de la tarde el abogado abrió el frigorífico y engulló una breve comida de soltero. Tenía queso en porciones y jamón cocido. En la pequeña alacena encontró algo de pan de molde. Arrojó la primera rodaja a la basura porque empezaba a verdear con una microscópica selva de moho. Seleccionó dos o tres rodajas centrales, que parecían más sanas. Abrió una lata de cerveza y llevó todo ello al salón en una bandeja. Almorzó con la bandeja en las rodillas, en calzoncillos, sin saber lo que comía, envuelto en una atmósfera irreal. Puso la televisión y al cabo de unos minutos la apagó sin saber lo que había visto. Luego dejó la bandeja con los restos de comida en el suelo y se echó una siesta tumbado en el sofá. El sol fue abandonando las calles más profundas, huyendo hacia poniente por las amplias avenidas, entre las agotadas arboledas del verano, y al cabo fue alzándose a lo alto de los rascacielos en el esplendor del crepúsculo madrileño. La penumbra ambarina del salón fue tomando tintes anaranjados, luego rojizos, luego malvas y nacarados. Cuando Kauffman despertó de su larga siesta faltaban diez minutos para las ocho. En aquel paréntesis de más de cuatro horas había recorrido territorios desconocidos, sacudido por los breves escalofríos del aire acondicionado, perturbado en el sueño por el pensamiento de que se encontraba solo y en calzoncillos, sin nadie con quien compartir la refrigerada soledad. Cuando al fin se decidió a descorrer las cortinas, el crepúsculo estaba menos avanzado de lo que pensaba. Grandes lienzos de luz cubrían aún los lejanos barrios de ladrillo y la sierra presentaba en el horizonte la textura azulada de un tejido de seda. Perezoso y abotargado, Kauffman estiró los brazos sobre el amplio panorama que se ofrecía a su vista. Luego empezó a vestirse después de una segunda ducha. Probablemente acudiría con retraso a la cita con Kiki *Patas Blancas*, pero eso no le preocupaba. Disfrutaba la demora, como los animales de costumbres tardías que contemplan con fruición el pausado merodeo de la noche. Eran las nueve cuando por fin salió del apartamento. Esperó un taxi al pie del edificio y le dio la dirección que llevaba apuntada en el papel. Kauffman estaba empezando a conocer muchos barrios de Madrid que nunca había frecuentado. El taxi le condujo por avenidas tan lejanas que parecían pertenecer a otra geografía. Luego le llevó por un entramado de calles donde el crepúsculo había abandonado los últimos residuos de soledad. Al fin le dejó frente a un edificio sin señales particulares, cuyo número coincidía con el que llevaba apuntado en el papel. En la planta baja había un comercio con aspecto de abandono. Las dos plantas superiores presentaban en los balcones tristes macetas de estío, agostadas, geranios polvorientos y claveles de flores rojas que parecían exigir una transfusión. La noche había caído con largas sombras azules. Desde lo alto de las farolas se derramaba una lluvia de mercurio y las fachadas crujían de calor.

Kauffman pagó el taxi y llamó a la puerta. Había cuatro timbres y eligió uno al azar. Nadie respondió, y después de pulsar el segundo timbre comprobó que el portal estaba abierto. Empujó la puerta de cristal y aluminio y penetró en el interior. El portal estaba fresco. Las baldosas conservaban un olor a lejía y bodega y las paredes recubiertas de mármol desprendían un agradecido frescor de piedra que contrastaba con la atmósfera agobiante de la calle, sobrecalentada por todo un día de canícula. Kauffman pasó la palma de la mano por aquellas losas frías y avanzó hacia las escaleras. Halló el interruptor de la luz pero no funcionó. Una vez en la escalera subió a tientas el primer tramo, hasta hallar el segundo interruptor. Pulsó el botón y una bombilla de cuarenta vatios, empotrada en el techo, se encendió como si hubiera sido activada por algún personaje oculto, al tiempo que se ponía en marcha el tic-tac del minutero. Durante treinta segundos la luz permaneció encendida. Era inminente que se apagara cuando Kauffman alcanzó con la yema de los dedos el siguiente interruptor.

Kiki *Patas Blancas* vivía en la planta superior. Antes de que Kauffman doblara el rellano la luz se apagó de nuevo. Había algo sórdido en aquella manera de subir las escaleras palpando las paredes, como un borracho en una casa desconocida. Cuando el abogado alcanzó el final del tramo le embargó un presentimiento. Había demasiado silencio en aquella casa. Ninguno de los timbres había respondido. El verano se había llevado a la mitad de los habitantes de Madrid, pero aquel silencio espeso tenía otro significado. Estaba seguro de ello. Súbitamente sintió un escalofrío, y una reacción contradictoria, como suele suceder en los casos de pánico, le hizo sudar. En el rellano de la segunda planta había dos puertas, y una de ellas estaba abierta. No se filtraba ninguna luz. Solamente se percibían sombras y siluetas, nichos y oquedades de la propia escalera, en la claridad que proyectaban las farolas por un ventanuco de la escalera que daba a la calle. Kauffman avanzó pegado a su propia sombra. Empujó la puerta entornada como si abriera la tapa de un ataúd. Cualesquiera que hubieran sido sus presentimientos nada le hacía dudar ahora de que llegaba demasiado tarde, sin saber con exactitud lo que eso significaba, ni tener noción de lo que su tardanza podía suponer de acontecimientos definitivos. En el interior de la casa reinaba un silencio absoluto. Recibió en la cara una corriente de aire, como si en algún lugar hubiera una ventana abierta. Más tarde, entre visillos ondulantes, halló una luz.

La primera habitación era un recibidor con un sofá y dos muebles de pared. La primera luz le arrojó a la cara el destello de un espejo, sobre uno de los muebles. Kauffman se encontró sobresaltado de bruces consigo mismo. La segunda habitación, todavía a oscuras, era un salón algo mayor que el vestíbulo anterior. A través de una puerta abierta, en la claridad fantasmal que entraba de la calle, se veía un dormitorio en desorden. Una cocina diminuta, con el aspecto higiénico y niquelado de un laboratorio, comunicaba directamente con el salón. Junto al dormitorio, el cuarto de baño tenía la puerta entornada. En su interior corría un chorro de agua, testarudo, indiferente, como un torrente inútil, sin alteración. Era el único sonido que Kauffman había percibido desde hacía rato, salvo el imperceptible roce de los visillos en el marco de la ventana y el pausado aleteo de un ventilador, cuyo rumor el abogado confundía con su propio jadeo. Kauffman tropezó con una butaca y algo rodó por el suelo. Sintió que el miedo le oprimía el pecho y avanzó arrastrando los pies como si llevara zapatos de plomo. Al fin halló el interruptor de una lámpara sobre una mesita baja. Al instante las sombras se agazaparon por los rincones y se repartieron de un modo insólito y nuevo por el salón. Kauffman tropezó con la mesita de la lámpara y las sombras se tambalearon. Luego todo permaneció inmóvil. El ventilador del techo, en su interminable diálogo con los visillos, era el único signo de vida que había allí.

Kiki Calonge le estaba aguardando, pero no en la forma que Kauffman hubiera esperado. Estaba de bruces sobre la mesa del comedor y al primer golpe de vista su postura resultaba incomprensible, como la de un muñeco desguazado. Era un cuerpo extraño, tendido encima de la mesa como si estuviera abrazando el mueble, boca abajo, con los brazos extendidos sobre el tablero y las piernas separadas con los pies rozando el suelo. Tenía la cabeza vuelta de lado, con los ojos abiertos y aterrados, dirigidos hacia la puerta por donde Kauffman había entrado. Estaba muerto. Kauffman sólo había visto una vez una escena parecida y había sido en el cine. Incluso así, le invadió una extraña calma, como si verificara minuciosamente la situación. La angustia había desaparecido, como suele suceder en los momentos de máxima tensión. Retrocedió unos pasos y se situó de modo que pudo ver el rostro aplastado de la víctima, descansando sobre una mejilla y ofreciendo la otra al ventilador que giraba sobre su cabeza. Apenas pudo descifrar sus rasgos. Tenía el cráneo aplastado y la sangre se había coagulado como una amplia cabellera a su alrededor, dejando caer largos cuajarones hasta el suelo. Kauffman retrocedió un paso más. Su cuerpo se apoyó en la pared contra un conmutador y el ventilador se detuvo. Al mismo tiempo los visillos suspendieron su tenue ballet. La escena cobró entonces la singularidad inmóvil de un verdadero crimen. Kauffman rodeó la mesa con precaución y pasó del lado de la ventana. La calle estaba desierta. La lluvia eléctrica de las farolas arrancaba destellos multicolores en las carrocerías de los automóviles aparcados. Un gato cruzó la calzada y desapareció.

Kauffman volvió la mirada al interior de la casa. En aquella escena había algo más que la bestialidad del crimen, y a primera vista el abogado no supo descubrirlo. El cuerpo estaba desnudo, cubierto únicamente con una camiseta que apenas le llegaba hasta las nalgas. Kiki Calonge ofrecía las piernas blanquísimas al resplandor de la lámpara y Kauffman recordó su apodo. Nunca mejor que muerto le hubieran podido llamar Kiki *Patas Blancas*. Súbitamente Kauffman descubrió la razón de lo extraño de su postura. Tenía los tobillos atados a cada una de las patas de la mesa, de modo que le forzaban a mantener las piernas separadas. Los brazos, extendidos sobre el tablero, estaban atados por las muñecas a las patas opuestas. El cadáver parecía abrazarse a la mesa y en aquella postura salvajemente crucificada había algo que sólo suele verse en las antiguas escenas de martirio. El cuerpo blanco pedía compasión, vuelta la cabeza sin vida hacia el visitante, los labios tumefactos del color del vino, exhibiendo una hilera de dientes ensangrentados, levantando hacia el techo el pálido nácar de los ojos, derramando su cabellera de sangre como en las oscuras representaciones de los mártires. Kauffman recordó en una fugaz visión la imagen de san Sebastián en su martirio, amarrado a un tronco de árbol por los codos, tal como le había visto en el almacén del Gordo, el cuerpo blanco y retorcido cribado de flechas. Pero la postura de Kiki *Patas Blancas,* que era el mártir de aquel cuarto, tenía algo que nunca suelen tener las imágenes de los santos. Al sansebastián de aquel barrio no le había sido ahorrada la peor ignominia. La sangre le corría por el interior del muslo en un hilo largo que bajaba por la blancura de la pierna como un fino recorte de la propia sombra. A Kiki Calonge le habían violado de bruces sobre la mesa, atado a los cuatro palos, y enseñaba el culo que no llegaba a cubrir la camiseta como si fuera la herida más nefanda que le hubieran provocado, y en una obscena evocación de la muerte, parecía que la vida se le hubiera escapado por allí.

Los minutos pasaban como gotas de plomo y Kauffman se dio cuenta de que tenía la camisa empapada de sudor. Milagrosamente conservaba la mente despejada. Examinó de nuevo el apartamento verificando sus primeras impresiones y halló en el suelo dos zapatos de verano que sin duda pertenecían al muerto. En otro lugar encontró ropa esparcida, probablemente del momento en que la víctima había sido despojada de sus vestiduras. En el silencio de la casa todo hablaba calladamente de una tortura metódica, en busca de un objetivo claro, sin despilfarros de energía. Examinó de nuevo la cabeza del cadáver y adivinó quién había pasado por aquella casa. El golpe de maza le había fracturado el cráneo sobre el mismo tablero de la mesa. Luego descubrió un indicio nuevo. Cajas y estuches con baratijas habían sido esparcidos por el suelo del dormitorio. Si *Némesis* había estado entre aquellos objetos, ya no estaba allí. En medio de la turbulencia inmóvil, en medio de aquel torbellino de bisutería desparramada, la perla delataba con su ausencia lo que los asesinos habían venido a buscar.

Kauffman volvió al salón. En aquel segundo examen el cadáver había perdido algo de su terrible santidad. Le pareció grotesco, como a menudo sucede con las escenas de mártires. Aún recordaba su voz, apenas unas horas antes. «Al pobre Aniceto le abrieron la cabeza», susurraba. Acaso suponía lo que le iban a hacer a él. «¿Y si me niego a recibirle a usted?» Kiki *Patas Blancas* no había tenido la oportunidad de dar con la puerta en las narices a los que se habían adelantado a Kauffman. Más hubiera valido por la vida de *Patas Blancas* que Kauffman se hubiera encontrado allí. El abogado apartó con la punta del zapato un calzoncillo que arrastraba por el suelo sin dar importancia a sus reflexiones. Luego se acercó a la ventana. Le había parecido oír un ruido en la escalera. Cuando se dio la vuelta, aparecieron dos hombres en el marco de la puerta. Uno de ellos, el primero, avanzó dos pasos y entró en el vestíbulo. Iba vestido con una camisa blanca, sin chaqueta, con los botones del cuello desabrochados y la corbata suelta. Llevaba pantalones negros y se enjugaba la frente con un pañuelo. El segundo individuo permaneció en la sombra. El primero desdeñó la poca luz que arrojaba la lámpara y encendió la luz del salón. El abogado cerró los ojos, momentáneamente deslumbrado.

—Vaya, vaya, aquí tenemos otra vez al abogado.

Kauffman no reconoció al recién llegado. El hombre inspeccionó la casa sin dirigir una sola mirada al cadáver. Se movía con seguridad, como si ya hubiera estado allí anteriormente. Parecía comprobar que todo estaba en orden, es decir, en el orden en que esperaba encontrar la escena después de que se cometiera un asesinato. Dio la vuelta a la mesa comprobando algunos detalles. Guardó en el bolsillo el pañuelo con el que se había enjugado la frente y se dirigió a Kauffman.

—Parece que donde ha habido un crimen tiene que haber un abogado. Y parece que ese abogado tiene que ser el abogado Kauffman, ¿no te parece a ti lo mismo, Cangrejo?

El hombre que permanecía en el vestíbulo soltó una risa aguda.

—Eso parece, jefe.

—Quién se lo iba a imaginar.

Kauffman reconoció al comisario Potes. El otro debía de ser su ayudante. Se habían encontrado en casa de Aniceto Correa, después de que lo asesinaran. El comisario sonrió unos segundos, como si fuera habitual darse de narices con la misma gente de una casa donde se había cometido un crimen a otra casa donde se había cometido un crimen. Era posible que ni siquiera se hubiera cambiado de corbata. O todas las corbatas del comisario Potes eran del mismo modelo. Tenía aspecto cansado. Siete días de agosto envejecían a cualquiera. El abogado lo sentía en su propia experiencia.

—¿Cómo han llegado aquí? —preguntó.

—¿Qué te parece eso, Cangrejo? —dijo el comisario sin responder a la pregunta.

—Me parece una pregunta inteligente, jefe —dijo el inspector Cangrejo desde su refugio en la media luna de sombra.

—Los abogados siempre hacen preguntas inteligentes a policías estúpidos. Siempre ha sido así. Nadie sabe lo que nos cuesta a los policías parecer más estúpidos de lo que somos delante de los abogados. Sobre todo a estas horas y en pleno mes de agosto. Siéntese, abogado.

El abogado se sentó en la butaca que tenía detrás. Era de cuero sintético y dejó escapar un profundo resoplido al recibir el peso de su cuerpo.

—Eso es —dijo el comisario—. Así estará más cómodo. Lleva ya un buen rato de pie merodeando por esta habitación.

—Yo no merodeaba por ningún sitio.

—Calma, abogado, calma. La policía no tiene que dar explicaciones de por qué se encuentra en el lugar de un crimen, pero los abogados sí. Sin embargo, nosotros se lo vamos a explicar primero. ¿Se lo explicas tú, Cangrejo?

—Explíquelo usted, jefe, que explica mejor.

—Entonces se lo explico yo.

El comisario se encogió de hombros con gesto de infinita paciencia y se acercó a la butaca donde se había sentado el abogado.

—Esta misma tarde un automóvil ha atropellado a un individuo que practicaba el salto de la rana en la mediana de la avenida Tal —empezó—. Es probable que el tipo estuviera borracho, o que se hubiera vuelto loco de calor. Supongo que a usted no le interesa saber el nombre de la avenida porque los abogados consultan muchos papeles y lo podrá consultar en el atestado. Pero le voy a dar algunos detalles. Se trataba de un tal Dimitri, un marinero ruso sin papeles, o sin todos los papeles que tiene que tener un marinero ruso. Se quedó muerto en el acto. A muchos no les importa que se mueran en el acto todos los indocumentados de Madrid, pero éste, además de un permiso del puerto de Barcelona, llevaba en el bolsillo un papel con esta dirección. ¿Lo estoy explicando bien, Cangrejo?

—Lo está explicando muy bien, jefe.

—Entonces prosigo. A Kiki Calonge se le conocía en este barrio por recibir muchas visitas de hombres. A nadie le extrañaría que recibiera la visita de ese marinero ruso. Pero ya ve usted.

—¿Qué?

—Ya ve en qué estado ha quedado.

Kauffman se puso en pie. La butaca se fue hinchando lentamente con una respiración inversa de la anterior.

—Pobre *Patas Blancas* —dijo el comisario mirando por primera vez el cadáver.

—Pobre —dijo Cangrejo como un responso.

Kauffman permaneció en silencio unos minutos.

—Me dice usted que un tal Dimitri, atropellado en la avenida Tal...

—Eso mismo he dicho.

El abogado movió el mentón. Alzó la mano para iniciar una explicación pero se contuvo. Se rascó la cabeza, perplejo. Sabía más de lo que los policías sabían con sólo ver la escena de aquella masacre, pero no era su labor revelarlo. Si el comisario Potes tenía otras ideas, él guardaría las suyas. El comisario ignoraba que entre Aniceto Correa y *Patas Blancas* había habido otra víctima. Su automóvil. Un chimpancé armado con una maza andaba suelto acompañado por otro hombre igualmente peligroso, su patrón, o su domador, pero no pensaba que contando lo que sabía aclararía su propia situación.

—Prosigo —dijo el comisario—. ¿O prosigues tú, Cangrejo?

—Prosiga usted, jefe, que prosigue mejor.

—Entonces prosigo yo.

El comisario sacó el pañuelo del bolsillo y volvió a enjugarse la frente. Se acercó al interruptor del ventilador y volvió a ponerlo en marcha. Un soplo de aire se expandió lentamente desde el techo y los visillos reanudaron su danza.

—Con este calor es mejor que a todos nos dé el aire —dijo el comisario como si incluyera al muerto—. El caso es que cuando vinimos a esta casa nos encontramos con lo que usted ya ha visto. Un hombre abrazado a la mesa del comedor con todas las señales de que le hubieran abierto la cabeza después de haberle dado por el culo, y perdone usted la expresión. No debe ser así como lo dicen los abogados. Y aunque todo el mundo conocía las costumbres de *Patas Blancas,* no debió de ofrecerse por propia voluntad, porque tuvieron que atarlo. Usted ha podido verlo.

Kauffman se contuvo. La irritación le iba ganando el pulso. Le pareció que Cangrejo sonreía en la sombra. Entre el comisario y él se interponía la mesa con el cadáver echado de bruces. Alzaba el ojo abierto al ventilador, algo más vidrioso que cuando el abogado había llegado. Volvía las blancas nalgas a sus visitantes, con la camiseta corta pegada al cuerpo, exhibiendo el orificio de su ignominia como si se encontrara en una mesa de disección y su ano fuera el agujero natural para empezar a practicarle la autopsia. La compasión había desaparecido de su entorno. Con la irrupción de los dos policías la estampa de su martirio se había transformado en una simple constatación de autos, como si aquello fuera un ejemplo de lo más degradado que ofrecía la noche de Madrid, pero no por ello insólito, y ni siquiera digno de cualquier clase de sentimientos que no fueran administrativos. La sangre había empezado a cuartearse sobre el tablero de la mesa, reseca como el barniz de un lienzo, o al menos así lo veía el abogado, que había empezado a relegar al desván de los recuerdos aquel antiguo cuadro de sórdida santidad martirizada que había contemplado al principio.

—Ésta no es la comisaría de mi distrito —prosiguió el comisario Potes abriendo las manos—. Pero durante las vacaciones cubrimos vacantes y acudimos a lo que nos llaman. Nos ayudamos los unos a los otros. Y cuando acudimos aquí con el papel de Dimitri en la mano y descubrimos esto, bajamos al coche para avisar por radio a la comisaría y al juzgado. ¿No es así, Cangrejo?

—Así es, jefe.

—Y cuando estábamos en el coche vimos entrar en el portal a una persona. Y yo me dije, seguro que es un abogado. ¿Lo dije o no lo dije, Cangrejo?

—Creo que sí que lo dijo, jefe.

—Tenía que haberme apostado algo.

—Hubiera ganado, jefe.

El comisario se encogió de hombros.

—De modo que después de avisar por radio subimos detrás de la persona que había entrado en el portal y nos encontramos con usted. Hasta aquí creo que lo he explicado todo. Tiene gracia. Es la primera vez en veinticinco años de servicio que le doy explicaciones a nadie. Debe ser porque no me voy a creer las explicaciones que me va a dar usted.

—¿Tengo que explicar yo algo?

—Já, já, já, já. ¿Has oído, Cangrejo?

—He oído, jefe.

—Sólo hablaré en presencia de mi abogado —dijo el redundante Kauffman.

—Pongamos que soy curioso —insistió el comisario con paciencia—. Si no me explica por qué le encuentro aquí con este paquete de sangre y mierda abrazado a la mesa del comedor se lo va a tener que explicar al juez de guardia en cuanto se presente. No me diga que el muerto necesitaba un letrado. No me diga que intentaba hacerle la respiración artificial. Dentro de quince minutos el juez llegará a levantar el cadáver, y vendrá de malas pulgas y con pocas ganas, porque a él también le gustaría estar de vacaciones. ¿A usted no le gustaría estar de vacaciones, abogado?

—Yo estoy de vacaciones —dijo Kauffman.

—¿Has oído, Cangrejo?

—He oído, jefe. Ya me estoy cansando de oír a este tipo.

—¿Lo oye? Mi ayudante ya se está cansando de usted y todavía no le hemos oído nada. No le ponga nervioso. Cangrejo ataca al hombre cuando se le excita.

El abogado se dejó caer de nuevo en la butaca, que respiró como un fuelle. Aquel resoplido cansado parecía ser lo único en la casa que aún procedía del muerto. El comisario Potes encendió un cigarrillo y miró a su alrededor buscando un lugar donde dejar la cerilla que se consumía en sus dedos. Alcanzó un cenicero en forma de caracol y dejó allí el fósforo después de sacudirlo. Kauffman se llevó las manos a la barbilla y reflexionó un momento. Le importaba poco lo que pudieran hacer aquellos dos hombres, pero lo cierto es que necesitaba hablar y también necesitaba unos instantes de reflexión. Creyó que podía hacer ambas cosas al mismo tiempo si retenía una parte de sus pensamientos sin que le saliera vapor por las orejas, mientras contaba todo aquello que inocuamente podía contar. Era una astucia de colegio de frailes que se solía practicar en los juicios, o en los interrogatorios, siempre que la parte contraria no estuviera dispuesta a sacarle el alma a uno a bofetones. Y aquel no era el caso. Levantó los ojos y vio al comisario Potes plantado delante de él, con las piernas abiertas, fumando un cigarrillo. Cangrejo seguía en la retaguardia. Kauffman suspiró como si cediera a una presión insostenible y se abanicó con una revista que tenía a mano, colaborando con los esfuerzos del ventilador.

—Está bien —dijo al fin.

—Se sentirá más aliviado cuando nos lo cuente todo —dijo Potes con una amplia sonrisa ofreciendo un cigarrillo al abogado. Kauffman lo rechazó.

—Yo he hablado con este hombre esta misma mañana —dijo el abogado señalando el cadáver con un movimiento de cabeza—. Tenía una cita con él a finales de la tarde y llegué con retraso. Demasiado retraso, por lo visto, a juzgar por el estado en que lo he encontrado.

—¿Qué hora era cuando llegó?

—¿No me vio entrar en el portal?

—Lo quiero oír de sus propios labios. Es para el informe.

—Serían las nueve y media —respondió el abogado con hastío—. Kiki Calonge me esperaba. Teníamos que cerrar un trato.

—Ajá.

El inspector Cangrejo estiró el cuello.

—¿Cocaína, jefe?

El comisario Potes se volvió hacia su ayudante haciendo ademán de que se callara con la mano que sostenía el cigarrillo.

—Calla, Cangrejo. Deja que hable el abogado.

Luego se volvió hacia Kauffman.

—Perdone a mi ayudante. Usted es abogado de negocios y se supone que lo que le traía por aquí era algún negocio.

—Yo no he venido a buscar cocaína. No tengo nada que ver con la cocaína —protestó Kauffman.

—Qué extraño —dijo el comisario—. Parece que algunos grandes abogados de negocios andan envueltos en cocaína como si fueran polvos de talco. Kiki *Patas Blancas* también era conocido por andar en ello. ¿O se cree usted que lo de *Patas Blancas* era por el cutis?

—Yo no me creo nada.

—¿He acertado, jefe? —insistió el ayudante.

—Calla, Cangrejo.

El abogado dejó la revista que le servía de abanico y se pasó las manos por el pelo. Tenía el cabello sudoroso. El corazón le latía con ritmo acelerado. Había que improvisar algo rápidamente. Estaba excluido hablar del asunto de las perlas. También estaba excluido hablar de lo que él deducía de aquel asesinato, esto es, mencionar al chimpancé y a su patrón, Fernando Garras, y establecer cualquier relación entre las cabezas machacadas de Aniceto Correa y de Kiki *Patas Blancas* con los destrozos en la carrocería de su automóvil. La policía debía seguir su camino y los buscadores de perlas raras debían seguir el suyo. Se le ocurrió buscar una salida por la puerta que se le ofrecía abierta.

—Está bien. Pongamos que he venido aquí a buscar cocaína.

—Ajá —dijo Cangrejo antes de que lo dijera su jefe.

—Calla, Cangrejo.

—Le advierto que no lo reconoceré ante el juez. Y no me encontrará un gramo en el cuerpo —advirtió Kauffman.

El comisario aspiró largamente su cigarrillo. Cerró los ojos y lanzó el humo al ventilador. Luego observó a Kauffman con desconfianza y se volvió hacia su ayudante.

—¿Tengo yo cara de imbécil, Cangrejo?

—Mire, jefe, yo...

—La verdad, ¿tengo yo cara de imbécil?

El ayudante se encogió de hombros. Kauffman hincó los dedos en el brazo de la butaca y se incorporó. Se avecinaba la tormenta. El ventilador zumbaba con más violencia, como si el comisario pisara el acelerador. Los visillos extendían sus largos brazos de cada lado de la ventana como si desearan abrazar al cadáver que estaba sobre la mesa para llevarse su alma a un mundo más tenue. El comisario se inclinó hacia Kauffman y los visillos casi le rozaron el pelo. Juntó las manos mientras la brasa del cigarrillo avanzaba entre sus dedos.

—Vamos, abogado, no me va a hacer creer que usted ha venido aquí a por lo que dice Cangrejo. Un abogado de su categoría lo consigue en cualquiera de esos bares de lujo y poca luz que frecuentan los abogados después de una dura jornada de trabajo en el bufete.

—De acuerdo. Esta mañana hablé con *Patas Blancas* de parte de un amigo.

—¿Qué clase de amigo?

—Julián Gordo, o Julián el Gordo —dijo Kauffman pensando que el Gordo le rompería las piernas por aquella información, aunque a la vista de lo sucedido en aquel cuarto quizá otros le romperían las piernas al Gordo—. Una especie de anticuario —prosiguió—. Yo estaba interesado por unos iconos que un marinero ruso había entregado a *Patas Blancas*, unas estampas religiosas...

—Aquí no hemos encontrado ninguna estampa.

—Probablemente las llevaba el marinero consigo.

—El marinero no llevaba encima ninguna estampa —intervino Cangrejo.

—De acuerdo —dijo Kauffman—. No sé dónde han ido a parar las malditas estampas. Quizá no eran estampas.

—Nosotros tampoco sabemos lo que eran —dijo el comisario Potes—. ¿No te parece extraño, Cangrejo, que el abogado no sepa lo que venía a buscar?

—¿Qué tengo que decir?

—Lo que quiera. Diga lo que quiera.

El abogado se puso en pie. La butaca se fue hinchando perezosamente, respirando con indiferencia, para recuperar su forma habitual.

—¿Tengo que decir que he venido aquí a mantener relaciones sexuales con ese hombre y que tengo la verga del tamaño de un taco de billar por el lado donde se le agarra con el puño? ¿Y que he atado a la mesa de pies y manos a ese desdichado para gozar mejor? ¿Y que luego le he aplastado la cabeza con algo parecido a una botella de gaseosa?

—Quién sabe.

La mirada de Kauffman pasó directamente de las manos del comisario Potes a las nalgas de Kiki *Patas Blancas* que tenía inmediatamente detrás.

—Mire, comisario. Yo no oculto mis vicios.

—Será el único.

—Yo sé muy bien separar mi vida profesional de mi vida privada —prosiguió Kauffman fingiendo no haber oído—. Y lo que me ha traído aquí no tiene nada que ver con mi vida privada. ¿Me entiende? Y tampoco tiene nada que ver con los negocios que se pueda inventar ese ayudante suyo del carajo.

—Cangrejo —rectificó plácidamente el interesado.

—Me da igual.

—Calma, abogado. No se meta con Cangrejo —dijo el comisario alzando la voz.

—¿Se puede hablar con calma delante de un muerto en ese estado? —dijo Kauffman señalando a *Patas Blancas*.

—¿Qué tiene que ver el estado del muerto?

—¿Le ha visto?

—Estoy cumpliendo con mi obligación.

—¿Le ha mirado? —gritó Kauffman perdiendo el control.

—Yo no miro a los muertos para tenerles compasión. Eso queda para los abogados.

—¡Bájele la camiseta! —vociferó el abogado—. ¡Échele encima una sábana, una gabardina, cualquier cosa! ¿O cree que por tenerle así va a volver la cara y participar en el careo?

—No lo creo.

—No, no lo cree. Pero cree que conseguirá hacerme vomitar a mí.

—Hay naturalezas delicadas.

—¿De eso se trata?

—No intente cambiar de asunto.

—¿De eso se trata?

—Cangrejo, cubre con algo a ese infeliz —dijo el comisario volviéndose a su ayudante.

El inspector Cangrejo miró desconcertado a su alrededor, sin encontrar nada a mano. Pasó al cuarto de baño y de un tirón arrancó la cortina de la ducha. Arrojó el plástico estampado de flores sobre el cadáver, que quedó envuelto hasta los tobillos. Arriba se descubrían las manos. La forma del plástico era lo suficientemente rígida y se mantenía con ángulos y picos, sin amoldarse. Parecía un mantel de hule arrojado sobre la mesa sin que se hubieran recogido las cosas de cenar. Asomaban los pies y las manos como si fueran restos de la cena. Era demasiado patético. El abogado olvidó por un momento la situación y lo que había venido a hacer allí. Olvidó incluso su irritación. Por encima de cualquier sentimiento absurdo, por encima de la acumulación de sentimientos que se agolpaban en su pecho y le hacían un nudo en la garganta, sabía que nada tenía que ver una situación como aquélla con otras situaciones que exigían veneración y respeto, y sin embargo esos eran los sentimientos confusos que había tenido al encontrarse allí antes de que llegaran los policías, veneración y respeto, como al entrar en la penumbra de una capilla donde estuvieran expuestas quién sabe qué reliquias. Y las inexplicables circunstancias en las que el abogado se hallaba no bastaban para justificarlo, pero en su memoria afloraban recuerdos de monaguillo, lejanos recuerdos de escolar dudando de la justicia del universo al encontrarse a solas delante del Cristo de la sacristía, y aquella memoria tenue y sobrecogedora, aquella piedad de niño delante de un hombre torturado, era despilfarrada en cuestiones impías, además de impertinentes, y no estaba dispuesto a dejarse arrastrar por ello. El abogado sintió que se transformaba. Como en las leyendas doradas, hubiera deseado sudar sangre para edificar a sus interrogadores. El cadáver seguía cubierto con la floreada cortina de la ducha. Oculto a la mirada, Kiki *Patas Blancas* era libre, pensó el abogado, sin preguntarse de dónde procedía tanto lirismo y tanta compasión hacia un hombre al que no había conocido. Las artimañas inconscientes jugaban su papel y sin duda alguna la exageración del patetismo equilibraba adecuadamente su absoluta negativa a contar cualquier cosa que le pudiera perjudicar. No perdía de vista su objetivo, y si Kiki había muerto por la perla, el abogado sabría proseguir la búsqueda de *Némesis* sin él. Estaba dispuesto a sudar sangre, lo mismo que había sudado la víctima, pero afortunadamente antes de que eso sucediera un automóvil se detuvo en la calle, y un instante después se paró el motor y se abrieron y cerraron las puertas. El comisario Potes suspiró.

—Ahí está el juzgado.

Cinco minutos más tarde el juez de guardia entraba en el piso con un portafolios debajo del brazo, seguido de un secretario que jugaba respecto al juez el papel de Cangrejo respecto al comisario Potes. Los cuatro hombres se saludaron sin saludar a Kauffman, que se mantuvo apartado. El juez era un hombre joven. Sin duda le había tocado quedarse de turno en el mes de agosto por cuestiones de escalafón. Examinó el vestíbulo y el salón y se asomó al dormitorio. Luego volvió al salón y preguntó si el cadáver había sido descubierto tapado con la cortina de la ducha. Se le respondió que no. Entonces Potes presentó a Kauffman. El abogado se ofreció como testigo de lo que había visto y el secretario tomó su filiación. Kauffman se apresuró a entregarle su tarjeta profesional. Recibiría una citación para declarar en el juzgado. Kauffman preguntó si su presencia era necesaria hasta que se procediera al levantamiento del cadáver. El juez se rascó la nariz.

—Que paren el ventilador —dijo.

Cangrejo paró el ventilador. En el silencio súbito el plástico que cubría el cadáver crujió levemente y resbaló unos centímetros. El juez volvió a rascarse la nariz y consideró que la presencia de Kauffman no era imprescindible.

—Deberíamos verificar algunas cosas —intervino el comisario.

—Las verificaremos en el juzgado —dijo el juez con ganas de terminar cuanto antes.

El comisario hizo un gesto resignado. El abogado se despidió. El comisario Potes le dio la mano con poca amenidad. Kauffman ignoró a Cangrejo y se volvió desde la puerta para echar una ojeada al salón por última vez. La cortina de la ducha se había deslizado imperceptiblemente sobre el cuerpo que cubría y Kiki Calonge asomaba el ojo con un guiño siniestro, más vidrioso que nunca, blanco y duro, como si fuera de material cerámico. En aquel ojo se leía una despedida y un aviso, algo así como un «Cuídate, Kauffman» que el abogado sabía interpretar.

Cuando el abogado Kauffman salió de la casa llegaba un segundo automóvil. Era una ambulancia de una clase muy especial, de las que suelen utilizar los forenses. Circulaba sin sirena, porque en su labor era inútil la sirena. Kauffman miró el reloj. Eran pasadas las once y media. Había estado allí cerca de dos, horas. Sin detenerse en el portal echó a andar a lo largo de la calle. El tiempo había transcurrido como se supone que transcurre la eternidad.

Aquella noche *La cabaña de Chim* estaba concurrida, quizá porque la noche era más temprana. Kauffman pagó al taxi que le había llevado hasta allí y se acercó a la terraza. Había unas veinte o treinta personas. Las camareras sobre patines eran dos pero ninguna de ellas era la que Kauffman había visto la noche anterior. Kauffman oteó las mesas de bambú y finalmente optó por sentarse en la barra. Pidió a Chim una ginebra con tónica y Chim pasó del otro lado del mostrador para servirle. Había cambiado su aspecto pirata por un aspecto pirata idéntico pero con diferente camisa. El tubo fluorescente de la barra le daba un tinte cadavérico pero su sonrisa era amplia y los dos pendientes de la oreja le añadían un alegre aspecto de árbol de Navidad.

—¿Qué tal el curro, colega?

—Bien. El curro ha estado bien —dijo Kauffman intentando encanallar el acento.

Chim terció un vaso de ginebra con hielo y una rodaja de limón y empujó hacia Kauffman un botellín de tónica. Las camareras se cruzaban entre las mesas en un doble ballet. Una de ellas llevaba una falda corta, como las de las patinadoras sobre hielo. La otra llevaba vaqueros ajustados y una camisa ceñida donde se leía el nombre de la terraza, *La cabaña de Chim*. La Ch de Chim representaba un loro en una percha. Luego, bien mirado, la segunda patinadora resultó ser la misma que la de la noche anterior.

—Mucho patín —dijo Kauffman.

—Sí, mucho patín. Hoy son dos sobre patines.

Kauffman mezcló la tónica y la ginebra y echó un trago. Luego se apoyó en la barra del bar con el vaso en la mano volviendo la espalda a Chim. Le gustaba aquel lugar. Sentía que la música le iba penetrando dulcemente. Incluso la sombra descomunal del estadio, del otro lado de los jardines, resultaba menos ominosa. Por un instante pensó que se encontraba en el primer círculo del cielo, frente a dos arcángeles patinadores de sexo femenino y una platea llena de bulliciosos bienaventurados. El abogado se fue relajando entre el rumor de las conversaciones. Hizo tintinear en el vaso los cubitos de hielo. Después de lo que había visto aquella noche, merecía disfrutar una tónica con ginebra en aquel rincón del paraíso, en la contemplación de la felicidad.

LA NOCHE ERÓTICA

De algún modo la noche se disolvió en alcohol, y las noches que de ese modo pierden consistencia acaban disolviendo conflictos más hondos, dejando un residuo de sedimentos granulosos, pánicos insolubles y ansiedad no amortizada. Kauffman se había tomado siete tónicas con ginebra en un lapso de tiempo que no podía precisar, porque lo mismo podían haber sido dos horas que cinco. En los altos rumbos de la ebriedad su espíritu carecía de referencias. Setenta veces siete pensó repetir aquel gesto, alzando el dedo y subiendo la voz: «Otra ginebra, Chim», y Chim terciaba generosamente el vaso con ginebra Bombay y ponía al alcance de la mano de Kauffman un botellín de tónica.

Ante sus ojos la terraza se había ido despoblando. Lo mismo que la muerte cosecha sus víctimas en silencio, las sillas de bambú fueron quedando desocupadas. Las mesas ostentaban vasos vacíos y ceniceros repletos. Las almas emigraron lentamente a otros paraísos y desde el taburete de la barra, ginebra en mano, Kauffman contemplaba aquella transmigración. En su pupila negra perduraba una imagen. En el punto más oscuro de su retina seguía grabada una escena que no podía borrar. Kiki *Patas Blancas,* de bruces sobre la mesa, volvía el ojo vidrioso y anunciaba: «Cuídate, Kauffman». Y Kauffman se repetía a sí mismo aquel mensaje. Intentó rememorar imágenes catastróficas. Recordaba haber visto un cadáver en un accidente de carretera. Era inútil. *Patas Blancas* volvía. «Cuídate, Kauffman.» Únicamente la ginebra le refrescaba el pensamiento y le hacía olvidar. Para quienes no hubieran visto lo que él había visto el abogado tenía una palabra. Basura. La muerte puede caer sobre su víctima como un camión descargando basura y era doloroso saber que se puede morir agobiado bajo tanta inmundicia, de modo que la imperceptible evaporación de las almas en aquella terraza, en la suave noche madrileña, surtía, lo mismo que la ginebra, un efecto de consolación.

Chim le habló del otro lado del mostrador.

—Bueno, ¿eh?

—Muy bueno.

No sabía a qué se refería.

—Mejor el de Rita —dijo Chim—. Me gustan más redondos, más con forma de sandía, o de melocotón.

Kauffman adivinó que se refería al culo de una de las camareras. Iban y venían recogiendo vasos y Kauffman había perdido la cuenta de las veces que las había visto acercarse a la barra, vaciar la bandeja, recoger nuevos vasos, manejar botellas y sodas, y alejarse de nuevo, alzando la bandeja, casi ingrávidas, hacia lo que parecían ser los últimos confines de la noche, y desde allí emitir destellos o señales que Kauffman no lograba interpretar. Probablemente eran imaginaciones suyas. Patinaban con soltura, como si hubieran nacido con patines y no conocieran otro medio de transporte.

—La idea fue mía —dijo Chim cuando Kauffman se admiró en voz alta—. Ligan más con patines.

—¿Es cierto?

—Este mundo es muy perverso, tío —sentenció el pirata—. Cuál prefieres, ¿Rita o la de ayer?

Desde el fondo de la imagen que aún guardaba en su retina, Kauffman se hallaba en condiciones de admitir que el mundo era muy perverso, incluso mucho más perverso que el deseo que podían suscitar dos ninfas con patines, y todo aquello que Chim pudiera susurrarle al oído no lograría arrancarle una palabra de asombro, y mucho menos de escándalo. Quizá ni tan siquiera provocarle una erección. En la melodía de las esferas celestiales las ninfas evolucionaban ofreciendo sus posaderas y Kauffman aún veía las sangrientas posaderas de *Patas Blancas* denunciando la ignominia de su muerte hasta que el pudor las cubrió con el doméstico sudario de la cortina de la ducha, y tan difícil resultaba apartar aquella imagen como sentirse ángel ebrio en la barra de aquel bar. Echó un trago de ginebra y alargó el resto del vaso con más tónica. Contestó lacónicamente cuando Chim insistió.

—Prefiero la de ayer.

—Libra a las tres —dijo Chim—. Son dos talegos y te regalo una copa de las dieciocho que te has bebido. Si te llevas a las dos son cinco talegos.

Kauffman no respondió.

—¿Es justo, no?

—Supongo que es justo.

—Claro que es justo —dijo Chim.

—¿Y ellas?

—¿Ellas qué?

—Cuánto se llevan ellas.

—Oye, tío, yo no vendo a esas chicas. Las chicas me dicen lo que piden y yo se lo digo a los tíos.

—Está bien. Ya me lo has dicho.

—Oye, tío —dijo Chim repentinamente hosco—. ¿No serás maricón?

—No, no soy maricón —respondió malhumorado Kauffman. Luego volvió a medias la cara hacia la voz de Chim—. Les tengo un montón de respeto a los maricones.

—Vale, tío, vale. Yo también les tengo un montón de respeto a los maricones.

—Así está mejor —dijo Kauffman, y le pareció que con eso se rendía justicia a *Patas Blancas*. Todavía se sentía vinculado a *Patas Blancas* por una extraña lealtad.

Chim se apartó del mostrador y regresó al instante. Algo más despejado, Kauffman encendió un cigarrillo y le ofreció uno al pirata. No quería enemistarse con Chim. La noche era tibia y el lugar agradable. Le invadía un delicioso sentimiento de libertad solitaria, como si hubiera cerrado un paréntesis en su vida y *La cabaña de Chim* fuera suya, en el sentido en que fuera suya la cabaña de Robinsón. Algo bullía a sus pies. Era una rata. Ratas en el paraíso. Sin duda también había ratas en la cabaña de Robinsón. El sucio animal metía el hocico entre los restos de cacahuetes y las servilletas de papel. Kauffman le arrojó la cerilla a medias encendida y el animal fue a desaparecer de una brusca carrera detrás de la cabaña. Eran las altas horas de la noche de Madrid, la hora de las ratas. Mientras tanto las dos ninfas patinadoras seguían deslizándose en su cielo particular. Kauffman sintió latidos en el diafragma y cierto cosquilleo en la bragueta. La visión de la rata le había excitado. El erotismo del hombre solitario sigue caminos tortuosos. En las altas horas de Madrid Robinsón Crusoe sintió el inicio de una tímida erección.

—La segunda tiene las patas más bonitas —dijo con el acento más viril que pudo obtener de su garganta etílica—. Quiero decir las nalgas.

—Es una buena amiga. Estudia antropología. Trabaja para ir a Brasil.

—¿A Brasil?

—Sí, a Brasil. A estudiar antropología. A veces pide tres talegos pero esta semana pide sólo dos. Piénsatelo, tío, las dos por cinco talegos —volvió a insistir el pirata al ver las disposiciones de Kauffman.

Kauffman lo estaba pensando, pero otros pensamientos le arrastraron lejos, hacia recuerdos casi olvidados. Cuando Kauffman estudiaba ni siquiera debía existir la palabra antropología, o ni siquiera debía existir quien pensara estudiar aquello en su entorno. Una vez había recibido un premio en el colegio. Le habían regalado un libro. Todavía recordaba el título, *Cinco años con los indios aipurúa del Mato Grosso*. Lo había escrito el Padre Aizpurúa, un jesuita de su colegio, ya viejo y algo loco, y con barba de misionero. Es posible que entonces sólo se pudieran hacer viajes exóticos siendo misionero, porque todavía no se podía ser antropólogo, y los niños como Kauffman soñaban con irse a las misiones para viajar. En las fotografías del libro el P. Aizpurúa aparecía rodeado de sus aipurúas y sus canoas, y las aipurúas hembras exhibían sus tetitas desnudas junto a un Padre Aizpurúa el doble de la talla de ellas y con barba prieta y cetrina entonces. Era el primer sentimiento libidinoso que Kauffman recordaba y todas las páginas del libro sólo servían para enmascarar aquellas en que las aipurúas hembras exhibían sus tetitas junto al misionero. Sí, a la vista de las aipurúas hembras Kauffman quiso también ser misionero. El Padre Aizpurúa aún paseaba sus hábitos por el colegio con mirada de desvarío, mesándose su rala barba blanca, consumido por la memoria de su evangelizadora juventud. Y el escolar Kauffman deseó seguir los pasos de aquel hombre, y pasar cinco años con los aipurúas del Mato Grosso y una cámara de hacer fotos, o descubrir quizá la tribu, hasta entonces ignorada, de los indios kaumaníes, los kaumaníes del Mato Grosso, donde las sonrientes hembras exhibieran sus tetitas al misionero Kauffman, como se prometía en el libro aquel. Aquellas intenciones se habían desvanecido más tarde, no sólo porque el papel del misionero entre las aipurúas hembras hubiera perdido algo de su prestigio, sino por la llegada a las manos del escolar Kauffman de otras revistas satinadas ávidamente consultadas en las letrinas, de más atrevido valor fotográfico y a todo color. Pero en la memoria de Kauffman había perdurado aquel despertar del sexo. Y había sido necesario esperar tantos años para que una ninfa antropóloga sobre patines, que pedía dos talegos por pasar la noche con tíos como Kauffman (eso decía Chim), despertara de nuevo el deseo con un vigor que Kauffman sólo recordaba de su época juvenil. Sintió que la erección progresaba. Ya no era un cosquilleo, ni una molestia inguinal, sino el franco desarrollo de su músculo viril. De algún modo se sentía obligado a colaborar en el viaje al Brasil de aquella chica. Las becas de estudios eran escasas, cuando no francamente insuficientes. No era de extrañar que en las noches de agosto madrileñas la chica recurriera a la iniciativa privada para pagar sus estudios. Así al menos lo vio Kauffman, y al mismo tiempo que sentía la erección se sintió mecenas. Miró con renovado interés a la muchacha, que en aquellos momentos recogía una mesa en el otro extremo de la terraza mientras su compañera atendía a unos clientes rezagados que no se habían bajado del automóvil.

—Se llama Lolita. ¿Te gusta?

Kauffman paladeó el nombre sin responder.

—¿La llamo? —dijo Chim.

Kauffman asintió con el sabor dulce de un caramelo en la boca.

De un largo vuelo deslizante la ninfa se acercó al mostrador. Era la primera vez que el abogado la veía de tan cerca, bajo la luz fosforescente de la barra. Podía tener dieciocho años, o veinticinco, Kauffman ya no sabía calcularlo porque hacía mucho tiempo que sus referencias sexuales se habían perdido por encima de esa edad, pero en cualquier caso estaba seguro de que no se trataba de un caso de corrupción de menores y eso tranquilizó su espíritu de hombre de leyes. Lolita se detuvo cruzando las piernas sobre la punta de los patines, cubriéndose graciosamente el trasero con la bandeja, exhibiendo el bulto trémulo de las tetitas bajo la camisa del papagayo estampado. Los ecos de pasadas memorias volvieron a la mente de Kauffman. Seguramente las indígenas aipurúas vestían ahora camisas parecidas sobre sus tetitas desnudas, porque los tiempos de los antiguos misioneros habían cambiado. Pero Lolita le recordaba el anuncio de *Cabriola, la niña del circo,* una película vergonzosamente excitante que había visto en el cine del colegio. Había elevado en honor de Cabriola muchas culpables masturbaciones en aquel curso, justo cuando empezaban a marchitarse en el deseo las protegidas del Padre Aizpurúa. Lolita refrescaba aquellas flores de almidón.

—Aquí el amigo quiere hablar contigo —dijo Chim—. ¿Cómo te llamas, colega?

—Kauffman —dijo Kauffman.

—Se llama Kauffman —dijo Chim—. Es un cliente del bar.

Lolita dejó la bandeja en el mostrador y se apoyó en la barra. A Kauffman le agradaban sus gestos. Tenía el atrevimiento de una antropóloga y la inocencia de una guardería infantil. Su rostro era suave, redondo en las mejillas, sonriente sin excesivos deseos de agradar, pero sus ojos eran los de una implacable negociadora de su tiempo libre.

—Son quince mil pesetas por un servicio, más la habitación del hotel. Veinte mil si vamos a tu casa.

—Chim me ha dicho...

—¿Qué le has dicho, Chim?

—Yo le he dicho que dos talegos...

—¡Dos talegos!

Mientras tanto Kauffman estaba calculando lo que podía costar un billete de avión al Brasil. Aquella muchacha necesitaba una buena docena de servicios, más todos los gastos de estancia, más libros y material. El cálculo le excitaba. Podía ser generoso, porque la erección se mantenía, y decidió financiar la beca a la altura de las veinte mil pesetas.

—De acuerdo. Vamos a mi casa.

—¿Viene Rita?

Kauffman miró a Chim desconcertado. Chim se encogió de hombros.

—¿Qué estudia Rita? —preguntó Kauffman indeciso.

—¿De qué habla este tío? —preguntó Lolita dirigiéndose a Chim con el entrecejo deliciosamente fruncido.

—Creo que ha preguntado lo que estudia Rita.

—Y a ti qué te importa lo que estudia Rita —dijo Lolita dirigiéndose a Kauffman—. ¿Te he preguntado yo a qué colegio vas? Oye, Chim, ya hemos hablado de que no queremos pervertidos.

Chim se encogió de hombros por segunda vez. Kauffman comprendió que algo no funcionaba correctamente en la historia de los estudios de las ninfas. Su erección menguó levemente en la clandestinidad de la bragueta. Luego pensó en la rata que se había acercado a comer cáscaras de cacahuete en la barra del bar. En aquel momento Lolita le pareció más puta que antropóloga. La libido del abogado tenía que adaptarse a la nueva percepción. Rita, por su parte, cualquiera que fueran sus estudios, estaba contratando un servicio con aquellos dos clientes que ni siquiera se habían bajado del automóvil, y si la historia era cierta y aquellas chicas trabajaban para pagarse los gastos de alguna tesis doctoral, Rita pretendía ir de dos en dos en las subvenciones y marcharse con los dos tipos del coche.

—Está bien —dijo al fin el abogado—. Quiero un servicio sin Rita. En mi casa. Veinte mil pesetas.

—Trato hecho —dijo Chim.

—Un momento, Chim —dijo Lolita.

La niña se alejó al otro lado de la barra y discutió al oído con Chim una cuestión de porcentaje. Volvió sonriente hacia Kauffman, como si hubiera obtenido las mejores condiciones para él. Chim se acercó con un cuadernillo. Pretendía haber servido al abogado veintitrés tónicas con ginebra en el tiempo que llevaba allí, con lo cual, descontando dos que corrían por cuenta de la casa, la factura quedaba en veintiuna tónicas con ginebra, que no coincidían con las seis o siete que creía haber tomado Kauffman. Sin embargo, el abogado prefirió no entrar en discusiones. Pidió el precio global y dejó unos billetes en el mostrador que Chim recogió como el rayo. Sin duda tenía ganas de cerrar.

Mientras tanto la niña había desaparecido. Cuando volvió a salir detrás de la cabaña se había quitado los patines. Parecía radiante, suelta la melena adolescente, como si estuviera preparada para alguna clase de concurso deportivo y las altas horas de la noche fueran su término natural. También había dejado la camiseta de *La cabaña de Chim* con el guacamayo colgado en la Ch de Chim y se había puesto una blusa azul de aspecto marinero que descubría el ombligo y los riñones. Era muy parecida a otra que se había comprado Margarita, la mujer de Kauffman, aquel verano. La blusa de Margarita era algo más formal. No descubría ni el ombligo ni los riñones. De todas formas aquella observación que introducía a su mujer enfrió algo el ánimo de Kauffman. La erección volvió a menguar, pero el abogado logró enderezar la situación al advertir los gestos atrevidos de Lolita, aquellos pequeños movimientos bruscos, aquella frescura desafiante en la mirada. De nuevo pensó que se iba a acostar con una pequeña antropóloga y no con una joven puta y sintió que le volvía la fogosidad. Pero le había enojado el inopinado recuerdo de su mujer. ¿No había habido pactos? ¿Por qué surgía abriendo el cofre de la culpabilidad? Las situaciones culpables a menudo se compran con dinero, y el abogado arrojó un billete más sobre el mostrador para añadir una propina a las veintiuna tónicas con ginebra que le había cobrado Chim, como si Chim fuera la divinidad propiciadora de aquel templo exótico y fuera necesario aportar una ofrenda para acallar los susurros culpables de otro destino. Chim embolsó el billete suplementario sin inmutarse. Los diosecillos propiciadores no se inmutan, pero se creyó obligado a emitir un augurio.

—Ya verás qué polvo, colega. Te lo digo yo.

Lolita se estaba pintando los labios en el reflejo del mostrador. Los destellos de neón sobre el metacrilato encendían su rostro con un maquillaje extraño, onírico, que Kauffman había admirado en las bailarinas impúberes de los cuadros de Degas. Había dejado los patines en el reducto que servía de vestuario a *La cabaña de Chim* y se había puesto unas sandalias con tacones. Parecía una niña probando a escondidas los zapatos y el estuche de maquillaje de su mamá. Luego se volvió al abogado echándose al hombro un minúsculo bolsito de concha de tortuga apenas más grande que una cajetilla de tabaco.

—Vamos.

La terraza estaba vacía. Rita había saludado con el brazo antes de desaparecer con los dos tipos del automóvil que habían preferido contratarla con patines, dejando la bandeja, porque probablemente no habían visto nada erótico en contratarla también con bandeja. El pirata cerró la caja y salió de detrás de la barra para acabar de recoger las mesas, algo triste y cabizbundo con sus tres pendientes, como el árbol de navidad después de la fiesta. Lolita y su cliente, ella con su minúsculo bolsillo al hombro y Kauffman al otro lado, se alejaron caminando.

Del lado opuesto de la calle dos jardineros nocturnos hicieron brotar un potente chorro de agua de la calzada. La manguera de riego, que los dos hombres sujetaban aferrados a su hocico de latón como si lucharan con ella, alzó una cortina de agua y extendió una amplio torrente sobre el pavimento recalentado. El fresco olor del agua llegó a las narices de Kauffman, que lo aspiró como un caballo. Se hallaba sorprendentemente despejado y aunque su erección había experimentado variaciones a todo lo largo del trato, la verificación inmediata de su deseo había dejado de preocuparle, incluso en aquellos mismos instantes, cuando pudo comprobar con la mano izquierda en el bolsillo que su virilidad había alcanzado una razonable alternativa de tamaño entre excitación y reposo. Cualquiera que fuera el número de ginebras con tónica que había consumido (y Kauffman pensaba que se situaba más cerca de las siete que él había más o menos contabilizado que de aquellas fantásticas veintiuna tónicas con ginebra que Chim había anotado en su cuadernillo más dos irrecordables por cuenta de la casa), la visión de la noche de Kauffman había cobrado nuevas referencias. Se hallaba caminando junto a una joven antropóloga con la que esperaba hacer el amor, y eso era algo más que una aventura, cualquiera que fuera el precio. Incluso apartando el concepto de antropología, resultaba crudamente excitante pensar que iba a follar con la muchacha que iba a su lado. Repitió para sí la palabra follar y le produjo cierta euforia. Ella caminaba en silencio, con un taconeo indiferente, y sólo había preguntado si el apartamento de Kauffman estaba muy lejos. El abogado rozó su hombro y apuntó con el dedo a la mole sombría del estadio. Naturalmente, quiso decir que había que rodear aquel siniestro coliseo. La muchacha se dio por satisfecha, como si más de un cliente la hubiera contratado para cumplir un servicio sobre la hierba del terreno de juego. Cualquier cosa era posible, pensó Kauffman, imaginando el rito sexual de la joven prostituta ante el circo gigantesco de las gradas, en el ámbito vicioso y resonante del estadio vacío. Se hablaba mucho del lenguaje corporal y muy poco de las grandes fantasías que exigen el marco de un campo de fútbol.

Rodearon el estadio a la sombra de las grandes bóvedas. El taconeo de los zapatos de ella despertaba un eco frágil en el hormigón. Unos minutos después llegaban delante del rascacielos de oficinas con el gran rótulo azul de Danone en la azotea.

—Es ahí —dijo Kauffman.

—¿Vives en las oficinas de Danone? —dijo ella.

—No sólo hay oficinas de Danone en el edificio —dijo Kauffman alzando los ojos al resplandor de neón—. Tengo mi propia oficina y un apartamento justo debajo de la letra N. La primera.

—Debe ser muy luminoso.

—Sí, lo es.

Delante del edificio se extendía una especie de atrio, desierto en la noche. La torre se alzaba dominadora, toda vidrio y metal oscuro hasta la elevada fluorescencia de Danone. El vestíbulo parecía abandonado. En la conciencia de Kauffman emergió de nuevo el microscópico submarino de la culpabilidad que fue segregando hormonas. Temía que el servicio de vigilancia nocturna descubriera al abogado Kauffman acompañado de una joven antropóloga. Afortunadamente no había nadie. Después de un titubeo, Kauffman encontró un interruptor de la luz y el vestíbulo cobró nuevas perspectivas. El mármol se extendía en todas direcciones y los tacones de ella repicaron con solitaria melancolía. Esperaron al pie de los ascensores en silencio. Kauffman se hallaba en el punto más bajo del deseo desde que había comenzado la relación. Su mano izquierda apenas encontraba en el bolsillo algo más que una flácida disposición a dejarse convencer para nuevas erecciones, al arrullo de caricias o de complicados argumentos eróticos. Además, la vejiga pedía orinar. Todo se resolvería en su momento. La chica mientras tanto esperaba con la misma indiferencia con que había dado aquel paseo. No miró a Kauffman. Juntó los pies menuditos, llevó sus manos a la espalda con el minúsculo bolsillo de carey y ladeó la cabeza con un delicioso gesto observando el goteo de las cifras del ascensor hasta el cero. Cuando sonó la campana y se abrieron las puertas sonrió como si no hubiera nada más divertido en el mundo. Probablemente alguien también la habría contratado alguna vez para follar en un ascensor.

—Te puedes instalar —dijo Kauffman cuando entraron en el apartamento—. Hay tiempo. En fin, creo que habrá tiempo.

Ella no respondió. Pasó delante de Kauffman mientras Kauffman cerraba la puerta con llave y con cerrojo y echaba la cadena de seguridad obedeciendo a un extraño impulso. Por su mente cruzó el temor irracional a que su mujer pudiera presentarse inopinadamente. La culpabilidad exigía aquellas precauciones de cerrajero. La niña no se volvió. Inspeccionó la cocina, el dormitorio y el salón como si cualquiera de los tres lugares pudiera ser el escenario adecuado para sesiones diferentes. Era un apartamento pequeño y bastaba con asomar la cabeza en las tres piezas para hacerse una idea de la distribución. Kauffman se quitó la chaqueta por primera vez en infinitas horas. Su erección le preocupaba. O más exactamente, le preocupaba el blando limbo elástico al que había ido a parar su erección. En primer lugar decidió aliviar la vejiga. Se disculpó farfullando una excusa y se encerró en el cuarto de baño. Cuando salió de nuevo ella estaba de pie delante del sofá.

—Si quieres, se pueden cerrar las cortinas —sugirió torpemente Kauffman.

—¿Pueden vernos?

—No, no pueden vernos. Estamos en el piso cincuenta y tres, o cuarenta y dos, te lo podré decir mañana porque lo he sabido siempre, pero esta noche lo he olvidado. Creo que la ginebra de Chim, en fin, creo que la ginebra tiene un efecto retardado... Sólo sé que estamos en el último piso y que el vecino de enfrente más cercano se encuentra en el repetidor de televisión de Navacerrada.

—Qué lástima. Me encantaría que pudieran vernos —dijo ella.

—Desde luego —admitió Kauffman.

—Nunca he follado con nadie debajo de un letrero de Danone —dijo ella.

—La N. Justo debajo de la primera N —volvió a informar Kauffman señalando la catarata azul que parecía derramarse por la cristalera.

—La N... —repitió ella paladeando la letra con los labios.

Kauffman halló un estímulo. Nunca había visto a nadie pronunciar así una N, enseñando dos dientes blanquísimos y modelando con los labios una encantadora sugestión. Imaginó lo que podía ser pronunciar de ese modo todo el alfabeto sobre diversas partes del cuerpo. La niña parecía algo cansada, más infantil que nunca. Se había descalzado al entrar. Aún llevaba los dos zapatos colgados de un dedo por la correa y los dejó al pie de una silla. Luego dejó el bolsillo de carey en el respaldo. Se acercó a la cristalera y por un instante pareció levitar en el vacío, rodeada de un halo azul. Kauffman deseó que hubiera traído los patines. Pero no era así del todo. Ella se estiró echando los brazos atrás, cimbreando el cuello, alzando las tetitas bajo la camisa, de puntillas sobre sus pies menudos salpicados con un rosario de diminutas uñas bermellón, dominando la ciudad nocturna que se extendía a sus pies un número considerable e indeterminado de pisos más abajo. Era una especie de imperio eléctrico de muchos kilómetros cuadrados, distribuido en líneas rectas y luminosas hasta el lienzo oscuro de la sierra. Las avenidas de Madrid se cruzaban en la noche y la muchacha dominaba todo aquello con un bostezo de indiferencia. Era una niña con sueño que tiene que hacer ciertos deberes antes de irse a acostar.

—Lolita —dijo Kauffman llamándola por su nombre—. ¿Quieres una copa mientras me cambio?

—No bebo nunca en horas de trabajo —dijo ella.

El sensible Kauffman quedó desconcertado.

—Eh... De acuerdo. Yo tampoco beberé. Pero, claro, yo no estoy en horas de trabajo —añadió con una torpe sonrisa.

—Tú puedes estar como se te ponga en la punta del pito —dijo ella antropologizando súbitamente y volviendo la espalda a la cristalera.

—Já, já —río Kauffman.

—¿Dónde lo hacemos?

—Donde quieras.

—Si quieres me pongo aquí y tu follas mirando por la cristalera —dijo ella calculando la posición y observando los detalles técnicos.

—Bien... Sí... A no ser que tu prefieras, eh, follar mirando por la cristalera —dijo Kauffman con la mano en la barbilla, como un geómetra analizando figuras en el suelo.

—Lo que tu digas.

—O los dos mirando por la cristalera.

Ella no respondió.

—Será mejor dejarlo a la inspiración del momento —sugirió poético Kauffman—. Quién mira a la cristalera y quién no.

—Mira, tío, yo si quieres te miro el agujero del culo, porque me pagas para eso, pero quítate esa ropa o ponte el disfraz que quieras.

—Un momento —dijo Kauffman.

Curiosamente, la propuesta de la niña le había excitado levemente. Había inocencia en sus labios cuando hacía alusiones obscenas o pronunciaba la palabra follar. Quizá no era inocencia la palabra exacta, pero a esas alturas las percepciones eróticas de Kauffman ya estaban siguiendo sus propios rumbos. Un amigo suyo le había dicho que aquel apartamento era como volar sobre Madrid en la cabina encristalada de un bombardero B52. Qué engañados estaban a veces los amigos. Desde el momento en que la niña había entrado allí aquel apartamento se estaba convirtiendo en la máquina de otros delirios. Abandonó el salón sin hacer más comentarios. Prefería desnudarse en el dormitorio. Cuando volvió al salón ella estaba desnuda, tendida en la moqueta, con la cabeza apoyada en el brazo. Llevaba una braguita roja que debía de haber sido recortada en un confetti. Kauffman regresó envuelto en un batín de rayas que le llegaba a las rodillas y se ataba a la cintura con una especie de cordoncillo de cortina. Se había puesto unas zapatillas de baño y tenía aspecto de boxeador. Cuando ella le vio entrar se quitó la braguita y la arrojó alegremente por encima de la cabeza. Era lo más natural, pensó Kauffman, moviéndose todavía en indeterminadas regiones de su cerebro. Su problema en aquel momento era la inexistente erección. Merodeó alrededor del sofá unos instantes antes de acercarse a ella. Tenía el pubis afeitado. Apenas una pelusilla marcaba el rincón más discreto. Todo su cuerpo estaba bronceado como si tomara rayos UVA mientras estudiaba. Ella se desperezó en el suelo y entonces Kauffman sintió que el corazón se le henchía lentamente de gozo. No quería decir solamente el corazón. Algo más en su aparato viril se puso en marcha y comenzó a albergar ciertas esperanzas. Entonces ella levantó la cabeza.

—¿Te vas a desnudar o me vas a follar vestido de rentista?

—Eh... Creo que así está bien.

—Como tú quieras —dijo ella dándose la vuelta y echándose de bruces en el suelo.

En realidad, Kauffman nunca había visto de verdad un cuerpo como aquél. Se arrodilló a su lado y empezó a acariciarle las nalgas. Luego se atrevió a llevar la mano hasta el sexo escondido. Era del tamaño y la consistencia de un albaricoque. Bajo aquellas caricias sintió que la turgencia aumentaba hasta llenar el cuenco de sus dedos como un pequeño melocotón. También sintió que su erección hacía fuertes progresos. Calculó que habían pasado cinco minutos desde que había ido a la habitación a desnudarse y sabía toda la importancia que el tiempo tiene en esa clase de acontecimientos. La erección era irreversible. Se desató el cordoncillo de cortina y los faldones de la bata se abrieron a ambos lados. Comprobó con una mano la envergadura del sexo, mientras con la otra aún palpaba la pelusilla del melocotón. Lo suyo era una erección antigua, como las de antes, una erección como la pudiera haber tenido el Padre Aizpurúa, un verdadero chicarrón del norte bajo la sotana. Hacía muchos años que Kauffman no había tenido una erección parecida. Ella alzó el culo cimbreando los riñones y Kauffman empezó a follar. Era algo más que un trayecto, siguiendo el arranque lento y poderoso de las máquinas de vapor. Le pareció que ella gozaba. O fingía que gozaba. En todo caso, lo estaba haciendo muy bien. Se dejaba follar y follaba en aquella postura que los libros llamaban de la perrita caliente. Oh Dios, pensó agradecidamente Kauffman levantando los ojos al cielo que otorga a los hombres tales oportunidades, mientras sujetaba con ambas manos aquellos frescos riñones. Delante tenía la cristalera. Todo Madrid centelleaba ante sus ojos. Era como follar sobrevolando Madrid en la cabina de un bombardero. Los amigos siempre acaban teniendo razón. El vecino de enfrente más cercano se encontraba en el repetidor de televisión de Navacerrada y Kauffman lamentó que no pudiera ver aquello. A medida que avanzaba, los fantásticos pensamientos de Kauffman derivaron hacia otros delirios. Quizá la chica se dejaría sodomizar por diez mil pesetas suplementarias. Oh Dios, repitió Kauffman con las pupilas negras y dilatadas y el satánico sabor amargo del placer en las encías. Ella balanceaba la cabeza y Kauffman adelantó una mano de hierro para sujetar aquel cuello grácil. La chica gimió. La eyaculación llegó sin previo aviso, descargando litros de una interminable reserva en el delicioso albaricoque estremecido. Luego ella sollozó con más ternura y Kauffman jadeó al unísono en largos y desvanecidos espasmos. Dos eternos minutos más tarde todo había concluido. El bombardero B52, bajo fuertes radiaciones azuladas de Danone, seguía sobrevolando las avenidas nocturnas de Madrid.

Kauffman no había follado así desde hacía veinte años. Esa era la frontera que le separaba de su juventud sexual. Se puso en pie y anudó el cordoncillo de su batín con un gesto dominador, como se abrochan el cinturón los vaqueros del oeste americano. Desdeñó las zapatillas de felpa y se sentó en el sofá cruzando las peludas pantorrillas con los pies desnudos.

Ella permaneció tendida unos minutos. Luego empezó a incorporarse con gestos torpes y extraviados, como un boxeador que se levanta de la lona. Echó la cabeza atrás y sacudió la melena sudorosa. Luego se frotó los brazos, como si empezara a coordinar los movimientos, y miró a Kauffman con una especie de admiración retrospectiva, como se mira a un rival que antes se había subestimado. Los pechos firmes, algo más potentes que al comienzo de la velada, subían y bajaban con un levísimo surco de transpiración.

—Estás hecho un tío.

Kauffman aceptó el cumplido.

—No. Quiero decir que estás hecho un tío de verdad. Tenemos que vernos de vez en cuando.

Kauffman enarcó en silencio una ceja y asintió halagado.

—Gratis, quiero decir. Para follar de vicio. Follas como una locomotora.

—¿Te ha gustado?

—Uuuh...

—Me alegro que te haya gustado —concedió Kauffman.

Ella se agachó para recoger su braguita y se dirigió al lavabo arrastrando algo los pies. Regresó al cabo de un rato de discreta ausencia femenina, dejando a sus espaldas el torrente del inodoro. La braguita dibujaba en su vientre un minúsculo banderín.

—¿Quieres una copa? —preguntó Kauffman.

—De acuerdo.

Kauffman desapareció en la cocina y volvió con whisky, hielo y una botella de agua mineral. El agua era para él. Se sentía asombrosamente fresco y lúcido. Ella empezó a enfilarse los vaqueros mientras Kauffman llenaba un vaso y le añadía unos cubitos de hielo. Cuando tuvo los pantalones bien ceñidos se ajustó el último botón dando un saltito. Había cobrado antes de salir de *La cabaña de Chim* y comprobó que el dinero seguía en su lugar palpando un discreto bolsillo en la cadera que cerraba con cremallera. Se acabó de vestir con soltura, recuperando poco a poco el aspecto de ninfa nocturna que tenía cuando había llegado allí. Enfundado en su batín, Kauffman la contempló embelesado y nostálgico. Algo había leído de aquellos sentimientos. Era como haber follado con un ángel llamado Lolita. Ella alcanzó la copa de whisky que Kauffman le tendía y dio un sorbo sin sentarse.

—De verdad, tío, de verdad. Me has hecho ver planetas de colores.

—¿En serio?

—Completamente en serio.

Dio otro sorbo al whisky y miró el pequeño reloj de Disneylandia que llevaba en la muñeca.

—¡Las cuatro! Chim debe estar esperando.

—¿Te espera? —preguntó el varonil y susceptible Kauffman algo mortificado.

—Me espera siempre —dijo ella—. Le digo que no me espere, pero siempre me espera.

Kauffman había meditado oscuramente otros proyectos, nada concreto, todo indefinido, pero no excluía tomarse un reposo y proseguir actividades lúbrico-deportivas hasta el amanecer, con una segunda sesión de reposo hasta el mediodía, y así sucesivamente en largos ciclos orgásmicos. La experiencia había sido demasiado contundente para reflexionar de forma razonable, y las fantasías que aún excitaban su hipotálamo, o cualquiera que fuera el lugar donde residían los deseos de continuar follando, emitieron inexplicables mensajes de celos, no del todo desagradables, contra Chim. Pensó echar mano a la cartera, pero algo le retuvo. Además no tenía la cartera a mano porque estaba en batín. Ella dejó el vaso de whisky en la mesita y miró a su alrededor buscando el bolsito de carey que traía. Kauffman lo tenía a su alcance y se lo ofreció.

—Bueno, tío, lo dicho. Cuando quieras pasas por la cabaña.

Se alzó de puntillas para darle un besito en los labios que Kauffman recibió con gesto estólido, como el Padre Aizpurúa viéndose abandonado en la misión. Ella se volvió desde la puerta lanzando otro besito con los dedos y salió después de descorrer cadenas y cerrojos. Kauffman cambió el vaso de agua mineral que tenía en la mano por el vaso de whisky que ella había dejado y se desplomó en el sofá.

Se encontraba solo frente al amplio panorama oscuro de Madrid. Alargó el brazo y apagó la lámpara. Al instante, el siniestro resplandor azul de Danone inundó el salón. Sus brazos eran azules, sus viriles pantorrillas peludas eran azules, el whisky que sostenía en las manos era de un inexistente ámbar azul. Reflejado en la cristalera y levitando en el espacio exterior apareció otro Kauffman sentado en un salón flotante. Estaba bebiendo el mismo whisky que Kauffman bebía y cruzó las piernas que Kauffman cruzaba enfundado en el mismo batín. Sin duda había gozado de la velada, follando con un fantasma femenino mientras Kauffman follaba dentro, invisible en el espacio hasta que Kauffman había apagado la luz. Poéticos desdoblamientos de personalidad acudieron a la mente de Kauffman y le ocuparon unos minutos. El mejor amigo del hombre es su propio reflejo, brindó el solitario Kauffman. El Kauffman exterior se sobresaltó cuando Kauffman se sobresaltó al sonar el timbre del teléfono. Eran las cuatro y veinte de la mañana y nadie en el universo podía llamar a esas horas. Kauffman respondió al teléfono, y el fantástico Kauffman suspendido en la noche también respondió al teléfono. Vagamente alucinado, el Kauffman real, arrellanado en el sofá, impregnado de color azul danónico, esperaba oír su propia voz.

—Cariño...

Era su mujer. Fuertes descargas culpables saturaron en pocos segundos su organismo. Casi sintió un mareo.

—Cariño...

Kauffman se repuso.

—¿Eres tú?

Era ella. Le quería decir que aquella noche le echaba de menos. Susurró dos o tres palabras cariñosas con rumor de sábanas deshechas. Kauffman se mantuvo altivo, en un filosófico equilibrio entre el orgullo viril y algún elemental residuo de la melancolía post-coito. Eran las cuatro y media de la madrugada y no sabía lo que podía estar pasando del otro lado de la línea, aunque sabía lo que había pasado del lado de la línea donde se encontraba él. Ella insistía en transmitir rumor de sábanas por el auricular, pero podían ser problemas del teléfono.

—¿Estás sola?

—Estoy sola. Las niñas están dormidas. Te quiero. Ningún guardián de playa ni camarero de discoteca se puede comparar contigo.

—¿Ni siquiera negro?

—Ni siquiera negro.

—¿Lo has intentado con orientales?

—No seas sarcástico, Kauffman. Te quiero. ¿Sabes qué día es hoy?

—En Madrid no ha amanecido —señaló Kauffman poco romántico.

—Hace cuatro mil trescientos noventa días que nos casamos —dijo ella.

—Bueno —dijo Kauffman—. Supongo que habrá que celebrar esa cantidad.

—Un besito, Kauffman —dijo ella con la irritante manía de llamarle por su apellido—. Siento no estar contigo.

—Un besito —dijo Kauffman.

Ambos colgaron el teléfono casi simultáneamente. Fue un contacto breve, el primero sin amargura ni reproches desde hacía varios meses. Kauffman dejó el teléfono y alzó los ojos. En el reflejo de la cristalera Kauffman levitante se había recostado en el sofá como el rey Sardanápalo después del sacrificio de cien concubinas. El ambiente del salón descansaba en notas de azul profundo. Kauffman se puso en pie, se ajustó el batín y corrió la cortina. Por fin se fue a acostar.

EL DÍA MÁS LARGO

Al día siguiente Kauffman no madrugó, ni le hubiera sido posible madrugar, habiéndose acostado pasadas las cinco de la madrugada. El dormitorio del apartamento no tenía ventanas y estuvo durmiendo hasta las dos del mediodía como en una cámara oscura. Se despertó con dolor de genitales. Había tenido un sueño grotesco que apenas recordaba. La mano de un ser invisible le aferraba la garganta mientras otra mano del mismo ser invisible le sujetaba por los testículos, y en el forcejeo Kauffman perdía partes de su anatomía que las manos flotantes exhibían como un trofeo. Cuando abrió los ojos en la oscuridad seca y estéril del dormitorio sintió sed. Se levantó y bebió directamente del grifo del lavabo. Luego se volvió a acostar. Comprobó que sus partes viriles seguían en su lugar acostumbrado. Afortunadamente, todo había sido un sueño, pero el dolor de genitales era real y sus testículos sufrían como una esponja demasiado estrujada. Entonces recordó la secuencia de acontecimientos de la noche anterior, y en especial recordó aquello que podía ser considerado como el acontecimiento sexual de los últimos años. Un bálsamo de orgullo apaciguó las partes doloridas. Su memoria y su pene se activaron con una incipiente añoranza. Recuerdos parecidos persiguen a un hombre hasta la tumba, pensó Kauffman, y sintiendo su nostalgia acrecentada permaneció largo rato con los ojos cerrados y los testículos dolientes, recogido sobre sí mismo en una cautelosa evaluación del placer consumado quizá con ardor excesivo la noche anterior, recolectando detalles sutiles de tacto, estremecimientos y penetración en lo que quizá sería su alimento erótico hasta la entrada del milenio. Lolita ofrecía su trasero ante sus ojos cerrados. Al cabo de media hora se levantó. El apartamento encristalado era el ámbito prosaico que había sido siempre. Enfundado en el batín de sus hazañas, cargados sus ojos con ojeras como bolsas de viaje, Kauffman acercó la nariz al reloj de la cocina. La cafetera de vapor resoplaba el café del desayuno. En el reloj vio que eran cerca de las tres.

Cinco minutos más tarde se hallaba sentado en el borde del sofá con una taza de café entre las manos, las rodillas juntas y las espaldas encorvadas en una posición casi fetal de desayuno. La vida era el consumo triste de café en la triste soledad del hombre en batín, lejos de cualquier cariño o masaje de espaldas femenino, y en ese pensamiento estaba tristemente sumergido Kauffman cuando sonó el teléfono. La última memoria de la noche le advirtió que la llamada podía ser de su esposa. Otras referencias más confusas le avisaron que podía tratarse de una señal exterior de las tres o cuatro señales amenazantes que se cernían sobre su cabeza. Su instinto le indicaba prudencia en cualquier caso. Dejó que el teléfono sonara tres veces y al fin descolgó.

—¿Abogado Kauffman? —dijo una voz cáustica y sorprendentemente ágil—. Aquí el inspector Cangrejo.

Era una de las amenazas posibles.

—Diga, Cangrejo.

—Le llamo de parte del comisario Potes. ¿Recuerda?

—Saludos a Potes —dijo Kauffman brindando con la taza de café a un invisible Potes en el cuarto.

—También el comisario le saluda a usted —replicó ágil y cáustico Cangrejo—. Le llamo para verificar su paradero. El comisario le ha tomado cariño desde que coincidimos en los lugares donde se cometen asesinatos.

—¿Tiene algo que reprocharme?

—No, no tiene nada que reprocharle. Únicamente desea saber si sigue usted con vida.

—Ya ve.

—Ya veo. ¿Ha observado movimientos sospechosos alrededor de su casa?

—Vivo en el piso cuarenta y tantos de una torre de cristal. El único movimiento que detecto a mi alrededor es un helicóptero —dijo Kauffman lanzando una ojeada por la cristalera—. Espere, creo que hay un hombre limpiando cristales en la torre vecina.

—No bromee, Kauffman.

—No bromeo. Si alguien me quiere matar puede hacerlo desde un helicóptero. Tengo enemigos poderosos, Cangrejo.

Cangrejo se echó a reír.

—No se ría, Cangrejo.

—No, no me río. Es que se me ha roto una muela. Le paso con el comisario que quiere hablar con usted.

El inspector Cangrejo pasó la comunicación a su jefe y Kauffman esperó mientras del otro lado de la línea se producían misteriosos zumbidos electromagnéticos. Al fin la línea se abrió con la voz escéptica pero curiosamente familiar del comisario Potes.

—¿Kauffman?

—Buenos días, comisario.

—Buenos días, Kauffman. En primer lugar, le quiero felicitar por su salida de escena el otro día. Eso sólo lo consigue un buen abogado.

—¿Lo dice en serio?

—Completamente en serio. El juez le enviará una citación para que declare como testigo en el sumario. Me alegro tenerle como testigo. Ya van dos. No se olvide del caso de ese pobre joyero, Corrales, o Correa.

—Correa.

—Eso es. Me alegro de que figure como testigo en el caso *Patas Blancas* y en el caso Correa. Supongo que ustedes los abogados lo saben todo, y si no lo saben todo, están en ello, pero le quiero decir algo sobre su amigo *Patas Blancas* que le puede ser de utilidad, y al mismo tiempo me puede ayudar a mí.

—*Patas Blancas* no era mi amigo. Jamás le vi con vida.

—No se avergüence de sus amigos, Kauffman, ni vivos ni muertos.

—Le juro que no era mi amigo —repitió Kauffman.

—De acuerdo. Vamos a ponerlo de otro modo. Es posible que los enemigos de *Patas Blancas* también sean enemigos de usted. ¿Le parece mejor así?

—Puede tener sentido.

El comisario se echó a reír como si se le hubiera partido otra muela al inspector Cangrejo.

—Lo tiene, Kauffman, lo tiene. Yo cumplo con advertirle. Es posible que en el próximo caso usted no sea el testigo, si ve lo que quiero decirle, y aquí el inspector Cangrejo y un servidor lamentaremos no gozar nunca más de su compañía. Los asesinatos ya no serán lo mismo sin su presencia.

—Gracias, comisario. Verificaré si estoy al día en las cuotas de mi seguro de vida. No me gustaría dejar a mi familia en la calle.

—Eso es lo que quería decirle. Ésta ha sido mi buena acción del día. Ahora viene la parte en la que usted me puede ayudar a mí. Hemos averiguado algunas cosas sobre ese Dimitri Vladivostock, o como se llame el marinero ruso amigo de Kiki *Patas Blancas* que atropellaron el otro día. No tengo los papeles delante y no se me quedan bien en la memoria los apellidos siberianos. No era la primera vez que el tal Dimitri veía a *Patas Blancas.* Se habían conocido en Barcelona hacía algunos años y se habían aficionado el uno al otro. Ya sabe. Esas cosas del sexo que ni usted ni yo podemos entender.

—Entiendo.

—¿Entiende?

—Quiero decir que sé lo que me está diciendo.

—Eso está mejor, Kauffman. Le confieso que me siento más cómodo así. Pues bien. Vladivostock se dedicaba más o menos al contrabando de joyas para redondear su sueldo de marinero. Cosas de poca monta. Ámbar, perlas, algunos rubíes de los Urales. Pero últimamente parece que tenía entre las manos un negocio mucho más importante, algo muy por encima de su envergadura. ¿Sabe usted algo de eso?

—No puedo decirle nada de los negocios de ese Vladivostock.

—No quiero decir que fuera un negocio personal de Vladivostock. Puede que Vladivostock fuera sólo una especie de correo. Voy a serle sincero, Kauffman. ¿Qué diablos iba usted a buscar allí la otra noche?

—Voy a serle sincero, comisario —repitió Kauffman—. Es secreto profesional.

—¿Iba usted a buscar joyas, Kauffman?

—Lo siento comisario. Usted mismo lo ha dicho. Bastante tengo con salvar el pellejo.

—Al diablo con su pellejo, Kauffman —exclamó el comisario dando un puñetazo sobre la mesa.

—Soy abogado de negocios. Éstos son mis negocios, comisario.

—Haré que el juez le empapele por el resto de su vida.

—Tranquilo, comisario.

—Haré que le empapele por el resto de sus vacaciones —corrigió el comisario, más conciliador, o simplemente cansado y con pequeñas y fatigantes perspectivas. El mes de agosto creaba una complicidad entre los dos hombres. Ambos habían llegado al mismo límite indeciso de escepticismo y nostalgia que el verano provoca en los hombres solos. El comisario hubiera podido ser compañero de bebida y sexo en *La cabaña de Chim*. Cada uno de ellos hubiera podido imaginar un paisaje distinto de lo que podían ser unas vacaciones fuera de Madrid, pero el calor, la soledad y los sórdidos negocios les reunían en un mismo círculo cuya relación iba a ser lo que diera de sí el verano o lo que prolongaran aquellos delitos.

—Escuche, Potes —dijo Kauffman en el mismo tono conciliador y cansado que el comisario—. Si algún día mis negocios van bien, y usted deja ese agujero de ratas donde está metido, le contrataré como investigador privado. En último caso, si mis negocios van mal, los dos encontraremos trabajo en este edificio, yo como conserje y usted como vigilante de seguridad. Se lo prometo.

—¿Qué tiene eso que ver con Vladivostock?

—¿Vladivostock? Eso sólo se lo hubiera podido responder *Patas Blancas*.

—Cuídese, Kauffman —dijo entonces el comisario realmente preocupado, haciéndose eco sin saberlo de otras premoniciones y otros avisos—. Yo puedo saber lo que usted no sabe, y usted tiene un negocio muy caliente entre las manos.

—Le avisaré si me abren la cabeza o me violan de bruces sobre una mesa.

—No bromeo, Kauffman.

—Yo tampoco bromeo. Ya se lo he dicho al inspector Cangrejo.

—Me han hablado de un contrabando de perlas de muchos millones de pesetas —dijo el comisario—. ¿Cómo puede ser eso?

—Le repito que no puedo saberlo.

—Estoy seguro de que si lo supiera me lo diría. Sería muy triste ir al levantamiento de su cadáver, Kauffman, sin haber averiguado de qué se trataba al fin.

Kauffman se rascó el pecho bajo el batín. El verdadero abogado de negocios que dormía en el interior de Kauffman se despertó. ¿Cómo sabía el comisario lo que podían valer un par de perlas históricas? ¿Millones por *Némesis* y la *Embaucadora?* ¿Cuántos millones? El abogado ignoraba angélicamente que cada perla contenía energía suficiente para mantener encendido noche y día el letrero de Danone durante diez o veinte mil años, pero su imaginación había sido iluminada por otras luces y sus pensamientos iban por otro lado. Consistían esencialmente en diseccionar la torneada musculatura de Fernando Garras con un cuchillo de cocina herrumbroso, y sujetar sus pies con una soga sobre el brocal del pozo de su cortijo hasta que confesara dónde se hallaba *Némesis*. Kauffman se deleitó unos minutos con ello, como si su erotismo nocturno hubiera encontrado otras vías más perversas de expresión. Porque no cabía duda de que Fernando Garras y el chimpancé filipino habían hecho confesar a *Patas Blancas* con ignominias peores el escondrijo donde ocultaba a *Némesis*, y se habían llevado la segunda perla. Y ambos, el chimpancé filipino y Fernando Garras, habían de devolver la perla y pagar por ello. Para entonces Kauffman ya estaba lo suficientemente enajenado como para creer en su propio destino, que no era otro que hacerse con las dos perlas. Pero nada de aquello había de ser mencionado, ni siquiera sugerido, ni siquiera medianamente elaborado fuera de su pensamiento, y menos aún en una conversación al teléfono con el comisario Potes. La historia del collar y de las perlas extraviadas pertenecía únicamente al patrimonio de los iniciados, cualquiera que fuera el valor en millones que alcanzaran las dos perlas. El comisario Potes se despidió dejando a Kauffman un número de teléfono donde podría llamarle. No había ni reproche ni esperanza en su voz. El pesimismo melancólico del verano se deslizaba en su ánimo y Kauffman se sintió impregnado de la misma fatalidad. El abogado dejó el teléfono y se estiró en el sofá con el tazón de café aún tibio en las manos.

Tenía hambre. No había comido nada desde la tarde anterior y aquel desayuno de café tibio recorrió sus intestinos con rumor de cañerías vacías. En el apartamento no había nada de comer. Habitualmente guardaba en el bar del salón pequeños paquetes de aperitivos, que ya había consumido. Dejó el tazón de café en la mesita del teléfono y volvió a la cocina. En algún lugar debía encontrar bollos, pan de molde, viejas galletas, bolsitas de cacahuetes o frutos secos, cualquier cosa, cualquier alimento que pudiera apaciguar el hambre de un hombre solo. Abrió puertas y alacenas y al fin dio con una lata de mejillones en escabeche y un paquete de galletas de las monjas del convento de la Caridad. Recordaba haber comprado latas de conserva en algún momento, pero no recordaba haber visitado ningún convento de la Caridad. Quizá se lo habían entregado en la calle a cambio de alguna limosna. Leyó el paquete. Convento de la Caridad de Borbullejos, Cuenca. Jamás había puesto los pies en Borbullejos. Ni siquiera sabía que existiera un pueblo con semejante nombre. Súbitamente recordó que un conserje del edificio era de Cuenca. El paquete debía de haber llegado a sus manos a través de aquel hombre. En cualquier caso, era el momento de aprovecharlo. Puso el paquete de galletas y la lata de mejillones en una bandeja y volvió al salón.

Se sentó en el sofá con la bandeja en las rodillas y empezó a almorzar. Las pastas eran de manteca, con forma de corazón, espolvoreadas de azúcar y con pequeñas incrustaciones sin identificar. Los mejillones en escabeche eran de buena calidad, de la marca Faro de Vigo. Las pastas ya estaban algo pasadas y se desmenuzaban en la boca con una vaga textura arenosa. Combinadas con el sabor del mejillón en escabeche, Kauffman recordó algunos platos de cocina hindú. O pakistaní. O afgana. Kauffman no sabía muy bien la diferencia. En cualquier caso, masticó lentamente la comida y se dejó arrastrar al olvido. Era la misma sensación extravagante y cálida que sentía al viajar. Además ¿qué le importaba a Kauffman si en Delhi o en Rawalpindi comían o no pastas de convento con mejillones en escabeche? Cuando terminó, sacudió las migas de galleta en la palma de la mano y se las arrojó de un golpe a la boca. Se suponía que ése era el estilo de los solitarios viajeros de Rawalpindi. Contempló tristemente la salsa de escabeche y lamentó no tener un trozo de pan. Luego se levantó y volvió a la cocina a dejar la bandeja. Eran ya cerca de las cuatro de la tarde cuando decidió afeitarse. Delante del espejo se acarició el mentón con la barba de treinta y tantas horas y se enjabonó meticulosamente, mientras el estómago le enviaba mensajes escabechados y mantecosos. Todo su pensamiento se concentraba en el rostro que tenía delante y en los senderos que la cuchilla iba abriendo en sus mejillas con limpios tajos de pálida espuma azul.

Tenía medio rostro al descubierto cuando sonó de nuevo el teléfono. La puerta del cuarto de baño estaba cerrada, y también estaba cerrada la puerta que comunicaba la cocina y el pequeño vestíbulo con el salón, de forma que Kauffman no pudo oír el timbre. Otros pájaros cantaban en su cabeza, mientras alzaba con esmero la nariz buscando el bigotillo bajo las ternillas. Probablemente era Margarita, su mujer, pero eso el abogado lo ignoró mientras el teléfono repetía hasta cinco veces la llamada. Terminó de afeitarse y se enjugó la cara. No podía decirse a sí mismo que parecía otro hombre, pero el hombre que tenía delante respondía a las apariencias y a las ambiciones que Kauffman deseaba poseer.

Algunos años atrás, cuando aún le quedaba por determinar lo que sería su vida cuando acabara la carrera, Kauffman había volcado su amor en un perro y en una novia. El perro se llamaba *Roque.* Era un juego sobre san Roque y su perro. El perro había sido enviado a casa de sus padres, de los padres de Kauffman, se entiende, porque el animal ya estaba viejo y había cumplido su función de mejor amigo del hombre con un Kauffman adolescente hasta un Kauffman abogado, y aún añoraba el abogado a aquel otro Kauffman adolescente que insistía en enseñar a *Roque,* durante horas, a que defendiera a Kauffman a una señal de Kauffman, sin lograr jamás otra cosa que saltos y jadeos alborozados a su alrededor. Pero *Roque* había sido un buen perro. Incapaz de defender a nadie. Había muerto en casa de sus padres con más de diecisiete años, longevo ya, dejando a Kauffman en la flor de la vida y en la ambición de los mejores años. Y si en la vida de Kauffman hubiera que trazar algún paréntesis, éste sería el que abarcara la vida de *Roque* con su propia vida, como si perro y amo hubieran formado en el recuerdo una entidad inseparable, coincidiendo con los años menos serios y más ingenuos, porque nadie es serio y astuto a esa edad.

Otra cosa podía decirse del amor a la novia, a quien Kauffman había conocido después de tener el perro. El cariño que Kauffman sentía por Margarita era tan antiguo que sólo podía encontrar frontera en el pasado limitándolo con *Roque.* Resultaba imposible explicar a una mujer cuál era la distinta calidad de aquellos sentimientos, y más difícil aún resultaba explicárselo a una novia, porque tampoco nadie es tan jocoso o tan ingenuo, incluso en esa edad feliz, como para decirle despreocupadamente a una novia: te quiero más que a mi perro, intentando arrebatarle un beso y quizá alcanzar la tibieza de su pecho bajo el sujetador. Pero así había sido, y Kauffman quería más a Margarita que a *Roque,* no sólo por egoísmo, no sólo porque el perro comenzara ya a orinarse, bandeándose por los pasillos de la casa paterna, perdiendo y haciendo aguas como un barco viejo con problemas en el sistema de bombeo, y ya apenas levantara un ojo colorado a la mención, ataca, *Roque,* que Kauffman insistía en repetirle por juego. La juvenil Margarita había ocupado en su corazón un escaño similar al que Kauffman otorgaba al ya senil *Roque,* y no había que ver en ello impotencia sentimental, incapaz de distinguir entre la novia y el perro, sino la más perfecta y lubricada transición que inicia el fogoso deseo sexual de la juventud a partir del amor a los animales. Todo era muy complicado. Sumamente complicado. Mirando hacia atrás con nostalgia y reconvenciones, o mirando de frente y descubriéndose solitario en el espejo, las cosas venían a ser lo mismo. El misterio, si misterio había, radicaba en el camino recorrido. Las circunstancias de aquel verano estaban haciendo de Kauffman un hombre aventurero y solitario, con un espíritu cercano al de Robinsón. En ello encajaba perfectamente la maravillosa aventura de la noche anterior, lo mismo que encajaba el asunto de las perlas. En los sucesivos avatares de la ternura, el cariño hacia sus hijas había suplantado al auténtico afecto que sentía por su mujer, y había sustituido al lejano cariño por el perro, sin detrimento de que tanto Margarita como *Roque* ocuparan el lugar correspondiente que el egoísmo masculino atribuye a los amores cansados. Por ello, por todo ello, tanto daba que Kauffman oyera o no el timbre del teléfono, y tanto daba que fuera o no fuera Margarita la que efectuaba la llamada. Algo más habían de explicarse entre ellos que no resolvería aquella frustrada comunicación.

Kauffman terminó de afeitarse y se aclaró el rostro arrojándose puñados de agua clara. Luego alzó la cabeza y descubrió en el espejo su cara desnuda. Era el rostro reconocido de sus veinticinco años. Afeitado, y bajo la tenue lluvia de luz del espejo, rejuvenecía. Eran atisbos engañosos de que la vida quizá pudiera ofrecer una segunda oportunidad. Acaso Margarita aún le viera así, o le viera por el contrario al filo de las primeras canas. El amor necesita las mismas iniciativas, ilusorias o no, que a veces procuran los espejos, y eso es lo que ellos habían decidido. En cualquier momento él le contaría la aventura con Lolita, y ella le hablaría con todo lujo de detalles del vigilante de playa con el que se hubiera estado acostando aquellas vacaciones, ése era el pacto, si es que ella no se inventaba haber estado follando con la mitad de la mafia de Levante pensando que él se inventaba haber estado follando con una adolescente llamada Lolita. Considerando la propia vida como una obra de arte, poco importaban esas fantasías, pero en el caso de Kauffman lo radicalmente asombroso es que era verdad.

Tan cierto era lo ocurrido la noche anterior que el orgasmo de Lolita a más de ciento cincuenta metros de altura sobre Madrid, frente a la cristalera, acudió inmediatamente a su pensamiento. Excitantes vibraciones dilataron su respiración. Antes de afeitarse se había duchado, y a continuación se había afeitado desnudo. El espejo no reflejaba más abajo de su ombligo pero sentía una inesperada palpitación y un aumento del flujo sanguíneo a la altura del bajo vientre. Algo estaba sucediendo. Sintió que la *minga* amagaba una erección y se le empezaba a endurecer, y lo pensó en esos términos, la *minga,* una palabra que no empleaba ni había oído emplear desde los tiempos escolares, sustituida por otras más groseras, sonoras y abultadas del lenguaje adulto procaz. Kauffman permaneció impasible, sin mover otro músculo que no fuera el que había entrado en acción por sí mismo, en la cauta observación de lo que estaba ocurriendo en su propio organismo. Suponía que algo tenía que ver ello con el rumor, casi un jadeo, que llenaba sus oídos, recordando la voz, el jadeo y los gemidos de la propia Lolita. Se mantuvo erguido, sin un estremecimiento. El miembro se fue dilatando hasta entrar en contacto con la fría cerámica del lavabo, y a partir de ese momento, como si hubiera encontrado una frígida frontera impenetrable, el músculo se fue retrotrayendo, menguando de tamaño lentamente, hasta colgar flácido, aunque aún ponderado, en estado de reposo. Todo el proceso no había durado más de dos minutos, pero el orgullo de Kauffman se sintió reconfortado al recordar los abismos de impotencia que creía haber bordeado en otros momentos. Sin más órdenes que las de la ciega memoria ni más instinto que la carne, su miembro había entrado en erección. Lástima que se hubiera topado con el lavabo. Había oído hablar de eyaculaciones provocadas por el deseo sin ninguna clase de manipulación mecánica, y quizá se había acercado a una de esas situaciones que se describen en las novelas de placer como fruto de las grandes sensaciones eróticas. Se palpó entonces cariñosamente los genitales antes de envolverse los riñones en una toalla. La vida del hombre solitario está llena de pequeñas recompensas silenciosas que ponen en marcha mecanismos complacientes de autosatisfacción. Buscó un frasco de desodorante en el armario niquelado que estaba a su lado y se perfumó voluptuosamente los sobacos. Luego salió del cuarto de baño. Estaba empezando a vestirse en el dormitorio cuando el teléfono sonó por tercera vez.

Kauffman se precipitó al salón haciendo volar las mangas sueltas de la camisa. Era la tercera vez que sonaba el teléfono, la segunda para Kauffman. Llegó a tiempo para detener el aparato a la tercera llamada. En aquel breve espacio de tiempo, en una curiosísima implicación de sentimientos, imaginó que sería su mujer. Le sorprendió escuchar una voz femenina totalmente desconocida al otro lado del aparato.

—¿Señor Kauffman?

—Soy yo —dijo Kauffman intentando meter un brazo por la manga de la camisa que aún quedaba suelta.

—Un momento. Le paso una comunicación de Marbella.

Era la secretaria de Millonetis. Era una de sus secretarias. Kauffman creyó haberla reconocido entre las dos o tres secretarias que a menudo rodeaban a Millonetis en Madrid. Al menos una de ellas simpatizaba con Kauffman. Para las otras dos, Kauffman no pasaba de ser un abogado ajeno a los grandes negocios, o en todo caso ajeno a las citas de la agenda grande de su patrón.

—El Gran Duque quiere hablar con usted —dijo la secretaria—. Le pongo con el Gran Duque.

—Gracias.

Kauffman forcejeó con la camisa y al fin logró pasar el brazo por la manga. Sin embargo, al mismo tiempo, un fenómeno insólito se estaba produciendo. Sintió que le venía otra erección. La voz de la secretaria, en tres o cuatro levísimas y dulces vibraciones, había despertado de nuevo el mecanismo y el músculo se desperezaba lentamente. Aquella *minga* súbitamente juvenil empujaba alegremente la bragueta como una rosa abriendo su capullo. Kauffman sintió un comienzo de pánico. Hacía muchos años que no recordaba situaciones parecidas. Quizá las radiaciones de la perla, cargada de plutonio, habían afectado su glándula tiroides, y las hormonas sexuales se esparcían alegremente al menor capricho, pero si eso era cierto, Kauffman no podía saberlo. Sin embargo, estuvo cerca de sospecharlo. Cualquier efluvio femenino, incluso por teléfono, le excitaba. Pensó si el resplandor azul danónico que se derramaba del letrero de Danone por la cristalera había podido afectar de algún modo a su organismo, mientras había follado con Lolita la noche anterior, como a veces se dice que sucede con resplandores extraterrestres. Contuvo con una mano a *Minga* mientras con la otra sujetaba el teléfono. *Minga* pujó unos instantes, luego pareció ceder. Al fin cedió totalmente cuando se oyó la voz de Millonetis al otro lado del teléfono. Kauffman suspiró con el corazón aún palpitante. *Minga* era razonable en sus caprichos y la voz de Millonetis enfriaba cualquier erección.

—¿Kauffman? ¿Dónde diablos se mete usted?

—¿Duque?

—Sí, soy yo —dijo el Gran Duque—. Le he estado llamando al despacho. Le he intentado localizar en su casa. No sabía que tuviera usted un agujero en lo alto de esa torre, já, já, pero una de mis secretarias encontró al fin ese teléfono.

—Es mi refugio de soltero —bromeó el abogado. Luego se corrigió—. En realidad, es un apartamento de trabajo. A veces no tengo tiempo de volver a casa.

—¿He oído un suspiro? —dijo el Duque con un finísimo oído de zorro.

—He sido yo.

—Bien, Kauffman, manténgase alerta y no suspire —dijo el Gran Duque—. Quiero que venga a verme a Marbella esta tarde.

Kauffman miró la hora. Eran cerca de las cinco y media.

—¿Esta misma tarde?

—Eso he dicho. ¿O es que tiene usted otros planes?

—No, por supuesto que no. Estoy de vacaciones, arreglando asuntos pendientes.

—Estupendo. Creo que tenemos juntos un asunto pendiente respecto a esas dos perlas de las que usted me habló...; cómo dijo que se llamaban... *Pichichi* y la *Planchadora*...

—*Némesis* y la *Embaucadora.*

—Eso es. Sabía que eran personajes de zarzuela. Pues bien, Kauffman, quiero tener una conversación con usted sobre ese asunto, una conversación discreta, ya me entiende. Hay un avión a Málaga que sale a las ocho. Mi coche estará esperándole en el aeropuerto. Luego le devuelvo a Madrid en mi avión particular. ¿Qué le parece?

Kauffman dudó unos instantes. Seguía con una mano en la bragueta, como si consultara su respuesta con *Minga*. Estaba convencido de que Millonetis ignoraba los tortuosos caminos que estaban recorriendo las dos perlas, y, en cualquier caso, Millonetis no podía haber adivinado que Kauffman estaba ya en posesión de una de ellas. El acercamiento a Millonetis no podía resultar peligroso. Cualquiera que fuera su suerte y su fortuna no perdía nada con ir a ver al Gran Duque, jugando todas las cartas de su reciente duplicidad. Otra sensualidad diferente invadía su ánimo. Sentía la erótica del poder de una forma que *Minga* interpretaría a su manera. Lo cierto es que Kauffman disfrutaba macerándose indolentemente los genitales mientras mantenía suspendido el silencio sobre el Gran Duque.

—Por todos los meloneros de la carretera de Andalucía, Kauffman, ¿qué me dice?

—Creo que podré coger ese avión de las ocho —dijo al fin Kauffman.

—Estupendo —exclamó el Duque—. Le juro por la parcela de terreno que está junto a la mía que no se arrepentirá. Usted es joven, Kauffman, y le espera un gran futuro a mi servicio.

—Gracias, Duque.

—Sus conocimientos de perlas históricas me vienen de perlas, já, já.

—Gracias, Duque —repitió Kauffman retirando su mano de la bragueta, donde los elogios abusivos parecían irritar a *Minga*. Quizá las radiaciones de Danone también habían afectado su sentido del humor.

El Gran Duque se despidió con explosiones de impaciencia y Kauffman colgó el teléfono. Su pensamiento se trasladó a la íntima oscuridad del horno microondas, donde la *Embaucadora* dormía su sueño de eternidad.

A las ocho de la tarde Kauffman estaba instalado en el avión de Málaga, que salió con veinte minutos de retraso. El taxi que le condujo al aeropuerto pasó delante de *La cabaña de Chim*, que aún estaba cerrada y la terraza recogida. No tardaría en abrir, pensó enamorado Kauffman. En Málaga le esperaba el coche del Gran Duque, como estaba previsto. Eran cerca de las diez, y anochecía, cuando Kauffman llegó a Marbella, donde el Gran Duque le aguardaba al pie del porche iluminado, sumergido en su jardín tropical.

Si alguna vez Kauffman reunía una fortuna y se hacía alguna casa, no sería una casa como aquélla, pero no le faltarían algunos elementos precisamente de aquella casa. Admiraba el gusto del Duque al rodear el porche de una selva bien mantenida, y apreciaba el valor de las maderas de teca del entarimado exterior, alzándose sobre el jardín, y al mismo tiempo abriéndose a los efluvios de pimienta y canela que la propia selva desprendía. En aquel paraje, Marbella parecía un reducto africano, un sueño colonial de champán y negritas, y tardías veladas de cazadores de fortunas y administradores de imperios financieros, que desde allí podían dominar las fluctuaciones de la Bolsa como la alternancia meteorológica de las cosechas en una finca particular. Kauffman se acercó a los peldaños donde el Gran Duque le esperaba con la mano tendida. Una enorme mariposa de terciopelo oscilaba en torno a la lámpara, y las grandes palas de un ventilador blanco giraban lentamente esparciendo una brisa tenue, discreta, como si algún esclavo balanceara un gigantesco pay-pay.

—Bienvenido a Marbella —dijo el Duque.

Kauffman sabía que los primeros minutos con el Duque siempre resultaban esenciales, y en esta ocasión el Duque le recibía con la amplia benevolencia de los animales carnívoros cuando una presa se adentra en su círculo de acción. Llevaba pantalones de lino blancos y una hermosa camisa amarilla, estampada de frutas tropicales, que le caía como una túnica por fuera del cinturón, y su aspecto era tan saludable como el de un cazador después de una expedición especialmente grata, cuando la noche ofrece perspectivas de conversación que sólo otros cazadores estarían en condiciones de comprender y aceptar con el mismo entusiasmo que el anfitrión, y el Duque no estaba seguro, o más bien negaba, que Kauffman perteneciera a esa casta. Mantuvo un instante la mano de Kauffman entre la suya, como si le estuviera tomando el pulso. La posición de Kauffman en el porche era inferior de un peldaño a la posición del Duque, y esa diferencia de altura, cuidadosamente prolongada unos segundos más de los necesarios y que la propia estatura del Duque incrementaba hacia las soberbias regiones de su frente, resumía mejor que lo engañosamente familiar de aquella acogida la insalvable y verdadera jerarquía de la situación.

—Hermosa noche —dijo Kauffman volviéndose para echar una ojeada a la oscuridad del jardín.

—Hermosa noche —admitió el Duque haciendo chasquear las fauces—. Me alegro de que haya venido, Kauffman, y para demostrárselo he encargado para usted una cena muy especial. No se lo va a creer —dijo el Duque, que pensaba ofrecerle a Kauffman las sobras de la cena de Terrins y Amusátegui—. ¿Qué ha comido usted a mediodía?

—Pastas de convento y mejillones en escabeche.

—Hum... Pastas de convento y mejillones en escabeche —repitió el Duque algo desconcertado, pensando que quizá se trataba de mercancías prohibidas—. No está mal, no está mal... No será fácil superar eso. Pero antes quiero presentarle a alguien. Sígame, Kauffman.

El Duque se encontraba de buen humor. Era como los leones cuando han tenido un buen día y han dormido la siesta. Había estado jugando al golf por la mañana, pero su rival no había sido el presidente de Sopicrem. Le habían dicho que Sopicrem había sufrido un golpe de calor. El Duque, al enterarse, había ocultado su alegría y le había enviado una caja de trufas heladas. Había oído decir que las trufas heladas resultan mortales para la insolación. En cualquier caso, el Duque había jugado al golf con Prwz, pero el argentino-polaco sabía perfectamente quién era el jefe y además nunca había jugado al golf. Golpeó la bola durante toda la mañana y en todas direcciones con cortés indiferencia, mientras el Gran Duque efectuaba entusiasmado un recorrido ampliamente satisfactorio. Aún perduraba el buen humor de aquella merecida victoria sobre Prwz. Kauffman siguió al Duque por la galería, sobre el resonante entarimado de teca. Por una puerta abierta vio un salón con tabiques de papel japonés. Sobre una mesa de cristal había un jarrón con un exuberante ramo de gladiolos. Si algún día Kauffman reunía una fortuna y mandaba construir una casa como aquella, pensó Kauffman en la inalcanzable hipótesis de la tercera persona, nunca faltarían gladiolos en su casa, y nunca faltaría un camarero con un impecable uniforme blanco, como aquel camarero que acudía silencioso a servir un aperitivo en la mesa que estaba dispuesta del otro lado de la veranda. Allí les esperaba el segundo invitado.

—Ramsés Prwzulski, mi asesor en este negocio —dijo el Duque efectuando las presentaciones—. El señor Kauffman es uno de mis abogados, no diré el más agudo, pero sí el más joven.

Prwz se puso en pie juntando los talones y saludó a Kauffman con una inclinación de cabeza.

—Encantado —dijo Kauffman.

—Puede intentar llamarme Prwz —dijo el polaco sin grandes esperanzas.

—Todos le llamamos Prwz —dijo el Duque en una pronunciación exquisita, habituado a evacuar de ese modo los gases de su dispepsia.

—De acuerdo, Prrr —dijo Kauffman.

—Eso es —zanjó el Duque.

El polaco se sentó con un aristocrático ceño de malhumor. Kauffman se apartó para que el camarero dejara la bandeja con la copa de vino blanco, cuajada de minúsculas lágrimas heladas, que Prwz había pedido. El Duque se instaló a su vez y ofreció una de las sillas al abogado con un amplio gesto de la mano. Un ventilador de grandes palas blancas, idéntico al del porche, esparcía la misma brisa lenta de pay-pay.

—¿Qué puedo ofrecerle de aperitivo, Kauffman? ¿Un *Tijuana Brass?* ¿Un *Marbella Guiri?* Mi camarero es un cinturón negro de la coctelera y el *Marbella Guiri* es nuestro cóctel más alevoso.

—Creo que tomaré una tónica con ginebra —dijo el clásico Kauffman.

—Hombre prudente —señaló el Duque.

El polaco asintió. A todas luces le aburría estar allí. Se había prestado a asistir como testigo a la maniobra del Gran Duque, pero no estaba seguro de que al Duque le interesaría seguir con aquel negocio. Marbella le aburría. España le aburría. Otras regiones del planeta se disputarían un negocio de plutonio sin tener que cenar con abogados incautos. Su pensamiento más indulgente era el desdén. Paladeó la copa de vino blanco con nostalgia apátrida, como si su personalidad errante albergara en su interior al judío Prwz-Pérez, y al argentino Prwz-Perdito, y al polaco Prwz-Prwzulski, o cualquiera de las posibles reencarnaciones de todos los aventureros que convivían en su seno.

Los ojos de Prwz eran claros y fríos, en algo similares al reflejo verdoso de la copa de vino que tenía en la mano. Sólo el camarero, que había servido anteriormente en el bar de un transatlántico y conocía la soledad de los errantes caballeros de fortuna, parecía estar atento a la nostalgia apátrida del señor Prwz.

—Una tónica con ginebra para Kauffman —ordenó el Duque.

El camarero inclinó la cabeza y se deslizó hacia el interior de la mansión. Kauffman estaba sentado frente al jardín. Por tercera vez desde que había llegado, pensó que si alguna vez su cuenta corriente abarcaba las cifras suficientes como para transformar el dinero en metros cuadrados en el lugar más exclusivo de Marbella, la casa que se mandaría construir no sería como aquélla, pero disfrutaría como aquélla del mismo amplio silencio conspirativo que parece acompañar a las grandes fortunas, y del cual no parece que sea necesario y ni siquiera recomendable desprenderse, como si el dinero y el poder, a partir de ciertos niveles que Kauffman sólo lograba entrever en sus relaciones de negocios, exigieran aquella ambigua proporción entre la noche y el espacio, el silencio y el ronroneo mecánico del ventilador, las flores en búcaros de remotas dinastías chinas y el aroma sin duda sutilmente envenenado de aquellas mismas flores, todo ello encaminado a crear una atmósfera misteriosa y en apariencia desapasionada, como si los hombres inmensamente ricos sólo pudieran sobrevivir respirando aquel aire. La ley de la gravedad actuaba en casa del Gran Duque con más fuerza. Los movimientos eran más lentos. Desplazar un cubierto era una labor meditada. Cualquier conversación podía generar unos aportes letales de energía para el imprudente que no medía sus palabras y despilfarraba su crédito y su cotización.

El camarero regresó con la tónica con ginebra para Kauffman y al mismo tiempo distribuyó otros platos. Millonetis apartó ligeramente el suyo, como si renunciara a cenar. Hizo ademán de sonreír y sus mandíbulas crujieron como si estuviera triturando cacahuetes.

—¿Está usted casado, Kauffman?

—Sí, estoy casado.

—Por supuesto, está usted casado, lo había olvidado. Nuestro amigo Prwz no está casado.

El aventurero bajó los ojos.

—Es un hombre libre —prosiguió el Duque—. Yo estimo mucho a los hombres libres, pero tranquilícese, Kauffman, también tengo mucha estima para los hombres casados como usted. ¿Dónde está su esposa?

—De vacaciones —respondió el suspicaz Kauffman.

—¡De vacaciones! —repitió el Duque entusiasmado—. ¿Has oído Prwz? Nuestro amigo también es libre. Su mujer está de vacaciones.

El polaco miró a Kauffman con indiferencia. En realidad, miró una mosca que Kauffman tenía en el hombro, y no pudo resistir la tentación de apartarla de un manotazo, como si rindiera un servicio, y también como si quisiera tener ante sus ojos a un impoluto Kauffman a fin de examinarle mejor. Bostezó ocultando apenas el bostezo, de forma que el Duque advirtiera lo inútil de su presencia, o en todo caso consintiera en mantenerle al margen, pero el Duque no parecía dispuesto a ello.

—¿Qué te parece, Prwz?

—Creo que habría que hablar con el señor Kauffman de negocios —dijo el polaco muy cortésmente.

—Un momento, Prwz, un momento —dijo el Duque.

El camarero regresó con la cena. Dejó sobre la mesa dos bandejas, una con perdiz de veda en escabeche y otra con salmón del río Colorado, de la especie que el Duque alabó delante de Kauffman por hallarse en vías de extinción. De una ojeada el Duque juzgó que habían quedado suficientes restos de la cena anterior como para obsequiar al abogado sin necesidad de pedir más platos a la cocina. El viejo león se frotó las zarpas mezquinas.

—Sírvase, Kauffman.

El abogado se excusó desplegando la servilleta, enarbolando cuchillo y tenedor. Tenía buen apetito y se sirvió con gusto. El polaco le examinó con mayor interés.

—Bien, Kauffman, bien —prosiguió el Duque, mientras Kauffman se llenaba el plato—. Quiero que sepa que Prwz y yo estamos interesados en averiguar ciertas cosas que sólo usted nos puede contar. ¿No es así, Prwz?

El polaco se sirvió dos diminutas porciones de perdiz y apartó el salmón. El Duque evitó ambos platos. Hacía dos o tres días que Terrins y Amusátegui no aparecían por el club de golf y se comentaba que sufrían fuertes ataques de diarrea. El chófer de Terrins había sido visto en una farmacia comprando astringentes. Según un médico amigo de Amusátegui, las deyecciones de éste eran del color y consistencia del coñac Fundador. El Duque lo lamentaba sinceramente porque Terrins y Amusátegui no eran sus rivales en el golf. En Marbella todo el mundo se preocupaba mucho por las cuestiones de salud, por insignificantes que fueran, y el recorrido de las clínicas privadas era tan importante como el de las mejores partidas de póquer, y el informe favorable de un análisis de sangre era tan esencial como una buena mano en la mesa de juego. Por eso el Duque observaba con curiosidad a Kauffman mientras comía. El Duque era algo supersticioso y había concluido que las transgresiones tienen su precio, y que la moda millonaria de organizar banquetes de platos prohibidos, en vez de rejuvenecer la sangre como otras supersticiones suponían, acarreaba como castigo severos problemas de intoxicación.

—El Duque me ha contado que a usted le propusieron ciertas joyas para que usted se las propusiera a su vez al Gran Duque —anunció Prwz con cierta ceremonia, que

Kauffman no supo si atribuir a la afectación del polaco o a su deseo de dejar clara la situación.

—Perlas —dijo Kauffman.

—Perlas —repitió Prwz.

—Cuéntele usted a Prwz el caso de las perlas históricas que faltan en mi collar de perlas —intervino el Duque—. Yo ya se lo he contado a Prwz, pero nadie se lo contará mejor que usted.

El abogado se enjugó los labios con la servilleta.

—Estoy seguro de que el Duque se lo ha contado perfectamente —dijo Kauffman dirigiéndose a Prwz con precaución.

—Sí, sí, ya se lo he contado. Las dos perlas históricas, o como demonios quiera usted llamarlas. ¿No es cierto que se lo he contado, Prwz?

—Es cierto.

—En ese caso, poco puedo añadir yo.

—Vamos, Kauffman —dijo el Duque retorciendo un tenedor entre las manos—. Me apuesto toda la cubertería de la casa de mi vecino a que usted tiene cosas interesantes que decir. Prwz quiere saber si la persona que le propuso las dos perlas sigue proponiéndolas, o en cualquier caso, si esa persona puede proponer el trato otra vez. ¿Me explico?

—Se explica perfectamente, pero es imposible.

—Ajá —dijo el Duque.

El polaco alzó un ojo frío y pragmático.

—¿Qué sabe usted exactamente de las perlas?

Kauffman resumió sin excesivo lirismo la historia de *Némesis* y la *Embaucadora*. No olvidó subrayar que, según el Duque, en el collar no faltaba ninguna perla. En cualquier caso, a él le traía sin cuidado el número de perlas del collar, o cualquiera de las perlas desengarzadas de collares históricos que anduvieran rodando por el ancho mundo, porque se había desentendido de la cuestión. Su mujer estaba de vacaciones, él se había quedado trabajando en Madrid, y como muy bien decía el Duque, era un hombre libre.

—Dice la verdad, Prwz, dice la verdad. Yo mismo he contado las perlas del collar y no falta ninguna.

—Pueden haber sido sustituidas —observó Kauffman—, pero no es asunto mío.

—Está loco, Prwz. Está loco.

Prwz se cubrió unos instantes los ojos con la palma de la mano y reflexionó.

—Mire, Kauffman —dijo al fin el polaco alzando la mirada y juntando las manos como en una confesión de impotencia—. Poco importa la historia del collar. Poco importa si le han contado a usted historias de Júpiter y Venus. Lo importante es que esas perlas estaban destinadas al Gran Duque, y que se las querían hacer llegar a través de usted.

—Entiendo lo que me quiere decir, pero no sé nada.

—Dice la verdad, Prwz. Es uno de mis peores abogados.

—Vamos, Kauffman. Termine la perdiz en escabeche y repítame todo otra vez.

El camarero se acercó como una sombra y retiró todos los platos salvo el de Kauffman. Por un momento el abogado pensó que quizá le estaban envenenando. Luego apartó de su mente aquella sospecha. De nada servía envenenar a un invitado cuando lo importante era que el invitado hablara. Repitió por tercera vez la historia de las perlas tal como se la había contado el joyero Correa en un pasado que ya se le antojaba lejanísimo. Tuvo cuidado de omitir cualquier detalle de lo ocurrido después. Se sentía varonilmente obligado por las recientes pruebas de hombría que le había dado *Minga* a conservar los secretos que le pertenecían y a no doblegarse ante Prwz y el poder.

—Es uno de mis peores abogados —reiteró el Gran Duque sarcástico—. Sirve para neutralizar bufetes enteros de abogados rivales. No es extraño que se haya desentendido del asunto de las perlas.

El polaco no pareció convencido. El Duque insistió.

—Piensa, Prwz. Si un abogado insignificante supiera algo del negocio aprovecharía para sacar algún beneficio. ¿No es cierto?

—Es cierto —señaló Kauffman con indiferencia—. Si yo supiera algo más de las perlas aprovecharía para sacar algún beneficio. Piénselo, Ramsés.

Luego le pareció más correcto llamar al polaco por su apellido.

—Piénselo, Prrr.

—Pues bien —dijo el polaco—. Puede haber un buen paquete de dinero para usted por cada una de las perlas. En cualquier caso, mucho más de lo que valen en sus manos. O más de lo que valen en manos de quien las tenga en este momento. ¿Me entiende?

—No le entiendo.

—Y puede que alguien le vuelva a proponer más perlas.

—Eso no es asunto mío. Sólo faltan dos perlas al collar.

—Al diablo con el collar —exclamó exasperado el polaco—. No estoy hablando de malditas perlas exóticas.

—Históricas —corrigió Kauffman.

—Es inútil, Prwz —insistió de nuevo el Duque—. Es uno de los peores abogados que tengo.

El polaco se retiró en el asiento y sus pupilas verdes brillaron en la penumbra como si estuvieran salpicadas de polvo radiactivo. El abogado dio por concluida la cena y cruzó los cubiertos sobre el plato. Kauffman creía haber salido airoso del interrogatorio. El Duque no sospechaba nada. Tampoco lo sospechaba Prrr.

La cabezota de un monstruo apareció entre los barrotes de la veranda. Era el perro del Duque. El animal volvió hacia su dueño los grandes ojos llorones y mansos, forzando el cuello descomunal como si se hallara atrapado entre los barrotes de madera, y luego, torciendo las mandíbulas con un quejido, extirpó su cabeza de la trampa donde él mismo la había introducido y desapareció en la espesura. Unos minutos más tarde volvía a aparecer por el largo pasillo de la veranda, caminando con majestad sobre sus cuatro patas de perro gigante, después de haber rodeado la casa, y se acercó a la butaca de su dueño quedando su barbilla a la altura de la mesa. Con calma, sin prestar mayor atención a los dos invitados que a los muebles o a las sillas del jardín, el gran danés olisqueó los platos y aceptó con indiferencia el resto de perdiz escabechada que el Duque le ofrecía.

Por el otro lado, allí donde el entarimado de teca se prolongaba hacia espesuras aún más insondables, se proyectaba el rectángulo de luz de otro salón iluminado. El rumor que de allí procedía concedía extraordinaria importancia a las entrañas de la casa, como si el único camarero, aquel que Kauffman había visto deslizarse como una sombra con platos y bandejas, se hallara recogiendo los restos de una cena que el perro consideró más interesantes que lo que quedaba ante sus narices sobre la mesa aún puesta, pero a punto de ser recogida también. Así pues, apartó sus fauces del mantel, dejó caer una elástica gota de baba sobre el entarimado, y rodeó la mesa sin evitar una caricia de su amo, que al pasar le rascó el cogote. Luego se alejó con calma, con andar acompasado, haciendo ondular los cuartos traseros con elegancia casi femenina, hasta desaparecer en el rectángulo de luz que se proyectaba sobre la veranda con el certero instinto de que le llevaba hacia la cocina, y hacia otra cosa que el gran danés esperaba, sin muchas ilusiones, que no fueran las albóndigas para perros que el camarero tenía preparadas.

La mesa quedó en silencio un buen rato. Sólo se oía el rumor nocturno del follaje, insectos monstruosos e invisibles, aves noctívagas, lejanos estampidos de motocicleta en los ámbitos de civilización más allá del selvático jardín, todo ello junto a la irrecusable ilusión de que la casa se hallaba rodeada de selva virgen, y si no virgen y del todo deshumanizada, al menos circunscrita por lo que el Duque deseaba que fuera el feroz dominio de la naturaleza en toda la extensión de su quinta marbellí. Prwz se había levantado después de disculparse, siguiendo al perro. Cuando regresó a los pocos minutos, Kauffman se levantó a su vez. Prwz le indicó la dirección del lavabo, uno de los innumerables lavabos de la casa, que Kauffman imaginaba a cientos, y cuando regresó después de haber orinado en un discreto cubículo decorado con ánforas y flores de papel, la mesa seguía en el mismo silencio en que la había dejado, como si toda conversación hubiera quedado proscrita, dejando sin solventar el asunto que había motivado que Kauffman se encontrara allí. O quizá, por esa misma razón, Kauffman se equivocaba, y el asunto había quedado por eso mismo solventado, como a veces sucede que la carencia de solución implique la solución de un problema por el abandono de hallarle a toda costa una solución. Un pensamiento barrió la mente de Kauffman. Pensó por un instante que todos estaban locos, es decir, que Prrr y el Gran Duque, y quizá el camarero que les había servido, y el gran danés que había efectuado tan fantasmal aparición, todos estaban locos, pero no a la manera humana, sino a la manera, más extraña, incomprensible, pero no por ello infrecuente, en que está loco un perro, un caballo o cualquier otro animal. Y Kauffman pensó que los desvaríos que surgen en esferas determinadas de la fortuna y el poder tienen la misma esencia indetectable para los humanos que las locuras que padecen los animales. Y así, Prrr y el Gran Duque, y el camarero y el Gran Danés, constituían una sociedad cuya profunda enajenación se le escapaba a Kauffman, como si estuvieran separados de él por un círculo de tiza trazado en el suelo. O mejor dicho, y por salvar los comedidos modales del perro, todo el mundo parecía estar loco menos el perro, y en esa excepción que hacía del animal un ser tan cercano que Kauffman retenía el impulso de lanzarse en su busca y abrazarse a su cuello, en esa salvedad encontraba Kauffman la mejor confirmación a los débiles y extraños síntomas de locura que había percibido a su alrededor.

Por primera vez en su vida profesional, o cualquiera que fuera la importancia profesional que Kauffman le diera al caso, se le ocurría contemplar los acontecimientos con una mirada que quizá no hubiera tenido en otras circunstancias. Media hora más tarde, con un pretexto tan confuso que Kauffman no logró entender, pero que a su vez parecía poner en tela de juicio la salud mental de Kauffman, el polaco se despidió.

—Me alegrará volverle a ver en circunstancias más serenas —dijo sin ninguna convicción.

—Vamos, Prwz —dijo el Duque—. No pensarás que hemos estado groseros.

Prwz se despidió del Duque. Kauffman se levantó para estrechar la mano del polaco.

—Quizá nos encontremos en Madrid.

—Dios te libre, Prwz —dijo el Duque por enésima vez—. Es el peor abogado que tengo.

Prwz-Pérez-Perdito-Prwzulski dejó chispear amablemente sus ojos líquidos, dando a entender, como a menudo sucede con esas fórmulas de cortesía que llegan a expresar exactamente lo contrario de lo que se desea, que esperaba poder recorrer los siete mares y los cinco continentes, en reencarnaciones sucesivas, sin volver a encontrarse con el abogado.

El argentino-polaco reclamó una chaqueta de lino que traía al llegar y se la arrojó sobre los hombros con un gesto descuidado, antes de dirigirse hacia el blanco resplandor de la rotonda donde le esperaba un automóvil bajo las farolas. Pareció que se alejaba en persecución de los extraños negocios que habían de darle la paz y la fortuna, como esos mercenarios antiguos que acaban forjándose un señorío de tierras y un título nobiliario. Caminó por la veranda hacia el porche sin volverse, dejando flotar las mangas vacías de su chaqueta, del mismo modo que hubiera caminado por la cubierta de madera de un lujoso paquebote, o por las entabladuras de un puente, como si fuera la salida natural del escenario donde había estado representando el papel del holandés errante, o el de contrabandista, o el de revolucionario fugitivo, o fraile satánico, o, en cualquier caso, un enojoso papel. Pero en Ramsés Pérez-Perdito-Prwzulski, sin duda, todas aquellas personalidades coexistían, y por eso su salida, como la de los actores consumados que cargan sobre sus espaldas un repertorio habitual de personajes, privaba al escenario de su más seguro valor. El automóvil que había venido a recogerle se desvaneció en el resplandor sobrenatural de la rotonda con un siseo de neumáticos sobre el paseo de grava, y en efecto, algo tenía de intangible y fatal su salida, aunque Kauffman, en su simpleza, sólo estuviera atento a la manera eficaz en que había sabido responder a sus cuestiones, y se sintiera aliviado, como un tendero madrileño, de haber salvado su fondo de comercio en medio de las noticias de alarmantes maquinaciones de la Bolsa de Nueva York.

Kauffman permaneció un cuarto de hora más en compañía del Duque. El perro apareció de nuevo y buscó la compañía de su amo, tumbándose a su lado con el busto erguido y los cuartos traseros desplegados, en una pose tan clásica que hubiera podido ser un perro de porcelana representando la fuerza y la fidelidad. Cuando Kauffman se levantó, el perro alzó las puntas recortadas de sus orejas y atendió a la actitud de su amo. El Gran Duque estaba solo porque su mujer, que existía, raras veces se mostraba con él en Marbella. No se movió de su asiento y despidió a Kauffman con un gesto cansado, casi con indiferencia.

—Bien, Kauffman —dijo con un inesperado acento de fatiga—. Le juro por mis bragas ortopédicas que lo mejor será olvidarse de este asunto.

El abogado farfulló una excusa incomprensible y cobarde. No estaba seguro de cuál era el negocio que había que olvidar, pero al menos estaba seguro de aquello que conservaba en sus manos. Suponía que ser el peor abogado del Gran Duque era, en el mejor de los casos, un título dudosamente cariñoso, y en el peor de los casos, una notificación de despido sin que pudiera demostrar no ser el peor. Prefirió no solicitar precisiones sobre ese último punto. Tuvo miedo de que el Duque se enfureciera y de que el perro coincidiera con el amo.

Pero todo eso eran temores extravagantes suscitados por la tensión de la noche. El rostro del Duque parecía cansado, como si, después de todo, la cena le hubiera humillado, o le hubiera señalado unos límites de impotencia impuestos por la edad. Era difícil saber en qué limbo gravitaban sus pensamientos, en qué regiones de la ambición se movían sus intereses, sabiendo que nada quedaba por alcanzar que no tuviera, que ninguna de las torpes, aviesas, mezquinas o grandiosas manipulaciones que otorga el poder habían dejado de ser ensayadas a lo largo de los años por aquel a quien sus más íntimos amigos llamaban cariñosamente Millonetis, lo mismo que pronto empezarían a llamarle, con el debido respeto a sus muchos intereses y al volumen de su cuenta corriente, el Anciano. Y menos que nadie lo ignoraba el abogado, que todavía en ese momento, ante la estampa del Gran Duque y el perro, inmóviles ambos con la grandeza de las antiguos monumentos funerarios de terracota, tuvo miedo de que el Duque averiguara su propia y aviesa ambición.

El Duque llamó para que acercaran un coche y ordenó que avisaran para que su avión personal estuviera listo en el aeropuerto. En la rotonda apareció un automóvil conducido por el mecánico del Duque, porque el chófer había ido con el otro automóvil a llevar a Prwz. Kauffman se despidió, y el Duque, en lo que parecía una alusión senil, algo confusa, le deseó buenas noches con un gesto vago de la mano. Sin duda pensaba retirarse en cuanto se fuera Kauffman, y esa debilidad y ese temor de los ancianos que sienten llegar las altas horas de la noche, se manifestaba deseando las buenas noches a su invitado antes de que, con un vaso de leche tibia en una bandeja y una píldora cardíaca en la palma de la mano, su propio camarero le deseara las buenas noches a él. Y eso era algo que al Duque le entristecía, como si después de haber superado ampliamente la plenitud de su vida y sus negocios, sólo vislumbrara por delante, día a día, la interminable sucesión de partidas de golf con Sopicrem. No pasarían diez minutos después de que Kauffman se hubiera ido sin que se fuera a la cama, levantándose de su asiento con crujido de mimbres, caminando muy tieso, pero con andares de artilugio mecánico, seguido por el perro, elegante y pausado, que le acompañaba a través de las profundidades de la casa acompasando la cadencia de sus largas patas al andar de su viejo y poderoso amo, hasta el dormitorio, donde el perro aguardaba a que el Duque se encontrara en la cama para dormir a sus pies.

El avión del Duque esperaba en un hangar apartado del aeropuerto, entre una pequeña flotilla de aparatos deportivos que dormían como insectos sobre el hormigón recalentado a lo largo del día. Era un aparato esbelto, potente, con una larga franja niquelada en el fuselaje y las siglas de una compañía perteneciente al Gran Duque que Kauffman no reconoció, aunque segundos más tarde, delante de los ceniceros y de las insignias del piloto estampados con las mismas siglas, GD, cayó estúpidamente en la cuenta de que se trataba de las iniciales del Gran Duque. El interior era confortable como un salón de manicura. Apenas tardaron diez minutos en despegar. Kauffman se instaló como para una breve sesión de ensueño. Había luna, y el avión volaba tan bajo que le parecía ir caminando con amplias y cómodas zancadas sobre el relieve fantasmal y dormido de la geografía peninsular.

Al llegar a Madrid, no pudo resistir a la tentación de decir al taxista que pasara por delante de *La cabaña de Chim* con la esperanza de encontrar compañía. El taxi paró junto a la terraza y Kauffman asomó la cabeza por la ventanilla sin ver a su Lolita. Chim estaba solo y atendía la barra y la terraza. Kauffman le hizo una seña.

—¿Dolores?

Chim le vio, y con la bandeja en la mano, mientras atendía a unos clientes, hizo un gesto preciso frotándose el índice y el pulgar, en señal de dinero, que al mismo tiempo quería significar que la paloma había volado. El abogado comprendió que Lolita había encontrado un cliente. Kauffman permaneció unos segundos desconcertado, y en un gesto reflejo, que se hubiera podido analizar en los manuales de psicología, se palpó los bolsillos como si hubiera perdido las llaves de su propia casa. Entonces ordenó al taxista que arrancara. No eran celos. Un sentimiento más complejo de indefensión y engaño, en el cual tanto podía intervenir el amor como el dinero, le hizo mascullar frases incoherentes. Pagó al taxista dejando una propina exorbitante. Luego, una vez en el apartamento, se metió en la cama y se entretuvo jugando con *Minga* hasta que se durmió.

EL ÁNGEL EXTERMINADOR

Tlac-tlac. Aquino Tuán, el mayordomo filipino de Fernando Garras, cruzó la cocina desierta con sus sandalias de suela de madera, tlac-tlac, salió de la zona de servicio, tlac-tlac, y se dirigió por el pasillo hacia la armería de la casa, desde donde se podía vigilar el césped, el tenis y la piscina. Del lado del vestíbulo se veían los montes, el camino de entrada a la finca y la puerta principal. Aquino Tuán se acercó a la primera ventana y echó una ojeada discreta al jardín. Fernando Garras tomaba el sol en una tumbona. Se había cubierto la cara con una revista y sobre la revista se había puesto un sombrero. El amo dormía. Mientras el amo duerme, el criado vela, decía un proverbio español de la isla de Mindanao. Pero no todo era así, ni todos los criados eran sumisos sirvientes. Mientras el amo duerme, el criado haraganea, decía un proverbio indígena de la isla de Mindanao. La tarde era bochornosa. Por encima de la línea azul de los montes de Toledo se agolpaban las nubes de tormenta.

Aquino Tuán velaba, pero además, tenía otros ritos que cumplir.

Los ritos de Aquino Tuán nada tenían ya que ver con la cotidiana masturbación ritual viendo a Toribia alzar los brazos y enseñar los sobacos al tender la ropa, porque la sirvienta se había ido de vacaciones. Grande era la congoja del filipino. Hacía varios días que se había quedado solo en el servicio de la casa y su alma no encontraba reposo. Toribia ignoraba las fantasías del filipino. La robusta manchega se había despedido hasta el quince de septiembre para ir a pasar las vacaciones a Tomelloso, una isla situada al sur de la línea azul de los montes, en unos mares que el filipino desconocía. Pero sin Toribia la casa era un ámbito vacío, una gruta sin amor, una caracola sin sonido. Aquino Tuán meditaba cuán dulces hubieran sido las tardes con Toribia en la isla de Mindanao. Hubiera coronado su espesa cabellera morena con orquídeas de la jungla. Hubiera enhebrado sobre sus generosos pechos collarcitos de coral. Y en las noches perfumadas de canela hubiera desbraguetado para ella su miembro viril de la casta de los guerreros. Y desde la isla de Tomelloso se hubieran podido escuchar los gritos de placer de Toribia en brazos de su guerrero enamorado, allá en la lejana isla de Mindanao.

Fernando Garras dormía la siesta ignorando el ojo del filipino que vigilaba su sopor desde la ventana. Fernando Garras ignoraba las fantasías de su mayordomo. Adormecido, sometido al poderoso narcótico del sol, sus ojos semicerrados sólo percibían la obscena penumbra de capilla que formaba la revista satinada que había estado leyendo y que había acabado descansando sobre su nariz. Era el número especial de vacaciones de *Muscle and Fitness*, con las más glamorosas exhibiciones de pectorales de playa y un informe especial sobre jarreteras de cuero. A Fernando Garras todo aquello le aburría y le servía únicamente para cubrirse la cara y para ayudarle a hacer la digestión. Hacía mucho tiempo que había perdido la afición por el músculo vulgar y por las cinchas y correas de cuero, y cualquiera que le frecuentara en la vida otoñal y civil, es decir, cualquiera que le frecuentara embutido en el traje de un hombre de negocios, cuadrado, macizo, llenando la chaqueta con unas espaldas robustas como un saco de cemento, con la cintura entallada por unos riñones como correas de transmisión, y el pantalón abultado con dos nalgas como dos bombonas de butano, cualquiera que le hubiera conocido con traje de mil rayas en los más turbios consejos de administración, no hubiera sospechado, pero hubiera intuido, sus actuales récords de natación y su afición a los complicados artilugios de gimnasia. Pocos comprendían que se pudiera ser financiero y atleta. Se comprendía mejor que se pudiera ser hombre de negocios y jugador de cartas. Fernando Garras reunía ambas cosas y sus compañeros de gimnasio eran a menudo sus compañeros de mus. Sin embargo, aquellos otros socios, los que forcejeaban con él sobre grandes paquetes de acciones en torno a mesas ovaladas, y por encima de todos el propio Millonetis, del que a menudo había sido testaferro, temían que la masa muscular de Fernando Garras representara algo más que su masa financiera, y si hubiera practicado la lucha, o el boxeo, o cualquier otro deporte de contacto, lo mismo hubieran temido sus maniobras en Bolsa que tener un roce físico con él al ocupar la butaca que tuviera reservada en cualquier consejo de administración. Tumbado al sol, se había embadurnado de aceite de coco y de crema hidratante de Guerlain con un extraño refinamiento. Todo su cuerpo de bronce irradiaba la misma potencia que recibía del sol. Su piel pasaba de la temperatura a que se suele freír el bonito. Llevaba puesto un bañador ajustado, azul eléctrico, de una fibra especial que habían puesto de moda los ciclistas, y que hacía resaltar una doble bragueta cubriendo, como la trampilla de un teatro, el voluminoso paquete. Y por encima de todo, por encima de la revista satinada que le procuraba una agradable penumbra, se había coronado con un sombrerito de paja gris.

Si alguien no conociera a Fernando Garras como le conocía su mayordomo filipino se hubiera dicho que dormía. Sin embargo, por debajo del sombrero, sus dos orejas, fuertes y bien dibujadas, relucientes, con forma de ensaimada o de caracola de pastelería, elaborando en oscuros laberintos su microscópica gotita de cera, seguían atentas. El último sentido que pierde el hombre que practica la siesta es el oído, lo mismo que el agonizante. A los oídos de Fernando Garras llegaba, pues, el incesante chapoteo del agua contra la canaleta del reborde de la piscina, agitada por el circuito de depuración. Había percibido el lejano tlac-tlac de las sandalias de Aquino como el picoteo de un pájaro carpintero. Del mismo modo, le pareció escuchar el timbre del teléfono en las entrañas resonantes de la casa, pero ése era el primer síntoma de que estaba empezando a adormecerse, porque el teléfono estaba a su lado sobre una mesita de mimbre, junto a los frascos de crema y las gafas de sol, bajo el círculo azul de una sombrilla, y permanecía mudo como un sapo de baquelita. Fernando Garras tardó todavía unos minutos en perder conciencia. Entonces, como si esperara una comunicación telepática o una llamada en sueños, se durmió.

Tlac-tlac, Aquino Tuán se apartó de la ventana. Algún tipo de primitiva intuición le indicó el momento exacto en que el amo dormía. El mayordomo filipino volvió sobre sus pasos y regresó a la zona de servicio, tlac-tlac, desapareció en la fresca penumbra del pasillo y cruzó la cocina desierta, tlac-tlac, gran congoja, donde su pensamiento voló por un instante a la desconocida isla de Tomelloso, donde veraneaba su amor. Aún le pareció ver la silueta de Toribia en el patio cegado de luz, tendiendo la ropa, pero era el ondulante espejismo, sobre el muro encalado, de una sábana que el propio Aquino, con gran nostalgia, había tendido a secar. Cruzó el patio entre las macetas de geranios que él mismo regaba aquellos días, y que reventaban al sol en flores apretadas como mujeres de muchos labios. Luego desapareció por las escaleras interiores que llevaban a su cuarto. El repicar de sus sandalias era allí más lóbrego y discreto. Tlac-tlac. Se detuvo delante de la puerta. Sacó del bolsillo el manojo de llaves de todas clases que siempre llevaba consigo y después de descalzarse se encerró en su habitación.

Con las sandalias en la mano Aquino Tuán se acercó a correr las cortinas de las ventanas de su cuarto, dos tragaluces que se abrían a la altura de los geranios del patio. Habitualmente, desde allí podía contemplar a Toribia sin ser descubierto (nueva gran congoja). La habitación quedó envuelta en una penumbra azul, filtrada a través de las cortinas de sarga. Las paredes eran violáceas. Sin embargo, no todo eran penas de amor en el alma de un guerrero, y otros deberes ancestrales se hicieron presentes en su ánimo. Dejó las sandalias en el suelo, junto al catre y se dedicó a otros asuntos. En la habitación había dos altares, el primero dedicado al santo Aquino, un santo español, y el segundo dedicado al santo Cavite, un santo filipino, y delante de cada uno de los altares ardía una vela negra. Entre ambos altares se hallaba la porra de madera de *bataklán*, que tan buen uso había dado en los últimos días al servicio de las guerras de su amo. Aquino Tuán se inclinó delante del altar del santo Aquino. Luego se inclinó delante del altar del santo Cavite. Se ocupó delicadamente de espabilar las velas negras, de forma que no corrieran riesgo de prender fuego a las flores de papel. Aquino Tuán sentía verdadera pasión por el chocolate. Y con el precioso papel de plata del chocolate que Aquino Tuán consumía en grandes cantidades, el filipino había confeccionado unos elegantes floreros donde se hallaban las flores de papel. Aquino Tuán sonrió. Las flores de papel también las había confeccionado Aquino. A pesar de pertenecer a la casta de los guerreros, Aquino Tuán era habilidoso con las manos, como si perteneciera a la casta de las costureras, y su madre y sus hermanas en la isla siempre habían alabado que confeccionaba flores de papel con mucho primor. Pero las flores corrían el riesgo de abrasarse con las llamas de las velas negras, que podían incendiar el altar, que podía prender fuego a las cortinas, en una cadena de acontecimientos que podía incendiar todo el cortijo. Por eso Aquino Tuán espabilaba tan delicadamente las velas. Por eso apartó ligeramente los floreros de plata con las flores de papel. Cuando le pareció que todo estaba en orden, hizo una segunda reverencia a los santos. Santo Aquino tenía rostro de caballo y mandíbulas de cerdo, porque era santo español. Santo Cavite tenía quijadas de cocodrilo. Era santo filipino y era su preferido, aunque era importante que santo Aquino no estuviera al corriente de ello. Delante de uno y otro murmuró unas oraciones para obtener la ligereza del caballo, la tenacidad del cocodrilo y la buena salud del cerdo. Luego se desnudó.

No se desnudó totalmente, porque un guerrero nunca se desnuda totalmente en sus ritos, lo que los españoles llaman ponerse en pelotas. Conservó alrededor de los riñones un paño enrollado como un turbante, que le pasaba por la entrepierna, dejaba los glúteos al descubierto, y se ceñía al surco de las nalgas anudándose por detrás. Por sus piernas lampiñas y tatuadas ascendían los dioses Tuhr y Nuhr, con el gesto alternativamente ceñudo o benevolente según los movimientos de las nalgas. En la habitación había un armario de luna. Aquino Tuán sacó el culo formando una grupa prominente y se entretuvo unos instantes contemplando en el espejo los gestos enfurecidos o risueños de Tuhr y Nuhr según él iba encogiendo o relajando los glúteos. Los puños de Tuhr y Nuhr desaparecían en el orificio de los vientos donde guardaban sus porras. Muchas novias en la aldea se hubieran reído con eso. Muchas se hubieran enamorado con esa danza nupcial. Con gesto femenino, cimbreando el culo, Aquino Tuán se paseó por el cuarto contemplando de reojo en el espejo los andares mujeriles de Tuhr y Nuhr, pavoneándose como un ave del paraíso, imitando a las mujeres de la casta de las costureras, lo que los españoles llamaban un mariconazo. También al amo le gustaban los andares mujeriles de Tuhr y Nuhr. Aquino vivía en buena armonía con los tatuajes que cubrían sus nalgas, pero el filipino tenía jurado que el amo no le tocaría el culo. Porque un hombre de la casta de los guerreros no se deja tocar el culo, aunque tenga andares mujeriles y manos habilidosas como si fuera de la casta de las costureras, y un hombre de la casta de los guerreros tampoco deja que otro guerrero le introduzca el miembro en el orificio de los vientos reservado a los dioses, lo que los españoles llamaban sodomizar.

Aquino Tuán volvió a saludar al santo Cavite y al santo Aquino. Luego tomó en sus manos la porra de madera de *bataklán*. Decían los guerreros de la aldea vecina a la suya, en la isla de Mindanao, que la madera de *taklán* era más dura, pero Aquino Tuán sabía muy bien, como lo habían sabido todos sus antepasados, que muchísimo más dura era la madera de *bataklán*. Por un momento, Aquino Tuán tuvo debilidad amorosa, y su pensamiento se apartó del rito, preguntándose cómo sería de dura la madera de la isla de Tomelloso. Pero pronto volvió la atención a sus santos, porque Aquino Tuán era un hombre religioso, y sus pensamientos de amor no debían apartarle de sus ritos. Por lo tanto, con la pesada porra de *bataklán* en las manos, prosiguió la ceremonia de purificación.

Cuando había venido a España al servicio doméstico la intención de Aquino Tuán había sido ahorrar mucho dinero, de ese dinero que los españoles llaman *pasta*, para cambiar la *pasta* en dólares y volver a su isla rico y con mujer. Otro sistema que los españoles habían previsto para que Aquino Tuán volviera rico a su isla era la lotería. Aquino Tuán jugaba dos billetes al mismo número. Uno de los billetes lo había puesto en el altar del santo Aquino. El otro lo había puesto en el altar del santo Cavite, bien apartados de las velas negras para que su fortuna no se abrasara. Con la porra de *bataklán* en la mano, Aquino Tuán hizo una nueva reverencia al santo Aquino y otra al santo Cavite, murmurando algunos rezos, sin perder de vista los billetes de lotería, que acababan en cinco. En sorteos anteriores, santo Aquino y santo Cavite no habían atendido sus súplicas, a pesar de haber sacrificado a cada uno de ellos cinco huevos de gallina negra robados del gallinero de Toribia. La sirvienta hubiera entendido ese robo que podía significar la fortuna para ambos. Pero quizá tampoco esta vez alcanzaría la fortuna en aquella lotería que los españoles decían que habían inventado para que los sirvientes filipinos se hicieran ricos. Los españoles eran gente mañosa, y se las arreglaban para que nunca ganaran la lotería los sirvientes filipinos. Y luego, los vendedores españoles de billetes de lotería prometían a los sirvientes filipinos, si compraban más billetes, dejarles ganar. Así que Aquino Tuán no había comprado más billetes. Pero guardaba los mismos billetes de lotería desde hacía meses, desde varios sorteos, y si algún día tocaba en aquellos billetes, exigiría el pago con la porra de *bataklán*.

Aquino Tuán había comprendido que había otro modo de hacerse rico en España, y era tomando parte en las guerras de su amo. Su amo le había dicho que si le ayudaba en su guerra contra los pescadores de perlas, para arrebatarles las perlas, le haría inmensamente rico. Eso es lo que Aquino Tuán había comprendido y estaba de acuerdo. Volvería a su isla inmensamente rico después de haber participado en la guerra de las perlas de Madrid. En las guerras de sus antepasados remotos, allá en la isla, los guerreros se abrían mutuamente la cabeza con las porras de *taklán* y *bataklán*. Más tarde, en las guerras de sus antepasados más cercanos, el misionero ventilaba las guerras cobrando un porcentaje, mientras los guerreros acudían en dos bandos a la iglesia con las porras de *taklán* y *bataklán*. Luego los tiempos habían cambiado, y muchos guerreros habían emigrado a España al servicio doméstico, y las guerras en las aldeas de la isla se hacían ahora con camionetas que vendían con altavoz los paños y riquezas de Taiwan y Singapur, y a eso lo llamaban guerra comercial. Por eso Aquino Tuán se había sentido orgulloso cuando su amo le había pedido que abriera la cabeza con la porra de *bataklán* a sus enemigos pescadores de perlas, para arrebatarles las perlas, como en las guerras de sus antepasados. Pero después de las guerras, después de abrir con la porra la cabeza a los enemigos humanos, había que practicar los ritos de purificación.

Primero le había abierto la cabeza al primer enemigo, que era el pescador-de-perlas-joyero. Pero el amo no le había podido arrebatar las perlas que buscaba y tampoco había permitido que Aquino Tuán saqueara la tienda y se llevara botín. Sin embargo, le había prometido que le haría inmensamente rico, volvió a recordar Aquino, que ponía gran interés en que se cumplieran las promesas. Días después la guerra había proseguido, y Aquino Tuán le había abierto la cabeza al segundo enemigo pescador-de-perlas, al que su amo llamaba patas-blancas, porque pertenecía a la tribu de los patas-blancas. Era un enemigo vicioso, y también decía el amo que era un enemigo duro de pelar. En la soledad de su cuarto, entregado a los preparativos de la ceremonia de purificación, Aquino Tuán chasqueó la lengua recordando los incidentes de la guerra en casa de *Patas Blancas*, con el enemigo de bruces sobre la mesa, atado de pies y manos a las cuatro patas, y el amo introduciendo su miembro en el orificio de los vientos de *Patas Blancas* después de haberle hecho cantar. No había sido una bonita guerra como en los viejos tiempos. Cantar llamaban los españoles no a cantar como llamaban los filipinos, sino a vomitar todo lo que uno no quiere cantar. Al filipino no le gustaba recordar lo ocurrido en casa de *Patas Blancas* y chasqueó la lengua de nuevo. Ningún guerrero debe introducir su miembro en el orificio de otro guerrero, y *Patas Blancas*, a pesar de pertenecer a la tribu viciosa de los patas-blancas, se había defendido como un buen guerrero. Luego el filipino le había machacado la cabeza con la porra, y ése había sido su mejor fin. El amo había registrado la casa de *Patas Blancas* y le había arrebatado la perla que andaba buscando. Aquino Tuán ni siquiera había querido llevarse botín.

Entre los dos enemigos abatidos, Aquino Tuán había machacado el coche del enemigo que vivía en la torre de Danone. Ah, Danone, suspiró el filipino recordando un rascacielos de Danone allá en Manila. El sabor del yogur llenó su boca y cerró los ojos unos instantes evocando los yogures naturales y de frutas, ¡con alto porcentaje de frutas!, que la multinacional comercializaba en su país. Su amo le había ordenado machacar el automóvil del enemigo que vivía en la torre de Danone, y Aquino Tuán había obedecido. Había sido su labor más divertida, como machacar la furgoneta de un vecino de otra aldea. Pero todo aquello, todo lo ocurrido aquellos días, todo lo que su fiel porra de *bataklán* había ejecutado y todo lo que sus ojos habían visto, necesitaba una ceremonia de purificación.

Las ceremonias de purificación del filipino eran tan complicadas como las oscuras elucubraciones de su cerebro. En principio consistían en ofrecer la porra al santo Aquino y al santo Cavite, y efectuar reverencias y genuflexiones como en las misas de los misioneros. Al mismo tiempo se quemaban hierbas a modo de incienso y se recitaba algo que remotamente, como en una divagación lingüística a través de ritos más primitivos, seguía pareciéndose al Credo en latín. Nadie hubiera podido asegurar que el filipino, a su manera, decía una misa, pero en todos sus gestos había algo solemne y pontifical. Aquino Tuán efectuó todas las genuflexiones que supo. Se inclinó frente al santo Cavite, su preferido, ofreciéndole la porra. Y luego se inclinó, más cortésmente pero con mayor frialdad, porque no era su preferido, frente al santo Aquino, ofreciéndole la porra también. Luego bendijo ambos altares con la porra, juntando las cejas con gesto hosco como los misioneros españoles, lo mismo que el misionero en su aldea enarbolaba la custodia. Mientras lo hacía se contempló semidesnudo en el espejo de luna del armario. No pudo reprimir su satisfacción admirando sus elegantes nalgas tatuadas, lo mismo que un sacerdote hubiera admirado con una sonrisa de agrado los bordados de su casulla en el espejo de la sacristía. Luego depositó la porra de *bataklán* entre los dos altares y se acuclilló para rezar. Con la yema del dedo pulgar se contó a sí mismo las yemas de los dedos varias veces, rezando el rosario. Las ceremonias de purificación de su aldea solían terminar con una orgía entre hombres en el interior de la choza, y en eso se diferenciaban radicalmente de la misa y del rosario del misionero, que solía llenar su capilla mayormente con carne de mujer. La mirada de Aquino Tuán se entristeció sabiendo que no podía terminar su ceremonia como tenían costumbre en su aldea. Pero había sustraído dos botellas de Rioja de la bodega del amo, y las guardaba para concluir a solas la orgía de la purificación.

Aquino Tuán se arrojó al suelo y sacó una de las botellas de Rioja de debajo del catre. No sabía leer, pero admiró con gesto entendido la hermosa etiqueta adornada con flores y monedas de oro. Viña Ardanza, Cosecha de 1982. A Fernando Garras le hubiera dado un infarto si se hubiera enterado de que el filipino se bebía sus mejores vinos celebrando misas vudú, y le hubiera introducido una botella más barata por el orificio de los vientos a modo de escarmiento. Pero a Aquino Tuán aquello no le importaba, porque formaba parte de los riesgos del guerrero. Sentado en el suelo, con las piernas cruzadas delante de los altares de los santos Aquino y Cavite, algo triste por celebrar una orgía a solas con los santos, Aquino Tuán descorchó hábilmente la botella y aplicándose el gollete a los labios empezó a beber.

El vino era un licor extraño y sabroso en el paladar del filipino. Corría por la garganta con largos tragos espesos y gorgoteaba como un caldo tibio y benéfico en la bodega insaciable de su estómago. Era, sin lugar a dudas, la parte más amena de toda la larga ceremonia de purificación. Súbitamente, con la mano en la botella y los ojos alzados al cielo, sin despegar los labios, Aquino Tuán detuvo el trago. Le parecía haber oído ruidos en la casa. Había sido un rumor muy lejano, como si estuvieran arrastrando muebles en algún salón. Aguzó el oído y el mismo rumor, más ronco, pero no más cercano, se dejó sentir. En algún lugar del firmamento, en el límite de los montes con las nubes, los dioses arrastraban grandes bloques de piedra. El instinto tropical de Aquino Tuán le advirtió que se acercaba una tormenta, quizá la última tormenta del verano, quizá la primera borrasca del otoño. Su fina nariz arqueada venteó el aire percibiendo moléculas de ozono, del mismo modo que allá en su isla un aroma distinto, euforizante, anunciaba la época del monzón. Sin embargo, dejó de prestar atención al lejano rodar de los truenos. Cerró los ojos y siguió bebiendo vino, porque nada que no fuera el rayo de la muerte debía interrumpir la ceremonia de purificación.

Hacía un calor sofocante, y su espalda desnuda se fue cubriendo de perlas de sudor. También el sudor corría en surcos por la entrepierna, y parecía que los tatuajes de sus nalgas fueran a desteñir tinta azulada sobre el suelo. Como los guerreros de las tribus primitivas que pasan a un estado de enajenación transitoria en contacto con los dioses, Aquino Tuán fue perdiendo conciencia a medida que iba terciando la botella de Rioja. Pero con dos o tres vigorosas sacudidas su espíritu lograba despertar del sopor del vino, dejando grandes lienzos de olvido entre los enemigos muertos y la ceremonia que tenía lugar en aquel cuarto. Cuando cayó la primera botella con el mismo prolongado rodar de los truenos, el filipino sonrió, porque sabía que debajo del catre quedaba una segunda botella de hermosa etiqueta, adornada con flores y monedas de oro. También tuvo otros atisbos de lucidez. Era un pobre filipino solitario, emborrachándose en un semisótano, muy lejos de sus palmerales a la orilla del mar. Los españoles eran brutales, pero no eran necios. Su vino de Rioja servía para purificar la conciencia de Aquino Tuán.

Mientras tanto, Fernando Garras dormía la siesta. Su tórax de bronce se alzaba y descendía al ritmo de la respiración como una caja fuerte dotada de movimientos neumáticos. La sombrilla había desplazado cincuenta centímetros su círculo azul sobre la mesita que tenía a su lado. En otras estaciones del año, cuando el otoño imponía los trajes cruzados, o cuando el invierno arrojaba sobre los hombros de los financieros gabanes de vicuña, Fernando Garras sentía su cuerpo prisionero. Sólo allí, junto a la piscina, en los últimos ardores del mes de agosto que endurecían su cuerpo hasta convertirlo en el barro tostado de un gladiador de Pompeya, Fernando Garras tenía el sentimiento, entre helénico y romano, de vivir unos paradójicos instantes de inmortalidad. Bajo los rayos del sol manchego su cuerpo adquiría los tintes vinosos de las tahitianas de los cuadros de Gauguin, aunque nadie hubiera pensado nunca en comparar a Fernando Garras con una tahitiana. Y si algún día aquella envoltura carnal hubiera de cuartearse, cosa que a muy pocos atletas les cabe en la cabeza, no cabe duda que del cuerpo de Fernando Garras se desprenderían robustos fragmentos clásicos, un brazo, una pierna, el torso, como restos que la exaltación y la práctica de la gimnasia legaban a la posteridad. Eran hombres sobre los que parece que nunca hubiera de caer el crepúsculo, y menos aún que hubieran de amedrentarse por una tormenta. El sombrero de paja había resbalado sobre su nariz, y hacía rato que la revista satinada que había estado leyendo descansaba en el suelo. El aire permanecía inmóvil, como habitado por los dioses dormidos, y sólo en el último instante los árboles se habían agitado con el soplo del espíritu. Fernando Garras abrió un ojo cuando oyó los primeros truenos espaciados. Del otro lado de la piscina se levantaron rumores borrascosos entre las ramas de los pinos. Una de las hojas de la revista caída en el suelo se volteó.

De hecho, hacía más de diez minutos que Fernando Garras estaba despierto. Su sueño era intenso pero no estéril, y se había representado los acontecimientos de los últimos días bajo formas ardientes de codicia, y pletóricas de satisfacción. Había soñado con imágenes de dinosaurios, que era la forma poderosa y extravagante de dar vida a sus ambiciones. Se había despertado con el estruendo del cielo, pero muy pronto su oído había captado el leve chapoteo del agua en la piscina, y había atribuido a los dinosaurios lo que ni tan sólo era una pesadilla, o un remordimiento, sino el estremecimiento del mundo ante lo que al propio Fernando Garras correspondía: el título magnífico y terrible de *Tiranosaurio Rex*.

Alzó el ala del sombrero y lanzó una ojeada a su alrededor. Llegaban nubes del sur, proyectando sombras de cobalto sobre los montes. De allí procedían habitualmente las tormentas que en cada gota aportaban medio litro de agua, extinguiendo los fuegos del verano. Eran nubes altas, bíblicas, rotundas, con el lento desarrollo de una explosión atómica, nubes del tiempo de los dinosaurios, pensó Garras, admirando el vivísimo fulgor nacarado de los relámpagos y el mensaje demorado de los truenos. De algún modo, aunque la tormenta descargara aún tardaría en llegar.

Volvió a cubrirse los ojos. Otros pensamientos ocuparon su cabeza, y en ello entraba la satisfacción de haber conseguido al fin hacerse con lo que deseaba. Había varias maneras de disfrutar de la posesión de perlas, y una de ellas, acaso la más refinada, era disfrutarlo a solas. La perla irradiaba tal poder de seducción que en lugar de su procedencia submarina parecía que hubiera sido elaborada en el infierno. De bruces sobre la mesa, aquel maricón había acabado confesando que la tenía escondida en un zapato. ¡En un zapato! El tórax de Garras vibró con una carcajada imaginaria recordando la ceremonia de sangre y mierda que le había permitido hacerse con ella. A sus oídos habían llegado extraños rumores sobre aquellas perlas. Ahora que una de ellas se encontraba en sus manos, sin duda los rumores se harían más extraños, siguiendo el mecanismo que exige la multiplicación del misterio cuando el primitivo enigma no se acaba de resolver. A Fernando Garras le tenía sin cuidado. Como los monarcas que sólo confían en su barbero, Fernando Garras sólo confiaba en su masajista, pero el filipino no era su verdadero masajista, y Garras sólo esperaba el regreso de vacaciones de su masajista habitual del gimnasio para pedir consejo. Con ello su mente se hallaba ocupada en saborear el placer de saberse dueño de una de las perlas, mientras maquinaba los medios de hacerse con la segunda. Sabía que se hallaba en poder del abogado. Imaginó escenas de violencia que se le antojaron deliciosas. Debajo de su traje de baño ajustado, azul eléctrico, el paquete sexual de Fernando Garras palpitaba como una bomba de relojería. Las situaciones crudas, y la perspectiva de renovarlas, excitaban su voluptuosidad. Nada le permitía ver signos ominosos en la tormenta que se acercaba, ya fuera porque Garras ignoraba todo de la ciencia de leer presagios en las nubes, o porque pensara, en su orgullo, que toda la potencia que una tormenta desencadenaba la compartía con él.

Se hallaba sumergido en un bálsamo de ambición como en vaselina cuando a su lado sonó el teléfono.

—¡Piiirrr, piiirrr!

Había olvidado que el teléfono estaba a su lado. Luego lanzó la garra y atrapó el aparato que cantaba como un mirlo. Entre las manos de Garras repitió su trino, puurrr, puurrr, casi ahogado, hasta que Garras extrajo una minúscula antena negra del aparato y el pájaro calló.

—¿Diga?

—¿Garras?

Garras oyó su nombre y se incorporó a medias en la tumbona. Había reconocido la voz de su interlocutor.

—¿Kauffman? —dijo envolviendo el diminuto teléfono en el puño.

—¡Miserable, maldito gorila!

—Bien, Kauffman, bien.

—¡Enano de pacotilla, asesino, ladrón de joyas!

—Calma, Kauffman.

—No habrá descanso para ti hasta que te haya hecho vomitar la perla que has robado.

—¿Robado? ¿Estoy hablando con Kauffman, el abogado que tiene la primera perla? —dijo Garras echando a andar a lo largo de la piscina.

—¡Miserable! Yo no he abierto los sesos a nadie. Yo no he violado a pobres maricones.

—Vamos, Kauffman...

El abogado recordó su coche destrozado y le inundó una ola de rencor.

—¡Me destrozaste un coche que aún rodaba!

—Comprenderías el mensaje —dijo Garras sardónico.

—¡Con él llevaba a mis hijas al colegio! —exclamó Kauffman con un súbito alarido paternal.

—Te comprarás un coche nuevo, Kauffman, o tus hijas tomarán el autobús escolar —dijo Garras cansado de aquella exhibición de sentimientos—. ¿Dónde está tu mujer? Te tengo vigilado, Kauffman. A tu mujer se la está follando un negro.

—Ahhgggg...

—¿Y sabes cómo la tienen los negros? Los negros la tienen de elefante —prosiguió Garras—. Maldito idiota.

—¡El Gran Duque te hará pedazos! ¡No quedará de ti ni la silueta!

—Estás loco, Kauffman. Si el Duque se entera de que tienes una perla acabarás con un bufete en el cementerio. ¿Por qué no te tranquilizas? ¿Me has llamado para insultarme?

—Sí.

—Pues ya lo has hecho. Supongo que ahora podemos hablar como socios. ¿O no somos socios? Tú tienes una de las perlas y yo tengo la otra. Tú tienes a *la Embaucadora* y yo tengo a *Némesis*. Já, já. Me gustan esos nombres. Son nombres de prostituta.

—¿Qué pretendes, Garras?

—Hablar contigo. Naturalmente no puedo hablar contigo mientras me sigas llamando ladrón, enano y asesino. Sobre todo enano. De una bofetada te puedo destrozar la mandíbula y subirme a tus cojones para aumentar de estatura. Pero si te tranquilizas podemos llegar a un acuerdo.

Cuadrado y macizo, Garras llegó al otro lado de la piscina y dio la vuelta. Se detuvo un momento con el teléfono móvil en la mano, con paciencia, como si acabara de dar un buen consejo. Mientras tanto, del otro lado del teléfono,

Kauffman recuperaba la respiración. La letanía de insultos le había agotado. La alusión al tamaño del pene de los negros le había desestabilizado, más aún que las informaciones de que disponía Garras. Más que furia, la súbita alusión a penes de gran tamaño le había sumido en la perplejidad, como si esa cuestión fuera la clave de sus más desaforados fantasmas conyugales. Dejó para otro momento la consideración del tamaño de su propio pene, que siempre había estimado de regulares proporciones. Quizá no como el de los negros. Quizá no de elefante. Pero había muchas mujeres, pensó modestamente, que más que la envergadura del pene, aprecian la habilidad. ¿O era eso un gratuito consuelo de hombre blanco? Además, ¿cómo sabía Garras que su mujer estaba teniendo una aventura con un negro? ¿Tenía acaso mejor información? Suponía que entre lo que Garras sabía y lo que Garras contaba entraba algo más que el deseo de humillar. ¿Cuál era el tamaño del pene de Garras? Los enanos le tienen gordo y pequeño. Penes de botijo. Pero tienen fama de ser tremendamente habilidosos. Garras era un atleta. Probablemente tendría un pene gordo, pequeño y musculoso, del que se sentiría ufano. Era temible, sin embargo, imaginar lo que Garras podría hacer con su robusto pene.

—¿Te has quedado mudo, Kauffman?

—Estaba reflexionando —dijo Kauffman emergiendo de un bosque de penes de diferentes tamaños.

—Te propongo un pacto —dijo Garras—. Yo deseo la perla que tú posees y tú deseas la perla que yo poseo. Mi fortuna es considerable —añadió rascándose el pecho de bronce—. No tan considerable como la del Gran Duque, por supuesto, pero creo que puedo hacer una oferta que no podrás rechazar.

—¿Cómo sabes que a mi mujer se la está follando un negro? —interrumpió obsesivo Kauffman.

—Déjate de tonterías, Kauffman. Tu mujer se ha ido de vacaciones sola y tú no has perdido el tiempo ahí en Madrid. Me lo ha dicho un pajarito.

—Maldito...

—Maldito gorila, ya sé. Puedo hacer que te destrocen la cabeza y forrar un par de bolas de golf con tus pelotas. Por ahí no vamos a ninguna parte.

—¿Qué pretendes?

—Ya te lo he dicho, Kauffman. Que vengas a cenar conmigo y hablemos de negocios. Estaba esperando tu llamada. He encargado pavo trufado y helado de pasas con ron.

—¿A qué hora?

—A la hora que tú quieras. No dejes que se funda el helado.

—Estaré en la finca a las diez.

—¿Vendrás solo?

—Iré solo. En un coche alquilado.

—Bravo, Kauffman. Me gusta la gente que sabe salir de apuros. Aquel trasto se estaba quedando viejo.

—Otra cosa, gorila. ¿Qué sucederá si rechazo tu oferta y te hago una proposición para quedarme yo con la segunda perla?

—¿Qué vas a proponerme tú, desgraciado?

—Quién sabe —aventuró Kauffman, sin tener la más remota idea de cuál podía ser su proposición.

—No me hagas reír. Te quedarás con un bufete de abogado en el cuarto de las escobas de tu edificio —dijo Garras—. Supongo que no pretenderás arruinarte por algo que no está a tu alcance. Necesitas coche nuevo y darte la buena vida con tu esposa. No olvides que a las mujeres les gusta más el dinero que las buenas pollas de los negros.

—Ahhhgggg.... —exclamó Kauffman por segunda vez.

—Vamos, Kauffman, tu futuro empieza ahora —prosiguió Garras, caminando de nuevo a lo largo de la piscina con el teléfono pegado a la oreja, satisfecho de su crueldad—. Tú puedes trabajar para mí lo mismo que has trabajado para el Gran Duque. ¿Qué negocios te ha propuesto Millonetis? ¿Representarle en las subastas? ¿Gestionarle alguna póliza de seguros? ¿Llevarle los palos en el club de golf? Conmigo podrás ser poderoso. Empieza por entregarme esa perla.

Kauffman tragó saliva.

—Te espero a la hora de la cena —dijo Garras.

—De acuerdo —aceptó Kauffman con odio y con una inexplicable confianza en su buena estrella.

El abogado dejó el teléfono. Fernando Garras desconectó el suyo y fue a dejarlo junto a la tumbona, donde estaba su albornoz. Creía que se acercaba el momento de ventilar grandes asuntos. En cualquier caso, no pudo evitar frotarse las manos después de anudarse el albornoz de seda, bordado con las siglas FG en verde y rojo, satisfecho y ceñudo como un campeón de boxeo aguardando a su rival en un combate amañado de antemano. La cena era un trámite. Cualquier cosa podía servir para distraer a la víctima y ponerla en condiciones de entregarse sin remisión. La cocinera había dejado una provisión de pavo trufado al irse de vacaciones y Garras suponía que había helado de postre en el congelador. El filipino haría de camarero. Lo importante, como en las grandes veladas de ring, como en las grandes artimañas financieras, era alzarse con la bolsa, en este caso con la perla, y Garras estaba seguro de conseguirlo. Sucio, violento y seductor, nadie podía resistir sus proposiciones. Cerró los ojos y alzó el puño a las oscuras copas de los pinos, donde el atardecer ponía ribetes de sangre en las nubes de tormenta. Como un coloso de reducidas proporciones, enfundado en su albornoz heráldico, Fernando Garras parecía amenazar al cielo, y desde la altura, un pájaro blanco y negro, probablemente una urraca, respondió con un graznido. Luego sus alas parpadearon un instante y desapareció entre las ramas altas de los árboles. Garras se echó a reír y apretó los dientes. La tarde era sofocante y el albornoz de seda empezó a marcar la línea de la espalda y el triángulo de los omoplatos. El invisible combate de Garras había comenzado. Garras sudaba. Luego se volvió hacia la casa y lanzó un grito poniéndose las manos en la boca a modo de altavoz.

—¡Aquino!

Los toldos rayados de la terraza vibraron en silencio.

—¡Aquino! ¡Granuja!

Habían pasado diez minutos. Aquino Tuán había salido de su sótano y había estado espiando a su patrón desde la terraza. En el camino de grava se había formado un remolino lúgubre. Largas sombras tenebrosas inundaban el jardín. El espacio se llenaba de presagios.

—¡Aquino! ¡Chino de mierda! ¡Dónde te has metido!

Tlac-tlac. Aquino Tuán hizo resonar las sandalias sobre las baldosas de la terraza y asomó la cabeza entre dos macetas de geranios.

—¿Quieres bajar de una vez? ¿O voy a tener que ponerte una anilla en las narices para que obedezcas?

Tlac-tlac-tlac, Aquino Tuán se apresuró a rodear la balaustrada y bajar las escaleras. Golpeó uno de los geranios con el codo y la maceta se tambaleó. Ta-tlac, ta-tlac, los peldaños oscilaron. Las escaleras se hacían dificultosas y el filipino notaba la botella de Rioja que llevaba en el cuerpo. ¡Ah! Sus ojos no veían visiones, pero la escalinata descendía suntuosa ante él con un esplendor crepuscular que nunca hasta entonces había admirado. ¡Ah! ¡Cuántos prodigios podría contar en su isla! Al mismo tiempo temía tropezar y caer, y que luego se pudiera decir que Aquino Tuán era un guerrero borracho que no aguantaba el vino de los españoles. Fernando Garras seguía vociferando. Al fin, erguido como un cacique, tomando como referencia la distancia que le separaba en línea recta de su patrón, el filipino llegó al césped sin contratiempos y recuperó la compostura. La hierba amortiguó solemnemente el eco de sus sandalias de madera. Por un instante, Aquino Tuán vio ante sí la lejanísima silueta de Fernando Garras que paulatinamente se iba acercando. El filipino se detuvo. Otro prodigio. Le pareció que su patrón, con los puños enfundados en los bolsillos del albornoz, se parecía al santo Aquino, el de las mandíbulas de cerdo. Siguió avanzando. Dio un traspiés y perdió una sandalia en la hierba. Se agachó para recogerla y de repente, al levantar la mirada, su patrón estaba delante de él zarandeándole por el hombro.

—¿Estás sordo? ¿Dónde diablos te habías metido?

El filipino se puso en pie con la sandalia en la mano. Garras vio que estaba desnudo, es decir, con los riñones, el culo y los genitales cubiertos con aquella especie de turbante anudado, exhibiendo en la sombra el enjuto cuerpo de lombriz y la exuberante filigrana de las piernas tatuadas desde las nalgas hasta los tobillos. Aquino Tuán se calzó la sandalia y se mantuvo en posición de firmes.

—Apestas a vino. ¿Qué has estado haciendo toda la tarde?

—Aquino celebraba ceremonia.

—Eres un farsante borracho —dijo Garras dándole una bofetada en la mejilla, casi con desgana. El filipino se tambaleó. Santo Aquino, el de las mandíbulas de cerdo, se mostraba hostil—. Tienes que estar listo esta noche —prosiguió Garras—. El abogado Kauffman viene a cenar.

—¿Kau Man? —dijo Aquino con la mano en la mejilla.

—El mismo.

—Aquino estará listo con porra si Kau Man viene —se apresuró a decir el filipino para intentar apaciguar a Garras.

Garras se echó a reír, satisfecho de la fidelidad de aquel macaco.

—No es eso. Prepara la cena y prepara la porra. Pero primero prepara la cena, y quizá luego la porra.

Aquino Tuán asintió con la mirada. ¡Oh! ¡Qué tarde de prodigios! Las mandíbulas de cerdo de su patrón parecían ahora rezumar babas de sangre.

—No quiero errores —amenazó Garras—. A la menor equivocación, te meto la porra por el ano.

—Aquino sabe.

—Pues eso.

El filipino retrocedió sin perder de vista a su amo. Unos pasos más allá saludó y volvió la espalda. Garras sonrió con mueca de jabalí, rascándose el cogote. El filipino se retiró emprendiendo un trote corto que hacía castañetear sus sandalias, flap-flap, alterando al mismo tiempo en la penumbra el complicado ceño de los dioses que adornaban sus muslos. Garras suspiró satisfecho. Quizá, si todo salía bien, lo celebraría aquella misma noche follándose a aquel macaco. Hacía semanas que le tenía echado el ojo a los azules tatuajes del culo. Un mismo pensamiento reunía su ambición de conseguir las perlas con la perentoria necesidad de sexo. El chino estaba advertido. Más de una vez le había pellizcado las nalgas tatuadas en el cuarto de masajes. Se ofrecería sin resistencia, pensaba Garras, como en una ceremonia de fornicación ritual. Bastaría con darle unas palmadas en el culo para animar a los dioses. Já, já. Debajo del albornoz, y debajo del ceñido traje de baño de ciclista, el pene corto y musculoso de Garras inició una erección poderosa, como el desarrollo de un hongo atómico bajo el ajustado tejido de licra. Luego el pene se apaciguó, como un animal peligroso apenas alterado en su descanso. Garras se envolvió en el albornoz y se retiró a la tumbona. La tarde caía con hervores de tinta. La lámina de agua de la piscina recogía en grandes círculos cambiantes el brillo satinado de la tormenta que no llegaba a descargar. Por un desgarrón del cielo el tejado de la casa se cubrió de acuarela malva, procedente de la lejanía de las sierras. Relámpagos de calor cruzaban el firmamento como una piel de cebra. Inmóvil y reflexivo como un campeón en la sesión de sauna, Garras meditaba sobre la insignificancia humana frente al insostenible trance del crepúsculo.

Aquino Tuán regresó al sótano que le servía de habitación pasando antes por la cocina. Cruzó los salones entre destellos de cristal y grandes cuarterones de sol poniente, tlac-tlac, rozando los largos penachos de las plantas tropicales y tropezando con las sillas. ¡Oh! ¡Cuántos sufrimientos duermen en la tentación del vino! Le ardía la mejilla por la bofetada recibida y le ardía el corazón humillado, pero al llegar a la cocina su sentimiento se transformó en melancolía, y se quitó las sandalias como si pisara suelo sagrado. La ausencia de Toribia, la cocinera, impregnaba el ámbito vacío. ¡Oh! ¡Si al menos pudiera acercar un delantal a sus narices y respirar su aroma de guisos y nabos! Pero Toribia había pasado los delantales por la lavadora antes de irse de vacaciones, y en la cocina se respiraba un ambiente higiénico de lejía y salfumán. Aquino Tuán se entristeció. ¡Qué lejos estaban los aromas de canela y pimienta de su isla! ¡Qué lejos, también, los amorosos efluvios de guisos y nabos! Dejó las sandalias sobre un taburete, y sintiendo en la planta de los pies el contacto de las baldosas frías, se dirigió al frigorífico, lleno hasta desbordar. Parecía la consigna de una estación de ferrocarril cargada de vituallas. Toribia había pensado en su amo, pero el filipino, con una lágrima en los ojos, recortado su perfil amoroso en la inmóvil luz polar del frigorífico, suponía que Toribia había pensado exclusivamente en Aquino Tuán. No faltaría cena. Pero Aquino Tuán se desentendía de la cena. Echó mano descuidadamente de una salchicha cruda y la mordió satisfecho. El vino le había abierto el apetito. Antes de cerrar el frigorífico echó mano de otro par de salchichas y se las metió en el turbante que le ceñía la cintura, como provisión para su cuarto. Luego salió de la cocina suspirando. Dejó olvidadas las sandalias en el taburete y sus pasos elásticos mantenían altiva la silueta del guerrero enamorado, como le hubiera gustado que le vieran en su aldea. Si algún día regresaba a la isla se mandaría construir una casa como aquélla, para él y para su dulce cocinera, y haría que le sirviera un atleta español, obligado a tatuarse el culo y escrupulosamente cubierto de bofetadas a la menor ocasión.

De nuevo en su habitación, volvió a sentir en la mejilla el ardor de la bofetada, mientras masticaba furiosamente otra salchicha. Peor aún. Con la doble presciencia que le otorgaba el Rioja, sentía clavada en el culo la mirada que le había dirigido su patrón. Un guerrero no se deja mirar de ese modo, impunemente, las nalgas. Delante de los altares del santo Aquino y del santo Cavite aún se quemaba el incienso. Las cuatro velas ponían sombras delicadas de azul y rosa en las flores de papel. Aquino Tuán se sentó en el suelo. Cruzó las piernas y clavó los ojos en los santos. Santo Cavite, el santo de quijadas de cocodrilo, comprendía su humillación. Santo Aquino, el santo español de las mandíbulas de cerdo, parecía indiferente a su dolor. Aquino Tuán se levantó y volvió contra la pared la estampa del santo Aquino. Volvió a sentarse con las piernas cruzadas y se quedó a solas con el santo Cavite. Si hubiera tenido a mano una gallina negra, la hubiera degollado en su honor. A cambio, depositó delante del altar la tercera salchicha. Su humor había cambiado y no se hallaba con el espíritu dispuesto para oraciones. Al contrario. Lo mismo que le ardía la bofetada le ardía el corazón. En aquel mismo instante un sistema automático encendió las luces exteriores de la casa, y el farol del patio derramó por el tragaluz sombras lívidas, breves fantasmas de violencia proyectados contra la pared como en una instantánea, y ante los ojos de Aquino se manifestó la porra depositada delante del altar, junto a la salchicha, y supo que aquél era el instrumento doméstico de la justicia tanto como de la venganza, bendecido por el santo Cavite, enemigo de españoles, lo mismo que otros hombres, y otros profesionales, y otras servidumbres, poseen herramientas particulares para vengarse y para ganarse el pan.

Se arrojó al suelo como si fuera a bucear en el cemento y buscó a tientas la segunda botella de Rioja que había escondido debajo del catre. La descorchó hábilmente y echó un trago largo y salvaje, como los guerreros en las orgías nocturnas, persistiendo en la ebriedad. El vino espeso y sabroso, reserva del 82, le fue grato a los labios, le apaciguó la garganta y en parte se le derramó por el pecho. Un eructo sombrío, cargado de vapores de digestión, le llenó los carrillos. Aquino Tuán se tranquilizó. Hacía rato que el mundo de los sentidos había perdido consistencia. El efecto de la anterior botella de vino había comenzado a extenderse sobre la imaginación, de forma que ahora se complacía en vagas y sumarias ejecuciones que tenían a su patrón como objetivo. Hombre blanco, sucio de alma. Aquino Tuán empinó el codo y echó un segundo trago de la segunda botella. El Rioja le corría por la comisura de los labios formando dos torrentes de púrpura que de nuevo le ensangrentaron el pecho. Tosió. Vaciar media botella en dos tragos le había producido un breve jadeo y estaba a punto de sofocarse. Descansó unos minutos. Se limpió los labios con el reverso de la mano y después siguió bebiendo con los ojos fijos en el techo hasta agotar la botella, que luego, dulcemente liberada de la mano de Aquino, fue rodando hasta encontrarse en un rincón con su compañera de la misma cosecha, con la vacía memoria de una lejana vendimia, en un largo destino compartido, siguiendo una pendiente natural imperceptible en el suelo de la habitación.

¡Ah! A su memoria acudían viejas canciones de su clan y de su tribu. *De Luzón a Mindanao. Boga-boga. Dale caña al misionero*. Todo ello en la lengua ancestral. El espíritu de sus antepasados y familiares corría por sus venas, en una especie de conciencia múltiple de la personalidad. Creyó reconocer a uno de sus abuelos, jugador y borrachín, aficionado al aguardiente de palma. Y también reconoció el espíritu de su madre devota, y el de su hermana, que tanto alababan de niño sus manos de costurera. Ahora se escandalizarían de verle borracho. Pero ellas no sabían lo que era venirse a España a ganarse la *pasta*. Otras memorias fortalecían su ánimo. Una de sus abuelas había sido concubina de un emigrante español, y había introducido en el repertorio de la estirpe el *Boga-boga* al mismo tiempo que unas gotas de sangre vizcaína. En la digna ebriedad de Aquino Tuán no faltaba el orgullo de Euzkadi, ni tampoco faltaba fortaleza para dominar la situación.

En aquel momento creyó oír un fuerte chapuzón, como de un cuerpo pesado lanzándose al agua. Al poco rato le pareció que le llamaban a voces.

—¡Chino de mierda! ¿Me oyes? ¡Te estoy llamando!

En efecto. Fernando Garras se había dado un baño nocturno en la piscina. Kau Man aún no había llegado. El chino de mierda era él.

Aquino Tuán se levantó con desgana. Su cabeza casi rozaba el techo del cubil. Se acercó a los altares del santo Aquino y del santo Cavite y volvió del derecho la estampa del santo Aquino que había quedado vuelta contra la pared. El amo seguía vociferando. Aquino Tuán hizo una mueca de desagrado. Le molestaban aquellos gritos. Salió por fin del sótano y cruzó el patio bajo el farol cubierto de mosquitos. Llegó sigilosamente a la parte oscura de la terraza y asomó la cabeza entre dos macetas de geranios. El aire fresco de la noche le despejó los sentidos. Grandes círculos de luz iluminaban el césped arrojando sombras de cobalto. La piscina era un rectángulo verde, con transparencias de esmeralda, levemente estriado de franjas negras, oscilantes, bajo una luz irreal. Fernando Garras daba voces junto a la piscina.

—¡Una toalla!

Aquino Tuán comprendió que el patrón necesitaba una toalla.

—¡Te voy a hacer tragar una toalla! ¡Chino de mierda!

El patrón necesitaba una toalla para hacérsela tragar a Aquino Tuán.

El filipino dio media vuelta y regresó por donde había venido. Sus pies descalzos se deslizaban sobre las baldosas apartando los espíritus perniciosos que pudieran delatar su presencia. Cruzó de nuevo el patio, indiferente al congreso de mosquitos reunido alrededor del farol. Bajó de nuevo al sótano. Muchas cosas habían pasado por su cabeza aquellos días. Negras presunciones se habían adueñado de su ánimo, pero ninguna tan negra como aquella de imaginar a su patrón pretendiendo hacerle tragar una toalla, y luego, quién sabe si con la toalla en la boca para evitar sus gritos, no intentaría la infamia suprema que ningún guerrero digno y orgulloso podría tolerar. Instintivamente Aquino Tuán sintió que se le estrechaba el culo. El ámbito vacío de la casa y el doloroso vacío de su corazón enamorado hacían más sensible su temor. Entró en el sótano mientras Fernando Garras continuaba dando voces. La porra de *bataklán* estaba delante de los altares de los santos. Aquino Tuán la tomó en sus manos con el movimiento mecánico, resignado y ritual de un verdugo sin problemas de conciencia. Muchas cosas había soportado Aquino para ganarse la *pasta* en España. Mucha burla y escarnio habían despertado sus nalgas tatuadas en la espesa imaginación del patrón. Con la porra al hombro salió del sótano cerrando tras de sí la puerta. Luego recogió una gran toalla de baño en las bandejas de mimbre de la lavandería. Al pasar por la cocina se calzó las sandalias que había dejado sobre el taburete. Tlac-tlac-tlac, Aquino

Tuán avanzó señalando su presencia. Garras oyó el tlac-tlac de las sandalias. Aquino Tuán apareció en lo alto de la escalinata y Fernando Garras alzó los puños.

—¡Dónde estabas, chino de mierda!

El filipino bajó los peldaños con el empaque de un macero municipal. Los vapores del vino hacían correr plomo por sus venas. Se acercó a su patrón hasta situarse a un metro de distancia. En su aldea se sacrificaban terneros de un mazazo. Así había de calcular la distancia para sacrificar a su patrón. Después escaparía a la isla de Tomelloso.

—Tuán trae toalla —murmuró con voz sombría.

—¡Por fin!

Aquino Tuán entregó la toalla. Viejas astucias de combate le habían enseñado a mantener ocupadas las manos del adversario. Cambió la porra de hombro. Garras empezó a secarse el pecho con vigorosas fricciones.

—¿Sabes una cosa, Tuán? Yo te tengo mucho cariño. Te tengo simpatía.

—Aquino sabe.

—Pero me irrita que desaparezcas en tu agujero cuando te necesito —prosiguió Garras lanzando una bofetada que alcanzó al filipino en la mejilla y le desestabilizó.

Aquino Tuán recuperó el equilibrio manteniendo el contrapeso de la porra. No había contado con la velocidad del rival. Garras se volvió de espaldas secándose los hombros. Luego se dio la vuelta de frente exhibiendo los pechos carnosos, fuertes y húmedos, como de bestia anfibia. La luz de la farola más cercana derramaba sobre su cuerpo un resplandor metálico, como si estuviera bruñido con pátina de orfebrería. Las piernas cortas y peludas derramaban un reguero de agua a sus pies. La suave ondulación de la piscina parecía acompañar sus movimientos con una transparencia submarina, delicadamente ofrecida en la noche. Había algo idílico en la proximidad ignorada de la muerte que hacía del robusto Garras un ser frágil, efímero en el tiempo, como una flor. Sus gestos eran hábiles, no desconfiados, manejando la toalla con aquellas anchas manos que eran un auténtico almacén de bofetadas. ¿Y por qué había de desconfiar? Parecía abrazado por la fatalidad nocturna con pétalos de tinta china y regueros de plata, como si la noche derramara oprobio y riqueza y expresara un sentimiento de simpatía hacia él, tan robusto y cándido en aquel momento, igual que los terneros sacrificados en la aldea del filipino, cortejado al mismo tiempo por el vuelo de un murciélago y por la melodía de un ruiseñor en el pinar. Y cualquiera, incluso sus más acérrimos detractores, sus socios y enemigos, incluso quienes habían sufrido sus hostigamientos en Bolsa, hubieran sentido lástima por él, aunque hubieran de celebrar con su cadáver un banquete, y su cabeza se ofreciera sobre los manteles, al postre, como un melón maduro. Garras se detuvo un momento y acercó las narices a su sirviente.

—Sigues oliendo a vino. ¿Qué haces con la porra? ¿Estás esperando a que llegue Kauffman?

—Aquino espera Kau Man —mintió Aquino.

—Bien, muchacho, bien —dijo Garras agradeciendo la buena disposición del filipino—. Es posible que tengas que usarla.

Se volvió de lado alzando la cabeza para secarse el agua detrás de las orejas y entonces Aquino pensó que había llegado el buen momento. El sirviente volvió a cambiar la porra de hombro. Ejecutó un paso de danza hacia atrás sujetando la porra con ambas manos, enseñando los dientes en una mueca belicosa, antes de descargar el golpe, trazando en el aire un semicírculo, todo ello con tal gracia y sentido del ritmo que parecía que las dos figuras lo hubieran ensayado, y sólo el rumor del aire y el golpe seco de la madera contra el cráneo delataran que se trataba de la representación final. Hubo un silbido inexplicable como de seda rasgada. En el espacio de un segundo, Fernando Garras tuvo ocasión de volverse, llevándose la mano a la cabeza resquebrajada de donde brotaba el zumo de una sandía, con el rostro feroz de un campeón ultrajado, y en los labios la demanda ingenua de una explicación.

—¿Qué has hecho, Aquino? ¿Qué has hecho?

La porra alcanzó la zona del hueso parietal, justo detrás de la oreja izquierda, y el cráneo se fracturó como un cofre vacío. El ojo correspondiente, el ojo izquierdo, salió de su órbita. En un gesto instintivo, el atleta se llevó la toalla a la frente, tambaleándose, plantado en sus dos piernas como si hiciera un gran esfuerzo por mantener la cabeza sobre los hombros. Un gusto ácido le llenó la boca, como en los momentos de gran angustia. Su cuerpo giró en silencio. Aquino Tuán descargó el segundo golpe a la altura del espinazo, según se practicaba en su isla el golpe de gracia, y la columna vertebral se partió con el chasquido de una rama seca. Buena madera era la madera de la porra de *bataklán*. El atleta dobló hacia atrás los riñones, de cara a la piscina, y sintiendo desaparecer la fuerza de sus rodillas fue a parar de bruces al agua. Con la porra en las manos, en actitud de combate o de partido de béisbol, Aquino Tuán se apartó para evitar el remojo. Luego contempló la escena con serenidad. Los óvalos de luz de la piscina se abrían y cerraban en multitud de ojos. Bruscamente alterada, el agua gorgoteaba por los canales del rebosadero. El cadáver quedó flotando sobre la luz sumergida, la espalda prominente, los brazos abiertos, inmóvil como un leño a la deriva, aferrado aún a la toalla como al último asidero de esta vida. De su cabeza brotaba una tenue arborescencia de sangre y masa encefálica, que se fue disolviendo en tintas delicadas, como la acuarela, apenas sugerida y ya difuminada, de un jardín japonés.

Bien. Las cosas se presentaban bien para Aquino. Podía estar seguro de haber salvado el honor de todos sus antepasados. No más bofetadas. No más alusiones a introducir objetos por el culo. Se acercó al borde de la piscina con la porra al hombro y examinó el cuerpo flotante. Fernando Garras, al morir, se había transformado en un enorme escarabajo. Así lo veía Aquino Tuán, y no le sorprendían esas transformaciones. Entonces se adueñó de los despojos de la víctima, después de echar una ojeada a su alrededor. Allí estaba el albornoz de seda con las letras bordadas, FG, que Aquino Tuán tanto había envidiado, y que se arrojó sobre los hombros como un trofeo, lo mismo que los guerreros victoriosos se apropian de la personalidad de sus rivales difuntos. Luego pensó que para huir de allí tenía necesidad de algo más que de un albornoz. La borrachera se había disipado y había dado lugar a una visión más práctica de las cosas. Tlac-tlac-tlac, Aquino Tuán se alejó de la piscina y volvió al sótano a recoger la caja de galletas que contenía sus ahorros y que tenía escondida debajo del catre. Después deambuló por la casa vacía, tlac-tlac, con su fortuna debajo del brazo. Cruzó los salones y durante un buen rato permaneció melancólicamente sentado en la cocina. Luego recorrió los dormitorios. Llegó al estudio que a Fernando Garras le servía de despacho. Tlac-tlac. Se detuvo en la puerta. Allí estaba la caja fuerte, disimulada en una pequeño mueble de caoba con incrustaciones de limoncillo, que se desencajó al primer porrazo. La propia caja fuerte, de garantizada manufactura británica, se abrió sorprendentemente al segundo porrazo. Allí había por lo menos kilo y medio de dinero que los españoles llaman *pasta*, lo que suponía algo más de cien mil dólares, calculó Aquino con esa extraordinaria habilidad que poseen los cerebros primitivos para echar cuentas. Tlac-tlac-tlac, Aquino Tuán abandonó el despacho con ojos iluminados, llenando de billetes su propia caja y los bolsillos del albornoz. Por fin pensó que tenía que desprenderse de aquellas malditas sandalias, tlac-tlac, que señalaban sus pasos y le estorbarían en la huida, y entonces bajó a la sala de gimnasia para calzarse unas elásticas zapatillas de tenis. Después, con misteriosas zancadas de tigre, cruzó el jardín, pasó de largo junto a la piscina sin conceder una ojeada al difunto y se perdió entre los pinos, venteando en la oscuridad la dirección que le parecía más propicia hacia aquellos mares donde suponía que se hallaba la isla de Tomelloso, para iniciar días felices con Toribia. Los faldones del albornoz flotaban al viento, y su silueta se señalaba en los claros del monte, bajo el cielo cruzado de relámpagos, indiferente a las gruesas gotas de lluvia que le golpeaban la frente, porque la tormenta que se anunciaba desde media tarde había empezado a descargar.

Eran pasadas las once de la noche cuando el abogado Kauffman llegó a la finca. La tormenta le había sorprendido a medio camino y había decidido pararse en un bar de carretera a tomarse unas copas y armarse de valor, de forma que se sentía valeroso cuando el automóvil entró en el húmedo y crujiente camino de grava que conducía a la casa a través de un espeso monte de encinas. Había estado allí en un par de ocasiones. La primera, lo recordaba aún, había sido en el cumpleaños de Garras, probablemente su cincuenta cumpleaños, aunque lo mismo le podía quitar una decena de encima y admitir a regañadientes que Garras era más joven y había reunido muchísimo más dinero que lo que jamás había circulado por su bufete de abogado. La fiesta había tenido lugar en los jardines. Alguien le había regalado a Garras un oso. Kauffman se había presentado con una porcelana antigua que evidentemente, dado el porte de Garras, no concordaba con él. Era mucho más adecuado haberle regalado un oso. En cualquier caso, Kauffman había conocido en la fiesta a varios hombres de peso en las finanzas de Madrid, y también a varios reconocidos bribones, indiferentes e incluso en excelentes términos con aquéllos, y al cabo de la noche, apoyándose en las conversaciones, había conseguido alzarse a la posición de abogado de negocios, que sin duda alguna al día siguiente de la fiesta nadie le reconocería, pero el abogado Kauffman ya estaba para entonces acostumbrado a ese género de situaciones, y le hubiera sorprendido que cualquiera de aquellos financieros, incluso cualquiera de aquellos bribones, hubiera confiado verdaderamente en él.

La segunda vez que había acudido a la finca había sido precisamente para una reunión de negocios, acompañando al Gran Duque. Para entonces el oso había desaparecido. En su lugar se hallaba un empresario de provincias acompañado de un abogado francés. En los momentos clave de aquella reunión Kauffman había permanecido sentado en un diván del vestíbulo con una cartera en las rodillas, y los asuntos que allí se trataron no fueron en lo esencial de su competencia, ni tampoco, por lo que supo, del abogado francés, que vino a reunirse con él con su propia cartera en las rodillas. También Kauffman ya estaba para entonces al corriente de que los verdaderos forcejeos de negocios no exigen la presencia de hombres de leyes, al contrario, deben ser eliminados del terreno, siempre de reducidas dimensiones, un despacho, un gabinete de armas, incluso un ascensor de hotel, y sólo vuelven a aparecer con sus carteras y sus documentos cuando las verdaderas cuestiones ya se han ventilado, al tiempo que el ascensor llega a la planta baja, o cuando acude la mujer que cambia los ceniceros, o el botones con el champán. Cuando Kauffman llegó a la finca le vino a la memoria el recuerdo del oso. Suponía que el animal debía de haber sido liberado, o entregado a algún parque zoológico, pero la secuencia mágica de su pensamiento, excitada por las dos o tres copas que se había tomado, le llevaron a pensar que Garras y el oso eran la diferente envoltura mortal de una misma persona, aunque no supiera con cuál de los dos había de enfrentarse. Llevaba consigo una diminuta pistola que nunca había utilizado, y para la que ni siquiera tenía permiso de armas, pero que le garantizaba una especie de hombría suplementaria. Nunca había sabido cuáles eran las condiciones que exigían de un abogado que llevase un arma, pero aquella le parecía la oportunidad adecuada, y en cualquier caso, aquel animalito frío y cuadrado que sentía inmóvil junto a su flanco, le proporcionaba cierto sentimiento de seguridad.

Paró el coche delante de la casa y respiró el aire fresco y cargado de ozono que la tormenta había dejado a su paso, y se dirigió a la puerta principal. Nadie había salido a recibirle. La casa parecía vacía. La experiencia le había enseñado que las casas aparentemente vacías encierran sorpresas. De la fachada colgaba una larga enredadera de color vinoso, iluminada por un farol. El agua de la tormenta rezumaba en limpias gotas como por una espesa cabellera mojada. Kauffman retrocedió unos pasos y alzó la mirada hacia la planta superior. Luego rodeó el edificio y llegó a la terraza que dominaba el césped. Desde allí divisó la piscina iluminada, donde el cadáver de Garras flotaba como un madero. Bajó las escaleras y se acercó a comprobar que el madero era un cadáver. No hacía falta averiguar que se trataba del cadáver de Garras. Bastaba con observar su aspecto de cachalote a la deriva (o de escarabajo muerto, sí, la misma idea que había surgido en la mente del filipino pareció rozar también el pensamiento de Kauffman). Fernando Garras abrazaba la piscina de bruces en el agua con un gesto postrero, inútil y ambicioso. Hundidos los riñones, los hombros anchos y las redondas nalgas embutidas en el bañador fosforescente surgían del agua. Kauffman se llevó la mano a la barbilla y sintió el peso muerto de la pistola en el bolsillo. La superficie de la piscina se agitaba levemente con el zumbido del motor de depuración. La luz sumergida proyectaba ondulaciones fantásticas en las copas de los árboles cercanos, de forma que el cadáver de Fernando Garras parecía flotar también en el aire. El cuerpo había derivado hacía una esquina, arrastrando consigo un velo finísimo de sangre. Y un extraño objeto, que parecía una toalla, oscilaba libremente entre dos aguas, envuelto en sí mismo, como una flor. Kauffman se apartó de allí y buscó protección en las sombras de la fachada posterior de la casa. Suponía que el sirviente filipino estaría vigilando. En cualquier caso, el peso del animalito de sangre fría que llevaba en el bolsillo le tranquilizó.

Había luz en un ventanuco a la altura del sótano. Agachándose hasta casi rozar el suelo, Kauffman descubrió dos altares con las estampas de un cerdo y un cocodrilo. Unas velas se consumían delante de aquellas estampas. No comprendió el sentido de la diabólica ceremonia que se había podido desarrollar allí, pero entendió sus proporciones humanas al descubrir dos botellas de Rioja que habían rodado por el suelo. Se incorporó al sentir una presencia a sus espaldas. Era una falsa alarma. Se trataba de su propia sombra, que se alzó simultáneamente, multiplicada de tamaño, en el muro del patio.

Finalmente decidió penetrar en el interior de la casa. Las luces habían quedado encendidas, y en aquel laberinto iluminado, donde un salón sucedía a otro y un patio reproducía las sombras del primero, Kauffman comprendió que la casa estaba vacía y que su único habitante yacía en la piscina. Llegó al despacho y vio la caja fuerte descuartizada. A pesar del saqueo, no dudó un instante de que lo que había venido a buscar se hallaba allí. Hundió el brazo en la caja con la misma seguridad con que lo hubiera introducido en el horno microondas donde se hallaba su propia caja fuerte, a sabiendas de que en la suya se encontraba la *Embaucadora,* a sabiendas también, con una inexplicable seguridad en el destino, de que allí se encontraba *Némesis,* y en efecto, la perla se hallaba dentro de un estuche, envuelta en un saquito de franela, de los que los niños utilizan para guardar las canicas, y en el instante de poseerla sintió la misteriosa tibieza de su contacto en la palma de la mano. Kauffman guardó el estuche en el bolsillo y se asomó a una ventana. Desde lo alto divisó la piscina en una nueva perspectiva. Un diminuto Garras flotaba en una suerte de plasma luminiscente, como suspendido en gelatina, como la muestra de un virus en una preparación de laboratorio. Más allá de la sombra de los pinos el resplandor de la autopista iluminaba las nubes del cielo nocturno sobre el paisaje indiscernible de los montes. Minutos más tarde, dejando abiertas las puertas y encendidas las luces de la casa, Kauffman conducía su coche de alquiler en dirección a Madrid.

EL RETORNO DE LOS KAUFFMAN

Dos perlas. Kauffman prefería que su mujer no entendiera cómo habían llegado esas perlas a sus manos, y menos aún cuál era su importancia, y en consecuencia optó por no decir nada, pero al menos no había olvidado su aniversario de bodas, y podía suponer que ella suponía que él lo había olvidado, y el recuerdo, por inesperado, alzaba a Kauffman a la categoría de los maridos impulsivos pero cariñosos, de los que ocupan para siempre el corazón de una mujer.

La mujer de Kauffman regresó a Madrid con las niñas la última semana de agosto. Había empezado a verificar las llaves del chalet a las siete de la mañana. Las maletas estaban listas desde el día anterior. Luego, mientras el mar se incendiaba con el insostenible resplandor del amanecer, Mamá Kauffman se había tomado un café con leche en la terraza antes de despertar a las niñas. En aquellos minutos de soledad, frente al mar de acero y pizarra, sintió su retorno a Madrid con una mezcla de alegría y venganza. Las vacaciones habían sido condenadamente aburridas, y las aventuras premeditadas, conducidas con más torpeza que pasión, se habían limitado a dos noches orgásmicas con un individuo que había conocido en un chiringuito de la playa. El recuerdo de Roberto Javier, un joven aparatoso de labios gruesos y manos hábiles, aceleró su respiración con un ritmo culpable. Nada de eso debía manifestarse a su retorno. Los fantasmas de la mujer, aun realizados, debían seguir siendo sus propios fantasmas. Nada hubiera impedido que las dos noches secretas de sudor y sexo hubieran sido cinco o seis noches más, pero el sentimiento de transgresión, y su placer, se hubieran dividido en la medida en que se hubiera multiplicado el sexo. Margarita era una mujer ordenada, y en aquellas dos noches podía agradecerle a Roberto Javier cinco polvos radicalmente diferentes uno de otro (salvo quizá segundo y quinto, sonrió con erótica y levemente humectante evocación, aún vergonzosa de ciertos refinamientos particulares). Con ello bastaba para conservar en el recuerdo el núcleo clandestino, infinitamente enternecedor y excitante, del amor sin compromiso, y haber gozado por dos noches el salvaje sentimiento zoológico de hembra poseída. Terminó el desayuno en la terraza cuando el mar cristalizaba en un rugoso destello continuo con irisaciones de color vino. La luz del verano declinaba hacia el segundo equinoccio. Bajo el resplandor mineral, los geranios se desintegraban en una explosión de flores carmesí. Entró en la casa para despertar a las niñas. La penumbra fresca, las maletas cerradas, y el mar a sus espaldas despertaron en ella la nostalgia de otros viajes y de otra vida, quizá con un joven tan aparatoso como Roberto Javier, quizá sola. Todo se desvaneció al llegar a la habitación de las niñas y levantar la persiana. Sexo y viajes quedaron instantáneamente relegados a la zona más opaca del cerebro cuando la pequeña, frotándose con los puños los ojos dormidos, dijo: «Mamá».

—Vamos, cielo —susurró Margarita con resignada voz maternal que redimía dos inolvidables noches de vicio—. Hay que levantarse.

Margarita, la mayor, abrió los ojos y lanzó un bostezo. Ambas usaban inocentes pijamas azules con elefantes estampados. Ambas habían recogido sus juguetes el día anterior. Eran dos abultadas bolsas amarillas con forma de dromedario y un asa entre las jorobas. Ignoraban, oh Dios, que su madre era una mujer lúbrica con dos noches de orgía a sus espaldas, pensó Margarita ante la inocencia de sus ojos, y seguirían ignorándolo siempre, aunque algún día le dieran nietos a ella, y ellas tuvieran que ocultar ante sus propios hijos esa necesidad primitiva y urgente que toda mujer siente al menos una vez en la vida, y que la lengua encierra en la cruda expresión de *hacerse follar*. En las altas culturas las mujeres respetables acudían a ciertos templos para *hacerse follar* por un desconocido, ofreciendo su orgasmo a Afrodita. Los templos fueron derribados y la mujer moderna sólo disponía de la rara libertad consentida de algún fin de semana o de algunas vacaciones. El sexo era bárbaro y había desaparecido el aspecto ritual. Pero la extraña, bestial y sublime satisfacción persistía en las capas más profundas del sexo, y la experiencia anónima de *hacerse follar* aparejaba consigo nostalgia y deseo de juventud y de nuevas experiencias, algo que la conciencia apagaba en el ánimo de Margarita, sobre todo a la luz del día, sobre todo hallándose en el cuarto de las niñas. Pero una mamá joven aún, y esbelta, y potente en su ignorada capacidad de seducción, virgen al llegar al matrimonio pero minuciosamente iniciada y exquisitamente beneficiada por Kauffman en algo más de mil doscientos contactos de sexo, no podía por menos que precipitar su lujuria personal por la brecha de aquellas dos noches de aventura. Casi lloraba sintiendo las oportunidades perdidas, y las libidinosas actitudes no ensayadas, y todo cuanto las fantasías atribuyen a las variantes del sexo no practicadas, pero confortada en el registro de los cinco sublimes polvos que le había sido dado gozar.

—Vamos, niñas, hay que levantarse —repitió algo obnubilada por el insistente retorno de los fantasmas.

La más pequeña saltó de la cama y se dirigió con pasitos cortos al cuarto de baño. Orinó y defecó con la puerta abierta, mansamente sentadita en el retrete, entre baldosines estampados con calcomanías de Mickey Mouse, con las braguitas en los tobillos, un libro de cuentos sobre las rodillas y sin llegar al suelo con los pies. La mayor se volvió de bruces sobre la almohada, fingiendo sueño. Mamá Kauffman salió del cuarto y se dirigió a la cocina a preparar los desayunos. Media hora más tarde llegó el jardinero del chalet vecino para ayudar a cargar las maletas en el coche. Cuando todo estuvo listo, alguien vino a recoger las llaves de la casa y verificar detrás de la señora Kauffman que no quedaban grifos abiertos ni luces encendidas. Dos huéspedes habían alquilado el chalet para el mes de septiembre, y el comedor, las habitaciones y las dependencias recuperaban su anónima disponibilidad. La terraza volvió a ser la desierta posesión de los geranios. Mientras tanto, mamá Kauffman rodaba con las niñas en el coche familiar cargado de bolsas y maletas, alejándose de las costas de Levante hacia el ancho horizonte de la autopista, en dirección a Madrid.

El abogado Kauffman había dejado el apartamento de la torre Danone unos días antes para regresar al domicilio conyugal. Un taxi vino a recoger la maleta con sus cosas, mientras él se instalaba en el bufete con un extraño sentimiento de melancolía, lo mismo que había sentido en otras ocasiones, solitarias, durante su servicio militar. Era el sentimiento de la juventud perdida, y la pereza abrumadora ante las maduras perspectivas del otoño. Luego subió de nuevo al apartamento para recoger lo más preciado que tenía. De la caja fuerte instalada detrás del horno microondas sacó las dos perlas, dos, de la cajita de terciopelo donde las había guardado. Hizo jugar un instante las dos diminutas esferas en sus manos. Luego volvió a guardarlas en el estuche y se lo metió en el bolsillo. Llamó un segundo taxi y le ordenó que siguiera al primero. No había ninguna razón particular para proceder de ese modo, pero le pareció que la circunstancia del retorno y la posesión de las perlas exigían cierta solemnidad.

Había tenido que liquidar otros asuntos. Una grúa vino a retirar el coche que el filipino había destrozado a porrazos siguiendo órdenes de Garras, semanas, o siglos antes, en la inverosímil sucesión de circunstancias de los últimos tiempos. El vehículo había permanecido olvidado en el aparcamiento. Kauffman explicó a los empleados que había caído por la rampa hasta su plaza de garaje dando bandazos con la carrocería. Incluido sobre el techo y el capó. Luego el propio Kauffman había destripado con las uñas los asientos para salir del montón de chatarra. Los empleados de la grúa sonrieron escépticos. Era, en efecto, un accidente inaudito. Uno de ellos sugirió que Kauffman debía de tener encima un par de copas. Kauffman aceptó haber bajado dando tumbos por la rampa con un par de copas de más en el cuerpo. Nadie hubiera podido creer que un macaco armado de una porra había podido producir aquel destrozo siguiendo órdenes de una especie de capitán de gladiadores que había de correr la misma suerte en su propia cabeza. Nadie podría jamás creer lo sucedido en la vida de Kauffman en las últimas semanas. Los empleados de la grúa le dieron unas palmadas en la espalda y arrastraron lo que quedaba del vehículo. A menudo veían en su oficio lo que puede provocar la bebida. Sugirieron a Kauffman que se dirigiera a alguna asociación de ayuda. Kauffman prometió seguir sus consejos y dejar de darle al frasco. Luego les dio una propina y no quiso recibir nada por la chatarra y por las piezas recuperables del motor.

Por la noche volvió a tomarse una copa a *La cabaña de Chim*. La nostalgia se acrecentaba bajo los rosarios de farolas iluminando avenidas aún vacías, acres y estériles del polvo del verano, y ya presagiando en una imperceptible vibración tardía o expectante, la avalancha del retorno y el reencuentro de todas las almas en el dulce purgatorio del otoño madrileño. El abogado echó una ojeada a la terraza y fue a sentarse directamente a la barra. Chim llevaba gafas oscuras. Detrás de las gafas oscuras los ojos de Chim parecían grabados con letras de fuego. En los cristales de color chocolate se reflejaba, con escritura diminuta y duplicada, el neón finamente caligrafiado de *La cabaña de Chim*. Chim le saludó con agrado. Preparó una tónica con ginebra sin que el abogado tuviera necesidad de pedirlo. El abogado se encaramó en uno de los taburetes y alcanzó el vaso con el codo apoyado en la barra. Su frente se hundió en las profundidades acuosas del metacrilato. Suaves ondas musicales envolvían su ánimo y su carne se relajaba con un vaivén de rumba, o bosanova, o samba electrónica, o lo que fuera aquella música que Chim mantenía prisionera en la multicolor escalerilla de diodos de su cadena hi-fi. Y en el ámbito que abarcaba su experiencia de las últimas semanas *La cabaña de Chim* se convertía en el refugio de todas las sensaciones placenteras, olvidando crímenes, arrinconando ignominias, transformando en historia apenas más real que la música misma lo que había sido una carrera de obstáculos sin volver la vista atrás. De joven el abogado Kauffman había jugado al frontón y sabía que a cada pelotazo había de volver el pelotazo contrario, y aún esperaba el retorno de una invisible jugada, o un nuevo saque, cuando llegada la noche, casi en sueños, ya parecía que había terminado el partido.

—Buenas noches, colega —dijo Chim—. No contaba contigo. No contaba con verte en la barra.

—Ya ves —respondió el abogado lacónico.

Kauffman buscó a Lolita con la mirada. No sólo había ido allí por ella, y si eso no fuera cierto, si hubiera ido allí exclusivamente por ella, al menos intentaba encubrir su intención en el sentimiento de libertad nocturna que *La cabaña de Chim* le otorgaba, por no confesar el rígido nudo que le ataba al alto polvo estelar que había gozado con Lolita. Su libido estaba en calma. De momento *Minga* dormitaba. Pero la caprichosa *Minga* no tardaría en alzarse por sus derechos en el momento en que surgiera en el entorno la más mínima excitación. Kauffman lo sabía. Había descubierto aquel verano las exigencias de que *Minga* era capaz. Sus ojos recorrieron la terraza. Examinaron a los raros clientes como posibles rivales. Descubrieron un cálido incentivo en los ojos oscuros de una mujer madura que se aburría sola con un cóctel en la mano. *Minga* permaneció imperturbable. Más allá de la terraza, una pareja de adolescentes, casi unos niños, se besaban entre las sombras del jardín. *Minga* se desperezó participando en su ternura. El abogado prosiguió su recorrido visual. Pronto descubrió lo que buscaba. Lolita conversaba con su compañera apoyada en uno de los árboles del jardín. No llevaba patines. Había prescindido de aquel atributo angelical. Dos clientes hablaban con las dos ninfas sin que ellas parecieran hacerles caso. Fuertes sensaciones de posesión y deseo inundaron el pecho de Kauffman, que se llevó el vaso a los labios con un ademán brusco y viril.

—Vaya verano, tío —dijo Chim haciendo un gesto hacia las niñas—. No han tenido tiempo de estudiar.

—¿Quién?

—Las niñas. Lo han dejado todo para septiembre.

Chim se inclinó sobre la barra y acercó sus gafas caligrafiadas de neón cerca de Kauffman. Se podían distinguir sus pupilas astutas por detrás de los cristales ahumados. Bajó la voz en tono confidencial.

—Mira que pitufas. Y están de rebajas. Dentro de nada empieza el curso y necesitan dinero. Seguro que esta noche follan las dos por diez mil.

—¿Tú crees? —preguntó Kauffman distraído.

Su mente se había vaciado ante la visión del objeto de su deseo. Un sentido más potente que la vista o el olfato se había adueñado de su capacidad de percepción. Las pulsiones de *Minga* se dispararon, aferrada a la pelvis como un obsceno percebe en la tormenta, un bálano encendido como una señal de marina en el secreto tumulto de la bragueta. *Minga* bufaba. El abogado apenas hizo caso de la sugerencia de Chim. Retuvo vagamente la mención del dinero.

—Vamos, tío —dijo Chim—. Aunque sea por ocho billetes. Dos por una a ese precio es regalado. Ya sabes cómo folla Lola...

—Sí, sí, ya sé cómo folla.

—Tienen gastos. La tesis y esas cosas. Hay que echarles una mano para libros.

—¿Para libros?

—O para lo que sea. ¿Qué se necesita para hacer una tesis? Fotocopias. Libros. Lo que sea. ¿Quieres otra copa?

—Sí, pon otra copa.

Chim sirvió directamente un chorro de ginebra en el vaso.

—¿Las llamo?

—Llama a Lolita —balbuceó Kauffman sin apartar la mirada de su ángel.

Estaba calzada con zapatillas de tenis, vestida con falda plisada de tenis y camisa de tenis también, y llevaba bajo el brazo una raqueta de tenis en lugar de la bandeja de camarera, proyectada en el jardín nocturno de un campo de tenis bajo la luz irreal, pulverizada, de la cancha. Kauffman no advertía que él mismo la estaba vistiendo y desnudando con fantasías de muñeca. Chim agitó el brazo y

Lolita se acercó dejando a su amiga. Kauffman la vio venir con alegre blusa florida del ajuar de Caperucita, y trenzas, y botas de leñadora, y una cestita al brazo en lugar de la bandeja de camarera, y de nuevo su fantasía alimentaba la erección en el entorno de un paseo por el bosque, con Lolita mostrando las impolutas enaguas al inclinarse para recoger setas. Al llegar al mostrador, Lolita reconoció a Kauffman.

—Vaya, el tío de la torre de Danone.

—Ya ves —articuló Kauffman, incapaz de producir sonidos.

Lolita explicó a Chim que Kauffman vivía en el piso doscientos o algo así de la torre de Danone. «Fue como follar en avión con el presidente de gobierno», añadió en una misteriosa alusión. Kauffman sonrió. Aún perduraba el hechizo de sus visiones. La muchacha ocupó un taburete y se apoyó en la barra. Llevaba zapatillas de tenis. Era la única prenda que correspondía con las visiones de Kauffman. Por otra parte iba vestida con una camisa azul con la insignia de un nudo y un ancla sobre la tetita derecha, y una falda muy corta, marinera, bajo la que se adivinaba el triángulo de las tibias braguitas de algodón. La imaginación de Kauffman empezó a utilizarla de inmediato como mascota de barco, Caperucita a bordo de un yate. Sol y sal en la toldilla de popa, con lúbricos guiños al timonel, un robusto marinero con el antebrazo tatuado y con los rasgos de Kauffman. Algo solicitaba Kauffman que la niña ofrecía con sólo sentarse a su lado en la barra. Desaforada, *Minga* exigía imágenes escandalosas. ¿Cómo iba vestida Lolita el día de su primera comunión? Chim recogió un par de vasos vacíos y puso delante de ella un zumo de tomate que cargaría a la cuenta de Kauffman. Luego volvió al lado de Kauffman.

—Hace tres noches que no se come una rosca —susurró en voz baja.

—¿Qué has dicho? —preguntó ella.

—Le digo al colega que estáis de rebajas. Por diez talegos os vais las dos con él.

—¿Estás loco? ¿Te crees que estamos de super-oferta?

—Vamos, Lola...

Lola hundió los labios en el zumo de tomate y los exhibió teñidos de sangre. Satánica *Minga* se enardeció. Los dedos de Kauffman se aferraron al vaso de ginebra.

—Le he contado al colega que tienes que pagar profesores y comprar libros.

—Pues eso. Libros. ¿Tú sabes al precio que están los libros?

—Pues eso —repitió Chim.

Kauffman seguía en silencio. Había visto a Lolita como una niña de primera comunión con los labios manchados de sangre y era tan fuerte la visión que desplazó a Caperucita, y a la jugadora de tenis, y a la mascota de crucero con braguitas de algodón, y la imaginación aún se sumergía buscando zonas más turbias y peligrosas que el propio Kauffman ignoraba, entre velos de tul desgarrados y un crucifijo de oro y un rosario desgranado de cuentas de nácar, y peonias de sangre en los muslos que cubrían las medias blancas, y excrementos en la punta de los zapatitos de charol, todo ello en una ceremonia de refinamientos luciferinos, como si la fácil lujuria del hombre maduro y de la ninfa pudiera asomarse a un abismo de sexo y violencia cuyos límites no se pudieran vislumbrar. Por un instante al abogado se le puso la carne de gallina, no sin el perverso placer de *Minga.* Mientras tanto la conversación proseguía. Kauffman frenó inconscientemente la caída, reprimiendo la sugerencia de aquellos labios de niña manchados de sangre. Lolita apartó el vaso de zumo de tomate y alcanzó una servilleta de papel. Un instante después sus labios eran de nuevo la jugosa flor de carne que Kauffman deseaba. Chim seguía regateando el precio por cuenta de Kauffman. Aliviado,

Kauffman sonrió. Tantas cosas había visto en las últimas semanas que sólo a ello podía atribuir la tentación de anotar la crueldad en el balance de los goces del sexo, lo que nunca le había sucedido, por sencillez, o por la inocua relación que mantenía con los misterios de la carne, o por bondad.

—No has echado un polvo en toda la semana —decía Chim—. ¿Por qué no vas a hacer una rebaja?

—¿Y a ti qué te importa? —dijo Lolita—. ¿Te pregunto yo a ti si has echado un polvo en toda la semana?

—No es lo mismo. No es mi negocio.

—Yo echo un polvo por diez talegos. Es la tarifa.

—Rita dice que por diez talegos vais las dos —dijo Chim haciendo un gesto en dirección a la compañera de Lolita, que seguía hablando con los dos clientes.

—Rita se va a ir con esos dos maromos que ponen cinco talegos cada uno. Ésas son las rebajas de Rita.

—¿Lo ves?

—Que ponga tu amigo otros cinco talegos y se vaya con Rita. A Rita no le importa hacérselo con varios tíos. Eran cinco hermanos en una chabola.

Chim siguió negociando.

—Vamos, Lola. Cierro el bar dentro de quince días. Podías hacer una rebaja de fin de temporada.

—Lo mío es un tío y un polvo por diez talegos —insistió Lolita.

Chim se volvió hacia Kauffman enarcando las cejas por encima de las gafas ahumadas.

—Ya lo has oído, colega, el precio fijo.

—De acuerdo —interrumpió Kauffman como saliendo de un trance.

—Bravo, colega —dijo Chim dándole una palmada en el hombro por encima de la barra.

Lolita bebió un segundo trago de zumo de tomate y se pasó la lengua por los labios, de modo que no dejó rastro de hemoglobina.

—¿De acuerdo?

—De acuerdo. He dicho de acuerdo —repitió Kauffman súbitamente impacientado.

—Las copas son cinco talegos —dijo Chim—. Incluido el zumo de Lola.

Kauffman echó mano a la cartera y puso un billete sobre el metacrilato. El precio le parecía exorbitante, pero no pestañeó. Chim recogió el billete y lo ingresó en la caja. Sabía llevar el negocio. Lola bajó del taburete y desapareció en el lavabo, detrás de la cabaña. Chim cerró la caja y volvió al lado de Kauffman con alegre sonrisa comercial.

—Si insistes te hará una rebaja —susurró agradecido por las cinco mil pesetas que Kauffman había pagado sin rechistar—. Te hará cualquier cosa por los diez talegos —añadió confidencial.

—Lo tendré en cuenta —dijo Kauffman lacónico.

Lola se entretuvo unos minutos. Cuando volvió a salir había dejado las zapatillas de tenis y se había calzado unos zapatos de tacón. Las zapatillas eran por la comodidad del trabajo. Evidentemente los tacones altos pretendían significar un aumento de seducción. Sin embargo, Kauffman hubiera preferido que hubiera conservado las zapatillas de tenis, y poder recurrir a la primera visión de la campeona de tenis, apenas núbil, en caso de que *Minga* se ablandara. Toda su confianza estaba depositada en la fantasía de vestir a Lola en el juego de las muñecas. Aparte de eso, Lolita se había sujetado el pelo en una cola de caballo. Llevaba un bolso diminuto que Kauffman creía haberle visto la última vez. Las pestañas eran más negras, casi suntuosas, con un trazo grueso de lápiz de ojos. Kauffman no apreció la exageración. Se puso al lado de Kauffman y el abogado pensó por un momento que ella iba a darle el brazo, pero no fue así. Se inclinó por encima de la barra y dejó un brevísimo beso en los labios de Chim. Luego se volvió hacia Kauffman.

—Vamos, tío —dijo con voz ronca, como si Caperucita se hubiera transformado repentinamente en el Gato con Botas.

—A pasarlo bien —dijo Chim ajustándose las gafas ahumadas.

Lolita echó a andar delante de Kauffman y paró un taxi. La torre de oficinas se alzaba por encima del estadio, apenas a dos manzanas de allí, pero ella no tenía ganas de ir andando. El taxista resultó ser un viejo conocido de la noche. Su rostro se encendía con una máscara púrpura al resplandor de las luces del salpicadero. Sus ojillos se encuadraron en el espejo retrovisor con el centelleo de una brasa en la pupila. El rabillo de las cejas formaba dos cuernecillos enhiestos.

—Buenas noches, Dolores.

—Hola, Mefis, buenas noches.

Lolita se acomodó en el asiento. Los ojillos mefistofélicos buscaron la mirada de Kauffman. El abogado evitó el cruce de miradas y dio la dirección. Mefistófeles arrancó con una sonrisa y guardó silencio durante el trayecto. Lolita acabó de pintarse los labios en la media luna de su espejo de bolsillo. El taxi rodeó la mole negra del campo de fútbol y enfiló solemnemente la avenida entre los altos rascacielos abandonados, lívidos cementerios del mes de agosto, silenciosos y gigantescos bajo el resplandor de la luna, apenas más reales en su versión contemporánea que el castillo de Barba Azul. Cuando llegaron al edificio de Kauffman, el abogado pagó sin esperar la vuelta y el taxista desapareció.

A aquellas alturas de la noche Kauffman había olvidado completamente que dentro de dos días su mujer regresaba de vacaciones, y no era aquella circunstancia la que había de amargarle la velada, ni tampoco el reconocimiento de que se hallaba en pésimas condiciones para hacer el amor, como si los recursos de la fantasía hubieran agotado los meritorios esfuerzos de *Minga*. Le diría a su mujer que había tenido una aventura, o dos aventuras, o dos mil, pero no le diría cuál había sido su angustia, ni la proporción entre su temor y su deseo. Y si no se lo contaba a su mujer, ¿a quién se lo había de contar? A fin de cuentas, todo parecía proclamar su dominio de los acontecimientos. El perfume de Lolita era denso, visceral, probablemente pachulí, o almizcle, o cualquier esencia segregada por una glándula que volvía loco a Kauffman, como esos aromas que las hembras de los animales del bosque difunden a su alrededor y que se condensan en el mismo momento y lugar en que se va a producir el acoplamiento. Ella pasó por delante en el ascensor ignorando los pensamientos zoológicos de Kauffman. Las luces del tablero se encendieron sucesivamente hasta el último indicador posible en aquella torre de cincuenta o cien pisos, y cuando hubieron alcanzado el último nivel, lo que en la muerte hubiera correspondido al paraíso, ella salió por delante de Kauffman como si cada noche, desde la primera que se encontraron, hubiera frecuentado aquel lugar. Kauffman se adelantó para abrir la puerta del apartamento. El anuncio de Danone derramaba su eterno fulgor azulado. Kauffman encendió las luces. Al fondo del corto pasillo, a través de la cristalera, se divisaba el paisaje nocturno de Madrid.

—Joder, tío, cuando tenga dinero me voy a comprar un apartamento como éste —dijo Lolita arrojando su bolso a una butaca, acercándose a la cristalera.

—¿De veras?

—De veras, joder, tío. Los tíos pagarían un suplemento por follar con esta vista. Se ve el campo de fútbol. Pagarían por follar viendo el partido.

Kauffman dejó la chaqueta y pasó un instante a la cocina.

—¿Quieres una copa?

—No, gracias, tío. No tomo copas mientras trabajo.

—¿Un zumo de tomate?

—No, tío, joder.

Kauffman volvió de la cocina con un vaso de agua. La ansiedad le ponía la garganta seca. Dejó el vaso de agua junto a la lámpara y se apartó hacia el lado más inofensivo de su territorio. Lolita inspeccionaba el saloncito.

—¿Cómo quieres que follemos? ¿Como la otra vez?

Kauffman balbuceó una excusa pidiendo tiempo. Lolita se sentó en el borde del sofá y empezó a quitarse los zapatos. Mientras la veía descalzarse Kauffman sintió una fuerte emoción. ¡Ah! Cuánto hubiera gozado el perverso Kauffman manteniendo a la ninfa prisionera. Nunca se le hubiera ocurrido esa idea de no haber visto a la ninfa encristalada, es decir, atrapada entre el vertiginoso resplandor nocturno de Madrid y aquella cristalera que la separaba del vacío, cruzando y descruzando las piernas como una mariposa cruzando y descruzando las alas, posada en el borde del sofá lo mismo que un lepidóptero, una *Vanessa paradisi,* prendida con un alfiler invisible en la vitrina aterciopelada del entomólogo. El corazón de Kauffman golpeaba en las costillas con la implacable ambición del coleccionista. Aquella fantasía, ni cruel ni obscena, vagamente lujuriosa en la pausada apreciación de los movimientos de la ninfa, despertaba reminiscencias escolares de tardes de domingo solitarias entregado a ordenar una colección de mariposas reducida a polvo con el tiempo. Lolita arrojó los zapatos a un lado. Se pasó la mano a lo largo de las piernas con gesto cansado después de varias horas de servicio en el bar. Aquella caricia, la misma de una mariposa exhibiendo el esmalte de sus alas, puso ternura en el corazón de Kauffman. Durante el lapso de un minuto la ninfa guardó silencio, atenta sólo a sí misma, perdida la mirada en el más allá de la cristalera, indiferente a la presencia de Kauffman como a las invisibles esferas que giraban en el cielo nocturno con inaudible rumor de seda. Hubiera podido quedarse dormida, tendida en el sofá, como si hubiera respirado un algodón empapado en éter, de no estar por medio aquel otro prosaico servicio del que no la librarían todas las divinas esferas del firmamento. Al fin suspiró, se frotó uno con otro los pies descalzos y se volvió hacia Kauffman. La vida era banal y tenía sus obligaciones, incluso con un cretino y en un apartamento tan maravilloso como aquél.

—¿Tienes la *pasta?*

Kauffman se palpó nerviosamente los pantalones.

—Oh, sí, claro. La *pasta.*

Miró a su alrededor como si hubiera olvidado en algún lugar la cartera. Luego fue hacia la percha y sacó el dinero del bolsillo de la chaqueta. Lolita cogió los billetes y los guardó cuidadosamente doblados en su bolso minúsculo con gesto de colegiala poniendo a buen recaudo sus ahorros. Luego se acomodó en el sofá con el brazo por encima del respaldo y se volvió a medias hacia Kauffman.

—¿Quieres que lo hagamos en el sofá?

—Eh... sí. En el sofá.

—Vale, tío, pues ven al sofá porque se nos va a ir la noche.

Kauffman obedeció y empezó a quitarse los pantalones. Apagó la luz de la lámpara y la catarata azul de Danone inundó el saloncito. Kauffman llevaba calzoncillos de lunares que le avergonzaban. Había sido un regalo de su mujer. *Minga* mostraba buenas disposiciones. Se volvió de espaldas, algo avergonzado también de la turgente exhibición de *Minga* bajo los calzoncillos, y dejó los pantalones bien doblados sobre el respaldo de una butaca. Cuando se dio de nuevo la vuelta vio su fantasma reflejado en la profundidad de la cristalera, levitando en la noche, suspendido en el vacío sobre el callejero iluminado de Madrid, indudablemente erecto bajo sus pálidos calzoncillos de lunares. Lolita estaba silbando. Se había puesto de pie y se estaba quitando las braguitas con un breve contoneo de caderas. Algo irreparable podía suceder si Lolita se continuaba desnudando, y por irreparable Kauffman entendía que se fuera despojando de sus vestidos, cuando lo que deseaba era que conservara aquella ropita de colegiala, o de deportista núbil, o de mascota de barco de placer.

—No te desnudes.

—¿Cómo dices?

—Quédate así, con la faldita de tenis y la camisita azul que llevas puesta —suplicó Kauffman con voz melindrosa.

—¿Quieres follarme así?

—Sí, así. Con falda y camisita si es posible —solicitó tímidamente Kauffman.

—Está bien, tío, está bien —dijo Lolita, más perspicaz de lo que Kauffman sospechaba—. Tenía que haber venido con las zapatillas.

Kauffman sonrió agradecido. Lolita se tumbó en el sofá. Llevaba calcetines blancos y tampoco quiso que se quitara los calcetines. El salón había quedado iluminado con sombras azuladas, como un plató de cine. El fantasma cianótico que Kauffman proyectaba en el reflejo en la cristalera se movió lentamente, con gestos indecisos, al mismo tiempo que Kauffman se acercaba al sofá. Todo parecía indicar que se iba a rodar el momento crucial de alguna secuencia clave. Lolita alzó los brazos y echó hacia atrás la cabeza sobre el brazo del sofá, exhibiendo su más juvenil apariencia, su más tierna pose, escuálidos brazos, largas piernas, pechos minúsculos bajo la camisa azul, casi fosforescente en la iluminación incandescente del Danone. Los diálogos habían sido escritos en alguna parte, probablemente en inglés, probablemente pronunciados con esa imperceptible magia que los transforma en subtítulos a medida que brotan de los labios de los protagonistas, diálogos de fantasmas, conversaciones de una vida irreal, que apenas han sido articulados para convertirse de inmediato en literatura.

«I was a daisy-fresh girl, and look what you've done to me.»

Kauffman movió sus labios secos y avanzó un paso rascándose el pecho con un gesto viril.

«Come on, Lo. Are you joking?»

«Oh you, dirty, dirty old man.»

El zumbido del aire acondicionado imitaba la ineluctable progresión de las bobinas. Kauffman se acercó al sofá. Era un polvo de cine. La secuencia proseguía con Kauffman desenfundando a *Minga* de su clausura de lunares. La entusiasta *Minga* por fin veía la luz, y de algún modo alcanzaba el estrellato sólo para desear con más ahínco la cavidad húmeda y sombría donde descargaría su potencia y encontraría reposo. Kauffman se arrodilló en el sofá. Lolita extendió un brazo lánguido. La pantalla era una brillante superficie en blanco y negro y azul donde sólo Kauffman podía ser en la memoria el espectador de Kauffman, tierno y varonil, emotivo y sereno, como en una ceremonia del sexo donde existe emoción y amenaza, después de haber pagado por ello, o precisamente por haber abonado el derecho a ser el principal actor.

«If I were you, my dear —dijo el protagonista—, I would not talk to strangers.»

Los labios de Lolita aparecieron en un plano de doce metros cuadrados. Kauffman estaba sobre ella, ocultándola bajo su propio cuerpo. De allí surgían los brazos esbeltos y las piernas largas, agitándose con vibraciones de maniquí. Lolita accedió a otorgar algunos besos que el protagonista solicitaba, y eran besos con algo juguetón entre dientes y lengua que hacían sospechar una escuela sáfica, y luego rehusaron seguir jugando, para ofrecer el cuello, donde Kauffman sumergió los labios como en un manantial. Los ojos de Kauffman seguían el desarrollo de la acción al tiempo que la practicaban. Oh Dios, si existe el paraíso, si existe un lugar donde se conceda al hombre el placer y la gloria, ese jardín es un sofá, y en él se entrega la proporción de carne que no estará ausente del paraíso, sino que será su más humana recompensa, de forma que el alma de los justos no sucumba al fatal aburrimiento de la intemporalidad. Lolita agitaba las caderas con gran habilidad y dulce sentido del ritmo bajo el peso ardoroso de Kauffman. Una de sus piernas pasaba sobre el respaldo del sofá y la otra golpeaba la alfombra con el pie en sacudidas epilépticas. Tenía los ojos vueltos, de un blanco lechoso. *Minga* palpitaba. Todo cuanto Kauffman deseara grabar en su memoria estaba sucediendo allí en aquel instante, pero tan imposible resultaba reunir el flujo de las sensaciones como controlar y prolongar el apresurado ardor de *Minga*. Sentía en su espalda un escalofrío, como una peligrosa caricia de cirujano. Un estremecimiento placentero le recorrió la médula espinal de una forma que nunca había experimentado ante escenas similares en el cine. Al fin *Minga* derramó su caudal. Hubo un sonido ronco en la banda sonora, una especie de rebuzno inesperado, seguido de una escala descendente de suspiros. La inmensa melancolía que sigue al coito inundó la sala de rodaje. El cuerpo de Kauffman quedó inmóvil. Luego empezó a respirar profundamente en una turbia y plácida y meditativa satisfacción.

«My chère Dolores» —alcanzó a decir el protagonista.

«You chump, old nasty man» —balbuceó Lolita.

Luego el protagonista se durmió. Permanecieron inmóviles unos minutos, con los cuerpos confundidos, como después de la escena de un doble asesinato. A fin Lolita empezó a reunir sus miembros dispersos y se agitó. Logró extraerse de debajo del cuerpo de Kauffman y surgir con la melena descompuesta. Kauffman cayó de lado.

—Vamos, joder, tío —dijo Lolita en una decepcionante reconstrucción de su verdadera identidad—. Parece que he follado con un saco de cemento.

Kauffman abrió los ojos. Paseó una mirada incrédula al resplandor incandescente que se derramaba a su alrededor. *Minga* se había retraído en un sopor egoísta. Acomodó a la flácida *Minga* en el calzoncillo de lunares y se sentó en el borde del sofá. La ninfa se puso en pie. Recogió su braguita del suelo y encendió la lámpara de la mesa. La sesión había terminado. La ninfa recordaba el camino del lavabo y desapareció en aquella dirección con la braguita en la mano, descalza y de puntillas, ordenando su melena, su camisa azul marino y su faldita de tenis. Cuando regresó, Kauffman había recuperado los sentidos. Era sorprendente, pensó Kauffman, cómo aquella muchachita se encontraba libre y dispuesta en cuanto había terminado, como decía ella, en cuanto había terminado de follar. Todo estaba en orden. Kauffman había tenido su polvo de película y el título sería *La petite dormeuse* o *The ridiculous lover,* aún no estaba decidido, pero en cualquier caso había gozado del papel. El abogado se ordenó los remolinos del pelo pasándose la mano por la frente. Luego se puso la camisa y enfiló los pantalones. Necesitaba un trago. Estiró el brazo y alcanzó el vaso de agua que había dejado sobre la mesilla. Microscópicas burbujas habían tapizado las paredes del vaso, como la medida del tiempo en un reloj de beber. No necesitaba esa clase de trago. Necesitaba una bebida de otra dimensión. Se levantó y se dirigió hacia el mueble donde guardaba las botellas. Se sirvió un whisky y volvió hacia el sofá. Estaba seguro de que Lolita rehusaría una copa.

—¿Una copa, Lolita?

—No, tío, ya sabes, Chim me espera.

—Vamos, Lolita, se acaba el verano.

—Ya sé que el verano se acaba. Eres muy bueno follando, de veras, follas como en el cine, pero me tengo que marchar.

Sacó de su bolsito el espejo de media luna y se retocó los labios.

—¿Te veré esta semana? —sugirió Kauffman sin esperanza, sintiendo que concluían para él los plazos de aquella vida.

Lolita cruzó una pierna, y luego la descruzó y cruzó la otra, poniéndose los zapatos en su lepidoptérico movimiento de extremidades. Sus omoplatos sobresalían en la espalda con una leve sugerencia de alas.

—Esta semana me voy diez días a Marbella a un congreso de oftalmología.

—¿Qué?

—Me voy con un oftalmólogo que necesita una secretaria, una tía.

—¿Y tus estudios? ¿Y la tesis?

—Bueno, eso lo lleva Chim.

—¿Chim?

—¿Me quieres dejar en paz? Si necesitas una tía puedes llamar a Rita. Yo ya le diré que follas bien, y todo eso, y a lo mejor invita a unos tíos. Seguro que te diviertes.

—Lolita... —articuló Kauffman con el whisky en la mano, completamente derrotado.

«My dear little Lo.»

Encaramada en los zapatos de tacón, Lolita se echó su bolsito al hombro.

—Chao —dijo con gracia, volviéndose desde la puerta, formando un culito de gallina con los labios, lanzando un beso como un pájaro invisible posado en la punta de los dedos.

Cerró la puerta tras de sí y Kauffman permaneció a solas con el whisky. Acabó el vaso y tuvo la tentación de echarse otro trago. Eran las dos de la madrugada. Todo lo que había consumido de su vida en el reloj no iba más allá de una hora en compañía de aquella muchacha desvergonzada, adorable, cínica, y en compañía también de su propia fantasía, que transformaba el tiempo y la situación en algo intangible, maravilloso, demasiado tardío para la edad o la estación, demasiado fingido para los deseos que Kauffman tenía. Una hora. Ése era el tiempo que Lolita concedía, como si llevara un reloj en la vagina y una calculadora en el corazón.

Kauffman apuró el vaso. Agotó las heces amargas de hielo y agua y whisky desleído. La pasión coincidía con el resentimiento. Se palpó los bolsillos y encontró las llaves de su casa, es decir, de su casa doméstica, del dulce pleonasmo de su hogar familiar, del lugar donde las sábanas olían a tedio y a lavanda. Podía quedarse a pasar la noche en el apartamento, pero decidió volver allí. *Minga* comprendería el retorno. El fantástico plató de rodaje bajo el neón torrencial de Danone ya no le era de ninguna utilidad. No entraban en su concepto las orgías con Rita. Dejó el vaso en la cocina y echó las cortinas sobre la cristalera. El espectáculo había terminado. La panorámica nocturna de Madrid desapareció. El interior del apartamento cobró entonces la intimidad fría y hostil de una casa de citas escasamente frecuentada.

Diez minutos más tarde el abogado Kauffman era una minúscula figura llamando a un taxi al pie del edificio. La explanada estaba desierta y un extraño viento del mes de agosto arremolinaba papeles bajo los altos pórticos de cristal y hormigón. Tuvo que acercarse a la primera encrucijada. El taxista, cuernecillos enhiestos, afilado cogote, inquietas pupilas bermejas en el espejo retrovisor, pidió la dirección. Kauffman se acomodó contra la ventanilla. Vio desfilar las calles y avenidas, los semáforos parpadeantes como una amenaza o un aviso, las amplias rotondas rumorosas con las cascadas hirvientes de las fuentes monumentales, las plazas como jardines de palacios, los callejones como trincheras, las callejuelas como claustros de catedral, todo el Madrid nocturno y despoblado que el extraño taxi iba recorriendo a velocidad uniforme, barriendo perspectivas y escamoteando decorados, midiendo el tiempo y la fortuna en el imperturbable balance del taxímetro, hasta llegar a la plácida calle burguesa plantada de acacias donde se encontraba su casa, y depositarle como un sueño delante del portal, entre la noche y las acacias, con la serena despedida orquestada por el ronroneo del motor.

Kauffman cruzó la acera. Después de abrir el portal alzó los ojos al cielo. Se sintió poeta contemplando el libro oscuro de la noche abierto sobre su cabeza. La casa donde vivían había sido la casa de sus suegros. A pesar de todo, Kauffman sentía por ella un apego familiar, casi infantil, como si hubiera sido su hogar durante largos y lejanos años. Antes de irse de vacaciones Margarita había cubierto los muebles del vestíbulo con fundas blancas. El abogado cruzó a tientas por entre aquellos muebles ensabanados para dirigirse al salón. Las profundidades de la vivienda resonaban con soledad y desencanto, como un castillo vacío. Faltaba lo que podía llamarse el dulce sueño de las niñas, y también faltaba el cariño, o lo que podía llamarse el conyugal abrazo de una mujer. Eran las tres o las cuatro de la madrugada. Kauffman arrojó la chaqueta y la corbata sobre una silla y llamó por teléfono al restaurante chino que sólo cerraba el día de la fiesta del año nuevo lunar, y el resto del año atendía los deseos del hombre occidental cualquiera que fuera su capricho. Encargó una cena, o un almuerzo de madrugada, o como quisieran llamarlo los chinos a aquella hora. Mientras tanto se tomó una ducha y sacó del frigorífico una lata de cerveza. En la cocina, fresca y con resplandores de patio, los grifos brillaban con guiños solitarios. Kauffman volvió al salón. Al cabo de veinte minutos le trajeron rollitos de primavera y ternera chop-suey con arroz tres delicias. El abogado se instaló con la bandeja sobre las rodillas y cenó con ganas. A pesar de que la comida era china y la casa era de sus suegros, de nuevo se sintió embargado por un irresistible sentimiento familiar.

Esperaba a Margarita dos días más tarde, pero llegó al día siguiente. La casa se llenó de bártulos y juguetes y sandalias con arena. No había tiempo para poner orden. Las niñas salían a pasar quince días a la Sierra, a casa de sus abuelos, hasta que empezara el año escolar. Hubo tiempo, sin embargo, para recibirlas con todas las demostraciones paternales de que Kauffman era capaz, sin que ellas por su parte hicieran demasiado caso. Deliciosas criaturas. Fueron dejando un reguero de balones y juguetes de playa, haciendo acopio simultáneo de cantidades similares de balones y juguetes de montaña. Las bolsas se fueron vaciando y se volvieron a llenar otra vez. En aquellas circunstancias ser padre significaba sonreír como un payaso estupefacto, y sentirse tan conmovido por dentro, a pesar de la indiferencia de los queridos monstruos, que cualquier elemento de juicio quedaba desterrado en provecho de la esclavitud y la entrega de los sentimientos, para que sumergido entre tantos juguetes sus niñas también jugaran con él. Aquella tarde las llevó a merendar, y al día siguiente, antes de que sus abuelos vinieran a recogerlas, salieron a tomar un helado mientras su madre acababa de cerrar las bolsas.

—¿Qué tal las vacaciones? ¿Qué tal la playa? ¿Habéis echado de menos a papá?

—No —dijo Margarita.

—Sí —dijo Andrea, la pequeña.

—No sé —corrigió Margarita lanzando la puntita de la lengua rosada al asalto de la bola verde pistacho del helado.

Deliciosas criaturas. Gestos pre-núbiles. Vocecitas inseguras. Kauffman contempló sus manos tiernas, aún sin forma, manos y dedos de niñas, lo que más tarde serían manos de mujer. Las finas barbillas impertinentes recordaban la barbilla de su madre, y los labios misteriosos, risueños, asalmonados, eran el molde infantil de los labios de ella, donde Kauffman reconocía besos y sonrisas sin pudor. Sólo la frente y la mirada eran de Kauffman. Ellas levantaban dos pares de ojos por encima de sus respectivos helados, observando a su padre. Venían más morenas y delgadas que a principios del verano, con sus bracitos largos y flexibles apenas musculosos, y sus piernecitas escuálidas colgando de las sillas, apenas rozando el suelo con los pies. Observándolas, Kauffman se sentía incapaz de emplear otra cosa que no fueran diminutivos. Por primera vez hasta donde remontaba su memoria infantil, papá y mamá no habían pasado el verano juntos. Nadie puede penetrar en los secretos de la infancia, y menos aún durante las vacaciones escolares. Aquellos cerebros sin modelar pertenecían a un mundo tan extraño como el de los alienígenas, como todos los niños, que por ello sienten predilección por las figuras de monstruos. Kauffman conversó con ellas y obtuvo respuestas misteriosas. Papi preguntaba. Terminaron el helado y volvieron a casa, cada una a un lado de Kauffman, dando la mano a papá, en el medio silencio indeciso de las confidencias cariñosas, pero apartados por la frontera infranqueable que separa a los adultos de los enigmas de la niñez.

Sus abuelos vinieron a buscarlas para llevarlas a la Sierra aquella misma tarde. El suegro de Kauffman tenía un alto concepto de Kauffman. Era un viejo general retirado, afable, orgulloso de sus bigotes, que ignoraba totalmente que su hija se acostara con negros en las playas y que su yerno se citara con adolescentes prostitutas en las terrazas de Madrid. Saludó a Kauffman con afecto dándole unas palmadas en el cuello. Su mujer, la suegra de Kauffman, se alzó de puntillas dominando los reúmas para darle un beso. Luego pasearon por aquella casa que había sido su hogar antes de que Kauffman se casara con su hija y ellos decidieran irse a vivir a la Sierra y a pasar largas temporadas en una residencia militar en Marbella. Encontraron que su hija había adelgazado y que Kauffman trabajaba demasiado. Sí, ¿por qué no se había tomado vacaciones? Ambos abrazaron a sus nietas con esa complicidad intemporal que sólo se establece entre nietos y abuelos por encima de las generaciones. Y al cabo de media hora, después de haber apaciguado las protestas de que se quedaran a comer, se fueron con las nietas. Dejaron en la casa su presencia bondadosa, algo incongruente, inexplicablemente arruinada y sobrenatural, como los propios muebles del vestíbulo aún cubiertos de fundas blancas. Las niñas embarcaron en el viejo automóvil Morris, modelo Oxford, de redonda cúpula y enorme maletero. Quedó convenido que llamarían por teléfono todas las noches antes de irse a acostar.

La primera tarde que Kauffman y su mujer pasaron solos en casa hicieron el amor, es decir, follaron, aunque aquella palabra sana y directa no podía salir de los labios de Kauffman refiriéndose a su esposa, pero quién sabe si Margarita no hubiera deseado oírla, buscando el deseo primitivo, el que hace acudir la saliva a las encías, tanto en los burdeles como en el lecho conyugal. Ni la candorosa visita de los suegros, ni el reencuentro de Kauffman con las niñas habían disuelto un oscuro rencor que no encontraba palabras de reproche ni términos mutuos de comparación. Fueron juntos a echarse la siesta. Ella con un libro. Kauffman con el *Régimen Jurídico del Servicio Bancario de Cajas de Seguridad*, que también era un libro. Había llevado las dos perlas a un orfebre, que las había montado en dos pendientes, y luego las había depositado en una caja de seguridad. Sin embargo, no leyeron demasiado tiempo. A ella dejó de interesarle la novela que tenía en las manos, y Kauffman, sabiendo que los pendientes estaban a buen recaudo, tampoco se apasionó por la legislación sobre cajas de seguridad. Los cuerpos se buscaron. Kauffman sintió cierta euforia doméstica en *Minga.* Inesperadamente, como quien abre un cofre familiar lleno de enaguas y antiguas prendas de vestir, Kauffman fue penetrando en la intimidad de Margarita. ¡Ah! Qué tibio es el deseo en territorio conocido. Hasta la marca de la ropa íntima y el aroma del desodorante era lo que había que esperar. *Minga,* sin embargo, mantenía su obligación a rajatabla. Pero no había empezado Kauffman a cumplir sus deberes cuando ella sufrió un espasmo más ansioso de cuantos Kauffman le había conocido. Súbitamente el cuerpo de Margarita dejó de ser el cuerpo de Margarita. La lujuria lo habitaba. *Minga* redobló asombrosamente su actividad. ¿Qué fantasmas se habían acostado con ellos en aquel lecho? Margarita derribó la novela al estirar un brazo. Kauffman se volteó y el *Régimen Jurídico* resbaló de las sábanas y cayó al suelo con el golpe sordo de un ladrillo. En pocos minutos ambos estaban follando, esa era la palabra, simple y dura, impregnada de deseo y furor. No estaban haciendo el amor. Por primera vez en muchos años estaban echando un polvo. Estaban follando de verdad, y la diferencia, en la reciente experiencia de Kauffman, sólo podía expresarse con esa palabra. El ingenio y la entereza de *Minga* iban en aumento a medida que Kauffman progresaba. Ella tenía los ojos abiertos. Por la imaginación de Kauffman pasó como un relámpago la estampa de un negro hercúleo. Y por un momento le invadió la sospecha de que Margarita veía sobre sí, por aquellos ojos, la figura de un negro, o la de un elefante, de ningún modo un abogado, en cualquier caso la figura de una criatura poderosa y jadeante con la que Kauffman en aquel instante sublime se sentía identificado, hasta el punto de que el poder de *Minga* parecía alcanzar el ardor y la envergadura del brazo de un hombre adulto y airado, mientras ella, como si nunca antes hubiera conocido aquel estado, arrojaba hacia atrás la cabeza pidiendo más. ¿Más? Kauffman descargó su fuerza algo perplejo. De su viejo archivo rescató la imagen de una locomotora. Luego cayó inerte, perdiendo la noción de lo sucedido hasta que sintió que ella le mordía dulcemente la oreja. Tampoco aquello se había repetido desde sus tiempos de recién casados. El gozo y la gratitud se apoderaron de ellos, admirados por lo sencillo que resultaba amar.

Kauffman se apartó y ambos permanecieron en silencio unos minutos. Luego Kauffman se incorporó sobre la almohada.

—¿Así? —dijo Kauffman con voz agria.

—¿Qué quieres decir con así?

—¿Ha sido así todo el verano? —repitió Kauffman fingiéndose desinteresado. Arrastró la mano por el suelo intentando alcanzar el *Régimen Jurídico* y consiguió atrapar una zapatilla.

—Vamos, Kauffman —dijo ella súbitamente distante—. ¿Lo preguntas en serio?

—Completamente en serio.

Margarita suspiró profundamente. Kauffman se sintió incómodo.

—¿Es cierto que has tenido una aventura con un negro?

—¿Por qué había de ser un negro? —preguntó ella.

—¿No ha sido un negro?

—No, no lo era.

Kauffman se llevó la mano a la barbilla. Una parte de los fantasmas que habitaban su imaginación se desvanecieron. Otros fantasmas varoniles de piel blanca empezaron a florecer. Sentía una punzada amarga y placentera a la altura del plexo solar. También el sufrimiento era una especie de afrodisíaco.

—Perdona que insista —preguntó Kauffman—. ¿Era blanco?

—Era un estudiante de Málaga. Se llamaba Roberto Javier.

—Las niñas me han dicho que se llamaba Francisco Carlos —repuso Kauffman.

Ella se volvió con ojos de pantera.

—¿Has preguntado a las niñas?

—No, no las he preguntado —mintió Kauffman—. Ellas me lo han contado. Me han contado que vieron a un primo de mamá, pero no recordaban si era negro o blanco.

—¿Te crees que he tenido una aventura delante de las niñas?

—No, Margarita, no...

Los ojos de Margarita se incendiaron. A Kauffman ella le gustaba así, con los ojos en llamas, alborotada, incapaz de pronunciar una palabra, con los puños apretados de irritación. Kauffman barajó nombres, enloquecido. Puede que los amantes de Margarita hubieran sido dos. Francisco Carlos y Roberto Javier. Puede que hubieran sido cuatro. Francisco, Javier, Roberto y Carlos. Puede que hubiera sido al fin uno sólo. Bingo. Su mente se iluminó súbitamente con el fulgor de la Gran Sospecha, que ni siquiera en los momentos de mayor arrebato se hubiera atrevido a imaginar.

—¿No sería Roberto Carlos? —balbuceó en plena paranoia.

—¿El futbolista?

—El futbolista.

—De acuerdo. Se llamaba Roberto Carlos y era futbolista —estalló Margarita—. ¿Quieres saber más? ¿Eh? ¿Quieres añadir algo más?

—No es eso. Yo sólo sugería...

—¿Te crees que me gusta que las niñas se imaginen que su padre está loco? Yo no tuve la idea de irme de vacaciones sola. Yo no sigo la liga de fútbol. Yo sólo quiero acostarme en esta cama que es la mía —sollozó al borde de la histeria, golpeando la cama con los puños, ahogando la nostalgia del estudiante malagueño en lágrimas poco comprometidas.

—Has salvado nuestro matrimonio —aventuró Kauffman bajo la influencia del orgasmo reciente que ambos acababan de merecer.

—Déjame que me ría —dijo ella enjugando una lágrima—. El amor europeo. La España moderna. Eso lo hacen las mujeres de los esquimales, que duermen con el primer forastero que se presenta.

—¿Cómo sabes eso?

—Lo leí en el *National Geographic*.

—Yo no soy un esquimal. Tú no eres la mujer de un esquimal.

—¿No? ¿Y tú qué has hecho mientras tanto? ¿También has intentado salvar nuestro matrimonio?

—No es lo que te imaginas.

—Tampoco fue idea mía que el padre de mis hijas se quedara en Madrid buscando una aventura.

—Yo no he podido...

—No me digas que también te lo has querido hacer con un futbolista —dijo ella sarcástica, arrojando las sábanas a un lado y levantándose para buscar una bata.

—Margarita. Yo no busco futbolistas.

—No me hubiera importado, ¿sabes?

—Te exijo que rectifiques —pidió Kauffman.

—¿Qué clase de marido manda a su mujer de vacaciones a follar?

—Te prohíbo que hables de ese modo.

—Follar, sí, ¿te enteras?

—¡Margarita!

—Déjame en paz.

Kauffman se incorporó mientras ella se encerraba en el cuarto de baño. Oyó el torrente de la ducha.

—Yo te he sido fiel, Margarita —gritó Kauffman con simple y sencilla buena conciencia, algo alarmado de que ella pusiera en tela de juicio su tendencia sexual.

Ella no había podido oírle, sin duda.

—No he tenido ninguna aventura. Te contaré lo que ha sucedido este verano —gritó de nuevo Kauffman extrañamente eufórico, cultivando ya para siempre el secreto de Lolita en su corazón—. He sido testigo de tres asesinatos, me ha interrogado la policía, me han destrozado el coche y he conseguido para ti un maravilloso regalo de aniversario de bodas.

El torrente de la ducha seguía cayendo.

—¿Me oyes?

Llovía en la ducha y Kauffman sonrió. Nada de lo que podía contar debía ser oído, y sin embargo necesitaba contarlo, de modo que durante un largo rato explicó en un monólogo todo lo que tenía que decir y no podía, lo mismo que si lo hubiera recitado delante de un auditorio de fantasmas, sus rivales, capaces quizá de follarse a su mujer, pero incapaces de vivir las aventuras que él había vivido, y prosiguió en esa obsesión verbal hasta que sintió que se cerraba el grifo de la ducha, y entonces, obedeciendo al mismo sencillo mecanismo que silenciaba el torrente de agua, se calló. Margarita salió del cuarto de baño en albornoz con el pelo envuelto en una toalla. La seguían nubes de vapor. Recogió su ropa y pasó a vestirse a la alcoba.

—Contrataron a un asiático para matarme —prosiguió Kauffman—. Y Millonetis me ha despedido.

Estaba seguro de que ella seguía sin oírle. Abría y cerraba cajones buscando ropa.

—Dice que soy el peor abogado que ha tenido nunca —exclamó Kauffman atrapado en una especie de vértigo masoquista, con entusiasmo de flagelante, en el paroxismo del autodenigramiento.

Margarita apareció en la puerta de la alcoba abrochándose el sujetador. Kauffman contuvo su exaltación. Enarcó una ceja y admiró su cuerpo. Sentía el deseo que cualquier desconocido hubiera sentido por ella y eso le agradaba. Su razón de ser y poseer se hallaba a salvo.

—¿Me has oído?

—He oído muchas tonterías —dijo ella cerrando la cremallera de la falda.

Quizá había oído algo.

—De acuerdo —dijo Kauffman—. Entonces estarás de acuerdo conmigo en que tu marido no está loco —añadió misteriosamente—. Estarás de acuerdo conmigo en que todo obedece a un plan.

Ella volvió a entrar en la alcoba y volvió a aparecer en la puerta abrochándose la camisa.

—¿Ah sí? ¿Un plan?

—Estaba escrito que volveríamos a amarnos —sentenció Kauffman retórico.

—Por favor, Kauffman...

—Esta noche te invito a cenar.

El espíritu de Kauffman se había apaciguado. Las niñas llamaron por teléfono desde la Sierra al final de la tarde. Hablaron de un nuevo perro que había en la casa y de hormigas en el jardín. Habían llegado a casa de los abuelos y habían reconstruido inmediatamente su propio sistema de referencias. Habló luego el abuelo. Saldría con las niñas al anochecer para enseñarles nombres de estrellas y figuras de constelaciones. Luego habló la abuela. Creía que las niñas no habían llevado suficiente ropa interior. Kauffman y Margarita replicaron y atendieron todas las cuestiones desde dos teléfonos distintos de la casa. Por encima de todo flotaba una música imprecisa que podía ser de duendes o de la radio del abuelo. Las voces de tres generaciones se cruzaban en el sistema telefónico como en una sesión de espiritismo, donde se ventilaban cuestiones domésticas y astronómicas con misteriosa naturalidad. Al cabo de un rato, la familia entera se despidió, y el eco de aquella presencia virtual múltiple empezó a desvanecerse dejando en el éter un rastro de melancolía. En torno a Kauffman y Margarita muebles y objetos se estabilizaron. Sobre la Sierra lucía Venus y apuntaba Antares, en la constelación de Escorpio, cuando ellos en Madrid salían a cenar.

Se decidieron por un restaurante del barrio. Sólo un par de mesas estaban ocupadas. El propietario había abierto dos días antes y los clientes aún tardaban en llegar de vacaciones. Después de cenar se sentaron en una terraza a tomar una copa. La noche era suave y limpia, como si las toxinas de la ciudad se hubieran expulsado en las sudorosas noches de agosto. La música de la terraza repetía el estribillo de la canción del verano.

«¡Ah! ¡Ah! ¡Ah! ¡Ah! ¡Ah! ¡Ah!»

Kauffman lo reconoció al momento. Lo había oído en *La cabaña de Chim*. Además no era difícil de reconocer. Margarita también lo reconoció de inmediato. Lo había oído en el chiringuito de la playa. Era un estribillo pegadizo y conmovedor. Durante un buen rato la imaginación de cada uno de ellos siguió rumbos divergentes. Cada uno tuvo, sin embargo, buen cuidado en no revelar al otro el camino de sus pensamientos. Al contrario, cruzaron las manos como novios y extremaron las muestras de cortesía. Pero aquel estribillo sembró en Kauffman el deseo de Lolita, y despertó en Margarita la añoranza de su hábil estudiante malagueño. ¿Quién podía haber compuesto una canción tan joven y nostálgica al mismo tiempo? ¿Quién podía haber hallado sílabas capaces de provocar aquella emoción?

«¡Ah! ¡Ah! ¡Ah! ¡Ah! ¡Ah! ¡Ah!»

¿O era acaso que el amor, ave fénix de la noche, había depositado sus cenizas en aquel verso? ¡Ah!, pensó Kauffman lírico, brevemente arrebatado por la música, prometiéndose buscar a Lolita aquel otoño. Margarita, por su parte, confiaba secretamente en que abundaran los estudiantes malagueños en Madrid. Luego Kauffman pidió la cuenta y apuraron las consumiciones. Regresaron andando, cogidos del brazo, algo más que si se hubiera firmado entre ellos una especie de armisticio, unidos por el secreto de su respectiva hipocresía. Aquella noche volvieron a hacer el amor y Kauffman se mostró especialmente fogoso. El cuerpo de Margarita tenía la dulzura decadente y madura del mejor momento de la sandía y el melón. Murmuró a su oído ternuras infantiles y excitantes groserías que ella aceptó complaciente, o que solicitaba con más ardor que nunca. La lámpara de la mesilla de noche había quedado encendida y Kauffman admiró su rostro cruzado sobre la almohada. Se había cortado el pelo antes de las vacaciones y la melena color caoba se derramaba con aire juvenil. Algo en ella le había infundido otro estado de ánimo. Toda su imaginación se concentraba en el desconocido que la había poseído aquel verano, no pudo evitarlo, y ello multiplicaba su pasión. Margarita debió de notarlo. Su actitud fue lasciva, añadiendo algunas mañas que el estudiante malagueño la había enseñado y que antes nunca se hubiera atrevido a emplear. Había aprendido a ser obscena. En los murmullos se destilaba un gorgoteo de pecados consentidos, insultos y caricias, el uno por el otro, hasta la satisfacción final. Kauffman cayó de bruces, agotado. Ella se dio la vuelta como una gata cuyo celo ha concluido y apagó la lámpara. De nuevo los pensamientos de ambos divergieron, pero esta vez cruzaron su rumbo. Kauffman no podía apartar a su anónimo rival de la cabeza, atribuyéndole, inquieto, diferentes formas y tamaños de penes según la atávica obsesión masculina, mientras ella se preguntaba, antes de llegar a dormirse complacida, quién había podido enseñar a Kauffman a follar así.

—¿Qué me contabas ayer por la tarde mientras me vestía? —preguntó ella por la mañana a la hora del desayuno.

—Tonterías —replicó Kauffman.

Aquel mismo día, o al día siguiente, Kauffman fue a la caja de seguridad del banco a buscar los pendientes con las perlas. A solas en la cámara acorazada admiró las joyas una vez más. Siguiendo sus instrucciones, el orfebre había montado las perlas sobre dos diminutas láminas de oro, recortadas y repujadas para imitar la valva cóncava de una ostra, no más grande que una moneda, de bordes irregulares y levemente recogidos con cierto aspecto auricular. Las dos perlas parecían descansar en un minúsculo cuenco dorado, ligeramente verdoso. Aún podía distinguir imperceptibles diferencias entre ambas. *Némesis* recogía el reflejo del oro con un destello suave y continuo, con un dormido fulgor incandescente. La *Embaucadora,* en cambio, parecía agitada por una inapreciable vibración interior. De cualquier modo, su porte era lujoso y discreto. Nadie podía sospechar que aquellos dos pendientes valían una fortuna. Kauffman cerró el pequeño estuche de terciopelo y se lo guardó en el bolsillo. Luego pidió que le abrieran la reja de la cámara después de cerrar su caja de seguridad. Se cruzaron las llaves y Kauffman firmó el registro. Aquellas precauciones le ponían de buen humor. Había algo desmesurado y halagador en ello. El hormigón y el acero de aquella bóveda custodiaban quién sabe qué valores y qué secretos, encerrados en los cajetines niquelados que se alineaban en los muros como pozos anónimos de riqueza y de infamia, donde bastaba con hundir el brazo para extraer la porción correspondiente a cada cual. Como suele suceder en las cámaras acorazadas, la medianería lindaba con las cloacas y aquello era algo más que un símbolo. Y al mismo tiempo allí estaban los pendientes de Kauffman lo mismo que si fueran una mercancía altamente peligrosa. Y de hecho lo eran, pero Kauffman ignoraba que en aquellas dos minúsculas esferas de nácar dormían dos lágrimas de plutonio y el ignorarlo contribuía a no enturbiar su felicidad. Con el estuche en el bolsillo firmó el segundo registro de la caja y salió a la superficie. Mientras cruzaba muy erguido el vestíbulo de mármol, echó cuentas. El alquiler de la caja y la factura del joyero le habían costado una pequeña fortuna. Pero se sentía un hombre moderadamente poderoso, acaso no tan incauto como sospechaban algunos de sus rivales de profesión, ni tan astuto como podían darlo a pensar sus relaciones, pero en cualquier caso un hombre bienaventurado, o a punto de serlo, después de haber recorrido en el corto lapso del verano los territorios del sexo, el crimen y la necedad.

Aquella noche el abogado invitó de nuevo a su mujer a cenar. Las niñas llamaron por teléfono de casa de sus abuelos a última hora, cuando ya se disponían a salir. La pequeña tenía diarrea por haber comido ciruelas verdes. La mayor se había sacado la piel a tiras al caer en un rosal. Adorables criaturas. El olvido mismo sería incapaz de poner fin a la extraordinaria serie de aventuras que iban formando los sucesivos estratos de su alma infantil, y lo mismo que un tronco crece con sucesivos anillos de madera, aquellos acontecimientos dejarían algo más que la memoria de un verano, de unas piernas desgarradas o de una diarrea, para depositar el aroma de su futura personalidad. Así filosofaba Kauffman con el teléfono en la mano, mientras las niñas, del otro lado de la línea, se arrebataban una a otra el teléfono. Habló su madre pidiendo prudencia y recetando arroz blanco y tintura de yodo, los remedios que la abuela había aplicado ya. Habían salido a pasear por los pinares, y el abuelo les había señalado el nido de una urraca y dos o tres variedades de helechos. Kauffman saludó entonces al abuelo, que por un tercer teléfono, como por una tercera vía desconocida, se hacía oír. Le parecía tan raro que un general de artillería tuviera conocimientos de aves y botánica como que un conde, o un duque, por poner un ejemplo, fuera al mismo tiempo licenciado en ciencias exactas. Margarita ya se había arreglado para salir a cenar, y al mismo tiempo que oía su voz Kauffman podía verla a través de la puerta entreabierta del salón, sentada en el sofá blanco, hablando por el segundo teléfono de la casa. Se había puesto un traje verde de verano, con una chaquetilla del mismo color. Kauffman pensó que se lo había comprado aquella misma temporada, y a pesar de la inocencia de la situación, admiró su porte juvenil, su gesto descuidado, descalza, con los zapatos de tacón junto a ella en el suelo, con el teléfono en la mano y las piernas cruzadas, como el fotograma indiscreto de una escena de interior. Desde el teléfono de la cocina oía su voz por el auricular, al mismo tiempo que la voz de sus hijas y de sus suegros, y viéndola en el sofá sentía que ella pertenecía más que nunca al universo del deseo. Al fin las niñas discutieron entre ellas y se despidieron. Margarita conversó unos minutos con sus padres y Kauffman saludó con respeto a su suegro, el general. Por una razón misteriosa, le parecía haber asistido a confusas reencarnaciones donde la voz alborotada de sus hijas, sobre el tamiz sereno e intemporal de la voz de los abuelos, venía a significar algún tipo de inmortalidad para el alma de Kauffman, árbitro de aquella complicidad entre generaciones. Dejó el teléfono y pasó al salón a buscar a Margarita, que en aquel mismo momento terminaba de hablar.

—¿Estás lista?

Ella se arregló el pelo delante del espejo de la consola y cogió su bolso.

—¿Qué te parece?

Él le puso la mano en el trasero con recién inaugurada ternura y la empujó suavemente delante de sí.

—Vamos.

Kauffman había reservado mesa en un restaurante más elegante que la vez anterior, del género mullido y con poca luz. Eran los primeros clientes en llegar. El dueño explicó que habían abierto dos días antes. Todo Madrid había abierto unos días antes, después de las vacaciones, y los restaurantes no habían alcanzado su ritmo habitual. En realidad, fueron los únicos clientes durante toda la velada. La graciosa lamparita de la mesa se iluminaba solamente para ellos, mientras las demás lamparitas iluminaban mesas vacías a su alrededor. A Kauffman le convenía aquel ambiente íntimo, y pronto olvidó que estaban solos para disfrutar precisamente de la circunstancia de encontrarse solos, como si se tratara de un comedor privado donde todo el servicio ejecutaría exclusivamente para ellos un ballet mudo o una especie de representación. ¿Cómo podía Margarita pensar que se había casado con un vicioso o con un esquimal? Qué extravagantes opiniones pueden llegar a tener las mujeres. Las paredes estaban tapizadas de tela roja. La luz ponía en el rostro de Margarita sombras misteriosas de teatro. Aquel restaurante parecía un estuche porque Kauffman no se atrevía a pensar que parecía un ataúd forrado de raso, pero de cualquier modo los pensamientos de Kauffman eran alegres y Margarita parecía cenar con buen apetito, como si no hubiera cenado más que porquerías durante todo el verano en los chiringuitos de la playa. Ella no había aceptado de buena gana salir aquella noche. Se temía que Kauffman fuera a solicitarle algo, o a prolongar cualquier fantasía con miradas desvariadas. Conversó poco, dedicando una sonrisa a los camareros que venían a retirar los platos, indiferente a Kauffman, deliberadamente ajena, paseando la mirada por las sombras del techo con un bocado en la boca y el tenedor suspendido sobre el plato, respondiendo a cualquier ternura de Kauffman con un delicado «¿ah, sí?». El vino tinto puso un resplandor violeta en sus ojos cuando se llevó la copa a los labios. Aquellos detalles enardecían a Kauffman como si estuviera contemplando una joya. Hizo el propósito de no invitarla a tomar una copa en otra parte después de cenar, obedeciendo a un miedo interior que le avisaba que el estribillo del verano podía estar sonando en cualquier lado, aquel ansioso «¡Ah! ¡Ah! ¡Ah!» que dispersaba sus sentimientos. Felizmente allí la música era concreta, frágiles tintineos de vidrio y diapasones argentinos de tenedor. A los postres ella pidió un helado de pistacho y vainilla y Kauffman no pidió nada. Fue entonces cuando juzgó que se trataba del momento adecuado para ofrecer su regalo, y se llevó la mano al bolsillo de la chaqueta palpando el estuche de terciopelo que contenía los pendientes.

—Es el regalo de nuestro aniversario de bodas —dijo poniendo el estuche sobre la mesa.

—¿Es nuestro aniversario de bodas? —preguntó ella fingiéndose distraída.

—No lo es. Pero es mi regalo de aniversario de bodas.

Margarita dejó el pistacho y la vainilla y titubeó un instante antes de alcanzar el estuche. Cuando lo abrió no pudo reprimir un grito de admiración.

—¡Son preciosos!

—¿Te gustan?

—¡Oh, Kauffman! Eres un amor —dijo ella olvidando sus reparos. Luego recordó que había decidido mantenerse reservada.

—Te habrán costado una fortuna.

Kauffman guardó silencio. Luego se inclinó sobre la mesa lanzando una ojeada desconfiada a su alrededor.

—Son perlas antiguas.

—¡Oh, cariño! —dijo ella llevándose dos dedos a los labios para contener un elegante eructo avainillado que seguía siendo un gesto de admiración. Tenía el estuche refulgente abierto en la otra mano, mientras Kauffman sonreía embelesado con los ojos puestos en ella.

—¿De verdad te gustan?

—Son los pendientes más bonitos que he visto en mi vida —dijo ella sin atreverse aún a tocarlos.

De nuevo Kauffman exploró con la mirada las mesas vacías como si en ellas se hubieran sentado espectros.

—Me ha costado mucho trabajo conseguirlos —murmuró.

—¿Puedo probarlos?

—Por supuesto.

El helado de pistacho y vainilla se iba fundiendo en la copa con decadentes churretes de colores farmacéuticos. Margarita se quitó los aros que llevaba puestos y se puso con sumo cuidado los nuevos pendientes, tanteando los lóbulos, sacudiendo brevemente la melena. Luego ladeó la cabeza sonriendo a Kauffman, intrigada por saber el efecto que causaban. Ignoraba que de sus orejas colgaban dos centrales atómicas en miniatura, y su gesto liviano, femenino, gracioso, tenía la inocencia de los animales que frecuentan la muerte sin saberlo, y eso Kauffman tampoco podía imaginarlo, y para un supuesto espectador imparcial, o para alguno de los espectros sentados a su alrededor en aquellas mesas, la sonrisa bobalicona del abogado sólo se comprendía por el cariño recién recuperado de su mujer, y ello era suficiente excusa, ateniéndose a las consecuencias. Admiraba los pendientes con ojos de experto desde el otro lado de la mesa. Observó alternativamente los dos minúsculos cuencos de oro donde brillaban las perlas. Aún podía distinguir en el lóbulo izquierdo a *Némesis*, el Destino, y en el derecho a la *Embaucadora*, cuyo nombre no era necesario explicar.

—¿Te gusto?

—Estás preciosa. Precisamente ayer quería contarte lo mucho que me ha costado conseguir esos pendientes. Todo empezó a principio de las vacaciones...

—Oh, no es el momento —dijo ella algo enojada, pensando que Kauffman debía tener algo que hacerse perdonar.

—De acuerdo —dijo Kauffman—, no es el momento.

La copa de pistacho y vainilla era un lago espeso, irisado, con estrías caprichosas verde y marfil. La lamparita de la mesa ponía entre ellos un círculo de intimidad. Apartaron la copa y el estuche y juntaron las manos por encima del mantel.

—Creo que va siendo hora de que pidas la cuenta —dijo ella, que no se entusiasmaba por prolongar una situación demasiado romántica para su gusto.

Kauffman pidió la cuenta y echó mano a la cartera. Los camareros, que hasta entonces habían permanecido inmóviles como ángeles de panteón, se pusieron en movimiento. El primero retiró en una bandeja lo que quedaba del servicio como quien retira tarjetas de duelo. El segundo presentó ceremoniosamente la factura dentro de un cofrecito. El portero, vestido con suntuosos ropajes y una extraña pluma fúnebre en el sombrero, esperaba con la mano en la puerta. Todo eran fugaces intuiciones que se desvanecían al momento de formarse. Unos minutos más tarde los esposos Kauffman estaban en la calle y caminaban cogidos del brazo.

—No te figures que te vas a librar de mí esta noche —dijo Kauffman apretándole cariñosamente la mano.

—No me lo figuraba.

—Te voy a echar un polvo en el sofá con esos pendientes puestos —añadió algo envalentonado, como si se dispusiera a iniciar un nuevo capítulo de la *Vida Sexual Sana.*

—¿Lo que se dice hacer el amor? —repuso ella sonriente.

—Llámalo como quieras.

Llegaron a la altura de la parada de taxis y se besaron bajo un árbol.

—¿Taxi, caballero? —dijo el taxista asomando por la ventanilla la roja nariz afilada sobre la que apuntaban las cejas como dos cuernecillos enhiestos.

No le oyeron y pasaron de largo. El taxista les vio alejarse como dos enamorados, cogidos por la cintura, juntas las cabezas, entrando y saliendo en los círculos de luz y sombra de las acacias y de las farolas. Un semáforo guiñaba el ojo de ámbar. La noche de septiembre era propicia, aun sin saber, como se ha dicho, que ella llevaba la muerte colgada de las orejas, destilando radiactividad como un veneno invisible.

Las perlas brillaban en la penumbra. Ella sentía la carne tibia, como si los pendientes fueran animalitos cariñosos y ejercieran una leve presión.

—¿Sabes lo que te digo? Éstos son mis pendientes favoritos.

—Me alegro —dijo Kauffman.

Ella se alzó de puntillas para darle un beso.

—Vamos pronto a casa. Te quiero en el sofá.

Cruzaron la avenida cogidos del brazo. Ella sacudió la melena. El murmullo de la sangre era inaudible, como el soplo de un ángel al oído. Aquella noche los pendientes pasaron a ser patrimonio de la familia Kauffman lo mismo que se adquiere una maldición genética. Y puede suponerse que era cuestión de meses, quizá un año, antes de que ella detectara un malestar que después de muchas pruebas se diagnosticaría leucemia. El plazo ignorado sólo dependía del uso que ella hiciera de los pendientes, igual que uno de esos juegos mortales que sólo pueden prolongarse por el capricho inconsciente del jugador.

Los esposos Kauffman llegaron delante del portal de su casa y Kauffman sacó la llave. Abrió la puerta y encendió la luz del vestíbulo. Luego se quitó la chaqueta y la arrojó sobre una silla. Sin esperar un minuto, y sin que ella se quitara siquiera las perlas, empezó a desabrochar con dedos ávidos el vestido de su mujer.

FIN DE FIESTA

—¿Purusulski? —dijo el empleado del mostrador de facturación consultando alternativamente la pantalla azul de su ordenador y el billete aéreo que le tendía Prwzulski por encima de la mesa.

—Prwzulski —corrigió Prwzulski sin dar muestras de impaciencia, depositando el equipaje en la cinta transportadora—. Pérez-Prwzulski.

Hubo un instante de silencio.

—Prwzulski —repitió correctamente el empleado, un joven despierto cuyos dedos corrieron ágiles sobre el teclado sin sombra de duda. El apellido quedó rectificado con la precisión de una nueva especie entomológica. El muchacho alzó los ojos sonriendo—. ¿Un solo bulto de equipaje, señor Prwzulski?

—Una sola maleta.

—Una maleta —dijo el empleado volviendo a la pantalla—. ¿No fumador?

—No fumador.

—Su vuelo sale a las 19.30, señor Prwzulski —dijo el muchacho sin titubeos—. Puerta número 26. Puede usted tomar un refrigerio en nuestro club. Una azafata le avisará de la hora de embarque.

—Gracias.

Prwzulski se echó al hombro la bolsa de mano y recogió la tarjeta de facturación. Contempló un momento el rostro agradable del empleado mientras la maleta iniciaba su recorrido en la cinta transportadora.

—Es la primera vez desde que estoy en España que alguien pronuncia correctamente mi apellido —confió gratamente sorprendido.

—Gracias, señor Prwzulski —dijo el muchacho afinando cierta pronunciación intermedia entre Purusulski y Pruski que había dado tan buenos resultados—. Buen viaje.

Prwzulski saludó con la cabeza y se alejó. El gran vestíbulo del aeropuerto estaba casi vacío. De un área más lejana, entre grandes columnas niqueladas, llegaban rumores y se divisaba una pequeña muchedumbre, como en un pacífico motín. Por lo demás, no era día de grandes aglomeraciones. Unos empleados silenciosos empujaban un largo tren de carritos. Dos sacerdotes en sotana salían de los lavabos. Los aeropuertos son un muestrario de la humanidad, pensó Prwz, y de algún modo siempre aparece representado el clero. Al pasar delante de los paneles luminosos verificó la hora de salida. Efectivamente, el vuelo a Tel Aviv estaba anunciado para las 7.30. ¿Por qué Tel Aviv? Al ver escrito en letras de fuego la ciudad de su destino el corazón de Pérez-Prwzulski se encogió de melancolía. El judío-polaco-argentino sentía a su pesar la llamada ancestral de la raza, el atavismo trascendente de los verdaderos exiliados, mientras la doble personalidad porteña y aristocrática quedaba relegada a segundo término ante la emergencia milenaria de aquella sensación. De los tres pasaportes de que disponía Pérez-Prwzulski, el asesor atómico de Millonetis había escogido para aquel viaje el pasaporte hebreo. De Tel Aviv pensaba trasladarse a Haifa, donde atracaban los barcos procedentes de Odessa y donde vivía un pariente de la rama semita de sus abuelos polacos. Tenía algo de sueño y sus pasos eran cansados. Aquel vestíbulo inmenso acogía toda su errante nostalgia y apaciguaba su alma sensible y práctica de aventurero. Consultó de nuevo el reloj. Las 6 de la tarde del 6 de septiembre, noveno mes del año, lo cual componía un dígito extraño, 669. Prácticamente la cifra de la Bestia. Un presagio que sus más cabalísticos antepasados no hubieran dudado en descifrar. En el fuero interno de Prwzulski se agitó un breve desasosiego. Sin embargo, desdeñó el aviso con indiferencia pomeránica y siguió caminando por el vestíbulo del aeropuerto con genuina indolencia porteña. Unos minutos más tarde, después de comprar el periódico, se dirigió hacia el control de pasaportes palpando en el bolsillo de la chaqueta el sólido documento del Estado de Israel.

No estaba pensando en los negocios. Los negocios le hubieran llevado a México (México), o a Brisbane (Australia), o a Estocolmo (Texas), o a cualquier lugar donde un hombre sin raíces pudiera encontrarse frente a arraigados hombres de negocios con un par de millones de dólares para invertir. No estaba pensando verdaderamente en ello. Estaba pensando en los errores cometidos. Una vida errante se compone de errores, y eso apenas era un juego de palabras, prosiguió con cierta satisfacción intelectual, mientras sus pasos le iban conduciendo, leves y discretos, hacia el control de pasaportes. Pero podían dejarse de lado las intuiciones filosóficas para centrarse en los errores prácticos, aquellos que no sólo aniquilan las perspectivas de amasar o renovar una fortuna, sino que destruyen el propio juego de riesgo y amenaza que venían a significar en la vida de Prwzulski una forma existencial. Había sido una equivocación disimular la muestra de plutonio en el interior de dos perlas falsas y haberlas hecho seguir otro camino, porque las perlas, como todas las joyas, y más aún que ellas, despiertan la codicia irracional de los hombres, y eso no es bueno para los negocios, cuya codicia debe ser meditada, cerebral, científica, movida por resortes viscerales bajo estricto control intelectual. Otros errores menores venían a sumarse a aquél, y Prwzulski se preguntaba, a veinte metros de la barrera administrativa que iba a poner fin a su estancia en España, si acaso no había sido un error elegir como país de tránsito y de financiación de contrabando radiactivo una nación reputada por la irracionalidad y el apasionamiento de sus hombres. En otro negocio anterior, o quizá en otra aventura, o en otros exilios, había pasado por aquel mismo aeropuerto. Lo mismo que disponía de tres pasaportes, le parecía haber gozado del privilegio de vivir otras tantas vidas. En aquel mismo instante sintió la nostalgia, entre desconfiada y valiente, de su juventud de revolucionario argentino, algo no tan lejano ni tan enterrado en el olvido que no despertara una considerable descarga de adrenalina cada vez que se acercaba a un control policial. Prwzulski entregó su pasaporte. El funcionario examinó el documento, alzó los ojos distraídamente para verificar la correspondencia del rostro del viajero con la fotografía, y estampó el sello de salida. Prwzulski sonrió y recogió la libreta. La experiencia le había enseñado a sonreír. Luego cruzó bajo el arco detector de metales sin compromiso. No tenía hogar y por lo tanto ni siquiera llevaba llaves consigo. Su bolsa desapareció en el escáner y reapareció inocente y radiografiada por el lado contrario. Todo era normal, ordenado y suave, excepto la incoherente versión que uno recoge de su propia vida. Prwzulski volvió a exhibir un gesto amable a los dos guardias civiles de fronteras, un joven con aspecto de becario a pesar del arma que llevaba en la cadera, y una muchacha graciosa, de nariz respingada, divertida y coqueta en su uniforme verde, como si guardara sus cosas de maquillaje en la cartuchera. Una vez del otro lado, elegante y discreto, Prwzulski buscó la sala de espera de primera clase que le había indicado el muchacho de la facturación.

A su paso se abrieron puertas de cristal, como en los palacios encantados. Una azafata de la compañía le recibió detrás de un mostrador. Prwzulski mostró su tarjeta de embarque.

—Puede instalarse donde desee. Le avisaremos cuando esté listo su vuelo, señor Puruski.

La sala de espera era un ámbito mullido, sólo alterado por la mínima respiración agónica de una cafetera y el estruendo regular, sobrehumano, de los aviones en el exterior. A través de la enorme cristalera se contemplaba el panorama de las pistas, atareadas en la compleja definición técnica del viaje. El atardecer suavizaba las sombras y ponía un fulgor anaranjado en los destellos de los fuselajes. Prwzulski se instaló en un diván. Aún le quedaba una hora por delante y tenía intención de echarse una siesta. Dejó la bolsa de viaje a un lado y ni siquiera desplegó el periódico. La cristalera mostraba un amplio paisaje de cielo y hormigón, acompasado al ballet de los grandes pájaros, en cierto modo apaciguador. Prwzulski seguía aquellas evoluciones con la mirada. No quiso saber si dormía, ni quiso cerciorarse de si estaba soñando, cuando un autobús de pasajeros recorrió ante sus ojos el área de desembarque como una lombriz articulada y descargó por ambas puertas toda una excursión infantil cargada de mochilas y paquetes. Eran niños, en efecto, o casi niños, algunos de ellos niños gigantes, o de miembros y cabeza desmesurados, y se movían con los ademanes lentos de los astronautas recién llegados a la Tierra. Giraban, recogían oscilantes los bultos en sus brazos, se apartaban y se contemplaban unos a otros, estupefactos y risueños a la vez, sin perder cierto instinto colectivo de rebaño compacto. El grupo permaneció en la pista al pie del autobús y luego avanzó con titubeos. Parecían mutantes, o pasajeros de otro planeta. Se detenían, dudaban, luego se volvían a poner en marcha, exhibiendo sus amplias frentes y mandíbulas mal encajadas. Alzaban las narices como si olfatearan el aire o buscaran el sentido de la orientación. Prwzulski comprendió que aquello era una visión cargada de significado y respondía a una revelación inminente. 669. Ése era el extraño dígito que se había manifestado hacía un momento. El grupo de viajeros lo formaba una excursión de niños anormales procedente de alguna colonia de vacaciones. Sin duda, Plutón. El dígito comprendía un cromosoma invertido. Mongolismo. El grupo desapareció de la pista pastoreado por dos monitores. Prwzulski respiró algo aliviado y cerró los ojos. Una vez descifrado el presagio numérico, se sintió más seguro. El mundo cobraba sentido. ¿Cuándo amanecería en Haifa? Las narices de Prwzulski se dilataron voluptuosamente. Un débil aroma a queroseno, embriagador como un narcótico, se filtraba hasta allí.

La azafata de la recepción se acercó dejando en la moqueta la huella efímera y blanda de sus zapatos de tacón. Se inclinó sobre el viajero y le sacudió cortésmente unos golpecitos en el hombro.

—¿Señor...?

Prwzulski abrió los ojos.

—Su vuelo está listo para el embarque —dijo la azafata con una amplia sonrisa de folleto turístico—. Puerta número 26.

El errante Prwzulski se levantó para iniciar el largo recorrido de pasillos que le llevaría a su avión. Mientras tanto en su cabeza había germinado una idea generosa. Si lograba sacar adelante el negocio del plutonio subvencionaría una fundación para niños disminuidos o para cualquier extraña enfermedad infantil.

Aquella misma tarde, lejos de allí, el comisario Potes, que había pasado todo el mes de agosto de servicio, iniciaba sus vacaciones. En el local estrecho y penumbroso de la comisaría, Potes tenía razones para sentirse satisfecho. En primer lugar, era una comisaría fresca como un botijo. En segundo lugar, todo comisario deja de atacar al hombre y se transforma en animal de compañía cuando cree que tiene resuelto un caso. En tercer lugar, y ésa era la faceta de la personalidad de su superior que más apreciaba el inspector Cangrejo, el comisario Potes no hacía demostraciones de orgullo, pero tampoco disimulaba su satisfacción. En una semana se habían resuelto de golpe tres casos de asesinato. La penumbra de la comisaría y aquel frescor de botijo aliviaban la sensación de que algo oscuro quedaba por resolver, y quizá no se resolvería nunca, y esa misma sensación se incrementaba cuando el comisario Potes, intentando atar cabos, fruncía el entrecejo y cerraba la cortinilla de los párpados. A pesar de que técnicamente ya estaba de vacaciones, seguía algo perplejo. Sin embargo, prefirió alejarse de las zonas turbias de su pensamiento. Recibió halagado la admiración muda que le dispensaba el inspector. También Cangrejo se iba de vacaciones. El inspector enarbolaba una cabeza cubierta con un vendaje que le daba un aspecto a la vez accidentado y exótico.

—¿Dónde vas a pasar las vacaciones, Cangrejo? —preguntó el comisario.

—En el Arca de Noé, comisario.

Potes no indagó más. El Arca de Noé era la asociación a la que pertenecía Cangrejo. Agrupaba a personas con apellidos zoológicos. Organizaban encuentros, torneos de cartas y de billar y programaban viajes. Mantenían algún balneario o alguna colonia de veraneo. No eran una secta higiénica, pero Cangrejo le había hablado alguna vez de las cenas estrictamente vegetarianas que organizaban en el Arca de Noé.

—¿Vas solo, Cangrejo? —preguntó de nuevo el comisario.

—Voy con una amiga —respondió Cangrejo bajando pudoroso la mirada.

El comisario tampoco indagó más esta vez. Sabía que Cangrejo salía con una funcionaria de prisiones apellidada Lobato, que también pertenecía a la misma asociación. Si aquello prosperaba, daría lugar a una curiosa partida de nacimiento. Familia Cangrejo-Lobato. El comisario sonrió. El cráneo vendado del inspector levitaba en la penumbra como un huevo de avestruz.

—¿Cómo va la cabeza, Cangrejo?

—Bien, comisario. No hay fractura. La herida se ha cerrado. Me han dado seis puntos.

—Já, já. Seis puntos para una rifa —rió el comisario.

—Já, já —rió el inspector.

—Bien, Lobato. Quiero decir, bien, Cangrejo. Te has portado estos días como un lobato —bromeó el comisario.

—Gracias, comisario.

—Yo me quedaré de guardia hasta las ocho. Puedes disponer, Cangrejo.

Cangrejo se llevó la mano al cráneo vendado imitando un saludo de servicio y salió del despacho. El comisario Potes miró el reloj que tenía enfrente. Iban a ser las siete. En una hora recogería los informes sueltos y se despediría de los colegas. Luego se tomaría una cerveza a solas en el bar de la esquina. Luego se iría de vacaciones y no volvería en un mes.

Aquino Tuán, el sirviente filipino de Fernando Garras, había pasado tres días en un calabozo. Al principio, el comisario Potes no sabía que se llamaba Aquino Tuán, y ni siquiera sabía que era filipino. Todo lo que podía averiguarse era que pretendía llegar a la isla de Tomelloso, expresándose en un idioma similar al español. Una patrulla de la Guardia Civil le había hallado deambulando por los montes de Toledo, envuelto en un taparrabos y cubierto con un albornoz de boxeador. Parecía haber pasado un par de noches en el campo. Entre las vueltas del taparrabos y los bolsillos de la bata llevaba algo menos de un millón de pesetas, que él insistía en llamar *la pasta*. Alguien le llamó la sota de bastos. Llevaba una porra, o una maza, de algo más de ocho kilos de peso. El arma del crimen, pensó el comisario, reduciendo la absurda agresividad de aquel energúmeno al escueto sentido jurídico de la expresión.

¿Y si el hombre no estuviera loco? ¿Y si Tomelloso, además de un pueblo de la Mancha, fuera una isla del archipiélago filipino? ¿Quién era la bella Toribia que aquel manojo de nervios no dejaba de invocar? El comisario Potes apartó cualquier hipótesis que le desviara de su camino. Un joyero había muerto con la cabeza abierta a principios de verano. A *Patas Blancas*, un estimado confidente de la casa, le habían sacado los sesos de forma similar. El patrón del filipino, un hombre de negocios, había dejado los suyos flotando en la piscina de su finca. Y allí estaba la porra del filipino. ¿Para qué necesitaba saber más? El filipino se había querido suicidar arrojándose de cabeza contra el muro del calabozo. El comisario sabía que la gente exótica, de cálidos países marinos, soporta mal la cautividad. Más tarde, en aquel mismo despacho, logró sacudirle al inspector Cangrejo con una silla cuando se echó a reír al verle las nalgas tatuadas. Atrapó la silla y la descargó sobre la cabeza de Cangrejo a la velocidad del rayo, como un samurai en algún estilo de combate con silla. Si hubiera logrado hacerse con la porra de ocho kilos, que estaba allí, casi al alcance de su mano, el golpe hubiera sido mortal. No era broma. Fue necesario administrar seis puntos al inspector y dos o tres palizas al filipino con las manos esposadas a un radiador. La comisaría parecía un circo. Nadie sabía si tenían allí esposado a un mono con tatuajes en el culo o a un asesino pringado con un millón de pesetas. Luego el hombre había intentado saltar con la yugular por delante contra el cristal de una ventana. Toribia resultó ser la sirvienta manchega del financiero y la Dulcinea del mono. La localizaron en Tomelloso y no estaba al corriente de nada. Por fin, con gran alivio, habían decidido que aquella especie de chino con bragas estaba loco, y resumiendo el parte, el comisario había obtenido del juez de guardia que le llevaran al psiquiátrico a encerrar.

Potes dio carpetazo al expediente. Durante un mes iba a perder de vista aquel reloj de pared marca Suc. de J. Higueras que la administración había adquirido en trescientos o cuatrocientos ejemplares mucho antes de que Potes ingresara en la escuela de policía. Miró su reloj de bolsillo, un pomposo Majestic que su mujer le había regalado cuando le habían ascendido a comisario. Las siete y diez, las siete y once, según se creyera a los herederos de J. Higueras o a Majestic. Potes bostezó y estiró los brazos.

A veces, en su vida profesional, el comisario Potes pensaba que desde aquel despacho hubiera podido dirigir una agencia de viajes, o un casino, o cualquier otra actividad lucrativa para la que se necesitara don de gentes y contacto con el público, las mismas virtudes que se necesitaban para ser comisario, con la diferencia de que en una agencia de viajes la gente está ilusionada y contenta, y en una comisaría, cualquiera que sean las razones que llevan al público a poner los pies allí, siempre se temen las peores consecuencias. Potes era escéptico. Como toda la gente que se encuentra en contacto con el delito, aunque sea del lado bueno del delito, llegaba a sospechar razones y disculpas para los que desafortunadamente estaban del lado malo, y no podía soportar el limbo de buena conciencia y razones morales que normalmente tranquilizan el sueño de los demás. Le quedaban siete años y diez meses para jubilarse. Aquel reloj no sólo representaba el estricto control del tiempo administrativo bajo la garantía de los sucesores del difunto Higueras, sino que parecía encerrar detrás de su esfera de números latinos, apenas convexa, fea y neutral, los siete años y diez meses que a Potes le quedaban de servicio, para ir destilando gota a gota, como un reloj hidráulico, el tiempo de la libertad. Su Majestic, por el contrario, era como un gato doméstico. Dormía en su bolsillo y cuando Potes le consultaba, sencillamente le informaba de la hora, como un buen reloj sin atributos, como un buen reloj de pensionista, para levantarse tarde de la cama o para ir a pescar.

El comisario Potes bostezó de nuevo. Se levantó y rodeó la mesa de su despacho. Se acercó a la ventana para ver caer la luz de septiembre en la calle larga y estrecha que se abría a poniente como a un pozo ensangrentado. Un chófer fumaba un cigarrillo apoyado en la carrocería del automóvil de servicio, tan pacífico, sereno y delicadamente absorto en la caída de la tarde como el comisario. Luego salió al pasillo y fue entrando en los despachos vecinos.

—Adiós, chicos, me voy de vacaciones.

—Qué suerte tienes, Potes.

—Que lo pase bien, comisario.

Algunos de aquellos hombres le conocían desde hacía veinte años. Otros acababan de ingresar en el cuerpo. Con unos había tenido golpes malos. Con otros sólo había salido de copas. Pero todos respetaban a Potes, y esa frase, que al comisario se le antojaba sacada de un poema, «Oda a Potes», o «Elogio del Comisario», la hubiera podido grabar en una placa de latón y atornillarla en la puerta de su despacho. El comisario fue saludando según se abrían a izquierda y derecha las dependencias de la comisaría. Sólo le faltaba bajar a los calabozos, pensó con ironía. Fue hablando con unos y otros, todos ellos bronceados, alguno con estrías en la cara por haberse intoxicado con mejillones o haberse comido una mala paella, otro con la mirada perdida como si nunca hubiera deseado volver. Ellos regresaban de vacaciones y Potes se iba.

—Vamos, chicos, a defender la ley contra el delito.

—No jodas, Potes.

El comisario acabó la ronda de despedidas y volvió a su despacho. Las ocho menos veinte según Higueras, las ocho menos diecinueve según Majestic. El dócil Majestic le descontaba un minuto de labor. De cualquier modo, allí no quedaba nada por hacer. Se acercó a la percha que estaba detrás de la puerta encristalada y alcanzó su chaqueta. De una ojeada vio que alguien había olvidado una especie de bata de boxeador. Era el albornoz del chino. Estaba manchado de barro, sangre y mierda, como todo lo que transitaba por aquellos sótanos. Potes alzó la prenda con dos dedos y la volvió a dejar en el mismo lugar. Cangrejo se encargaría de recogerla y juntarla con las demás pruebas. Luego abrió su taquilla privada, junto a la percha. Se ajustó el arma en la sobaquera. Se palpó los bolsillos por ver si no olvidaba las llaves de casa, o la cartera, o el resguardo de una chaqueta que estaba en la lavandería y que su mujer le había mandado pasar a recoger. Las ocho menos cuarto, según Higueras. Menos catorce, según Majestic. Entonces pensó que podía regatearle quince minutos a Higueras y sin ninguna mala conciencia decidió que sus vacaciones empezaban allí.

Arrojó una última mirada por el despacho y cerró la puerta. El agente de guardia le saludó en el portal.

—Adiós, comisario, a disfrutar.

—Eso pienso hacer. Adiós, muchacho.

El chófer que fumaba apoyado en la carrocería del coche le saludó llevándose la mano a la gorra. El comisario devolvió el saludo. Se detuvo un instante. Admiró el increíble resplandor del cielo en lo profundo de la calle y echó a andar.

Aquella noche, en Marbella, el Gran Duque ofrecía a sus amigos la tradicional fiesta, o cena, o recepción que ponía punto final al verano, y que desgraciadamente aquel año coincidía con los resultados del torneo de *seniors* en los campeonatos de golf. El Gran Duque se había clasificado por debajo de la media. En esas condiciones, su propia fiesta le ponía de mal humor. Millonetis recibía en la quinta a sus íntimos, lo que en las circunstancias marbellíes suponía alrededor de medio centenar de personas. El Gran Duque no conocía personalmente a todos sus íntimos. Al contrario de lo que suele pasar en otros mundos, en Marbella se solía llamar íntimos a los que conocían a algún íntimo. De ese modo se ampliaba el número de las relaciones en círculos concéntricos sucesivos, desde un núcleo duro de verdaderos íntimos hasta los íntimos prácticamente desconocidos del círculo exterior.

Los primeros invitados empezaron a llegar cerca de las nueve de la noche. *Hércules*, el perro, había desaparecido. Probablemente detestaba la promiscuidad de los humanos y se había refugiado en la espesura del jardín. Uno de los camareros le estuvo llamando en vano detrás de la cocina para darle su parte de la fiesta, unos muslitos de tórtola con miel al curry, de los que *Hércules* hubiera triturado de un bocado un par de buenas docenas, pero aquel perrazo feroz y dócil según las circunstancias prefería los sólidos huesos de chuleta de ternera, y en cualquier caso no era un gourmet. Alto como un menhir, johnhustoniano y todavía recio, el Gran Duque se paseaba por la veranda recibiendo a los que llegaban y conversando brevemente con los que ya se habían instalado formando círculo. Su mujer, que raras veces se mostraba durante el verano pero tenía a gala aparecer en aquellas fiestas, se entretenía con unas señoras. Exhibía el famoso collar de perlas que el Duque le había regalado. Las miradas corrían sobre aquella catarata nacarada que caía desde el cuello hasta media altura del pecho. Millonetis se sentía orgulloso de su señora, pero no era ésa la expresión, ni eran ésas las formas, aunque había algo íntimo, doméstico y burgués en su orgullo, como si la admiración sincera del Gran Duque por su esposa necesitara los espléndidos regalos del financiero para admitir aquel sentimiento que su carácter inteligente y rudo juzgaba vulgar. Los automóviles iban quedando fuera, a veinte o treinta metros de la casa. La avenida de grava hasta la rotonda había sido iluminada con antorchas que despedían filamentos de humo nauseabundo, como diminutos cristianos incinerados para iluminar la fiesta de Nerón. Más allá de las grandes pilastras de la verja los mecánicos encendían cigarrillos. Se distinguía el fulgor de las brasas en la oscuridad, junto a los bultos negros de las carrocerías. El Duque mandó que enviaran a aquellos hombres algo de cenar.

—Ese collar es lo mejor que se ha visto en Madrid en las subastas. Me recuerda un salero de mesa de Cellini. Por el valor, naturalmente —dijo un hombre pálido, aún joven, con un bigotillo impertinente, admirando el collar a través del corrillo que rodeaba a la anfitriona—. ¿Cuánto pagaste por él, Duque?

El Gran Duque apartó la mirada de las lejanas brasas en la sombra y se dio la vuelta, lacónico.

—Una fortuna.

—¿Estás arruinado, Duque?

Varios interlocutores bromearon. El joven del bigotillo esbozó una sonrisa. No se podía saber si el Duque tomaría la observación como una ironía o como una afrenta. Por inquietudes menores se habían desplomado valores en Bolsa.

—Quién sabe —dijo el Duque—. ¿Alguien tiene idea de lo que es una inversión en joyas?

—¿Es una inversión, Duque?

El Gran Duque admiró a su esposa.

—En absoluto. Es lo único en mi vida que no es una inversión.

Como si el cumplido hubiera llegado a sus oídos, y sabiendo que no era poca cosa en labios del Gran Duque, la mujer de Millonetis volvió la mirada hacia su marido sin mover la cabeza ni alterar la expresión de su rostro mientras conversaba con sus dos invitadas, indiferente y hermosa como una divinidad fenicia de ojos de espuma de mar y turmalina, cargada con una lujosa ofrenda, que no tenía que expresar, salvo en las circunstancias misteriosas que sólo son conocidas de sus fieles más devotos, el alcance de su protección. En realidad, estaba inquieta por su marido. La muerte de Fernando Garras le había afectado, pero tanto o más le habían afectado sus mediocres resultados en el torneo de golf. El presidente del club llegaba en aquel momento.

—Por los remiendos de mis botas, ahí llega ese fullero —masculló el Duque, convencido de que los organizadores del torneo no habían hecho lo suficiente para favorecer su clasificación.

El presidente del club subió los escalones de la veranda sonriente aunque algo alarmado. El Duque se escabulló discretamente para demorar el momento de saludarle. Su mujer se acercó para sustituirle en aquella función. Probablemente el hombre hubiera deseado mejores resultados para el Gran Duque. Ninguna combinación hubiera sido lo suficientemente astuta para ayudarle. El Duque era rencoroso en cuestiones de juego y poseía un fuerte paquete de acciones del club, pero su mujer, para no tener que ir a veranear a las Seychelles, donde los resultados del golf serían los mismos, se había propuesto ahuyentar la venganza. Era una mujer inteligente. Sabía que una fiesta es sobre todo la parodia de una fiesta, especialmente en Marbella. Tomó al recién llegado por el brazo y lo llevó al círculo donde se hallaba el presidente de Sopicrem, que había obtenido mucho mejores resultados en el torneo. Olvidando la artritis, Sopicrem hacía demostraciones de su juego de caderas con una copa en la mano. La mujer del Duque bromeó un instante y luego también ella se apartó.

—Volviendo al collar —dijo el joven del bigote impertinente cuando comprobó que el Duque se había alejado—. Creo que Millonetis se ha dejado en él una fortuna. Algo me huele mal. No se sabe cómo andan los negocios cuando alguien hace ese tipo de ostentaciones. Puede ser la señal de que el barco se va a pique.

—Basura —manifestó abruptamente un hombre serio que hasta entonces había permanecido mudo.

—¿No piensas tú lo mismo?

El hombre serio no se justificó.

El presidente del club de golf descubrió al Duque y se acercó a él, muy cauteloso.

—Enhorabuena, Duque, sus resultados han sido muy meritorios.

—¿Meritorios? Por todos los grillos de ese maldito campo —atronó el Duque haciendo que se volvieran algunas miradas—, ¿tengo yo cara de meritorio?

Al presidente se le erizaron los pelos de la nuca y su expresión se congeló con una sonrisa estúpida. El Duque se acercó a distancia mínima de su invitado. Bajó la voz y acercó los labios al oído de su víctima. Sabía el pánico que causaba en el ánimo de sus interlocutores el profundo rumor apagado de sus cuerdas vocales.

—En el próximo torneo quiero estar entre los tres primeros, ¿me entiende? —susurró—. Seguro que hay algún modo de conseguirlo. De lo contrario, haré que siembren de maíz ese club.

El presidente asintió con la cabeza como paralizado de los cuatro miembros. Sus ojos, blancos y dilatados, estaban inmóviles en algún punto del espacio. El Duque, muy satisfecho del efecto producido, le dio unas palmaditas en el hombro. Luego alzó la copa para saludar a algún íntimo en la distancia. Volvió la espalda al presidente de la futura granja y se alejó.

Estaba previsto que la orquesta empezara a tocar a las diez y alegrara la reunión con música hasta las dos de la madrugada. La fiesta no había de prolongarse más, contra lo que era habitual en Marbella, donde se amanecía bailando entre brazos lánguidos o con baños promiscuos en la piscina. Entre las costumbres del Duque, como entre las grandes fieras, estaba la de dormir mucho y acostarse temprano. Hacía rato que todo el mundo había llegado y la orquesta había empezado a tocar. Emboscado entre los matorrales, *Hércules* observaba la reunión. Desde el punto de vista del perro, los humanos se comportaban de forma mucho más ordenada que los perros, esto es, no se movían en jaurías, o por lo menos no en aquella fiesta, aunque el animal advirtió cierto agolpamiento en torno a la mesa del *buffet*. ¡Muslitos de tórtola confitados!, ironizó el perro. Quién sabe qué otros afeminamientos se ofrecían en aquella mesa. Como sus antepasados de los mosaicos de Pompeya, perros guardianes robustos y fieles, el animal sabía lo que era la decadencia.

La orquesta tocaba sobre un estrado. La componían cinco músicos, uno de ellos con trompeta. *Hércules* reconoció el instrumento. El oído sensible del perro sufría con los agudos de trompeta. Como todos los perros, odiaba a los pobres, a los uniformados y a las trompetas. Afortunadamente, aquella trompeta no se acercaba a la gama de agudos que a *Hércules* le obligaba a atacar. Otros movimientos llamaron su atención. Intrusos en el territorio de *Hércules.* Calculó, con la ancestral facilidad de los perros para contar ganado, que aquella reunión de humanos rondaba en total las cincuenta cabezas. Al fin decidió dejar su puesto de observación y efectuar una ronda. Una pareja se volvió al oír un rumor entre los matorrales. Era *Hércules* abriéndose paso. El perro recibió el olor almizclado del perfume que llevaba la mujer, en algo similar al de los orines de una perra del vecindario. Aquello puso al animal de buen humor.

Lejos de la orquesta la fiesta era un rumor de muchas voces sobre una partitura incoherente, como escrita por un loco para ahuyentar o aburrir a los perros. *Hércules* cruzó un macizo de begonias evitando dañar las plantas. Dejó la huella de sus patas, anchas y firmes como patas de oso, en la tierra blanda. Luego entró de nuevo en la parte selvática del jardín siguiendo unas sendas que le eran habituales. Llegó a la tapia. Siguió al trote a lo largo del muro y alcanzó la verja. Allí había hombres uniformados con aroma de proletariado superior. Apoyado contra la carrocería de un soberbio Rolls, un chófer examinaba el plato con la cena que había mandado entregar el Duque. Se le adivinaba suspicaz con el tenedor. Otros dos hombres sin uniforme, pero con el inconfundible olor de los uniformes, cenaban a dos metros de aquél. Otro escuchaba música dentro del automóvil con la ventanilla abierta y un botellín de cerveza en la mano. Otros más fumaban conversando. *Hércules* sabía que aquélla era otra reunión.

Súbitamente un chófer encendió los faros de su automóvil.

—¿Qué es eso?

—Un perro.

—Eso no es un perro.

El perro se detuvo un instante, como atrapado en el flash de una trampa fotográfica. Sus pupilas lanzaron un resplandor bermejo. Cada uno de los hombres quedó como petrificado en su gesto. Nadie había visto nunca un perro de aquella envergadura. No creían lo que veían sus ojos, ése era el efecto que siempre causaba *Hércules*, pensó satisfecho *Hércules*. Una vez verificados sus poderes, oscilante la enorme cabezota, largas las babas, *Hércules* desapareció.

Mientras tanto, después de haber repartido saludos y sugerido falsas confidencias, el Duque se retiró a solas unos minutos a la parte más fresca de la veranda. Lo mismo que su perro deambulaba por los matorrales, el espíritu del Duque deambulaba por diversos estados de ánimo. Corría un soplo de aire con olor a salitre. Sintió un débil malestar, el aviso de algún problema cardíaco. Se llevó la mano al pecho y respiró profundamente. La punzada desapareció. Luego se enjugó la frente con un pañuelo. La chaqueta blanca de su *smoking* destacaba en la penumbra con un ligero resplandor satinado. A la luz de la única lámpara de aquel rincón su pelo cano adquiría tintes cobrizos. En aquel momento oyó una conversación a sus espaldas. Alguien discutía en un salón.

—Eso no puede ser cierto —decía un hombre algo sordo, o distraído, con una copa en la mano y una jovencita colgada del brazo como un dije de reloj.

—¿No puede ser cierto?

—No, no puede serlo —insistió el hombre distraído, sin saber cómo habían llegado a aquella discusión—. Yo también tengo caballos. Nunca he oído decir que les afecte la peste porcina.

—¿Caballos?

—¿Quién hablaba de caballos?

—Hablábamos de cuadras de caballos.

—Hablábamos de perlas. Nadie puede comparar ese collar de perlas con una cuadra de caballos.

El hombre apuró la copa y se disculpó muy dignamente.

—Perdón.

La conversación llegaba a oídos del Duque aventada por el ventilador a través de los frágiles tabiques japoneses de aquella parte de la casa. Las siluetas se perfilaban en los paneles de papel encerado como en un juego de sombras. Soberbiamente halagado, el Duque sonrió con satisfacción y desprecio. Un collar por el precio de diez pura sangre. Luego volvió su mirada al jardín. Desde aquel lugar dominaba la fiesta. Era un flujo inestable de dudosas reputaciones y sólidos intereses, pero también el ocio, y solamente el ocio, explicaba el carácter melancólico de aquella experiencia. Nada como una fiesta para manifestar el sentido mortal del hombre, filosofaba el Duque contemplando a sus invitados. A medida que avanzaba la noche la fatiga hacía más sensible su ánimo, pero llegado a ese punto las obligaciones volvían a plantear sus exigencias, seducir y dominar como antaño, como si el poder mismo culminara en aquellos breves instantes de gloria, rodeado de invitados, o mejor dicho, temido por ellos, lo mismo que se teme a la persona a quien más se intenta halagar. La orquesta seguía tocando, como la noche del hundimiento del *Titanic*. Desde aquel rincón de la veranda el cuadrante del cielo dejaba adivinar algunas estrellas. Un grupo de invitados se había dispersado por el jardín. Otro grupo alborotaba con champán, y luego se irían a otra fiesta donde acabarían en pelotas en la piscina, o en una promiscua y excitante repartición de dormitorios, pero otro círculo más severo, casi apesadumbrado, comentaba el accidente de Fernando Garras sin atreverse a calificarlo de asesinato, por una prudencia que sólo se podía entender en aquellos ámbitos en que la elegancia y el dinero bordean el mundo del delito, o ni siquiera así, simplemente asumiendo la parte de inquietud que los millonarios sienten cuando oyen hablar de un crimen o cuando alguien desaparece inesperadamente a su alrededor. La muerte de Garras había saltado a los periódicos, pero de los allí presentes casi nadie leía periódicos, y nadie estaba muy seguro de las circunstancias, o fingía no estarlo con el pretexto de alimentar la conversación.

—¿Es cierto que Fernando Garras falleció de una sobredosis de agua de piscina?

—¿Ahogado?

—Sí, ahogado.

Amusátegui, el dueño de Transportes Pesados y Grúas Amusátegui, sabía que no había sido así.

—Su criado le abrió la cabeza de un botellazo —informó—. Luego le arrojó a la piscina. Parece que bebía.

—Garras era un atleta, no probaba el alcohol.

—El criado bebía —precisó Amusátegui—. Los criados siempre beben.

Los que se encontraban a su alrededor asintieron. Todos ellos tenían servicio doméstico y en aquel momento hicieron el propósito de cerrar bajo llave sus bebidas. Alguien tuvo sed y en un movimiento compulsivo llamó a un camarero.

—Parece que el Duque está muy afectado. Garras nunca se perdía esta fiesta. Le recuerdo el año pasado. Vino con un *smoking* azul acero que parecía una caja de caudales.

—¿Fue el Duque al entierro?

—Nadie va a entierros en verano. De todos modos el Duque nunca va a entierros.

A cierta distancia, como si leyera en los labios, el Duque adivinó que hablaban de él. Casi podía averiguar las palabras exactas. De repente advirtió que una mano de hierro le sujetaba por el brazo. Era Sopicrem. No había manera de librarse de su castigo. Aquel viejo maldito le arrastraría al infierno.

—Vamos, Duque, tengo que felicitarte. Este año has quedado el número diecisiete en el torneo —dijo el anciano diabólico.

El Duque dejó escapar una risa amarga. El viejo insistió en su tormento.

—¿En qué puesto quedaste el año pasado?

—El veintitrés.

—Hay progresos, Duque, hay progresos —exclamó Sopicrem con un cacareo irónico, mostrando una exagerada dentadura perfecta, como sólo se ven en las películas de caballos.

El Duque se llevó la mano al pecho. De nuevo sintió en el corazón el angustioso titubeo entre sístole y diástole durante unos breves instantes de vacío. El torrente del flujo sanguíneo zumbaba en sus oídos. Hizo un esfuerzo, se irguió y recuperó entereza. Sería horrible morir a los pies de aquel viejo. Mientras tanto, los dedos de Sopicrem se aferraban como garfios al codo de su presa por miedo a que se le escapara. Sopicrem había advertido el malestar del Duque y su viejo y saludable corazón palpitaba de optimismo. El Duque se sacudió. Entonces Sopicrem, en una inesperada maniobra, se aferró al brazo contrario y acompañó al Duque que iniciaba la huida.

—Hay algo que quiero consultar contigo —dijo Sopicrem arrastrado por el Duque como un cangrejo atenazado a las agallas de un atún—. Nada que ver con el golf, por supuesto. Es cosa de negocios. Necesito poner orden en unos asuntos personales. Seguramente me puedes indicar un abogado de confianza.

El Duque se detuvo. De repente se le iluminaron los sentidos. En el mundo cabía una esperanza. Vio a su alcance la espada de la justicia.

—¿Necesitas un abogado?

—Bueno. Necesito alguien que me lleve algunas cosas de administración.

El Duque hizo una pausa. Presintió que había llegado la hora de ajustar cuentas. La humillación en el golf clamaba venganza. Hundiría a Sopicrem en la miseria. Saboreó sus palabras antes de pronunciarlas.

—Creo que tengo al hombre que necesitas —dijo al fin—. Se apellida Kauffman.

—¿Kauffman?

—Es abogado. Puedes confiarle ciegamente todos tus asuntos.

—¿En serio?

—Completamente en serio —aseguró el Duque con un destello en la mirada. Ya veía al presidente de Sopicrem mendigando por las calles. Bastaba con introducir en su vida al hombre adecuado. La incompetencia de Kauffman haría el resto.

—¿Kauffman has dicho? Me suena ese nombre. ¿No es un abogado tuyo?

—Lo era, lo era —cabeceó el Duque con maquiavélica modestia—. Ahora tiene otras ambiciones, otros vuelos.

—Naturalmente —dijo Sopicrem halagado.

—No dudes en entregarle plenos poderes —insistió el Duque cada vez más animado.

—Lo haré —exclamó el viejo incauto soltando el brazo del Duque. Pensaba que las recomendaciones del Duque equivalían a una confidencia sobre secretos de Bolsa.

El Duque se alejó eufórico ajustando su pañuelo de bolsillo, como quien deja encaminada su labor al tiempo de la revancha. Su ritmo cardíaco había mejorado. Le pareció que la fiesta llegaba a su apogeo. En la distancia, lejos de allí, se lanzaban fuegos artificiales y parecía que fueran en honor del Duque. Grandes flores incandescentes se abrían por encima de los árboles, quizá en el puerto, multiplicando ramilletes que se desfloraban lánguidos sobre los yates y las aguas negras, quizá en alguna fiesta nocturna, con vaquillas junto a los muelles y turistas empitonados y muchedumbres que abandonaban las discotecas para acercarse al mar. Se alcanzaba a oír, por encima del sonido de la orquesta, el estampido sordo de los cohetes, como un mensaje rezagado. Era cerca de la una de la madrugada. Dos esplendorosas camelias iluminaron el cielo con mayor intensidad y luego siguió un largo vacío, donde la noche pareció más estéril y más negra. Algunos invitados alzaron los ojos. Otros prosiguieron indiferentes su conversación, entre las sombras del jardín y el centelleo de las copas. Al fin, dos cohetes dejaron una estela sin brillo y enviaron un mensaje apagado de fin de fiesta. El cielo volvió a ser un desierto donde poco a poco fueron manifestándose algunas estrellas. Mientras duraron los fuegos, el perro del Duque permaneció agazapado bajo un árbol. Cuando creyó que había concluido aquella diversión, el sesudo y flemático *Hércules* quiso estirar las piernas. Salió de su refugio y regresó hacia la casa por el camino de grava, a lo largo de la línea de antorchas que se consumían con un fuego más espeso y aceitoso a medida que iban pasando las horas. El perro decidió aposentarse en un macizo de laureles y esperar a que se fuera disolviendo la reunión.

Grúas Amusátegui se juntó al Duque y le llevó aparte. Salsa Terrins no había acudido a la fiesta. Se hallaba de viaje por asuntos que necesitaban su presencia para la implantación de la firma.

—¿Qué pasó de aquel negocio, Duque?

—¿Qué negocio?

—Ya me entiendes, el plutonio, la épica...

El Duque fue lacónico.

—Nada.

—Yo tengo un asunto nuevo —prosiguió Amusátegui confidencial, llegándole al Duque a la altura de la solapa—. Tenías toda la razón. El Este es el Far West. Créditos de Ayuda a la Alimentación. Residuos de fábrica de yogur contra piezas de maquinaria pesada. ¿Quién podría asesorarme?

El Duque lanzó otra carga de profundidad.

—Kauffman.

—¿Kauffman? ¿No le habías despedido por inútil?

—Te equivocas, te equivocas...

—Entonces hablaré con Kauffman —dijo Amusátegui sin saber que empezaba a labrarse su ruina. Luego miró al Duque con más atención—. Tienes mala cara, Duque. Tienes aspecto de tener sed.

—¿Quién, yo?

—Sí. ¿Quieres un trago?

—No, gracias.

—¿Puedo hablar contigo de ese asunto mañana?

El Duque se alejó sin responder. Entre sus intenciones no entraba hablar de nada con nadie mañana. Tenía sed. No había probado bocado durante toda la velada, pero la sed le martirizaba la garganta. Cuando se apartó de Amusátegui, sintió que la música se desvanecía y llegaba amortiguada a sus oídos. Luego, en un cambio de dirección de la brisa o en una mejor percepción después de un breve extravío de los sentidos, sintió que de nuevo le envolvían los acordes de la orquesta. Se dejó acariciar por la melodía con cierto alivio. Era extraño. Nadie a su alrededor parecía observar esos vaivenes, y nadie tampoco, durante largo rato, parecía estar siquiera al tanto de su propia presencia en aquella fiesta que era suya, como si él mismo se hubiera desvanecido a la vez que la música, o como si un destino o un presagio, allí en su propia casa, le hiciera provisionalmente invisible a ojos de los demás. Le tranquilizó descubrir a su mujer entre algunos invitados. Otros iban abandonando la fiesta. Otros se habían ido en grupo. Al paso de un camarero atrapó una bebida. Le pareció, en un nuevo ataque de insensibilidad, que no se estaba despidiendo de nadie. El Duque hizo una mueca al vacío. Luego se halló, sonriente y sereno, estrechando manos, repartiendo bromas y galanterías con su voz ronca, de nuevo atrapado en una enigmática e inextinguible sed.

La empresa que había servido el *buffet* recogía las mesas y el servicio. Abajo, donde estaban los automóviles, aún se oían saludos, portezuelas cerradas con un golpe lujoso y discreto, motores en marcha y escuadras luminosas que iban recortando, con el crujido de los neumáticos sobre el camino de grava, segmentos cambiantes en la oscuridad. Media docena de antorchas se habían consumido. Otra media docena emitía un resplandor lúgubre de viacrucis o cementerio. Los músicos bajaban cargados con las fundas de sus instrumentos, alzándose el cuello de la chaqueta, encogidos de hombros, proyectando sombras extravagantes. Llevaban capas negras, o así lo pensó el Duque, y parecía que hubieran dado un concierto a los murciélagos. El Duque les vio alejarse con la misma enigmática angustia que si hubieran amenizado un funeral. ¿Y de qué funeral podía tratarse? ¿De dónde procedía aquel sentimiento agónico? Un camarero de la casa se acercó para preguntarle si necesitaba algo. Al día siguiente un ejército de jardineros vendría a recoger el jardín. El camarero permaneció delante de él esperando órdenes. Parecía asombrado. ¿Qué veía en su rostro? El Duque preguntó por su mujer.

—Ha subido a las habitaciones —respondió el camarero.

El Duque le despidió con un gesto de la mano. Después subió a dar las buenas noches a su mujer. Hacía muchos años que dormían en habitaciones separadas, pero quedaba entre ellos un rescoldo de cariño. Nadie había conocido nunca al Gran Duque otra mujer. El Duque entró en la habitación y le deseó las buenas noches con un beso en la mejilla, como hacen los matrimonios ancianos.

—Has estado preciosa con el collar.

—¿Te parece?

—De cualquier modo hubieras estado preciosa —respondió el Gran Duque con galantería.

El collar descansaba a su lado en un estuche como en un ataúd de raso y terciopelo. El Duque dudó un momento. Le hubiera gustado permanecer algo más en aquel cuarto. Se vio reflejado en el espejo del tocador, detrás de los hombros desnudos de ella, mientras ella echaba atrás su larga cabellera suelta y se quitaba el carmín de los labios. Le puso las manos sobre los hombros con afecto. Ella alzó los ojos grandes y claros, algo cansados, y esbozó una sonrisa al sentir el contacto de aquellas manos sobre su carne, como si despertara bajo su piel el calor de un deseo marchito. El Duque respondió con un caballeroso suspiro. A un lado se divisaba la alcoba y el dormitorio azul con la cama abierta, y el vaso de agua bajo la lamparita en la mesilla de noche, con dos o tres pastillas de colores en una bandejita de plata, todo en un orden pulcro, cotidiano y minucioso, tal como la sirvienta lo había dejado preparado. El Duque sintió el ánimo cargado de cariño doméstico. Luego pudo más su instinto de gran mamífero solitario y se despidió.

Bajó de nuevo al jardín. El servicio había apagado las luces de la casa. Arrastró un sillón a la esquina más oscura de la veranda y se arrellanó con las piernas estiradas. Ya había averiguado que no había bebida que pudiera apagarle la sed, como dicen que sucede con los condenados. De repente, entre el macizo de laureles apareció la cabezota de un monstruo. El Duque reconoció a su perro, pero lo mismo hubiera podido ser una de las cabezas del perro del infierno. *Hércules* salió pausadamente de los matorrales abanicando la cola y fue a tumbarse a los pies de su dueño.

En el cielo podían trazarse los signos de algunas constelaciones. A aquella misma hora Prwzulski dormía en un hotel de Tel Aviv a la espera del avión que a la mañana siguiente le llevaría a Haifa. Los esposos Kauffman dormían abrazados después de haber follado por enésima vez en la cocina, en la alfombra del salón y en el sofá. El comisario Potes dormía con su parienta en una enorme cama de matrimonio. Y también el Duque se quedó dormido con la barbilla caída sobre el esternón. Poco antes del amanecer se despertó con un nuevo malestar. La boca se le llenaba de saliva amarga y una dolorosa punzada le cruzaba el pecho. Entonces supo que había llegado ciertamente a las fronteras de lo invisible. A la mañana siguiente la primera sirvienta que salió a la veranda lo encontró cubierto de rocío, con las manos aferradas a los brazos del sillón, con las piernas estiradas y los pies en un rayo de luz y los ojos vueltos. *Hércules*, el perro, no se había movido de su lado, aunque sabía desde hacía un par de horas que su amo había muerto.